Ren Dhark®

Der Drakhon-Zyklus

Band 5

Kampf um IKO 1

HJB®

Ein Verzeichnis sämtlicher bisher erschienenen und lieferbaren REN DHARK-Titel und -Produkte finden Sie auf den Seiten 349 und 350.

1. Auflage

HJB Verlag & Shop KG
Postfach 22 01 22
56544 Neuwied
Bestellungen und Abonnements:
0 26 31 – 35 48 32
0 26 31 – 35 61 00
Fax: 0 26 31 – 35 61 02
www.ren-dhark.de

Herausgeber: Hajo F. Breuer
Titelbild und Illustrationen: Swen Papenbrock
Druck und Bindung:
Westermann Druck Zwickau GmbH

ISBN 3-930515-29-6

Vorwort

Ich bin ein böser Mensch. Denn manchmal pfusche ich. Und dann schreibe ich die Vorworte nicht – wie man das eigentlich erwarten sollte – vor dem Buch, sondern erst dann, wenn alle anderen Seiten schon fertig sind. Und so fließt dann in diese Zeilen der Stolz über das neue Werk ein, ohne daß ich es verhindern könnte (oder wollte). Denn wenn man so ein Buch in die Welt entläßt, dann ist das ein bißchen so, als würde man ein Kind ziehen lassen. Und so, wie das eigene Kind natürlich immer das schönste und das beste ist, so ist man natürlich auch von der Arbeit der eigenen Mannschaft besonders überzeugt.

Denn das kann man wirklich nicht oft genug betonen: REN DHARK ist nicht das Werk eines einzelnen, sondern einer Gruppe von SF-Enthusiasten, die alle am gleichen Strang ziehen. Wir machen diese Serie vor allem deswegen, weil wir Spaß an der Sache haben. Ich hoffe, das merkt man den Büchern an. Verantwortlich für diese Ausgabe waren Werner K. Giesa, Uwe Helmut Grave, Marten Veit und Manfred Weinland, welche die folgenden Seiten nach einem Exposé von Hajo F. Breuer verfaßt haben.

Dabei sind die Ereignisse, die in diesem Buch geschildert werden, näher an der Realität, als manchem von uns lieb sein mag. Den Beweis für diesen Satz liefern wir im Internet unter der Adresse www.ren-dhark.de. Dort präsentieren wir ein heimlich geschossenes Foto, das den REN DHARK-Herausgeber in trauter Zweisamkeit mit Pakk Raff, dem bissigen und gemeinen »obersten Rudelführer« der Nomaden zeigt.

Was, Sie haben noch keinen Internetzugang? Dann wird es aber Zeit! Denn wie wollen Sie sonst unter *www.hjb-news.de* die neusten Informationen aus der Welt der Science Fiction und Fantasy bestellen – kostenlos, versteht sich?! Unter dieser Adresse können Sie sich anmelden für unseren Informationsdienst, der Sie dann regelmäßig per E-Mail auf dem laufenden hält!

Abonnenten der HJB-News wissen natürlich schon längst, daß Anfang Mai die neue Reihe REN DHARK SPEZIAL auf den Markt kommt. Darin werden die Taschenbücher abgedruckt, die Kurt Brand zusätzlich zur REN DHARK-Heftserie schrieb. Sie spielen einige Jahre nach den Ereignissen in Heft 98 und haben mit der aktuell vorliegenden Buchfortschreibung nichts zu tun – dürfen aber natürlich trotzdem in keiner echten REN DHARK-Sammlung fehlen. Mehr über diese Romane auf den Seiten 351 und 352. Zu beziehen ist die neue Reihe ausschließlich beim HJB-Shop. Mit diesem Exklusivprodukt wollen wir unseren treuen Kunden eine kleine Freude machen: RD SPEZIAL ist nicht im Buchhandel, bei keinem Internetdienst außer dem unsrigen und natürlich auch nicht im Bahnhofsbuchhandel erhältlich – ein echtes Exklusivprodukt im besten Sinne des Wortes.

REN DHARK-Fans brauche ich eigentlich nicht mehr auf unsere RD-Homepage aufmerksam zu machen, auf der momentan eine Abstimmung darüber läuft, welcher REN DHARK-Sonderband den Lesern am besten gefällt. Machen Sie mit und gewinnen Sie attraktive Preise! Bei der Abstimmung dürfen Sie natürlich auch den brandneuen Sonderband von Conrad Shepherd berücksichtigen, der gleichzeitig mit diesem Buch unter der Überschrift *Türme des Todes* erscheint.

Nun aber genug des Vorworts und ran ans Vergnügen – an knapp 350 Seiten spannender SF vom Feinsten!

Giesenkirchen, im Januar 2001
Hajo F. Breuer

Prolog

Die galaktische Katastrophe, die Ende des Jahres 2057 die Milchstraße heimsuchte, hat sämtliche technischen Errungenschaften der Mysterious, die nicht von einem Intervallfeld geschützt waren, in nutzlosen Schrott verwandelt. Darüber hinaus hatten die Völker der Milchstraße alle unter den Folgen der Energiefront aus dem Hyperraum zu leiden, ob sie nun Mysterioustechnik benutzten oder nicht. Bewußtlosigkeit, Kurzschlüsse und Unfälle forderten allen technisch entwickelten Zivilisationen einen hohen Blutzoll ab. Allein auf der Erde fanden mehr als 50 Millionen Menschen den Tod.

Ren Dhark vermutet einen Zusammenhang zwischen dieser Katastrophe, den verheerenden Strahlenstürmen in der Galaxis und der unerklärlichen Entdeckung der Galaxis Drakhon, die mit der Milchstraße zu kollidieren droht. Weil offenbar auch die Grakos, jene geheimnisvollen Schattenwesen, die so unerbittliche Feinde aller anderen intelligenten Lebensformen zu sein scheinen, unter den Folgen der kosmischen Katastrophe leiden und ihre Angriffe eingestellt haben, bricht Ren Dhark mit seinen Getreuen zu einer Expedition nach Drakhon auf. Da die Erde nach dem Ausfall ihrer meisten S-Kreuzer auf kein Raumschiff verzichten kann, steht für die Expedition nur ein einziges Schiff zur Verfügung: die POINT OF.

Ausgerüstet mit von den Nogk konstruierten Parafeldabschirmern steuert das terranische Flaggschiff noch einmal den Planeten Salteria an, auf dem die letzten Salter Zuflucht bei den paramental enorm starken Shirs gefunden hatten. Diesen gewaltigen Kolossen war es offenbar gelungen, die Erinnerungen und Sinneseindrücke der Terraner beim ersten Aufenthalt auf ihrer Welt fast nach Belieben zu manipulieren.

Beim Einflug nach Drakhon macht die Funk-Z der POINT OF eine erstaunliche Entdeckung: In der fremden Galaxis, die beim ersten Besuch funktechnisch »tot« war, wimmelt es nun von Kommunikationssignalen im Hyperraum. Offenbar hatte auch in dieser Sterneninsel ein kosmischer Blitz zugeschlagen, der die hier lebenden Völker aber früher außer Gefecht gesetzt haben muß als die Bewohner der Milchstraße...

Diesmal gelingt es Ren Dhark, einen offeneren Kontakt mit den Shirs herzustellen als bei seinem ersten Besuch. Doch während er es langsam schafft, das Vertrauen der Para-Riesen zu erringen, wird deren Planet von kreuzförmigen Raumschiffen angegriffen. Die Nomaden, ein heimatloses Volk, das nur auf Raumschiffen lebt, will die scheinbar wehrlosen Shirs ausplündern. Doch die POINT OF fügt ihnen eine vernichtende Niederlage zu. Pakk Raff, der Anführer der Nomaden, schäumt: Er will dieses unglaubliche Ringschiff um jeden Preis in seinen Besitz bringen...

Von den Shirs erhält Ren Dhark Hinweise auf das geheimnisumwittere Volk der Rahim, das Drakhon früher mit seiner Supertechnik beherrscht haben soll, aber seit rund 600 Jahren verschwunden ist. Den Commander packt das Jagdfieber: Die Parallelen zu den Mysterious sind kaum zu übersehen!

Von den Galoanern, einer weiteren, höchst friedfertigen Zivilisation, bekommt das terranische Expeditionskorps Hinweise auf eine »verbotene Zone«, in der Spuren der Rahim zu finden sein sollen.

Daheim in der Milchstraße ist dem Prospektoren-Ehepaar Art und Jane Hooker inzwischen ein Fund ganz anderer Art gelungen: Sie haben ein System aus purem Tofirit entdeckt – und obendrein die Gewißheit, daß auch die Grakos den Schock der galaktischen Katastrophe abgeschüttelt haben und wieder in die Offensive gehen...

1.

Art Hookers Gesicht wirkte wie aus Stein gehauen. Starr blickte er vor sich hin, nicht das kleinste Mienenspiel war erkennbar. Hätten sich nicht ab und zu seine Augenlider bewegt, man hätte ihn für tot halten können.

Der große, hagere Prospektor saß in seiner komfortablen Wohnkabine in einem Schalensessel und blickte in einem fort die gegenüberliegende Wand an, obwohl es dort (außer einer Stubenfliege) nichts Besonderes zu sehen gab. Seine gertenschlanke Ehefrau Jane hatte es sich ebenfalls bequem gemacht.

Sie versuchte, ihn mit einem Scherz aufzumuntern. »Hast du deine Zunge verschluckt, oder warum sagst du kaum ein Wort?«

Langsam drehte sich Art zu ihr um. Seiner finsteren Miene entnahm sie, daß ihm nicht zum Lachen zumute war. Welches Problem ihm zu schaffen machte, war für Jane nicht schwer zu erraten. Die beiden waren lange genug verheiratet, um sich auch ohne Worte zu verstehen.

»Deine Sorgen möchte ein Straßenbettler haben«, merkte sie kopfschüttelnd an. »Du hast den Hut voller Geld, bildlich gesprochen, und freust dich nicht darüber.«

»Ich brauche keine Almosen«, erwiderte ihr Mann tonlos. »Ich brauche meine Freiheit.«

Freiheit – die gab es reichlich im Leben der Hookers. Ihre Ehe und der damit verbundene Treueschwur war die einzige Bindung, die sie akzeptierten. Weitere Fesseln erlegten sie sich nicht auf.

»Vagabunden des Weltalls« wurden sie von ihren Bekannten genannt. Fast ständig waren sie irgendwo zwischen den Sternen unterwegs, auf der Suche nach Edelmetallen und Abenteuern. Ihre

Auftraggeber wechselten laufend, oft arbeiteten sie auch auf eigene Faust.

Über einen festen Wohnsitz verfügten sie derzeit nicht. Wozu auch? Die meiste Zeit verbrachten sie eh in ihrem Raumschiff. Nachdem die SEARCHER, ihr neuer diskusförmiger Frachter, auf der Werft repariert und überholt worden war, fühlten sie sich hier wohler als in der teuersten Hotelsuite. Der Umbau ihres Privatquartiers an Bord hatte sie eine Stange Geld gekostet, doch seit ihrem letzten Auftrag spielte das keine Rolle mehr.

Ein Prozent vom Abbaugewinn des kolossalen Asteroidengürtels im System NGK 1324/58 stand den Hookers laut Vertrag zu. Ein Asteroidengürtel aus purem Tofirit! Damit waren sie gemachte Leute. Jane hatte die Beteiligung in weiser Voraussicht mit der Regierung ausgehandelt, unter Verzicht auf ein festes Honorar.

Art, der am Anfang gegen diesen Handel war, betrachtete den neuerworbenen Reichtum als Garant für seine lebenslange Unabhängigkeit.

Genau die sah er jetzt in Gefahr.

Jane hatte dafür kein Verständnis. »Wie kann man nur Angst vor Geld und Erfolg haben?«

»Habe ich doch gar nicht«, rechtfertigte sich Art. »Die Glücksgöttin Fortuna hat das Füllhorn über uns ausgeschüttet, und ich nehme ihre Gaben dankbar an. Hast du dir mal ausgerechnet, wieviel das eine Prozent in Dollar ausmacht? Wir besitzen genug bis ans Ende unserer Tage.«

»Stimmt. Aber das ist kein Grund, nicht noch mehr herauszuschlagen. Wir können unser Vermögen verdoppeln, fast schon verdreifachen.«

»Der Preis dafür ist zu hoch«, meinte Art Hooker. »Mit unserem freien Vagabundendasein wäre es aus.«

»Mit unseren fortwährenden Geldnöten ebenfalls«, entgegnete Jane Hooker. »Zugegeben, wir mußten nie am Hungertuch nagen. Dennoch haben wir die meiste Zeit von der Hand in den Mund gelebt. Die andauernde Hatz nach neuen Aufträgen und die mitunter recht unergiebigen Honorarverhandlungen haben uns ganz schön zu schaffen gemacht. Ein fester Arbeitgeber löst dieses Problem mit einem Schlag.«

Art seufzte. »Und was folgt danach? Ein Häuschen im Grünen? Ein schnittiger Sportgleiter? Ein Hund, der mir die Filzpantoffeln bringt? Kinder?«

»Wäre es denn so schlimm für dich, wenn wir Kinder hätten?« stellte Jane ihm die Gegenfrage.

»Dieser Zug ist abgefahren«, brummelte ihr Mann, dem das Thema unangenehm war.

Jane stand auf, ging zur Anrichte und warf ihm sein Armbandvipho zu, das er dort abgelegt hatte. »Wozu diskutieren wir überhaupt? Deine Entscheidung steht doch bereits felsenfest, habe ich recht? Zu warten, bis die achtundvierzig Stunden abgelaufen sind, wäre reine Zeitverschwendung.«

Art fing das Vipho geschickt auf. »Du kennst mich gut. Zu gut. Es trifft zu, ich habe mich längst entschieden. Ich bin halt wie ich bin. Jeder Versuch, mich zu ändern, ist vergebliche Liebesmüh.«

Mit gemischten Gefühlen rief er den reichsten Mann der Erde an, um ihm seinen unabänderlichen Entschluß mitzuteilen. Warten mußte Art nicht, er kannte die Direktdurchwahl.

Terence Wallis war Menschenkenner. Er hatte mit dem Anruf gerechnet, sogar schon viel früher.

»Schade«, sagte er, nachdem er Arts definitive Antwort kannte. »Wirklich sehr, sehr schade…«

*

Begonnen hatte Art Hookers Misere mit einer Besprechung im Büro von Marschall Ted Bulton.

»Damit wären wir uns einig«, sagte Bulton und blickte Terence Wallis über den Schreibtisch hinweg zufrieden an.

»Es ist immer wieder ein Vergnügen, mit einem Großkunden wie Ihnen Geschäfte zu machen«, erwiderte der Multimilliardär.

»Verzichtet das Militär in absehbarer Zukunft völlig auf die bewährten Kegelroboter?«

»Wohl kaum, die Kegel sind weitaus leistungsfähiger als Saams Blechmänner. Allerdings bin ich im Sinne der Steuerzahler verpflichtet, eisern zu sparen. Darum werden wir künftig ein kräftiges Kontingent des neuen Billigrobotertyps verwenden.«

Robert Saam – der lebende Beweis, daß Genie und Wahnwitz stets dicht beieinanderlagen – hatte sich wieder einmal selbst übertroffen. Warum nicht »Simple-Tech« statt »High-Tech«? Aus dieser Grundidee heraus hatte er einen einfachen, robusten Vielzweckroboter entwickelt, der sich ohne störanfällige Prallfelder auf eigenen Beinen fortbewegte und dabei eine Geschwindigkeit von bis zu sechzig Stundenkilometern erreichte. Zu neunzig Prozent bestand die Maschine aus wiederaufbereitetem Schiffsschrott.

Auf hochentwickelte Sensorik hatte Saam verzichtet. Die Roboter konnten Werkzeuge und Waffen gleichermaßen bedienen. Für spezielle Einsätze wurden sie mit einem Zusatzpack auf dem Rükken ausgerüstet, in dem teure Gerätschaften untergebracht werden konnten, ausgerichtet auf das jeweilige Anforderungsprofil. Beeindruckend war vor allem die Wandlungsfähigkeit der Billigkonstruktionen. Sie eigneten sich nicht nur als Kampfmaschinen, man konnte sie auch für Gartenarbeiten, als Küchenpersonal, Butler oder Chauffeur einsetzen und vieles mehr. Sie kamen mit verhältnismäßig wenig Speicherplatz und geringer Rechnerkapazität aus, weil eine größere Gruppe stets über einen Zentralrechner quasi ferngesteuert wurde. Der konnte sie in Bruchteilen von Sekunden für jedes neue Anforderungsprofil umprogrammieren. Bei Einheiten, die auch für Kampfeinsätze vorgesehen waren, lud sich beim Ausfall des Zentralrechners automatisch das Kampfprogramm hoch.

Das Aussehen der Maschinen war allerdings reichlich gewöhnungsbedürftig. Die humanoiden Gestalten wirkten so düster und unheimlich, daß Einsätze als Babysitter nur bei Kindern mit besonders starken Nerven in Frage kamen.

Den wesentlich höherentwickelten, leistungsfähigeren, aber auch viel teureren schwebenden Robotertyp bezeichnete man in der Umgangssprache kurz und bündig als »Kegel«, für die billige Version machte inzwischen der laxe Begriff »Blechmann« die Runde.

Anfangs hatte Wallis seinem Schützling »Robbie« des öfteren vorgeworfen, zuviel Zeit mit der Entwicklung der Blechmänner zu verschwenden. Mittlerweile war er ihm dafür dankbar. Schon vor Beginn der Serienproduktion hatten bei Wallis Industries kräftig die Kassen geklingelt – die Lieblingsmusik von Terence Wallis. Als reichster Mann auf Terra besaß er zwar mehr Geld, als er in diesem Leben ausgeben konnte, dennoch bekam er davon nie genug. Auf die Frage einer Journalistin, was er eigentlich mit seinen vielen Dollars mache, hatte er mal scherzhaft geantwortet: »Zurücklegen, für schlechte Zeiten.«

Geizig war er nicht, verzichtete aber in seinem eigenen Betrieb auf einen aufgeblasenen Verwaltungsapparat. Nichts war ihm so verhaßt wie lähmende Bürokratie. Er liebte es, Dinge zu bewegen und bei wichtigen Entscheidungen mitzureden. Nicht zuletzt deswegen unterstützte er die Regierung mit zinsgünstigen Krediten in Rekordhöhe.

So ganz nebenher ließ Marschall Bulton eine Bemerkung fallen, die Wallis aufhorchen ließ. »Wie weit ist inzwischen der Bau des neuen Raumschiffstyps vorangeschritten?«

Der Milliardär stellte sich dumm. »Neuer Raumschiffstyp? Ich habe keine Ahnung, wovon Sie reden.«

»Ach, kommen Sie, erzählen Sie mir keine Märchen«, sagte Bulton grinsend. »Sie wissen genau, was ich meine. Ihr Supergenie verbringt nahezu Tag und Nacht in einer Großhalle auf Ihrem Pittsburgher Industriegelände, um den Bau des Kampfraumers persönlich zu überwachen.«

»Sie sind erstaunlich gut informiert. Wozu habe ich die Halle überhaupt weiträumig absperren lassen? Ich sollte den Werksschutz abziehen und Eintrittskarten verkaufen.«

»Gerade Ihr Werksschutz war es, der meine Neugier erweckte. Die Sache ist sozusagen ein offenes Geheimnis, allerdings weiß niemand etwas Genaues. Der eine munkelt dies, der andere jenes…«

Wallis schwieg für einen Moment. Sein bester Freund und ehemaliger Werksschutzleiter Jon Vassago kam ihm in den Sinn. Jon hatte ihm das Leben gerettet, hatte sich schützend über ihn geworfen, als auf seinem Landsitz eine Rakete explodiert war. Dabei hatte er dann selbst den Tod gefunden.

Mittlerweile wurde die für das 80 Quadratkilometer große Industriegelände zuständige Wachmannschaft von einer Frau befehligt, einer dreißigjährigen drahtigen Chinesin namens Liao Morei. Sie war nur knapp einssechzig groß, wog kaum mehr als eine Feder, wirkte zerbrechlich… und genau in dieser vermeintlichen Schwäche lag ihre Stärke. Als »zartes Pflänzchen« wurde sie von robusteren Gewächsen meist unterschätzt, was sie stets zu ihrem Vorteil auszunutzen wußte. Bevor ihre Gegner begriffen, mit wem sie es zu tun hatten, waren sie auch schon außer Gefecht gesetzt. Die wendige Chinesin beherrschte sage und schreibe elf verschiedene Nahkampfsportarten plus eine zwölfte, die sie selbst entwickelt hatte und unterrichtete.

Wallis hatte ihr eine Bewährungszeit zugebilligt. Sein Werksschutz bestand aus harten Kerlen sowie aus Frauen, die hart im Nehmen waren und untereinander kein Blatt vor den Mund nahmen. Schaffte sie es, sich als Leiterin des rauhbeinigen Teams durchzusetzen, durfte sie den Posten der Sicherheitschefin behalten.

»Vergessen Sie die Gerüchte, die Ihnen zu Ohren gekommen sind«, sagte Terence Wallis zu Ted Bulton und erhob sich von seinem Platz. »Kommen Sie, wir fliegen nach Pittsburgh, dort bringe ich Ihr Wissen in punkto Kampfraumer auf den neusten Stand. Daß vorerst nichts von alledem an die Öffentlichkeit dringen darf, versteht sich ja wohl von selbst.«

Bulton als -zigfacher militärischer Geheimnisträger verkniff sich eine bissige Antwort und nickte nur kurz. Was glaubte Wallis denn von ihm? Daß er heimlich Holos von dem Prototypen schießen und anschließend eine Pressekonferenz geben würde?

»Hoffentlich erwecke ich keine falschen Hoffnungen in Ihnen«, bemerkte der Milliardär, während sich beide anschickten, das Büro des Marschalls zu verlassen. »Dank der außergewöhnlichen Bauweise des Raumschiffs werden die enormen Probleme bei der Verarbeitung von Tofirit zwar auf ein Minimum beschränkt…«

Aha, die Außenhülle des Raumers besteht also aus Tofirit, schlußfolgerte der Marschall im stillen.

»… aber Sie wissen ja, wie es um die terranischen Tofiritbestände bestellt ist. Man bräuchte Unmengen des wertvollen Schwerstmetalls für eine schlagkräftige Iko-Flotte.«

Iko-Flotte? wiederholte Bulton in Gedanken, und er wurde immer neugieriger.

»Macht es denn überhaupt Sinn, einen neuartigen Tofiritraumer zu entwickeln, wenn nicht genügend Tofirit vorhanden ist?« fragte er seinen Gesprächspartner. »Schon beim Bau der EUROPA und ihrer Schwesterschiffe hatten wir Mühe, genügend Rohmaterial zu beschaffen.«

»Ich bin ein unverbesserlicher Optimist«, erwiderte Wallis und betrat das Vorzimmer des Marschalls. »Der Fortschritt ist nun mal nicht aufzuhalten. Was gestern noch unmöglich erschien, ist heute längst Alltag. Und was uns heute unerreichbar vorkommt, könnte schon morgen Wirklichkeit werden. Wer weiß, vielleicht stößt die Menschheit eines fernen Tages auf ein wirklich ergiebiges Tofiritvorkommen, irgendwo auf einem fremden Planeten oder wo auch immer.«

»Reines Wunschdenken, mehr nicht«, entgegnete Bulton geringschätzig. »Träumen Sie von mir aus ruhig weiter, ich halte mich lieber an bestehende Tatsachen. Die vorhandenen Bestände…«

Sein Armbandvipho schlug an und unterbrach ihn mitten im Satz.

»Offenbar wurde Ihr Flehen erhört«, sagte er grinsend zu Wallis.

»Ich nehme an, der Commander der Planeten möchte mich sprechen, um mir mitzuteilen, daß die POINT OF einen fremden Planeten entdeckt hat, vollgestopft mit Tofirit. Ach was, wahrscheinlich besteht der gesamte Planet aus diesem wertvollen Rohstoff. Wir brauchen ihn nur noch ins Solsystem abzuschleppen und in seine Einzelteile zu zerlegen.«

Der Milliardär nahm die Spötteleien seines Gegenübers gelassen hin.

Am anderen Ende der Viphoverbindung befand sich zwar nicht Ren Dhark, aber immerhin der zweite Mann auf Terra, Henner Trawisheim. Er bat Marschall Bulton dringend in sein Büro.

»Mister Wallis ist bei mir«, teilte Bulton ihm mit. »Kann ich ihn mitbringen?«

Trawisheim hatte nichts dagegen. Wallis war im Regierungsgebäude ein gerngesehener Mann. Zwar war er kein Mitglied der Regierung (er beabsichtigte auch nicht, jemals eines zu werden), dennoch genoß er in politischen Kreisen mittlerweile einen gewissen Einfluß.

»Erstaunlich, was man mit Geld alles erreichen kann«, bemerkte Bulton auf dem Weg zu Dharks Stellvertreter. »Terras reichster Mann wünscht sich nichts sehnlicher als überdimensionale Massen von Tofirit, und prompt geht sein Traum in Erfüllung. Trawisheims Schreibtischschublade quillt sicherlich über von dem Zeug, und jetzt möchte er Ihnen ein bißchen was davon abgeben.« Er sah, wie sich Wallis' Miene ein klein wenig verfinsterte und entschuldigte sich: »War nur ein Witz.«

»Ein schlechter Witz wird auch dann nicht besser, wenn man ihn laufend wiederholt«, knurrte Wallis.

Ihm war durchaus bewußt, daß er mit seinen Gedankengängen oftmals seiner Zeit weit voraus war und daß sich nicht immer alles sofort realisieren ließ, was er sich erträumte. In dieser Hinsicht glich er dem Commander der Planeten und dessen unermüdlicher Suche nach den Mysterious. Nicht selten wurden beide wegen ihrer übersteigerten Erwartungen als weltfremd hingestellt, eine

Fehleinschätzung, die schon so mancher Spötter bereut hatte.

Trawisheims Bürozimmer stand einladend offen. Bulton und Wallis traten ein.

Sie waren nicht die einzigen, die einen Termin beim Vizeregierungschef hatten. Art und Jane Hooker hielten sich schon seit geraumer Weile in Trawisheims »Allerheiligstem« auf. Ihretwegen hatte er den Marschall zu sich gebeten.

»Erzählen Sie ihm, was Sie mir gerade berichtet haben«, forderte Henner das Prospektoren-Ehepaar auf.

»Alles noch mal?« entrüstete sich Art Hooker. »Die ganze Geschichte, angefangen beim Gefecht zwischen den Tel und den Schatten?«

»Gefechte interessieren mich ganz besonders«, warf Bulton ein. »Wo hat es stattgefunden?«

»Im Achmed-System«, antwortete Jane Hooker.

»Wo?«

»Im 12.364 Lichtjahre entfernten Sonnensystem NGK 1324/58«, klärte Trawisheim den verdutzten Marschall auf. »Wir haben die Hookers mit der Erkundung des Systems beauftragt, erinnern Sie sich?«

»Natürlich erinnere ich mich, ich leide schließlich nicht unter Gedächtnisschwund«, erwiderte Ted Bulton ärgerlich. »Daß wir sie darum gebeten hatten, dem NGK-System einen neuen Namen zu verleihen, ist mir allerdings glatt entfallen.«

»Wir haben es nach Achmed Tofir benannt, dem Mann, dem wir die Entdeckung des Tofirit zu verdanken haben«, verriet ihm Art.

»Heißt das, Sie sind im All auf Tofirit gestoßen?« mischte sich Wallis aufgeregt in die Unterhaltung ein. »Handelt es sich um eine größere Menge?«

Bulton erstickte Arts Antwort noch im Keim. »Ungefähr eine Aktentasche voll, nehme ich an. Halten Sie sich bitte zurück, Wallis, erst einmal bin ich mit Fragen an der Reihe. Ich möchte wissen, was es mit der Schlacht im All auf sich hat. Wie viele Verbände der Schatten und der Tel waren daran beteiligt? Befanden sich Schattenstationen in der Nähe? Wurden Sie in die Kämpfe mit einbezogen? Steht Terra ein Angriff bevor?«

»Die Konfrontation mit einer Station der Grakos hätten wir mit Sicherheit nicht überlebt«, entgegnete Art Hooker. »Im Achmed-System bekriegten sich lediglich zwei Aufklärungsraumer, innerhalb eines Asteroidengürtels. Beide wurden angeschossen und stürzten auf verschiedenen Asteroiden ab. Drei Tel überlebten den Absturz – und leider auch sechs Grakos. Die Schatten machten uns später schwer zu schaffen, sie wollten uns und den Tel ans Leben. Einzelheiten stehen in dem Bericht, der Mister Trawisheim vorliegt. Ich habe wirklich keine Lust, alles noch mal zu wiederholen.«

»Den Bericht lese ich gleich im Anschluß an unsere Unterredung«, sagte Bulton. »Nur eins noch vorab: Wie ist die ganze Sache ausgegangen? Konnten Sie die Grakos in die Flucht schlagen? Haben Sie die Tel nach Terra mitgenommen?«

Jane schüttelte traurig den Kopf. »Wir sind die einzigen Überlebenden jener dramatischen Auseinandersetzung. Die Tel opferten ihr Leben im Kampf, um unseres zu retten. Art hat einige Blessuren davongetragen; glücklicherweise geht es ihm inzwischen wieder besser. Unsere SEARCHER liegt derzeit in der Marinewerft, zwecks Instandsetzungsarbeiten. Am Flugdozer gibt's nichts mehr instandzusetzen, es hat ihn in tausend Teile zerrissen. Auch von den drei Kegelrobotern existieren nur noch Überreste – verstreut auf einem kahlen Asteroiden weit draußen im All.«

»Schade«, meinte Terence Wallis. »Mein Geschäftsführer hatte mich gebeten, die Geräte wieder zurückzukaufen. Einige unserer Arbeiter und Angestellten vermissen sie wegen ihrer seltsamen Eigenarten.«

»Siehst du?« sprach Jane zu ihrem Mann. »Wußte ich doch, daß sie etwas ganz Besonderes waren!«

»Na und? Das war mein erster Schweber auch«, entgegnete Art schulterzuckend. »Als er verschrottet wurde, habe ich heimlich geweint. Ich baute ein Stück vom Armaturenbrett aus und hob es mir jahrelang zur Erinnerung auf.«

»Das ist was anderes.«

»Ist es nicht. Schweber sind Maschinen, genau wie Roboter. Es lohnt nicht, sein Herz daran zu hängen. Im Gegensatz zu einem denkenden, atmenden Lebewesen ist jedes Gerät ersetzbar.«

Nach außen hin tat Art Hooker, als sei ihm der Verlust der Roboter egal. Innerlich verspürte er jedoch einen kleinen Stich. Sechs Neun Sechs U, Sieben Sieben Sieben H und Zwo Vier Acht G hatten zahlreiche (simulierte?!) menschliche Züge besessen.

Der Multimilliardär stellte die Frage, die ihm auf der Zunge brannte. »Haben Sie auf einigen der Asteroiden Tofirit entdeckt? Wieviel ist es?«

Art machte es spannend. »Der Asteroid, auf dem wir gemeinsam mit den Tel die Grakos bekämpften, hatte eine Ausdehnung von 48 Kilometern, bei einer Dicke von 33 Kilometern. Angenommen, ich würde behaupten, er sei ganz und gar aus Tofirit. Würden Sie mir das glauben?«

Wallis nickte. »Logisch. Warum sollten Sie mich anlügen?« Er drehte seinen Kopf in Bultons Richtung und äffte ihn nach: »Wahrscheinlich besteht der gesamte Planet aus diesem wertvollen Rohstoff. Wir brauchen ihn nur noch ins Solsystem abzuschleppen und in seine Einzelteile zu zerlegen. – Viel Spaß bei dem Versuch, den Asteroiden in Ihre Aktentasche zu bugsieren, Bulton.«

»Zwischen einem Asteroiden und einem Planeten besteht größenmäßig ein gewaltiger Unterschied«, machte ihm der Marschall deutlich. »Selbst wenn die Hookers im NGK-System auf zwei oder drei Tofirit-Asteroiden…«

»Millionen«, unterbrach Jane ihn sanft.

»Selbst wenn die Hookers auf Millionen von Tofirit-Asteroiden gestoßen… Millionen? Und alle von dieser Größe?«

»Ein paar sind noch größer, es gibt aber auch wesentlich kleinere«, informierte ihn Art. »Sie bilden einen mächtigen Ring, den sie aufgrund des enormen Schwerkraftfeldes nicht verlassen können. Der Flug durch den Gürtel ist brandgefährlich, weil einige der

Asteroiden dort kreuz und quer umherschweben, aufeinanderprallen und sich immer wieder gegenseitig abstoßen.«

»Und... und diese schwebenden Asteroiden bestehen alle aus Tofirit?« fragte Wallis gespannt.

Jane nickte. »Jeder einzelne von ihnen. Unsere Gesteinsproben wurden mittlerweile analysiert, mit positivem Ergebnis. Keine Sorge, es kann keiner der schwebenden Brocken abhanden kommen, der Gürtel ist so eine Art riesenhafter Banktresor.«

Banktresor – das war genau die Sprache, die der Milliardär verstand. Das Achmed-System bot einem gewieften Geschäftsmann wie ihm ungeahnte Möglichkeiten, sein Vermögen immens zu vergrößern. Natürlich rechnete er mit heftigem Widerstand der Regierung, in deren Auftrag Art und Jane das System erkundet hatten, aber damit würde er schon fertig werden.

Wallis war fest entschlossen, sich nicht die Butter vom Brot nehmen zu lassen. Er würde knallhart verhandeln.

*

Die POINT OF jagte den Sternen entgegen.

Der Ringraumer der Mysterious beschleunigte; mit immer höherer Überlichtgeschwindigkeit entfernte er sich von Galoa und flog sein nächstes Ziel an.

Commander Ren Dharks neues Ziel: die Rahim!

Waren sie die Mysterious, die in der heimatlichen Galaxis ihre Spuren hinterlassen hatten, um vor tausend Jahren spurlos zu verschwinden? Lebten sie in Galaxis zwei, in *Drakhon*, wie der Checkmaster der POINT OF dieses Milchstraßensystem nach einer alten Sage der Tel genannt hatte – dieses System, das mit der heimatlichen Galaxis kollidierte und dadurch vermutlich auch für die interstellaren Magnetstürme verantwortlich war?

In Drakhon war davon so gut wie nichts zu spüren.

Waren die Mysterious deshalb aus der Milchstraße nach Drakhon ausgewichen? Gab es sie hier in Drakhon noch, waren sie mit den Rahim identisch, von denen nur hinter vorgehaltener Hand gemunkelt wurde?

Sehr viel, gestand Ren Dhark sich ein, waren die Hinweise der Galoaner nicht wert, wenn man es ganz genau betrachtete. Aber es war eine Hoffnung.

Eine doppelte Hoffnung.

Einmal, die wahren Herrscher Drakhons aufzustöbern, und zum anderen, die Mysterious zu finden, nach denen Ren nun schon so lange suchte. So lange… seit jenem Moment, als er und seine Gefährten zum ersten Mal auf ihre Spuren gestoßen waren. Auf dem Planeten Hope, auf dem Inselkontinenten Deluge, in der toten Stadt, in der Ringraumerhöhle, im Industriedom…

Der hochgewachsene und schlanke Mann mit dem markanten Gesicht strich sich durch das weißblonde Haar; eine Geste, die seine Nachdenklichkeit unterstrich.

War es richtig, was er tat?

War es richtig, daß er mit dem modernsten und besten Raumschiff der Terranischen Flotte eine fremde Galaxis aufsuchte, während vielleicht gerade in diesem Moment die Menschen, die ihn zum Commander der Planeten gemacht hatten, die ihn zu ihrem Regierungschef gewählt hatten, um ihr Leben bangten? Um ihr Leben *kämpften?*

Weil sie vielleicht gerade jetzt von den Grakos angegriffen wurden?

Von jenen unheimlichen Wesen, die ihre Insektenhaftigkeit hinter schwarzen Schattenschirmen verbargen und die mit unsichtbaren, gigantischen Kampfstationen angriffen und nichts anderes kannten als die erbarmungslose Vernichtung ihrer Opfer?

Mußte er nicht an vorderster Front antreten, um die Menschen zu schützen, die ihm vertrauten? So wie er damals angetreten war, um Hope vor dem Angriff der Amphis zu schützen, und nur wenig später, um die Erde aus der Gewalt der Giants zu befreien…

Warteten nicht alle, die ihn in seine Position gewählt hatten, darauf, *daß er etwas für sie tat?*

Und was tat er?

Er jagte seinen eigenen Träumen nach…

Sicher: Er hatte seine guten Gründe dafür. Die Mysterious zu finden, sofern sie noch irgendwo im Universum existierten, war wichtig. Nicht nur der Erkenntnisse wegen, die sie der Menschheit vermitteln mochten. Vielleicht auch, um sich ihrer erwehren zu können, wenn sie doch nicht das waren, was Ren in ihnen zu sehen hoffte.

»Wir sollten nach Salteria zurückkehren, ins Shir-System«, war eigentlich Ren Dharks Absicht gewesen. Er hoffte, dort weitere Informationen über die Mysterious zu gewinnen, die vor tausend Jahren aus der heimatlichen Milchstraße verschwunden waren, offenbar um sich nach Drakhon zurückzuziehen. Daß die Salter nicht mit den Mysterious identisch waren, änderte doch nichts an der Bedeutung dieser Frage! Die Salter hatten viel über die Mysterious gewußt, und die Shirs ebenfalls. Zumal teilweise M-Technik auf ihrem Planeten beziehungsweise im Shir-System Verwendung fand; Tarrol, der Medo-Planet, war eindeutig und nachweislich von den Mysterious als planetares Superkrankenhaus eingerichtet worden.

»Glaubst du wirklich, daß dir die Shirs Rede und Antwort stehen werden?« hatte Riker gefragt, und der Sarkasmus in seiner Stimme war unüberhörbar. »Die haben uns doch schon einmal hereingelegt, und daß sie es beim zweiten Mal nicht geschafft haben, verdanken wir nur unseren Freunden, den Nogk, und deren Neuentwicklung!« Damit wies Riker auf die Stirnreifen nogkscher Fertigung hin, die verhinderten, daß die Träger dieser genialen Konstrukte mental beeinflußt werden konnten. »Ren, auch die Shirs sind fähig, hinzuzulernen, und wenn wir zum dritten Mal bei ihnen aufkreuzen, haben sie längst irgendeinen hinterhältigen Trick ausgeknobelt, mit dem sie uns schon wieder austricksen können!«

Ren schüttelte stumm den Kopf.

»Glaubst du wirklich an die Dankbarkeit dieser Giga-Elefanten?« hakte sein Freund Dan nach. »Daß wir sie und ihre Schätze vor den Nomaden gerettet haben, vergessen sie vielleicht nicht, aber ich kann mir trotzdem nicht vorstellen, daß sie Gewissensbisse entwickeln, uns zu täuschen. Du denkst an die Depots mit technischen Hinterlassenschaften der Mysterious in den unterirdischen Shir-Städten? Vergiß sie! Die dort eingelagerte M-Technik ist tot und unbrauchbar!«

»Sicher, aber es könnte Aufzeichnungen und Hinweise geben... das Archiv der Salter...«

»Aufzeichnungen, die mittels M-Technik gespeichert wurden?« Der schwarzhaarige, hagere Mann mit der Figur eines Langstreckenläufers rieb sich unbewußt das Kinn, das wieder einmal den roten Fleck zeigte, der auf seinen Erregungszustand hinwies. »Die Speicherungen kannst du doch vergessen! Es funktioniert nichts mehr, Ren! Nichts! Das Salter-Archiv auch nicht!«

»Also sollen wir das Shir-System abhaken?«

»Unsinn!« murrte Dan. »Wir können später dorthin zurückkehren. Die Shirs, ihre gehorteten Schätze und der ganze Salter-Kladderadatsch laufen uns nicht weg. Aber die Rahim... die sind das brennende Problem!«

»Und wieso? Glaubst du etwa, daß die weglaufen?« Ren ahnte indessen, worauf sein Freund hinaus wollte.

Der bestätigte es ihm.

»Weil sie mit Sicherheit mehr über Drakhon wissen als die Salter und die Shirs! Gut...« er hob abwehrend beide Hände, »... die Shirs existieren hier seit Ewigkeiten, aber seit Ewigkeiten haben sie sich auch aus dem Weltraum zurückgezogen und benutzen Raumschiffe nur noch in wenigen Ausnahmefällen! Daher kommen sie als Informanten doch kaum noch in Frage! Aber die Rahim – die laufen uns bestimmt auch nicht davon, aber die gurken schon seit Ewigkeiten hier herum und tun das garantiert auch heute noch, und sie werden deshalb auch mehr über das wissen, was sich hier vor tausend Jahren abgespielt hat, als uns die Hinterlassenschaft der Salter verraten könnte! Oder vor ziemlich genau 250 Jahren, wie die Galoaner definierten...!« ergänzte er und fuhr eindringlich fort: »Finden wir die Rahim und kommen mit ihnen in Kontakt, erfahren wir auch mehr über Drakhon und sicher auch über die Mysterious!«

Über ›die‹ Mysterious, hat er gesagt, durchfuhr es Ren. In früheren Dialogen hatte Dan eher die Formulierung *›deine‹ Mysterious* benutzt. Gerade weil Ren Dhark die Suche nach diesem verschollenen Volk zu seinem ganz persönlichen Anliegen gemacht hatte.

Sah auch Dan, der Skeptiker, jetzt die Zusammenhänge, die Ren schon länger ahnte?

Der Commander erklärte sich einverstanden. »Suchen wir die Rahim!«

Es war, das mußte auch Ren sich eingestehen, logisch – die Rahim waren nach allem, was man bisher über sie hörte, die bei weitem älteste Zivilisation dieser Galaxis. Also mußten sie weit mehr über Drakhon und alles, was damit zusammenhing, wissen als die Galoaner oder die Shirs.

Oder sonst wer.

Und jetzt war die POINT OF unterwegs.

Zu einem Raumsektor, vor dem die Galoaner gewarnt hatten. Forschungsschiffe, die diesen Sektor anflogen, seien niemals zurückgekehrt. Aber eben in jenem Bereich Drakhons, auf der Seite, die der Milchstraße entgegensetzt lag, sollten die Rahim noch existieren – jenes Volk, das es geschafft hatte, galaxisweit seine Spuren zu verwischen und zur Legende zu werden.

Das Ziel hieß D 2959/824.

Eine Zahlenkombination aus dem Drakhon-Sternkatalog nach terranischer Systematik, der allerdings noch sehr rudimentär war – was hatten die Astronomen denn in der kurzen Zeit schon bestimmen und katalogisieren können?

Man kannte ja gerade mal einen winzigen Bruchteil der eigenen Galaxis! Und hier kam gleich die nächste hinterher und schrie danach, erforscht zu werden!

Keiner von ihnen allen würde das Endresultat aller dieser Forschungen jemals erleben, und wenn sie Milliarden von Jahren alt wurden. Es war einfach zu viel. Das Universum war zu groß für die Menschen, um es jemals vollständig überblicken zu können.

D 2959/824!

Eine nüchterne, nichtssagende Bezeichnung.

Was erwartete die Terraner dort?

*

»Ein Doppelsonnensystem«, kommentierte Astronom Jens Lionel die Daten, die er aus der Astroabteilung der POINT OF in die Zentrale überspielt hatte, in der er anschließend persönlich aufgetaucht war. Von der alten Regel aus der irdischen Seefahrt, daß das Betreten der Kommandobrücke nur nach Erlaubnis des Kapitäns gestattet war, hielt er nicht viel, auch wenn diese Regel auf den anderen Raumern der Terranischen Flotte üblich war und nur die POINT OF den Ausnahmefall darstellte, weil an Bord des Flaggschiffs ein lockerer Umgangston herrschte und weder Ren Dhark noch einer der anderen Offiziere viel von allzu strengen militärischen Regeln hielten. Größte Auszeichnung für jeden an Bord war das Ring-Emblem an Brustteil und Schulter, das darauf hinwies, daß man zur Besatzung der POINT OF gehörte – das war mehr wert als jeder von der Regierung verliehene Orden. Dieses Abzeichen trugen nur die Männer und Frauen, die zur Besatzung des Flaggschiffs gehörten. Es war mehr als nur ein Statussymbol – es war das Zeichen der Zugehörigkeit zu einer verschworenen Gemeinschaft, wie es sie in der TF kein zweites Mal gab, und nur wenige im Schiff gehörten nicht zu denen, die schon auf Hope dabeigewesen waren, als die POINT OF damals zu ihrem Jungfernflug startete.

Lionel fuhr fort: »Sonne A ist ein roter Riese vom Spektraltyp M 2 und der Leuchtkraftklasse II, Sonne B ein offenbar nach Entstehung des Systems von dem roten Riesen eingefangener weißer Zwerg vom Typ O 5/VII nach Spektraltyp respektive Leuchtkraftklasse. Diese Konstellation ist, wie wir wissen, nicht unbedingt untypisch. Mehrere Asteroidengürtel großen Ausmaßes sind Überreste der Begegnung der beiden Sonnen vor rund vier Milliarden Jahren. Sie machen das Navigieren im System schwierig und gefährlich.«

»Schön gesprochen, Lionel«, kommentierte Leon Bebir, 2. Offizier des Ringraumers und nach Dienstplan im Augenblick Kommandant. »Diese geschraubte Formulierung sollten Sie unbedingt abspeichern für Ihr astronomisches Standardlexikon und...«

»Leon«, murmelte Riker düster.

Bebir hob abwehrend beide Hände und blieb still.

»Das Doppelsystem verfügt über 18 Planeten«, fuhr Lionel etwas pikiert fort. »Nach der Meysel'schen Wahrscheinlichkeitsrechnung kann auf Planet 5 Leben nach unserer Definition existieren. Die anderen Welten liegen auf jeden Fall außerhalb der Biosphäre, sind entweder zu heiß oder zu kalt, auf jeden Fall aber Stein- oder Gaswüsten.«

»Sie empfehlen also, Planet 5 anzufliegen?« fragte Riker.

»Ich empfehle gar nichts«, wehrte sich der Astronom. »Sonst heißt's hinterher, ich wäre schuld daran, wenn etwas passiert...«

Bebir grinste von einem Ohr zum anderen.

Riker wollte etwas sagen, bemerkte aber das amüsierte Lächeln seines Freundes und winkte ab. Ren Dhark nickte Lionel zu. »Die Verantwortung liegt bei der Schiffsführung, Lionel«, sagte er. »Und die richtet sich ohne Schuldzuweisungen nach Expertenempfehlungen. Was wissen wir von den Galoanern über dieses System?«

Es war leider so gut wie nichts. Aus Furcht vor den Rahim hatten die Galoaner diesen Teil Drakhons nie selbst angeflogen, alle Informationen waren theoretischer Natur. Das System D 2959/824 gehörte lediglich zu einem Informationspaket, das kaum mehr als jene astronomischen und astrophysikalischen Daten beinhaltete, die die Astroabteilung der POINT OF auch von sich aus herausgefunden hatte. Es gab da zwar einen vagen Hinweis der Galoaner, daß einst Rahim auf dieser Welt gewohnt haben sollten, aber dem zu folgen, glich nach Lage der Dinge eher einem Glücksspiel. Dennoch hatte Dhark sich dazu entschlossen.

Irgendwo mußte man ja anfangen…

Bebir als amtierender Kommandant entschied: »Wir fliegen Planet 5 an. Grappa, ich will alle Ortungsergebnisse auf meinem Display sehen! Fernerkundung aktivieren… kümmern Sie sich darum!«

Tino Grappa, der junge Mailänder, dem man nachsagte, mit den Ortungssystemen des Ringraumers verheiratet zu sein, bequemte sich zu einem »Aye, Commander« und machte dann seinen Kollegen Yell spitz, der ihm einen Teil der Arbeit abnehmen sollte. Unwillkürlich schmunzelte Ren Dhark, der sonst allein als »Commander« angeredet wurde, aber Grappa hatte mit seiner Titulierung überspielt, daß Bebirs offizieller Dienstrang auch nicht höher war als sein eigener, Bebir aber die Schiffsführung innehatte und trotzdem nicht als »Captain« angeredet werden durfte; zu einem unproblematischen »Sir« konnte man sich an Bord der POINT OF indessen stets nur sehr schwer durchringen. Und »Commander« war eben kein Dienstrang, sondern eine Bezeichnung oder Rangergänzung; ein Commander konnte ebenso ein Leutnant oder ein General oder Admiral sein, je nachdem, welche Position er gerade verkörperte.

Und *der* Commander war sowieso Ren Dhark, »Commander der Planeten« als Regierungschef Terras und der zugehörigen Kolonien, nur hatte dieser Regierungschef kaum noch Zeit, sich am Schreibtisch um das Schicksal der Menschheit zu kümmern. Er versuchte, in Weltraumtiefen Hilfe gegen die drohenden Gefahren zu finden. Die Büroarbeit überließ er nur zu gern seinem Vize Henner Trawisheim.

Mittlerweile gab es eine Menge Menschen, auch in Rens unmittelbarem Freundeskreis, die ihm prophezeiten, bei der nächsten Wahl werde er deshalb wohl gewaltige Schwierigkeiten bekommen. Wer wählte denn schon einen Präsidenten, der so gut wie immer irgendwo im Weltraum unterwegs war, während seine

Wasserträger die Probleme auf der Erde lösten? Da konnte man doch gleich den besten dieser Wasserträger zum neuen Commander der Planeten wählen...

Der Commander selbst sah das relativ locker.

Er hatte sich nie danach gedrängt, an die Spitze der terranischen Regierung gestellt zu werden. Er hatte sich auch auf Hope nie danach gedrängt, Stadtpräsident von Cattan zu werden – man hatte ihn einfach dazu gemacht. Natürlich deswegen, weil er eine Führungspersönlichkeit war, eine natürliche Autorität besaß, der sich selbst notorische Nörgler unterordneten. Aber er selbst war doch eher ein Abenteurer mit der Sehnsucht nach den Sternen im Herzen, ein Mensch, dem die Erde viel zu klein war, auch wenn er immer wieder gern dorthin zurückkehrte. Wenn er nicht wiedergewählt wurde – was focht es ihn an? Er konnte dann wenigstens den offiziellen Teil der Verantwortung abstreifen, den man ihm aufgebürdet hatte.

Den inoffiziellen Teil konnte er nie loswerden. Der steckte zu tief in ihm drin. Verantwortung für Freunde, für Bekannte, für überhaupt *alle* Menschen. Verantwortung für das Schaffen und Erhalten von Frieden und harmonischem Zusammenleben in Sicherheit.

Hier stand er immer noch am Anfang.

Aber er war sicher, daß es keinen Unterschied machte, ob er Ren Dhark oder Commander Ren Dhark war. Zumindest für ihn selbst gab es diesen Unterschied nicht. Höchstens für andere, die Wert auf Titel legten.

Und die POINT OF flog Planet 5 an.

*

Der Ringraumer war in einen Orbit um den Himmelskörper gegangen. Die Ortungsdaten kamen herein, wurden gespeichert und auf den Monitoren des etwa drei Meter langen Kommandopultes ebenso wiedergegeben wie an den Anzeigen des Checkmasters.

Mit einem Gedankenbefehl hatte Ren Dhark die über dem Pult schwebende, 2,68 Meter durchmessende Bildkugel umgeschaltet. Sie zeigte jetzt nicht mehr die Weltraumumgebung der POINT OF, sondern Bilder von der Planetenoberfläche, die aus den Resultaten der Ortungssysteme errechnet wurden.

Planet 5 lag nicht nur in der Biosphäre des Doppelsonnensystems, sondern war auch noch eine Sauerstoffwelt mit erdähnlicher Zusammensetzung und Masse. Die Schwerkraft betrug, von ein paar Dezimalstellen hinter dem Komma abgesehen, fast genau 1 g. Auch die Umlaufdauer um die beiden Sonnen ähnelte der der Erde um Sol; der Planet benötigte dazu 368 Erdentage und drehte sich in 24 Stunden und 18 Minuten einmal um die eigene Achse.

»Erstaunlich!« erklärte Jens Lionel und fand keinen Widerspruch bei seinen Kollegen. »Der Weg um den roten Riesen und seinen kleinen weißen Begleiter ist wesentlich weiter als jener der Erde um die Sonne. Trotzdem entspricht ein Jahr da unten einem bei uns. Diese Welt ist ganz schön zügig unterwegs.«

»Da!« stieß eine weibliche Stimme hervor.

Anja Riker, Dans Frau, hatte in den ersten Jahren als Chefmathematikern zur Besatzung der POINT OF gehört. Danach lehrte sie auf der Erde an Hochschulen die komplizierte Supermathematik der Mysterious. Mit der kannte sie sich dank der Mentcaps aus dem Archiv im Industriedom von Deluge bestens aus, nachdem sie sich dann mit dieser Mathematik auch eingehend befaßt und ihre Grundlagen so verinnerlicht hatte. Anja war jetzt wieder mit an Bord und nahm an der Drakhon-Expedition teil.

Von den anderen unbemerkt, war sie in die Zentrale getreten und wies jetzt mit ausgestrecktem Arm auf die Bildkugel, die in ihrer holographischen Darstellung Bilder von der Oberfläche des Planeten zeigte.

Während des Disputs mit Lionel hatte diesen Bildern niemand Beachtung geschenkt. Jetzt aber sahen die Menschen…

… eine Stadt!

Häuser! Straßen! Fahrzeuge, die sich bodengebunden über Straßen bewegten und auf einem technischen Standard zu sein schienen, der dem der Erde zu Anfang des vorigen Jahrhunderts entsprach! Und – Lebewesen.

»Rags!« stieß Anja Riker unwillkürlich hervor und hatte damit den Bewohnern dieser Stadt – und vermutlich des ganzen Planeten – ihren Namen gegeben.

»Rags?« echoten Dan, Ren und Leon Bebir synchron.

»Rag Dolls«, ergänzte Anja und glaubte damit alles gesagt zu haben, nur konnten die anderen in der Zentrale der POINT OF auch mit diesem Begriff nichts anfangen. Sie als Frau hatte da einen Informationsvorsprung, den sie den Männern erst einmal erklären mußte.

»Rag Dolls... das waren Stoffpuppen, die Ende des vorigen Jahrhunderts auf Terra *en vogue* gewesen sein müssen. Meine Großmutter hat sie gesammelt, hatte fast hundert Stück von diesen unförmigen Dingern, die ich immer als häßlich empfunden habe... und diese Wesen da unten auf Planet 5 sehen diesen Puppen doch so verflixt ähnlich... diese Rags...«

Die Einheimischen waren, wenn man den Angaben der Fernortung vertraute, etwa menschengroß, hatten aber merkwürdig flache, kaum konturierte Gesichter und dickliche Extremitäten. Daß diese aus zwei Armen und zwei Beinen bestanden und an jeder Hand und jedem Fuß fünf Finger beziehungsweise Zehen besaßen, machte diese Humanoiden auch nicht menschlicher. Ihr gesamtes Erscheinungsbild ähnelte tatsächlich jenen Stoffpuppen, an die sich nun auch Leon Bebir erinnerte, der sie als Kind einmal in einem Puppenmuseum gesehen und sich regelrecht davor gegruselt hatte, weil sie auf ihn doch eher wie die Karikatur eines Menschen wirkten.

»Rags also«, nahm Ren Dhark die Bezeichnung auf. »Diese Rags leben auf einem Planeten, der nach Lionels Meinung kein Leben entwickelt haben dürfte – aber mit den Rahim sind die Rags garantiert nicht identisch! Dafür ist ihr technischer Standard doch ein paar Stufen zu niedrig...«

»Der der Salter war noch niedriger, als wir sie im Shir-System aufspürten«, erinnerte Riker. »Sie haben freiwillig auf ihre Hochtechnologie verzichtet, obwohl sie einmal die interstellare Raumfahrt beherrschten und in den Depots der Shirs gewaltige Techniksammlungen anlegten! Was, wenn auch die Rahim Verzicht üben? Dann könnten sie doch mit diesen Rags identisch sein…«

»Oder sie sind durch eine Katastrophe in die Barbarei zurückgestoßen worden«, gab Bebir zu bedenken. »Darf ich an den kosmischen Blitz erinnern, der galaxisweit alle M-Technik ausgeschaltet hat?«

»Aber der fand erst vor ein paar Wochen statt; die Rahim haben sich aber schon vor mehr als einem halben Jahrtausend zurückgezogen…«

»Und die Mysterious vor einem ganzen Jahrtausend«, brummte Riker und grinste seinen Freund an. »Ren, ich glaube auch nicht, daß die Rags mit den Rahim verwandt sind, so wenig wie wir mit den Mysterious, aber wer sagt uns, daß es nicht vor Jahrhunderten in Drakhon schon einmal eine solche galaktische Katastrophe gegeben hat? Vielleicht auch erst in dem Moment, als Drakhon in unserem Raum oder unserer Zeit auftauchte… so was kann doch nicht einfach folgenlos passieren, da werden doch gigantische Kräfte frei und…«

Er verstummte.

»Wir reden hier Blech«, sagte Ren nach einem Moment der Stille. »Wir spekulieren. Aber dafür sind wir nicht so weit geflogen. Schauen wir, was uns der Planet anzubieten hat, und dann sollten wir versuchen, mit den Rags in Kontakt zu treten. Die werden uns schon erzählen können, was mit ihnen los ist.«

Dan legte ihm die Hand auf die Schulter.

»Der Teufel«, sagte er leise. »Der Teufel ist mit ihnen los. Schau dir das hier an…«

Er wies auf einen der Monitoren, die wiedergaben, was die Fernerkundung aufzeichnete. Mit einem Handgriff schaltete er um, und plötzlich zeigte die Bildkugel das erschreckende Szenario.

Krieg!

Auf einem der Kontinente herrschte Krieg, und Rags töteten Rags. In diesem Moment glaubte kein Mensch in der Zentrale der POINT OF mehr, es mit degenerierten Rahim zu tun zu haben!

*

Immer mehr Informationen kamen herein. Die Funk-Z des Ringraumers überwachte die planetarische Kommunikation. Die Rags benutzten Telefonleitungen, deren Induktionsfelder von den Anlagen der POINT OF abgehört werden konnten.

Die galoanischen Translatoren bekamen »Futter«. Der Checkmaster der POINT OF half dabei, die Sprachen der Rags zu entschlüsseln, die je nach Kontinent und Region variierten – es schien eine Unzahl von Dialekten und Sprachen zu geben. Allerdings waren die Translatoren in der Lage, sich problemlos auf jede Sprachvariante einzustellen.

So entstand allmählich, während die POINT OF nach wie vor im Orbit um den Planeten kreiste, ein komplexes Gesamtbild. Natürlich blieb es unmöglich, auf diese Weise wirklich viel über den Planeten und seine Bewohner zu erfahren, aber es reichte, um sich einen recht umfassenden Eindruck zu verschaffen.

Meere bedeckten mehr als die Hälfte der Welt. Es gab drei große Kontinente, die nicht durch Landbrücken miteinander verbunden waren. Zwischen ihnen verloren sich hier und da eine Menge mehr oder weniger großer Inseln.

Auf jedem der Kontinente gab es offenbar einen dominierenden Phänotyp des Rag-Volkes. In der gemäßigten Klimazone des Nordens lebten Rags mit rosa Hautfarbe. Der Äquatorkontinent wurde von blauhäutigen Rags bewohnt, und auf der Landmasse, die sich auf der Südhälfte des Planeten von den gemäßigten Breiten bis über den Pol hinaus erstreckte, gab es rosahäutige, blaue und auch grüne Planetarier.

Natürlich gab es bei allen eine Menge Farbschattierungen, so wie auf der Erde Menschen nur selten völlig weiß, schwarz, braun, rot oder gelb waren. Hier wie dort hatten sich offensichtlich unterschiedliche Rassenmerkmale entwickelt.

Wer Dro Cimc, der Tel, der auch diese Reise der POINT OF als Gast und beinahe schon Freund mitmachte, ließ sich wieder einmal in der Zentrale des Ringraumers sehen und äußerte offen seine Verwunderung über die unterschiedliche Pigmentierung der Rags. Bei seinem eigenen Volk gab es solch krasse Unterschiede der Hautfarben nicht; die »Schwarzen Weißen«, wie sie von den Terranern anfangs genannt worden waren, changierten allenfalls in den regional verschiedenen dunklen Brauntönen.

In der Tat schienen unterschiedliche Pigmentierungen bei vielen Völkern der Galaxis eher ungewöhnlich zu sein; weder Ren Dhark noch einer der anderen konnte sich erinnern, bei Amphis, Nogk, Rateken, Utaren, Giants oder was auch immer für Geschöpfe die Terraner bisher kennengelernt hatten, ein so umfassendes Farbspektrum kennengelernt zu haben. Allenfalls die Shirs zeigten deutliche Farbunterschiede – die aber gleich richtig bunt, weil jedes Farbmuster individuell war und gewissermaßen auch den Namen des jeweiligen Shir symbolisierte.

Von daher war Cimcs Überraschung erklärlich.

Nicht weniger überraschend – oder für die Terraner mit ihrer Entwicklungsgeschichte eigentlich nicht – waren die weiteren Informationen, die aus Sondenaufzeichnungen und abgehörten Funkgesprächen hervorgingen.

Die rosahäutigen Rags waren das eindeutig dominierende Volk. Auf dem am höchsten entwickelten Nordkontinent waren dichte Besiedelung und ausgedehnte Industrieanlagen erkennbar. Und die Frontlinie eines Stellungskriegs, der sich fast quer durch den Kontinent zog.

Die blauhäutigen Rags stellten wohl die Urbevölkerung des Äquatorialkontinents dar, aber es sah so aus, als sei dieser in weiten Teilen von den rosahäutigen kolonisiert worden.

Die südliche Landfläche war nur dünn besiedelt, wies Industrie lediglich in einigen Bevölkerungszentren an der Nordküste auf. Von Hochtechnologie, die ein galaxisbeherrschendes Volk wie die Rahim hinterlassen haben könnte, war zumindest aus der Umlaufbahn nichts zu entdecken.

»Ich kann mir ziemlich genau vorstellen, was jetzt in deinem Schädel abläuft, Ren«, seufzte Dan Riker kopfschüttelnd. »Du willst dich da unten vor Ort umsehen, richtig?«

»Richtig«, entgegnete der Commander der Planeten. »Wenn ich Spuren der Rahim finden will, muß ich mich vor Ort umsehen. Falls jenes verschwundene Volk jemals auf dieser Welt gewesen ist, existieren garantiert Mythen und Sagen bei den Einheimischen. Und falls es sogar noch Relikte gibt, kann niemand besser abschätzen als ich, ob die Hinterlassenschaften der Rahim identisch mit denen der Mysterious sind. Du mußt zugeben, auf diesem Gebiet bin ich der terranische Experte Nummer eins!«

Dan Riker stieß einen tiefen Seufzer aus. Er wirkte ein wenig resigniert bei so viel fast noch jugendlichem Eifer.

»Wenn wir allerdings feststellen, daß niemals Rahim auf dem Rag-Planeten waren...«

Dhark winkte ab. »Wenn wir feststellen, daß es keine Rahim-Hinterlassenschaften da unten gibt, sind wir doch auch schon einen Schritt weiter! Ich werde mir das jedenfalls aus der Nähe ansehen.«

Freunde können sich ehrlich die Meinung sagen, und deshalb war Dhark auch nicht verärgert darüber, daß sein Freund ihn schlicht und ergreifend für verrückt erklärte.

»Ren, dein Vogel hat schon Albatrosgröße, und wie du dich jetzt in die Rahim verbeißt, ist noch schlimmer als dein früherer Fanatismus, die Mysterious zu finden!«

»Ich glaube, daß die Rahim die Mysterious sind, Dan!«

»Das glauben viele von uns, aber was bringt es uns, wenn sich diese Hoffnung bestätigt oder zerschlägt?«

»Im positiven Fall können wir die Rahim nach der Ursache fragen, die Drakhon an den Rand der Milchstraße gebracht hat...«

Darüber hatten sie sich auch vorher schon einige Male unterhalten, und Dan Riker war nicht daran interessiert, diese relativ fruchtlose Unterhaltung ein weiteres Mal zu führen.

»Ich fliege mit Doorn und zwei Cyborgs hinunter, und wir sehen uns dort nach den Rahim um!« verkündete Dhark.

Riker tippte sich bezeichnend an die Stirn.

Er wußte, daß er seinen Freund von dessen närrischer, selbstmörderischer Absicht nicht abbringen konnte. Wenn Ren sich etwas in den Kopf gesetzt hatte, was mit den Mysterious – oder neuerdings mit den geheimnisvollen Rahim – zu tun hatte, ging er mit eben diesem Kopf auch durch die Wand, falls er es für nötig hielt!

»Ihnen ist aber klar, daß auf Rag Krieg herrscht, Commander?« gab Leon Bebir zu bedenken.

»Richtig«, gestand Ren Dhark zu. »Aber es handelt sich um einen reinen Stellungskrieg. Schon ein paar Kilometer hinter der Front herrscht so gut wie keine Gefahr mehr. Wir gehen runter, greifen uns ein paar Rags und befragen sie nach Zeugnissen oder Hinterlassenschaften einer alten Hochkultur. Die Aussicht, Erfolg zu haben, erscheint mir auf dem nördlichen Kontinent am größten. Er ist deutlich fortgeschrittener in der Entwicklung als die anderen beiden. Ist jemand anderer Ansicht?«

Er hatte seine Frage in ungewohnt provozierendem Tonfall gestellt.

Aber Dan Riker ließ sich nicht provozieren.

»Laß Doorn hier«, schlug er vor. »Ich fliege mit. Ich kann besser auf dich aufpassen als er.«

»Aber er kommt möglicherweise mit Rahim-Technologie besser zurecht als du«, erwiderte der Commander und spielte damit auf die unerklärliche Fähigkeit des Sibiriers an, fremde Technik intuitiv in ihrer Konstruktions- und Wirkungsweise zu erkennen. Das hatte ihnen allen schon oft entscheidend geholfen – speziell bei der Erforschung der Technik der Mysterious.

»Du glaubst also allen Ernstes daran…« Riker seufzte.

»Ich will mir nur hinterher keine Vorwürfe machen, etwas außer acht gelassen zu haben«, konterte Dhark.

Riker sagte nichts mehr dazu.

Seiner Ansicht nach gab es eine Menge Dinge, die Ren in den letzten Jahren außer acht gelassen hatte.

Aber trotzdem hatte er seltsamerweise immer wieder den richtigen Weg gefunden.

Wäre er ihn nicht gegangen – sie wüßten bis heute nichts von Drakhon. Sie würden immer noch rätseln, was der Auslöser war für die sprunghaften Veränderungen des galaktischen Magnetfeldes und die Strahlenstürme, die von Mal zu Mal verheerender und tödlicher für alles Leben wurden, das sich in ihrem Einflußbereich befand.

Welche Chance, etwas zu unternehmen, hätten sie dann überhaupt gehabt?

Die eines Schneeballs in der Hölle, befürchtete Riker. *Aber Ren hat dafür gesorgt, daß dieser Schneeball zumindest einen Kühlakku mit sich führt...*

Aber konnte dieser Kühlakku wirklich dazu beitragen, sie zu retten? Die Terraner, die anderen Intelligenzen der Milchstraße, die Galaxis selbst?

Darauf wußte niemand eine Antwort.

2.

Art und Jane Hooker verließen das Regierungsgebäude und begaben sich mit einem öffentlichen Personentransportschweber zur Marinewerft. Ein zeitlich begrenzter Spezialausweis, den sie offen am Jackett trugen, verschaffte ihnen Zutritt zu einer riesigen Wartungshalle. Dort kümmerte man sich um die angeschlagene SEARCHER.

»Es ist wirklich nicht nötig, daß Sie die Instandsetzung persönlich überwachen«, wurden sie im Inneren des diskusförmigen Raumers von einem jungen Vorarbeiter unfreundlich begrüßt.

»Und ob das nötig ist!« erwiderte Jane im gleichen Tonfall. »Keiner kennt das Schiff besser als wir.«

Der Vormann wandte sich Art zu. »Hat die einen Ton am Leibe. Lassen Sie mich raten: In Ihrer Ehe hat sie die Hosen an, stimmt's?«

»Paß auf, daß ich dir deine Hosen nicht ausziehe und dir um den Hals wickele«, ranzte Art ihn an.

Das wirkte. Der Junge brummelte noch irgend etwas Unverständliches in sein spärliches Flaumbärtchen und zog dann Leine.

»Waren wir nicht ein bißchen grob zu ihm?« fragte Jane ihren Mann leise.

»Wie es in den Wald hineinschallt…« entgegnete Art abwinkend und wechselte das Thema. »Ist dir eigentlich aufgefallen, daß wir während unserer Unterredung mit Trawisheim kein einziges Wort über unser Honorar verloren haben?«

Jane hob die Schultern. »Na und? Wozu gleich mit der Tür ins Haus fallen? Laut Kontrakt erhalten wir ein Prozent an den Schürfrechten. Für uns ist das ein kleines Vermögen, eins, das uns keiner mehr wegnehmen kann.«

»Das würde ich auch niemandem raten«, brummte Art. »Falls jemand die Finger nach unserem Anteil ausstreckt, breche ich ihm den Arm.«

Jane glaubte ihm das aufs Wort. Art ging gern mal mit dem Kopf durch die Wand. In solchen Situationen hatte sie meist Mühe, ihn zu bremsen.

*

Daß sein Arm in Gefahr sein könnte, ahnte Terence Wallis nicht mal im entferntesten, während er sich den Kopf über den prozentualen Anteil der Hookers zerbrach. Das Hundertstel vom Abbaugewinn, welches den beiden laut Abmachung mit der Regierung zustand, paßte ihm ganz und gar nicht in den Kram.

Trawisheim hatte ihm von dem Vertrag erzählt, auf dem Flug nach Pittsburgh. Wallis hatte schweigend zugehört und sich nicht anmerken lassen, daß er andere Pläne verfolgte. Wenn es um die Wahrung seiner Geschäftsinteressen ging, redete er so wenig wie möglich, damit ihn seine Verhandlungspartner nicht zu früh durchschauten.

Der Regierungsjett setzte zur Landung auf dem Industriegelände an.

Henner Trawisheim bereute inzwischen, mitgeflogen zu sein. Seine Regierungsgeschäfte erlaubten ihm eigentlich keine zeitraubenden Extratouren. Aber Wallis hatte es geschafft, seine Neugier zu erwecken.

Nachdem die Hookers aus dem Büro gegangen waren, hatte der Multimillionär den neuen Kampfraumer erwähnt, um festzustellen, wieviel Trawisheim bereits darüber wußte. Im Gegensatz zu Marschall Bulton, der wenigstens über ein paar spärliche Informationen verfügte, hatte Henner bis dahin noch rein gar nichts von der ganzen Sache gehört. »Typisch«, hatte er angemerkt. »Der Chef erfährt immer als letzter, welche Neuigkeiten es in der Firma gibt.«

Wallis machte keinen Hehl aus seiner Begeisterung über die wichtige Entdeckung im tiefen All. »Die schier unerschöpflichen Tofiritmengen sind ein wahrer Segen für die Menschheit, die in der Vergangenheit immer wieder von fremden Völkern angegriffen wurde. Der überraschende Fund ermöglicht uns die Serienfertigung einer völlig neuartigen Raumschiffsgeneration und somit den kontinuierlichen Aufbau einer übermächtigen und unbesiegbaren Flotte.«

»Jetzt hören Sie sich wie Marschall Bulton an«, frotzelte Trawisheim.

»Das verbitte ich mir«, warf der erfahrene Militärstratege ein. »Aufgrund meiner langjährigen Erfahrungen würde ich niemals – ich betone: niemals! – eine Flotte als übermächtig und unbesiegbar bezeichnen, ganz gleich wie riesig sie ist und aus welchem Wundermaterial die Kampfraumer gefertigt wurden. Es wäre ein Fehler, sich zu stark zu fühlen, denn irgendwo gibt es immer einen, der stärker ist.«

»Sie haben völlig recht«, pflichtete Wallis ihm bei. »Mir sind halt im Überschwang der Gefühle die Gedanken durchgegangen. Massen über Massen von Tofirit! Ich fühle mich wie ein Bettler, der plötzlich und unerwartet einen Sack voller Geld gefunden hat.«

Er benimmt sich, als wäre der Fund sein persönlicher Besitz, dachte Ted Bulton insgeheim. *Da hat das Militär aber noch ein Wörtchen mitzureden...*

Auch Dharks Stellvertreter war Wallis' aufgekratztes Verhalten suspekt. War der Industrielle der Dhark-Regierung wirklich so loyal gesinnt, wie er vorgab? Oder plante er, in naher Zukunft die Macht an sich zu reißen, wie es vor ihm schon andere versucht hatten? Ein Verband von schwer bewaffneten Tofirit-Raumschiffen wäre ihm dabei überaus nützlich.

Bisher versah nur ein einziges terranisches Tofiritraumergeschwader seinen Militärdienst im Weltall: die EUROPA unter dem

Befehl von Coonel P. S. Clark war ein Prototyp gewesen, dem nur wenige baugleiche Schiffe nachfolgten. Und trotz des Tofiritfundes konnten keine neuen Ringraumer gebaut werden, da es keine Antriebsaggregate aus Mysterious-Fertigung mehr gab. Trawisheim bezweifelte, daß Wallis in der Lage war, diese mächtigen Schiffe zu übertrumpfen. Die Ringraumer waren das Nonplusultra der terranischen Raumfahrt, allen voran die POINT OF.

Es gab nichts Besseres. Noch nicht...

Allerdings mußte vor dem Neubau von Ringraumern noch das Geheimnis ihres Antriebs enträtselt werden – und momentan sah es nicht danach aus, als ob das je gelingen würde.

*

»Es gibt nichts Besseres als unsere SEARCHER«, sagte Art Hooker zu seiner Frau. »Für kein Geld auf der Welt würde ich sie gegen ein anderes Schiff eintauschen.«

»Das hat auch niemand von dir verlangt«, gab sie zurück. »Ich hatte lediglich vorgeschlagen, die Instandsetzungsarbeiten zu nutzen, um die SEARCHER ein wenig zu verändern.«

»Wozu verändern, was perfekt ist? Mir gefällt ihre Diskusform.«

Jane seufzte. »Mit keinem Wort habe ich angekündigt, die äußere Form ändern zu wollen. Der Diskus bleibt. Quadrate und Rechtecke taugen nur für die Schokoladenindustrie, nicht für die Raumfahrt. Mir schweben ausschließlich Verbesserungen auf den Decks vor, zum Beispiel eine luxuriösere Ausstattung unserer Privatquartiere. Schließlich können wir uns das jetzt leisten. Außerdem schlage ich vor, die Zentrale zu perfektionieren und das Waffensystem zu erweitern.«

»Wozu? Willst du einen Krieg anfangen? Unsere Bewaffnung reicht zum Selbstschutz völlig aus. Die beste Verteidigung gegen einen überlegenen Feind ist ohnehin die Flucht.«

»Womit wir beim Antriebssystem angelangt wären. Als George Lautrec Saams ›nützliche Spielereien‹ auf der SEARCHER einbaute, hatte er auch einige Ideen zur Verbesserung der Geschwindigkeit. Uns war das Ganze zu kostspielig, falls du dich erinnerst. Das ist mittlerweile nicht mehr der Fall.«

Art hob die Hände. »Okay, ich gebe auf. Mach von mir aus, was du willst.«

»So schnell?« staunte Jane. »Keine Einwände mehr?«

Ihr Mann schüttelte den Kopf. »Nein. Tu, was du nicht lassen kannst. Hauptsache, es dauert nicht allzu lange. Ich sehne mich nach dem All.«

»Ich nicht. Bevor wir den nächsten Auftrag annehmen, beenden wir erst einmal unseren unterbrochenen Hawaii-Urlaub. Anschließend nehmen wir unsere frisch renovierte SEARCHER in Empfang. Und danach klopfen wir bei Trawisheim an, um unser Honorar einzufordern. Alles schön der Reihe nach.«

*

Lautlos hatten die beiden Kleinraumer sich von ihren Bettungen im Flashdepot erhoben und ihre Intervallfelder eingeschaltet. Nun glitten sie mit eingeschaltetem SLE in den Weltraum hinaus. Dabei war der *Sub-Licht-Effekt* der Flash nicht in der Lage, mit seinem Brennkreis im Ringraumer Zerstörungen anzurichten, wie es sonst der Fall war, wenn die Beiboote der POINT OF feste Materie durchflogen. Eines der technischen Geheimnisse der Mysterious; Arc Doorn hatte schon vor geraumer Zeit die Vermutung aufgestellt, daß der Brennkreis innerhalb eines Ringraumers von einem speziellen Intervallfeld eingehüllt wurde. Den Beweis dafür hatte er bisher aber noch nicht erbringen können.

Dan Riker hatte noch einmal versucht, Ren von seinem persönlichen Erkundungseinsatz abzuhalten. Erfolglos. Der Commander der Planeten ließ sich nicht mehr von seinem Plan abbringen.

Er flog mit Lati Oshuta in Flash 002. Arc Doorn teilte sich Flash 005 mit Bram Sass, der sich von seinen auf Shir erlittenen Verletzungen vollständig wieder erholt hatte. Noch vor einem Jahrzehnt, vor dem Start der GALAXIS nach Hope, vor der Invasion der Giants, wäre es medizinisch unmöglich gewesen, einen Menschen so schnell zu heilen, der von Blasterschüssen so schwer verletzt worden war. Auch heute war es keine Zauberei, aber die medizinische Technologie der Mysterious war ebenso hochentwickelt wie alles andere, und hinzu kam, daß Bram Sass ein Cyborg war. Die Phant-Viren in seinem Körper veränderten den gesamten Organismus. Einst auf dem Planeten Bittan im System 404 entdeckt, hatte der Forscher Echri Ezbal diese Viren im Rahmen des Cyborg-Projekts modifiziert und nutzbar gemacht.*

Sehr nutzbar und so lebensrettend, wie sie in ihrem Normalzustand lebensfeindlich waren!

Die POINT OF blieb weiterhin im Orbit um den Planeten der Rags. Die beiden Flash jagten der Atmosphäre entgegen.

Jeder der vier Terraner trug einen galoanischen Translator bei sich, jeder einen der nogkschen Stirnreifen, die vor parapsychischer Beeinflussung schützten. Gegenüber den Shirs, diesen Parariesen, hatten sich die Stirnreifen bereits als wirksam erwiesen, und Dhark konnte sich nicht vorstellen, daß andere Völker Drakhons noch gewaltigere Parakräfte entfesseln konnten als diese sechsbeinigen Pseudoelefanten.

Von denen wußten die Terraner inzwischen, daß praktisch jede in der Galaxis Drakhon lebende Spezies über bestimmte paranormale Fähigkeiten verfügte. Die Shirs waren Suggestoren, andere Völker mochten über andere Künste verfügen. Aber die nogkschen Stirnreifen würden die Terraner davor bewahren, was für Paratricks auch immer andere Völker anwenden mochten; sei es Telepathie, Telekinese, Hypnose, Suggestion, Empathie oder was sonst. Vermutlich hing das mit den noch unerforschten speziellen natürlichen Gegebenheiten hier in Drakhon zusammen.

Der Commander ging davon aus, daß die Rags ebenfalls über

---

* siehe REN DHARK Sonderband 2: »Gestrandet auf Bittan«

Parakräfte verfügten. Warum sollten ausgerechnet sie eine Ausnahme darstellen?

Ren hatte nicht die Absicht, sich langfristig mit den Rags zu befassen. Hinfliegen, landen, ein paar von ihnen befragen – dafür hatten sie die entsprechend programmierten Translatoren an ihren Gürteln befestigt – und sich zu eventuellen Hinterlassenschaften der Rahim führen lassen. Die näher zu untersuchen, war für Arc Doorn und die Cyborgs sicher kein unüberwindbares Problem, und sobald das erledigt war, konnten die Terraner zur POINT OF zurückfliegen und Rag ein für allemal hinter sich lassen – mitsamt seinem Krieg, der die Terraner nichts anging.

Obgleich es Ren in den Fingern juckte, ihn zu beenden…

Aber: Wie sollte er das anstellen?

Und: als Außenstehender in die Geschicke einer Zivilisation einzugreifen – war das nicht eine durch nichts zu rechtfertigende Manipulation? Wie würde er selbst reagieren, wie andere Terraner, wenn Fremde aus dem Weltraum erschienen, um den Menschen ihre Ansichten aufzuzwingen? Er würde sich mit allem wehren, was ihm zur Verfügung stand.

Das hatten die Giants auf die harte Tour erfahren müssen. Und später, als die Rateken auftauchten und ihr Singu so tat, als wäre er der alleinige Beherrscher des Universums, war er rasch eines besseren belehrt worden. In beiden Fällen hatte Ren Dhark dafür gesorgt, daß die Fremden Terra in recht nachhaltiger Erinnerung behielten – und vor allem den Verteidigungswillen der Menschen.

Warum sollten die Rags anders handeln?

Aber das alles stand ja nicht zur Debatte. Den Commander interessierten nur die Hinterlassenschaften der Rahim.

Falls sie denn wirklich hier Spuren hinterlassen hatten…

»Stellen wir's fest«, murmelte Ren im Selbstgespräch. Er war *der* Experte für die Mysterious, und wenn es hier Ähnlichkeiten gab, würde er sie vor jedem anderen bemerken. Doorn würde ihm dabei helfen, und die beiden Cyborgs sorgten für die Sicherheit.

Ren lächelte, als er an seinen Freund Dan und dessen Besorgnis dachte.

Was sollte denn schon passieren auf einem Planeten, dessen technische Zivilisation jener der Erde Anfang des vorigen Jahrhunderts entsprach?

Nur Sekunden später erfuhr er es!

*

Dan Riker fühlte sich gar nicht wohl bei dem Gedanken, daß sein Freund Rag anflog. Ein Instinkt warnte ihn, aber er wußte auch, daß er Ren niemals von etwas abbringen konnte, was der sich einmal so felsenfest in den Kopf gesetzt hatte.

Die Bildkugel zeigte die beiden davonjagenden Flash.

Die zylindrisch geformten Raumboote, gut drei Meter lang und jeweils für zwei Besatzungsmitglieder konstruiert, tauchten in die Atmosphäre von Planet 5 ein.

Und waren im nächsten Moment verschwunden!

Verschwunden wie auch Planet 5!

Wie fortgezaubert, gab es Planet und Flash nicht mehr!

Die Bildkugel zeigte nur noch den leeren Weltraum!

Riker beugte sich vor, griff an Leon Bebir vorbei und hieb auf dessen Hand, die gleichzeitig die Alarmtaste auslöste – Bebir war einen Sekundenbruchteil schneller gewesen als Dan Riker.

Von einem Moment zum anderen befand sich der Ringraumer im Alarmzustand.

»Grappa!« rief Leon Bebir dem Mailänder zu. »Was ist passiert?«

Tino Grappa zögerte mit der Antwort. Er gehörte zu den Menschen, die erst nach Fakten suchten, ehe sie spekulierten, weil sie nicht wußten, was passiert war. Er spitzte seinen Kollegen Yell an, nur konnten beide Männer, ausgewiesene Experten in ihrem Fachgebiet, nicht aus den M-Ortungen herauskitzeln, was sich abgespielt hatte!

»Weg, Bebir… Riker…« stöhnte Grappa verzweifelt. »Der Planet ist einfach weg! Wie auch beide Flash... und wir können nichts mehr erfassen. Wie damals, als wir Erron 1 fanden...«

Riker schnappte nach Luft.

»M-Technologie? Planet 5 hat sich unsichtbar gemacht, so wie damals auch diese Riesenstation unsichtbar war?« hakte er nach und erinnerte sich nur zu deutlich daran, wie sie Erron 1 gefunden hatten – von der Konstruktion her eine Riesenkastanie mit aber Tausenden von Antennenstacheln, kontrolliert von den All-Hütern, die sich jedoch von den vorher bekannten Giants, die sich ebenfalls All-Hüter nannten, erheblich unterschieden.

»Nicht wie Erron 1!« widersprach Grappa. »Wir können die Gravitation des Planeten noch anmessen, nur ihn selbst nicht mehr... damals gab's ja unter dem Unsichtbarkeitsschirm überhaupt nichts mehr, der war fast noch besser als die Deflektoren der Nogk...«

»Klartext, Tino!« verlangte Riker. Bebir, derzeit eigentlicher Kommandant, ließ ihn gewähren. Immerhin war Dan Riker nebenbei auch Chef der Terranischen Flotte. Das machte ihn zwar nicht automatisch zum Chef der POINT OF, wenn Ren Dhark nicht anwesend war, aber es gab Gewohnheitsrechte, die im Flaggschiff gern respektiert wurden. Deshalb erlaubte sich Bebir nur ein dezentes Lächeln, während er zuließ, daß Riker ihm die Fäden aus der Hand nahm.

»Ich rede doch schon Klartext!« protestierte Grappa. »Riker, Rags Verschwinden ähnelt der Tarnung von Erron 1, ist aber trotzdem anders, weil wir Masse und Gravitation nach wie vor anmessen können und...«

Sein Kollege Yell unterbrach ihn.

»Hier kommen gerade die Auswertungsresultate aus der Astro... Planet 5 befindet sich nach wie vor an seinem Platz, auch wenn wir ihn nicht mehr direkt erfassen können!«

»Nicht mehr direkt?« mischte sich jetzt Anja Riker ein. »Was soll das heißen, Yell? Grappa sagte doch gerade, er könne die Masse feststellen!«

»Können wir auch – per Berechnung. Wenn Planet 5 komplett futsch wäre, fehlte seine Masse, und damit müßten auch die anderen Planeten reagieren. So ein Sonnensystem, vor allem bei Doppelsternen, ist eine komplizierte Sache, sorgfältig austariert, wenn's stabil sein soll. Fehlt plötzlich ein Planet, fehlt auch seine Wirkung auf die anderen Planeten, deren Bahnen von ihm mit beeinflußt werden.«

»Besser hätte ich es auch nicht sagen können«, mischte sich Jens Lionel ein, der sich inzwischen wieder in der Astroabteilung der POINT OF befand, aber per Bordsprechverbindung zugeschaltet hatte.

»Die Planeten sind aber ziemlich weit voneinander entfernt«, gab Dan Riker zu bedenken. »Hier noch weiter als im Solsystem, weil hier durch die beiden Sonnen noch ganz andere Gravitationsverhältnisse herrschen.«

»Eben«, konterte der Chefastronom des Ringraumers.

»Große Entfernungen bedeuten aber schwache Beeinflussung«, sagte Riker. »Und es muß doch auch seine Zeit dauern, bis die wirksam wird, weil...«

»Gravitation ist etwas, das sich überlichtschnell bemerkbar macht«, grummelte Lionel. »Wenn ein Lichtjahr neben uns ein Weißer Zwerg aus dem Nichts materialisiert, erfahren wir seine Gravitation nicht erst nach einem Kalenderjahr, sondern sofort, auch wenn sein Licht uns erst nach über 360 Tagen erreicht. Riker, was glauben Sie wohl, warum die von Drakhon ausgehenden Magnetstürme längst unsere ganze Galaxis durchfluten, auch wenn wir von Terra aus diese zweite Galaxis noch nicht mal sehen können, weil das Licht noch -zigtausend Jahre braucht, um das Solsystem zu erreichen?«

»Das alles ist irrelevant«, mischte sich Dro Cimc ein. »Fakt ist, daß Ren Dhark und seine Begleiter mitsamt dem ganzen Planeten aus unserem Erfassungsbereich verschwunden sind. Was können wir tun, außer stundenlange theoretische Diskussionen über astronomische und astrophysikalische Erscheinungen zu führen?«

Riker straffte sich.

Er wechselte einen schnellen Blick mit seiner Frau Anja, mit Leon Bebir und schließlich mit dem Tel, der den Nagel einmal mehr auf den Kopf getroffen hatte.

»Wir können eine ganze Menge tun«, sagte er. »Zum Beispiel einfach mit der POINT OF hinterherfliegen, wie wir es damals auch bei Erron 1 getan haben.«

Bebir sah das als Anweisung.

Seine Hände brachten Steuerschalter in neue Positionen.

Die POINT OF nahm Fahrt auf und verließ den Orbit.

Sie folgte den Flash.

Doch sie erreichte sie nicht.

3.

»Nach der galaktischen Katastrophe fehlen allerorten Raumschiffe, vor allem zur Erdverteidigung«, sagte Terence Wallis zu seinen beiden Begleitern, während sie auf den Eingang der bewachten Fertigungshalle zugingen, einer Halle, die der Multimilliardär »in aller Bescheidenheit« (wie er betonte) als »die größte der Welt« bezeichnete.

»Daß wir nicht genügend Raumer haben, ist allgemein bekannt«, erwiderte Marschall Bulton. »Erzählen Sie mir mal was Neues.«

»Gern. Mein bester Mitarbeiter Robert Saam dachte darüber nach, wie man dieses Manko beheben könnte, und ihm kam die Idee für einen völlig neuen Raumschiffstyp: den Ikosaeder.«

»Ikosaeder«, wiederholte Bulton. »Dafür also steht das Kürzel ›Iko‹. Ich hätte auf ›Ikone‹ getippt.«

»Ikone?« wunderte sich Trawisheim. »Ikosaeder nennt man einen regelmäßigen, aus zwanzig gleichseitigen Dreiecken zusammengesetzten Körper. Ein Raumschiff in dieser Form erscheint mir zwar ungewöhnlich, aber durchaus realisierbar. Ein Heiligenbild als Kampfraumer hingegen...«

»Was weiß denn ich, welche hochtrabenden Bezeichnungen Saam seinen Konstruktionen verleiht?« fuhr der Marschall ihm brummig ins Wort.

»Die geometrische Form der Iko-Raumer bietet viele Vorteile«, erklärte Wallis beim Betreten der Halle. »An den zwölf Verbindungspunkten der Hülle werden Waffen montiert. Beim Kampf im All wird der Gegner mit mindestens fünfzig Prozent der Bewaffnung angegriffen. Bei entsprechendem Anflugwinkel können sogar elf Geschütze gleichzeitig ein Ziel bestreichen. Die Schiffe sind in jeder Größe vorstellbar. Fällt der Schutzschirm aus, hat der Feind gehörig an der Panzerwirkung des Tofirit zu knabbern, wobei er sich die Zähne ausbeißen dürfte.«

»Manche unserer Feinde haben eine Menge Zähne«, konnte sich der Marschall eine Bemerkung nicht verkneifen.

Der Maschinenlärm, der die Riesenhalle erfüllte, in deren sämtlichen Abteilungen mit Volldampf gearbeitet wurde, zerrte an Bultons Nerven. Zwar gab es überall modernste Schallschutzeinrichtungen, dennoch mußten die Männer laut sprechen, um sich verständigen zu können.

»IKO 1, der Prototyp aller zukünftigen ikosaederförmigen Raumschiffe, den ich Ihnen gleich präsentieren werde, hat von Pol zu Pol einen Durchmesser von einhundert Metern«, erläuterte der Milliardär seinen Besuchern. »Selbstverständlich können nachfolgende Serienmodelle wesentlich größer ausfallen.«

»Apropos groß«, warf Trawisheim ein. »Wie weit ist es noch bis zum Raumschiff? Bei hundert Metern Durchmesser müßte es längst zu sehen sein. Ihre Halle ist zwar mächtig gewaltig, doch ich bezweifle, daß sich ein Raumer von dieser Größe darin verstecken läßt.«

Terence Wallis zeigte sich ratlos. Er schaute sich nach allen Seiten um.

»Das verstehe ich nicht. Robbie hat mir fest versprochen, heute seine Arbeit zu beenden.«

Sein Blick fiel auf mehrere dreiseitige Pyramiden aus Tofirit, die am verabredeten Platz in der Fertigungshalle standen. Menschen und humanoide Roboter arbeiteten dort Hand in Hand. An einigen Pyramiden-Seitenflächen waren Durchgangsschotts erkennbar.

»Das ist doch wohl das letzte!« schimpfte Wallis unbeherrscht drauflos. »Der faule Bursche steckt noch mitten in der Arbeit! Wieso hat er mich nicht darüber informiert, daß er ein paar Tage oder Wochen länger braucht?«

»Weil dem nicht so ist«, antwortete jemand hinter ihm. »IKO 1 ist so gut wie fertig.«

Wallis drehte sich um. Ihm gegenüber stand das junge norwegische Genie Robert Saam, trotz Arbeitskleidung unverkennbar, denn niemand hatte so herrlich abstehende Haare wie »Robbie«. In der Zeit vom 15. Oktober bis zum 15. März sah man ihn im Freien niemals ohne Mütze und Schal – »Weil es dann kalt ist!« – hier in der Halle konnte er jedoch darauf verzichten. Die Fußbodenheizung sorgte für ein angenehmes Klima; zusätzliche Wärme produzierten zahlreiche schwitzende muskulöse Männerkörper, an denen so manche sinnliche Frau ihre helle Freude gehabt hätte.

Zur Entlastung der Arbeiter setzte Saam seine »Blechmänner« ein, eine fleißige, aber unheimliche Truppe.

Einer der Roboter transportierte gerade per A-Grav die letzte dreiseitige Tofiritpyramide an Ort und Stelle. Weil für ihren Bau nur einfache dreieckige Platten hatten geschmiedet werden müssen, war die Verarbeitung verhältnismäßig leicht vonstatten gegangen.

»Jetzt steht alles an seinem Platz«, äußerte sich Saam zufrieden.

»Soll das ein Witz sein?« entrüstete sich sein Gönner. »Auf diesen Platz gehört ein komplettes Raumschiff, ich sehe aber keines.«

»Nur Geduld«, entgegnete der junge Mann und grinste dabei wie ein Schulbub, der seinem Lehrer gerade einen tollen Streich gespielt hatte. »Noch sieht das Ganze aus wie ein Modellbaukasten, aber das wird sich gleich ändern.«

Auf ein Zeichen von ihm wurden mehrere Antigravfelder aktiviert. Einige der Pyramiden erhoben sich in die Luft, als hätten sie ein Eigenleben. Langsam schwebten sie aufeinander zu, nicht unkontrolliert, sondern gezielt ausgesteuert.

Mittendrin stand Robert Saam als Koordinator. Ruhig und gelassen sorgte er dafür, daß jeder Handgriff mit äußerster Präzision durchgeführt wurde. Dank exakter vorheriger Absprache und gezielter Anweisungen verlief das Zusammensetzen der einzelnen Pyramiden fehlerfrei.

Wallis war stolz auf seinen Schützling. *Der Junge gibt Befehle, als hätte er nie in seinem Leben etwas anderes getan,* dachte der

Milliardär im stillen. *Vielleicht wurde aus ihm ja irgendwann einmal eine ganz passable Führungskraft.*

Robert Saam hatte während der Giant-Invasion Kontakt zu anderen Menschen vermieden. Einsam und allein hatte er in seinem Versteck im Keller der schwedischen Universität Uppsala massenweise kluge Bücher studiert. Wallis sah ihn direkt vor sich, wie er mit ernster Miene still und beschaulich über dicken Wälzern brütete, wie er komplizierte, seitenlange Formeln auf verschiedenen Rechenwegen nachprüfte…

… und wie er hektisch Seiten aus den Büchern riß, weil die darin enthaltenen Berechnungen nicht mit seinen eigenen übereinstimmten.

Da gab es nämlich noch einen anderen Robert Saam, den, der zunächst einmal jede gewonnene Erkenntnis grundsätzlich in Frage stellte und Fakten erst dann als solche anerkannte, wenn der endgültige Beweis tausendprozentig erbracht war. Wußte er etwas besser, hielt er mit seiner Meinung nicht hinter dem Berg. Dummheit regte ihn tierisch auf, überflüssige Diskussionen ebenfalls.

Mit diesem kompromißlosen Verhalten hatte er schon während des Studiums seine Professoren in die Verzweiflung getrieben. Letztlich hatte er sogar das an die Besatzungszeit anschließende Studium abgebrochen, weil ihm die Lehrkräfte geistig nicht mehr folgen konnten und es ihn jedesmal unnötig Zeit gekostet hatte, »den erschreckend Unwissenden« seine phänomenalen Gedankengänge zu erläutern.

Mittlerweile war er zwar bereit, sein enormes Wissenspotential auch weniger begabten Mitmenschen (das waren in seinen Augen alle lebenden Terraner minus Robert Saam) zugänglich zu machen, doch sobald ein Zuhörer nicht mehr mitkam, wurde er fuchsteufelswild.

Trawisheim und Bulton sprachen kein Wort, so sehr waren sie von den Vorgängen, die sich am Boden und -zig Meter darüber abspielten, fasziniert. Mit wachsendem Interesse verfolgten sie jeden Arbeitsgang und versuchten, sich das fertige Raumschiff vor ihrem inneren Auge vorzustellen. So ganz waren ihnen die technischen Zusammenhänge noch nicht klar, doch sie spürten, daß sie gerade etwas Unglaubliches erlebten, etwas, das die terranische Raumfahrt einen entscheidenden Schritt voranbrachte.

Terence Wallis formulierte die Bedeutsamkeit des Augenblicks auf seine eigene Art: »Meine Herren, von heute an muß die Geschichte der Raumfahrt neu geschrieben werden. Die Ikosaederschiffe stellen eine völlig neue Generation terranischen Raumschiffsbaus dar.«

»Und welche Nachteile haben sie?« hakte Bulton kritisch nach.

»Es gibt keine Nachteile«, rief Saam, der sich nicht gern kritisieren ließ, ihnen zu. »Die IKOs sind perfekt – zumindest bis ich eines Tages etwas entwickele, das noch perfekter ist.«

»Eingebildet ist er kein bißchen«, flüsterte der Marschall in Trawisheims Richtung.

»Das habe ich gehört«, pfiff Saam ihn von weitem an. »Aus Ihnen spricht die pure Unwissenheit. Offenbar haben Sie die enormen Vorzüge der neuen Bauweise noch nicht einmal annähernd begriffen.«

»Dann mach ihn doch schlau«, forderte Trawisheim ihn unverhohlen auf.

Robert überzeugte sich, daß die ihm zugeteilten Arbeiter auch ohne ihn zurechtkamen, dann begab er sich mit einem leisen Seufzer auf den Lippen zu den Besuchern. Sollte es beim Zusammenfügen der Elemente unerwartete Schwierigkeiten geben, stand sein persönliches Team in Bereitschaft, das Trio Lautrec, Lindenberg und Ramoya.

»Sie haben ein gutes Gehör, Saam«, sagte Bulton anerkennend. »Sowohl unsere Unterhaltung als auch meinen geflüsterten Satz konnten Sie verstehen, trotz des stetigen Lärms in der Halle.«

Der Norweger schob ein paar Haarbüschel beiseite und legte sein linkes Ohr frei. Am Ohrläppchen baumelte ein dezenter Clip. Er nahm ihn ab und warf ihn dem Marschall zu, der das Schmuckstück geschickt auffing.

»Hier, schenke ich Ihnen! Rechts trage ich noch einen, der reicht mir völlig aus. Im Inneren des Clips ist ein elektronischer Schallfilter eingebaut, der menschliche Kehllaute und störende Geräusche trennt. Auf diese Weise könnte ich mich sogar während eines tosenden Unwetters ganz normal mit ihnen unterhalten.«

Bulton betrachtete den Clip skeptisch. »Und was stößt dem Clipträger zu, wenn es rundherum ganz still ist? Vernimmt er dann Menschenstimmen so laut, daß ihm das Trommelfell platzt?«

Sein Mißtrauen war durchaus angebracht, schließlich war Saam dafür bekannt, daß er manchmal übers Ziel hinausschoß.

»Bei totaler Stille ist ein Tragen des Clips wenig empfehlenswert«, räumte der junge Wissenschaftler ein. »Sie haben dann das Gefühl, von Personen, die in Ihrer Nähe stehen, angeschrien zu werden. Dafür können Sie Gespräche aus weiter Entfernung heimlich mithören.«

»Kann ich mit einem Richtmikrophon auch«, murmelte Bulton und ließ den Clip in seiner Hosentasche verschwinden.

»Erinnern Sie sich an die amerikanischen Liberty-Schiffe aus dem zweiten Weltkrieg?« legte Robert Saam ohne weitere Umschweife los. »Die wurden aus vorgefertigten Modulen zusammengesetzt, waren billig und unglaublich schnell zu produzieren. Auch die IKO-Schiffe setzen sich aus Modulen zusammen, die beliebig vormontiert und den Anforderungen entsprechend ausgerüstet werden können. Für die Hülle und die inneren Panzerschotts verwende ich dreieckige Tofiritplatten. Die Außenflächen bestehen aus zwanzig Zentimeter dickem Tofirit, alle anderen Wände sind zehn Zentimeter stark. Im oberen Drittel der Pyramiden verläuft zur Verstärkung ein waagerechtes, zwanzig Zentimeter dikkes Panzerschott. Alle übrigen Strukturen im Schiff werden aus Gewichtsgründen aus Leichtmetallen und Kunststoffen gefertigt.«

Während er redete, fiel seine äußere Ruhe allmählich von ihm ab, und er steigerte sich immer mehr in die Materie hinein. Das war Robert Saam, wie man ihn kannte. Seine Begeisterungsfähigkeit für die neue Technik war nun nicht mehr zu bremsen und griff auch auf seine Zuhörer über.

»Sämtliche lebenswichtigen Einrichtungen des Schiffes werden in den oberen Dritteln der Pyramiden untergebracht. Auf diese Weise befinden sich neunzehn Maschinenräume und die Zentrale im inneren Kern des Schiffes, der durch das zweite 20-cm-Panzerschott zusätzlich geschützt ist. Selbst ein Frontaltreffer müßte insgesamt mindestens 40 cm Tofirit durchschlagen, um lebenswichtige Abteilungen zu gefährden. Kein Schiff der terranischen Flotte bietet seinen Insassen so viel geballte Sicherheit. Tief im Mittelpunkt eines Planeten könnte man kaum besser behütet sein.«

Saams detaillierte Beschreibung konnten Trawisheim, Bulton und Wallis live mitverfolgen. Die fünfzig Meter hohen Tofiritpyramiden wurden beim Zusammenfügen in der Luft gekippt, so daß die unteren Flächen, auf denen sie zuvor gestanden hatten, nach außen zeigten. Dadurch ragte das obere Pyramidendrittel – die Spitze – direkt ins Raumschiff hinein. Spitze an Spitze, Maschinenraum an Maschinenraum, fügten sie sich zu einem geometrisch gleichmäßigen Körper zusammen, zu einem Ikosaeder.

»Dank strategisch angebrachter Durchgangsschotts gelangt man auf kürzestem Wege von einem Raum in den nächsten. Zudem kann eine der Außenflächen komplett als Eingangsschott abgeklappt werden. Auf den Einbau gewöhnlicher Schotts habe ich verzichtet, um die Panzerwirkung der Außenhaut nicht zu schwächen.«

»Eine schnelle Evakuierung des Schiffs dürfte somit nicht ganz unproblematisch sein«, unterbrach Bulton Saams Redeschwall. »Die trügerische Sicherheit, die der undurchdringliche Rundumschutz zweifelsohne bietet, könnte leicht zur tödlichen Falle werden. Rettungslos eingeschlossen in einem Tofiritbunker – solch ein Ende stelle ich mir schrecklich vor.«

Saam schwieg abrupt. Unterbrechungen dieser Art mochte er gar nicht.

Der Marschall brachte eine weitere berechtigte Kritik an. »Ist es wirklich nötig, den Raumer mit sage und schreibe neunzehn Maschinenräumen zu bestücken? Könnte man den Platz nicht sinnvoller verwenden?«

Ärgerlich funkelte Saam den Fragesteller an. »Ob das wirklich nötig ist? Unterstellen Sie mir etwa, meine Konstruktionspläne nicht gut genug durchdacht zu haben, *Mister* Bulton?«

Er hatte nicht übel Lust, seine Erläuterungen einfach abzubrechen und wieder an die Arbeit zu gehen.

*

»Reiß dich zusammen, Robbie«, ermahnte Terence Wallis seinen schmollenden Schützling. »Allmählich solltest du dich daran gewöhnt haben, daß deine Ausführungen mitunter Skepsis hervorrufen.« Er wandte sich Ted Bulton zu. »Das Schiff benötigt die zahlreichen Maschinenräume, weil vor allem die Energieerzeuger für die Antigravaggregate enorm viel Platz verbrauchen. Die gewaltige Tofiritmenge kann nun einmal nur unter Einsatz starker A-Gravgeräte bewegt werden.«

»Logisch, bei dem spezifischen Gewicht«, entgegnete Bulton. »Hätte ich auch von allein drauf kommen können.«

Auf eine weitere Äußerung zum einzigen Eingangsschott und der damit verbundenen Probleme bei einer eventuellen Schiffsevakuierung verzichtete er vorsichtshalber, um den aufgebrachten jungen Norweger nicht nochmals zu verärgern.

Das war sein Glück. Wenn es etwas gab, das Robert Saam noch mehr haßte als Kritik, dann war es Kritik, die er nicht widerlegen konnte. Bultons skeptische Anmerkung zum Schott hatte durchaus ihre Berechtigung. Saam hatte sich so sehr auf den Schutz der Insassen vor Angriffen von außen konzentriert, daß er die Möglichkeit einer panischen Flucht aus dem Raumer gar nicht erst in Betracht gezogen hatte.

»Die Vorteile der Tofiritpanzerung liegen auf der Hand«, fuhr er mit seinen Ausführungen fort. »Sie ist wirkungsvoller als terranische Schutzschirme und hält auch nach einem totalen Energieausfall stand. Für den Antrieb und die Schutzschirme wird vorerst noch konventionelle Giant-Technik verwendet, ich arbeite aber bereits an entsprechenden Verbesserungen.«

»Wie steht's mit der Bewaffnung?« wollte Henner Trawisheim wissen. »Auch konventionell, nehme ich an.«

»Teils, teils«, antwortete Saam ausweichend.

»Was soll das heißen?« hakte Dharks Stellvertreter nach.

»Das soll heißen, er hat etwas völlig Neues erfunden, will darüber aber noch nicht reden«, griff Wallis erneut schlichtend ein. »Ich weiß Bescheid und verbürge mich für ihn.«

»So läuft das nicht!« erboste sich Trawisheim. »Gerade in punkto Waffen ist es dringend vonnöten, unserem verrückten Genie auf die Finger zu sehen. Stichwort: Linearbeschleuniger. Muß ich noch mehr sagen?«

»Wir verschieben die Diskussion auf später«, schlug Wallis vor, und er duldete keinen Widerspruch. »IKO 1 steht kurz vor der Vollendung.«

In der Tat war das Zusammensetzen der einzelnen Segmente so gut wie vollbracht. Roboter und Menschen machten sich bereit, ins Schiff hineinzugehen, um die zwanzig Elemente dauerhaft miteinander zu verbinden.

Am liebsten wäre Bulton mitgegangen, doch er wollte nicht unnötig im Weg herumstehen.

Saam hingegen folgte seiner Arbeitsgruppe wie ein Wachhund. Ratlosigkeit lag in seinem Gesicht. Wie hatte Trawisheim das mit dem »verrückten Genie« bloß gemeint? Abwertend oder als verstecktes Kompliment?

Allen, die diesem wichtigen Augenblick beiwohnten, merkte man die Faszination für die neue Technik an. Hier wurde der Grundstein für die zukünftige Generation terranischer Schiffe gelegt, dessen war sich jeder bewußt. Einziger Wermutstropfen waren die Unmengen von Tofirit, die für eine komplette Flotte benötigt wurden. Daß dieses Problem inzwischen aus der Welt geschafft war, darüber hatten Wallis und seine Begleiter bislang noch kein Wort verloren.

Auch Robert Saam erfuhr erst davon, als er das Raumschiff wieder verließ, um sich eine kleine Verschnaufpause zu gönnen. Wallis, Trawisheim und Bulton unterhielten sich darüber, wie viele Schiffe man dank Saams Modulbauweise in welcher Zeit herstellen könnte. Saam gesellte sich hinzu.

»Die Werftkapazitäten ließen sich über die ganze Erde verteilen«, sagte der Multimilliardär. »Größenmäßig sind den Schiffen keine Grenzen gesetzt, nichts ist unmöglich. Nachdem wir uns um den Tofiritnachschub keine Sorgen mehr zu machen brauchen, können wir die Fertigung einer ersten Serie jederzeit in Angriff nehmen.«

Saam horchte auf, fragte nach. Als er von der Entdeckung im System NGK 1324/58 hörte, geriet er fast aus dem Häuschen.

»Unfaßbar!« entrüstete er sich. »Wieso hat man mir diese Information vorenthalten?«

»Wieso behalten Sie die Informationen über die neue Bewaffnung für sich?« konterte Trawisheim.

»Die Geschichte der Raumfahrt wird ab heute neugeschrieben werden müssen«, bemerkte Saam, ohne den Einwand zu beachten.

Der Satz kommt mir irgendwie bekannt vor, dachte Trawisheim schmunzelnd. *Wie der Vater so der Sohn.*

»Ich entwerfe noch heute nacht den Plan einer Kette von Raumstationen, auf denen nach dem Raumkrümmungsprinzip arbeitende Transmitter das Tofirit in mehreren Etappen zur Erde befördern können«, versprach Saam, der jetzt nicht mehr zu bremsen war. »Ich denke da an jeweils zweitausend Lichtjahre, also fünf Stationen insgesamt. Das müßte ausreichen für eine störungsfreie Verbindung.«

Umgehend verließ er die Fertigungshalle.

Trawisheim sah ihm nachdenklich hinterher. Aus Sicherheitsgründen würde er Saam nicht frei nach Lust und Laune schalten und walten lassen, soviel stand fest. Jeder seiner Schritte sollte überwacht werden, ob das seinem Mentor nun paßte oder nicht.

Als Waffenexperten wollte er ihm, wie schon so oft, Chris Shanton zur Seite stellen. Und für den Jungfernflug des Ikosaeders hatte er einen überaus kompetenten Spezialisten im Auge. Einen, der wie kein zweiter mit einem Tofiritraumer umzugehen wußte.

*

In Flash 002 wurde es dunkel!

Von einem Moment zum anderen fiel die Innenbeleuchtung aus, kam dann aber flackernd wieder, nur schien sie jetzt weit weniger hell zu sein als normal.

»Energieabfall«, meldete Lati Oshuta, der Rücken an Rücken zu Dhark im Flash saß. Die eigenartige Konstruktion der plump aussehenden zylindrischen Flugkörper bedingte diese Anordnung.

Jeweils vor den beiden Insassen befanden sich halbkreisförmige Steuerkonsolen und die Anzeigen der Instrumente. Darüber, fand Dhark, hätten ganz bestimmt auch Sichtbildschirme noch Raum gefunden. Dennoch hatten die Mysterious darauf verzichtet. Statt dessen befand sich die 3-D-Bildprojektion über den Köpfen der beiden Insassen.

Ren starrte die Instrumente an. Er sah, was auch Oshuta sah: Die Anzeigen leuchteten in Warnfarben. Und sie...

... flackerten!

»Wir verlieren Energie«, fuhr der Cyborg fort. »Wohin sie abfließt, kann ich nicht feststellen!«

Ren versuchte, die Gedankensteuerung anzusprechen. Die reagierte nicht!

Der Commander aktivierte den Funk. »005, bitte melden!«

Nichts!

Flash 005 war in der Bildprojektion über Dharks Kopf zu sehen, aber er gab auf den Funkruf keine Antwort! Dafür sah der Commander, daß die 005 plötzlich zu trudeln schien.

»POINT OF, melden!«

Nichts... nicht einmal Störgeräusche!

Er versuchte es über Hyperfunk! Damit mußte er auf diese kurze Distanz zur POINT OF durchkommen, aber noch ehe die Funkbrücke aufgebaut werden konnte, fiel die Funkanlage der 002 aus.

Jetzt meldete sich die Gedankensteuerung doch: *Fremdeinfluß bewirkt massive Störungen im Energiehaushalt! Abschaltung dringend empfohlen, um weiteren Energieverlust zu vermeiden!*

Abschaltung?

Alles im Flash abschalten, um zu verhindern, daß etwas oder jemand dem Flugkörper Energie entzog?

»Intervallfeld!« knurrte der Commander und hieb auf eine der Sensortasten.

»Schon versucht, Dhark«, rief Oshuta ihm zu. »Das Intervallum läßt sich nicht erzeugen! Nicht genügend Energie...«

Ren sah es selbst. Die Anzeigen vor ihm mit ihren flackernden Kontrollen verrieten es ihm. Kein einziges System an Bord bekam mehr genügend Energie, um vernünftig zu arbeiten. Nicht einmal der Antrieb...

Da sah er in der Bildprojektion über sich, wie prachtvoll die Welt sich um den Flash drehte! Im Karussell konnte es nicht perfekter sein.

Flash 002 trudelte jetzt genauso wie die 005 mit Doorn und Sass an Bord!

Der untersetzte Japaner mit dem Temperament einer Quecksilberkugel zischte Verwünschungen, während er mit den Steuerschaltern des Flash spielte, und bewies damit, daß er nicht auf sein Zweites System umgeschaltet hatte.

Vorläufig war das auch noch nicht nötig.

Nach wie vor kreiste die Welt um das Beiboot, und der Bildschirm zeigte mal Himmel, an dem noch hier und da zwischen Stratosphärenschleiern Sterne hervorblinkten, mal Wolken und darunter den Planeten. Einmal war plötzlich der andere Flash zum Greifen nah, schien mit der 002 zu kollidieren – und war im nächsten Moment wieder verschwunden.

Es wurde noch dunkler im Flash. Jetzt setzte auch die Bildprojektion schon sekundenweise aus. 002 verlor immer mehr an Energie.

Und der Flash fiel mit rasendem Tempo dem Planeten entgegen!

Noch zweitausend Meter, zeigte die Distanzortung an, ehe sie ausfiel.

Ab jetzt konnte Ren sich ausrechnen, wieviel Zeit ihm noch blieb, bis die 002, die von keinem Intervallfeld mehr geschützt wurde, sich wie ein Geschoß in den Planetenboden bohrte.

Das würde auch das Unitall nicht verkraften.

Und selbst wenn die Druckzelle des Flash den Aufschlag überstand – Dhark und Oshuta würde ihn nicht überstehen. Denn auch der Andruckausgleich funktionierte nur noch fehlerhaft bis gar nicht mehr. Der Aufprall konnte nicht vom Antischwerkraftsystem abgefangen werden. Durch den Trägheitsimpuls der eigenen Masse würden die beiden Menschen zur Tapete, die mit viel Glück von der Inneneinrichtung des Flash abgekratzt werden konnte, nur hatte dann an dem blutigen Muster garantiert keiner mehr besondere Freude...

War es da nicht doch besser, die Ausstiegsluke zu öffnen und sich einfach hinausschleudern zu lassen?

Aber Aufprall blieb Aufprall.

Vier Menschen und zwei Flash würden auf dem Planeten Rag in einer fremden Galaxis ihr Ende finden...

*

Die POINT OF nahm Fahrt auf. Sie verließ den Orbit um einen Planeten, der scheinbar nicht mehr existierte, aber dessen Schwerkrafteinflüsse seltsamerweise immer noch anzumessen waren.

Der Ringraumer steuerte Rag an!

Atemlos beobachteten die Menschen in der Zentrale die Aktion, die Leon Bebir eingeleitet hatte, als er die Steuerschalter an seinem Abschnitt des Kommandopultes in neue Positionen brachte.

Gerade wollte Bebir erhöhte Alarmbereitschaft anordnen, als der Kurs der POINT OF nicht mehr stimmte!

Sie flog den Planeten nicht mehr an!

Sie war auf Gegenkurs gebracht worden!

Und drei Steuerschalter, die automatisch betätigt worden waren, befanden sich plötzlich in anderer Stellung als der, die Bebir ihnen gegeben hatte!

Der wurde blaß. Er hieb die Handkanten locker gegen die Schalter, nur blieben sie jetzt unverrückbar in ihren Positionen!

Die POINT OF ließ sich nicht wieder auf Kurs Rag bringen. Sie driftete weiter ab.

»Der Commander hat recht!« stieß Bebir hervor. »Das hier ist eine Welt der Mysterious!«

Er wechselte einen schnellen Blick mit Dan Riker.

Der blieb skeptisch. »Nur, weil uns jemand oder etwas von einer Landung abhält?«

»Haben uns die Mysterious nicht in unserer Galaxis auch schon oft genug bei ihren Planeten und aus ihren Systemen wieder rausgeschmissen?« knurrte der 2. Offizier. »Darf ich als hervorragendstes Beispiel Cut-out erwähnen? Und auch Erron 1 hat sich doch zuerst regelrecht eingetarnt...«

»Aber daraus auf das Vorhandensein von Mysterious auf diesem Planeten zu schließen, halte ich für recht leichtfertig!« konterte Dan Riker.

»Dann eben Rahim – aber ich bin jetzt ziemlich sicher, daß die tatsächlich mit unseren Geheimnisvollen identisch sind! Die Vorgehensweise ist die gleiche und...«

Riker bewegte einige Steuerschalter, die unter leichtestem Fingerdruck in neue Positionen kippten.

Bebir riß die Augen weit auf. »Was zum...«

»Soviel zu der Blockadetechnik der Mysterious oder der Rahim«, stellte Riker gelassen fest. »Wir sind wieder manövrierfähig! Also: zweiter Versuch!«

Der Ringraumer schwang herum, als ein Teil der fußballgroßen

Flächenprojektoren auf der Ringinnenseite der POINT OF vorübergehend weniger Energie emittierte und der Brennkreis des SLE dadurch dort schwächer wurde. Aber gerade als Riker seinen Triumph auskosten wollte, glitt die POINT OF zur anderen Seite und entfernte sich abermals von Planet 5.

»Soll ich jetzt ernsthaft böse werden?« grummelte Riker stirnrunzelnd.

Anja legte ihm die Hand auf die Schulter. »Kein Risiko, Dan«, warnte sie. »Wenn du die POINT OF in Gefahr bringst, weil du genau so starrköpfig agierst wie Ren, hilfst du ihm und den anderen auch nicht weiter.«

Er schüttelte den Kopf und startete einen dritten Versuch. Auch jetzt flog die POINT OF zunächst ein paar Dutzend Kilometer in Richtung des unsichtbar gewordenen Planeten, um dann wieder abzudrehen.

Nach dem dritten Mal blieben die Steuerschalter blockiert.

»Dann eben mit Gewalt«, murmelte Riker, erhob sich und ging zum Checkmaster hinüber. Blitzschnell war Anja wieder neben ihm.

»Prima«, kommentierte er. »Du kommst mit der M-Mathematik doch besser zurecht als ich. Kannst Du eine Kurztransition programmieren, die uns in die Stratosphäre bringt?«

»Bist du wahnsinnig?« entfuhr es ihr. »Hast du den Verstand verloren, Dan?« Sie flüsterte; die anderen in der Zentrale mußten nicht mitbekommen, daß sie gegen seine Meinung opponierte. »Weißt du, was auf dem Planeten passiert, wenn du direkt auf seine Oberfläche springst?«

»Nichts wird passieren«, erwiderte er ebenso leise. »Einige S-Kreuzer haben's schon vorexerziert, als wir auf Cromar, der Hauptwelt der Schwarzen Weißen, gefangengesetzt wurden. Die Ringraumer sind direkt über dem Staatshafen und dem Regierungsbezirk aus dem Hyperraum gekommen, weniger als einen Kilometer über dem Boden, und die Raumer und Abwehrforts der Tel kamen dadurch nicht mehr zum Schuß! Anja, mit einem Kugelraumer aus Fertigung der Giants würde ich das auch nicht riskieren, weil ich Angst hätte, daß dabei das planetare Magnetfeld empfindlich gestört würde, aber die M-Triebwerke arbeiten ganz anders und transitieren weicher!«

»Trotzdem mache ich diesen Wahnsinn nicht mit!« protestierte Anja Riker.

»Dann gebe ich die Daten für die Berechnung eben selbst ein. Bebir,« er wandte sich zum Kontrollpult um, »ich brauche Grappas Daten über Planet 5, Distanzmessungen und geographische Fakten, schließlich wollen wir doch nicht direkt in ein Bergmassiv knallen, wenn wir aus der Kurztransition kommen... alle Daten zum Checkmaster. Ich öffne das Transitionsprogramm.«

Und dann blockte der Checkmaster ab!

Er nahm die Datenflut zwar an, aber er führte keine Sprungberechnung durch. Die Befehle, die Riker über die Tastatur eingab, wurden einfach ignoriert.

Anja schwieg dazu, dabei sah Dan ihr an, welcher Kommentar ihr auf der Zunge lag. Aber sie war zu klug, jetzt noch etwas zum Thema beizutragen.

Dan versuchte es über die Gedankensteuerung.

Plötzlich vernahmen alle an Bord die unpersönliche mentale Stimme dieser seltsamen Einrichtung in ihren Köpfen.

Ein Anflug auf den Planeten wird verweigert.

»Warum, zum Teufel?« wollte Riker wissen. »Wir müssen den beiden Flash und ihren Insassen helfen!«

Das war eine menschliche Entscheidung, aber menschliche Motivationen waren der Gedankensteuerung schon immer fremd gewesen. *Ein Anflug auf den Planeten wird verweigert,* wiederholte die unpersönliche Gedankenstimme.

Dabei blieb es.

Eine Erklärung folgte nicht. Auch der Checkmaster reagierte nicht, aber damit hatte Dan Riker auch gar nicht mehr gerechnet. Das Bordgehirn der POINT OF war irgendwie eng mit der Gedankensteuerung verbandelt, und wenn die keine Erklärungen von sich geben wollte oder konnte, war auch der Checkmaster nicht dazu in der Lage.

»Aber es muß doch einen Weg geben, Ren und den anderen zu helfen«, murmelte Riker und ballte die Fäuste.

*

Plötzlich war Flash 002 wieder steuerbar – die Energie kehrte zurück. Ren Dhark nutzte seine Chance, reagierte gerade noch rechtzeitig, um den Flash abzufangen und seine Flugbahn wieder zu stabilisieren.

Er atmete auf.

Was ihm nicht gefiel, war, daß das Energieniveau bei weitem nicht an den Normalzustand heranreichte. Aber er mußte nehmen, was sich ihm bot. Ändern konnte er es ohnehin nicht.

Ein Blick auf die Überkopf-Bildprojektion verriet dem Commander, daß Flash 005 immer noch taumelte. Dort schien man die Sache noch nicht wieder im Griff zu haben. Aber als Ren versuchte, Doorn und Sass per Funk zu erreichen, scheiterte er wieder einmal.

Im gleichen Moment sah Dhark an den Anzeigen seiner Instrumente, daß die Energie schon wieder abfloß.

Der Flash geriet erneut ins Trudeln.

War nicht mehr steuerbar!

»Lati…?«

»Hier ist doch schon wieder der Teufel los!«

»Bei Ihnen?«

»Nein…« Er klang unglaublich gedehnt und dunkel, als käme die Stimme von einem zu langsam laufenden Tonband, aber allein durch die Äußerungen des Japaners wußte Ren, daß Oshuta noch immer nicht auf sein Zweites System umgeschaltet hatte. Denn sonst hätte er das Emotionelle seiner Worte nicht so perfekt hervorbringen können.

»Nicht bei mir«, fuhr Oshuta nach einer kurzen Pause fort. »Das

Chaos liegt im Flash allgemein. Wir verlieren schon wieder Energie und können nicht feststellen, wohin sie abfließt.«

»Checken Sie mal Ihren Blaster, Dhark«, empfahl der Cyborg. »Meiner steht auf Null...«

Ren warf einen Blick auf die Kapazitätsanzeige seiner Strahlwaffe, die am Gürtel haftete. Die stand fast auf Null! Dabei hatte er eben noch eine frisch aufgeladene Energiezelle in den Blaster geschoben, der je nach Einstellung tödliche Energiestrahlen verschoß oder nur paralysierte. Momentan aber reichte seine Energie weder für das eine noch für das andere.

»Was zum Teufel manipuliert uns?«

Darauf gab es keine Antwort.

Der Flash stürzte weiter ab.

Aber die Ortung war nicht mal mehr in der Lage, die Resthöhe zu ermitteln.

Auch dafür fehlte jetzt die Energie...

*

Steuerlos war die 005 ins Meer geklatscht, und die 002 folgte jetzt, ließ das Wasser emporschäumen und trieb dann an der sich allmählich wieder beruhigenden Oberfläche – irgendwo weit draußen vor der Küste des nördlichen Kontinents.

Kein Einschlag auf festem Land, sondern in nachgiebigem Wasser!

Aber ohne Intervallfeld, und die wenige in den Speichern noch vorhandene Energie hatte den Sturz zwar abfangen, aber nicht völlig neutralisieren können. Ren ahnte, wie sich die NASA-Astronauten in den 60er und 70er Jahren des vergangenen Jahrhunderts gefühlt haben mußten, wenn sie mit ihren Apollo-Kapseln und anderen primitiven Weltraumvehikeln zur Erde zurückkehrten und ihre Wasserlandungen fabrizierten, nach denen sie dann an Bord von Schiffen geholt wurden.

»Wir sinken«, riß Lati Oshuta ihn aus seinen Gedanken.

Er warf einen Blick auf die Instrumente. Die zeigten an, daß die 002 ruhig an der Wasseroberfläche schwamm. Sie zeigten aber auch, als Ren die Datenspeicherung abrief, daß sie sich nahe dem Nordkontinent befanden.

Aber nicht nahe genug, dachte Ren bestürzt.

Doch daran ließ sich jetzt nichts mehr ändern. Sie mußten sich damit abfinden, daß sie in Seenot geraten waren.

»Wir sinken nicht«, versuchte Ren den Cyborg zu beruhigen. »Das Antigrav hält uns an der Oberfläche.«

Ohne diese Energie würde der Flash in die Tiefe sinken wie ein Stein. Der Luftvorrat in der kleinen Kabine reichte nicht aus, um der überschweren Unitallkonstruktion genügend Auftrieb zu geben.

Dhark versuchte die Maschine wieder zu starten. Aber die Restenergie reichte nicht mehr aus für den SLE. Sie reichte nicht einmal mehr, den A-Grav zu verstärken, um die 002 wieder aus dem Wasser in die Luft zu holen.

Im Gegenteil.

Das Energieniveau des Flash sackte noch weiter ab.

»Wir müssen raus, Commander«, riet Oshuta. »Sonst versinken wir mit dem kompletten Gerät.« Gleichzeitig löste er mit einem Schalterdruck die Öffnung der Ausstiegsluke aus.

Die schwang nach oben.

Frischluft kam herein, die nach Salz roch. Meeresluft.

Aber die war nicht das einzige, was hereinkam.

Es folgte ein gewaltiger Wasserschwall, der das Innere der Kabine innerhalb einiger Sekunden fast komplett füllte…!

*

Flash 002 sackte ab!

Das Wasser, das beim Öffnen des Einstiegs hereingeschwappt war, leitete das Ende ein. Dieses zusätzliche Gewicht war für die Technik nicht mehr zu verkraften, und der schwere Unitallkörper begann gurgelnd abzusacken.

Ren Dhark machte dem Cyborg keinen Vorwurf. Oshuta hatte nur getan, was Ren eine oder zwei Sekunden später auch gemacht hätte.

Sie hatten bei dieser Expedition einfach nur Pech.

»Raus«, keuchte er.

Im nächsten Moment waren sie beide draußen und schwammen im salzigen Wasser.

Der Flash verschwand gurgelnd unter ihnen.

Ren murmelte eine Verwünschung. Oshuta nahm es mit dem Gleichmut des Asiaten. Aber beide konnten weit und breit keine Küstenlinie sehen. Was auf dem Bildschirm so nah ausgesehen hatte, konnte eine tödliche Ewigkeit entfernt sein, zu weit, um schwimmend bis dorthin zu überleben.

Statt dessen entdeckten sie Doorn und Sass.

Die beiden befanden sich etwa 200 Meter entfernt, nur war von ihrem Flash ebensowenig zu sehen wie von der 002.

Dhark atmete erleichtert auf. Wenigstens lebten die beiden Menschen, die so wie er und Oshuta rechtzeitig ausgestiegen sein mußten, ehe die schweren Unitallkörper in der Tiefe versanken. Der Verlust der technischen Geräte war schmerzhaft – der Gesamtbestand an wertvollen Flash schrumpfte durch diesen Untergang auf 25 Exemplare –, aber Menschenleben waren wichtiger und kostbarer.

Sie schwammen aufeinander zu.

Ein kurzes Gespräch ergab, daß Doorn und Sass ebensowenig wußten, worauf der Energieabfall der Flash zurückzuführen war, aber plötzlich fiel Ren Dhark an Sass' Stimme etwas auf. Er war mit den beiden Cyborgs nach der Entführung durch die Robonen zum Planeten Hide Out lange genug zusammengewesen, um sie genau zu kennen. Wenn ein Cyborg umschaltete, änderte sich auch seine Stimme, wenn auch nur äußerst geringfügig. Lediglich ausgebuffte Experten oder Menschen, die die Cyborgs persönlich sehr gut kannten, bekamen das mit. Selbst modernste Spracherkennungssysteme ließen sich von dieser leichten Veränderung nicht beeindrucken. »Sass, haben Sie aufs Zweite System geschaltet?«

»Seit wir im Wasser sind«, erklärte der Ladiner. »Ich hielt es für besser, kein Risiko einzugehen. Als Cyborg bin ich nun mal etwas leistungsfähiger…«

»Ich habe den Gedanken ans Umschalten verworfen, weil ich einen Energieabfluß aus meinen Cyborgsystemen befürchtete«, sagte Lati Oshuta. »Ich konnte das Risiko nicht ausschalten, daß es mich genauso treffen würde wie den Flash.«

»Du kannst ruhig umschalten«, empfahl Sass. »Wenn ich hier keinen Energieverlust spüre, spürst du auch keinen! Offenbar schützt unser Körper das System vor dem Zugriff von außen – oder unsere Cyborg-Energie wird von dem Phänomen, das die Flash leersaugte, nicht erkannt.«

Nein, wollte Ren Dhark warnen, aber da schaltete Lati Oshuta bereits auf sein Zweites System, weil er seinem Kameraden vertraute.

»Alles klar«, berichtete er dann. »Kein Fading.«

»Dann sollten wir jetzt zusehen, daß wir festes Land erreichen«, machte sich Arc Doorn endlich auch bemerkbar. »Bevor uns Schwimmhäute und Kiemen wachsen…«

Sass griff nach ihm, Oshuta nach Ren Dhark. Wenn die beiden Cyborgs ihre Kräfte einsetzten und losschwammen, kamen sie auch mit den beiden »normalen« Menschen im Schlepptau wesentlich schneller voran, als dic es selbst bei günstigster Strömung jemals geschafft hätten. Außerdem konnten die Cyborgs Dhark und Doorn, wenn diese müde wurden, problemlos über Wasser halten.

Wasser, das relativ ruhig war.

Kein Wind peitschte die Wogen.

Es war warm und still. Fast wie im Urlaub.

Nur aus der Ferne kam ein seltsames Donnergrollen…

4.

Colonel P.S. Clark besah sich sein Gegenüber von oben bis unten. Der muskulöse Russe überragte ihn um mindestens zwei Köpfe. Außerdem war er ungefähr fünfundzwanzig Jahre jünger (Clark war noch zwei Jahre von den runden Fünfzig entfernt).

Während der untersetzte, bullige Colonel überlegte, wie er der bevorstehenden Auseinandersetzung aus dem Weg gehen könnte, verzog sich das Gesicht des Großen zu einem häßlichen Grinsen.

»Na, Opa?« feixte er. »Jetzt kneifst du wohl vor Angst die Arschbacken zusammen? Weißt du, was du in meinen Augen bist? Ein feiger Hund!«

Da war sie wieder, diese demütigende Beschimpfung, die Clark innerlich furchtbar aufregte. Trotzdem war er fest entschlossen, sich nicht provozieren zu lassen.

»Bestell dir ein Bier auf meine Kosten, von mir aus auch noch einen Schnaps dazu«, schlug er dem streitsuchenden Mann vor. »Damit wäre der Fall dann erledigt, okay?«

Der Colonel verfluchte sich dafür, ausgerechnet diese miese Spelunke betreten zu haben. In Moskau gab es zahlreiche urgemütliche Restaurants und Eckkneipen, wo man ihn gewiß gastfreundlicher empfangen hätte.

P.S. Clark hielt sich seit dem frühen Morgen in der russischen Metropole auf. Er hatte hier einen militärischen Auftrag erledigt (leider nicht zu seiner Zufriedenheit) und wollte am nächsten Tag zurück nach Alamo Gordo fliegen. Sein Ringraumer – die EUROPA – stand startbereit auf dem Moskauer Raumflughafen. An Bord befand sich nur der Bereitschaftsdienst, die übrige Mannschaft hatte den Abend freibekommen, um die Stadt besichtigen zu können.

Clark hatte sich ebenfalls etwas Zerstreuung gönnen wollen. Ein paar Bierchen in einem verschwiegenen Lokal, eine gute Zigarre, vielleicht eine flüchtige Bekanntschaft für die Nacht...

Kaum hatte er an der Theke den ersten Schluck getrunken, hatte ihm jemand einen kräftigen Ellbogenstoß in den Rücken versetzt – und dieser Jemand stand ihm nun gegenüber, angetrunken und streitsüchtig.

»Für mich ist der Fall noch lange nicht erledigt«, sagte der aggressive Mann, fest entschlossen, eine Prügelei vom Zaun zu brechen. »Auch wenn du eine Uniform trägst, darfst du dir nicht alles herausnehmen. Du hast mich grundlos angerempelt. Dafür erwarte ich eine Entschuldigung.«

»Umgekehrt wird ein Schuh draus«, widersprach ihm der Colonel. »Sie haben mich angerempelt.«

»Nennst du mich etwa einen Lügner, Opa? Das muß ich mir nicht bieten lassen! Nicht von einem feigen Hund wie dir!«

Schon wieder dieser demütigende Ausdruck. Clark sah allmählich rot.

»Laß ihn in Frieden, Pjotr!« forderte die dicke Wirtin ihren streitbaren Gast auf. »Du bist doch bloß sauer, weil man seinerzeit deine Bewerbung bei den Raumstreitkräften abgelehnt hat.«

Aha, daher weht also der Wind, dachte Clark. *Kein Wunder, daß meine Uniform wie ein rotes Tuch auf ihn wirkt.*

»Halt dich raus!« rief Pjotr zornig der Wirtin zu. »Das ist eine Sache unter Männern.« Er wandte sich wieder dem Colonel zu. »Du bist doch ein Mann, Opa, oder etwa nicht? Möglicherweise irre ich mich, und du bist nur ein feiger Hund.«

Das langte! P.S. Clark ballte eine Faust, winkelte kurz den rechten Arm an und verpaßte dem Großen einen mächtigen Schlag in die Magengrube. Sein Gegner taumelte zwei Schritte rückwärts. Dabei gab er ein pfeifendes Geräusch von sich, das an einen Ballon erinnerte, dem allmählich die Luft entwich.

»Ich kann's nicht ausstehen, wenn man mich ›Opa‹ nennt!« fuhr ihn der Colonel wütend an.

Pjotr war nicht allein, er war mit einer Clique von jungen Burschen hier, einer unangenehmer als der andere. Bisher hatten die vier der Auseinandersetzung feixend zugesehen, nun machten sie Anstalten, tatkräftig mitzumischen. Fünf gegen einen – der Ausgang der Schlägerei stand somit von vornherein fest.

Doch noch bevor es losging, wendete sich das Blatt zu Clarks Gunsten. Vier ihm unbekannte Männer in Uniformen der Terra Defence Forces betraten die kleine Gastwirtschaft. Augenscheinlich gehörten sie verschiedenen Nationen an. Zufall und Durst hatten ihre Schritte in diese Schankstube gelenkt.

»Haben Sie Ärger, Colonel?« erkundigte sich einer der Soldaten, nachdem er die Situation erfaßt hatte.

»Jetzt nicht mehr«, antwortete P.S. Clark.

Das traf zu. Pjotr und seine Freunde setzten sich wieder hin. Das Zahlenverhältnis stand nun eins zu eins, Mann gegen Mann – ein derartiges »Ungleichgewicht« erschien ihnen zu risikobehaftet.

Den Rest des Abends verbrachte Clark in Gesellschaft des Soldatenquartetts, in seiner Kabine an Bord der EUROPA. Bei Kosakenkaffee und Zigarren spielten die verschiedenen Dienstgrade für mehrere Stunden nur eine untergeordnete Rolle.

Clark erzählte von seinen Erfahrungen in zahllosen Gefechten mit den Grakos, von seinem verpatzten Auftrag,* und er sprach über seinen Freund Huxley. »Der alte Haudegen ist vom gleichen Schlag wie ich. Wir haben schon so manche Schlacht gemeinsam geschlagen, nicht nur im Weltraum, auch an der Akademie oder in den Raumhafenbars. Huxley hätte sich bestimmt nicht derart naiv verhalten wie ich. Das Pech klebte an meinen Stiefeln, kaum daß ich heute morgen den Fuß auf den Moskauer Raumhafen gesetzt hatte.«

Nur über seine Furcht vor Schlafstörungen und Alpträumen ver-

---

* siehe Kurzgeschichte »Ein Colonel namens Clark« unter www.ren-dhark.de

lor der Colonel kein Wort. Schwäche zu zeigen gehörte weiß Gott nicht zu seinen Stärken.

Die Abreise fand tags darauf statt, um die Mittagszeit herum. Colonel P.S. Clark fühlte sich wie gerädert. Er wußte, daß ihn in Alamo Gordo ein Untersuchungsausschuß erwartete, der ihn zu den Geschehnissen im russischen Distrikt befragen würde. Bis dahin würde er sich hoffentlich wieder etwas erholt haben.

Doch noch am selben Tag wurde dem Colonel ein neuer Regierungsauftrag erteilt. Als militärischer Beobachter und Ratgeber sollte er beim Jungfernflug der IKO 1 mit dabei sein. Während seiner Abwesenheit würde sein I.O. das Kommando auf der EUROPA übernehmen.

Clark war dankbar für die neue Aufgabe. Er nahm alles an, was ihn vom normalen Militäralltag ablenkte. Dadurch konnte er die unheilvollen Schatten der Vergangenheit abschütteln – wenigstens zeitweise.

*

Sie lebten noch. Sie schwammen in die Richtung, in welcher sie Land vermuteten. Dhark und Doorn brauchten dabei kaum etwas zu tun. Sie brauchten sich nur an den beiden Cyborgs festzuhalten, die ihre übermenschlichen Kräfte einsetzten und selbst einen Hochleistungsschwimmer hoffnungslos deklassiert hätten. Dabei waren sie auch noch in der Lage, sich mit ihrer lebenden Last zu unterhalten.

Was ihnen allen Kopfzerbrechen bereitete, war die Ursache des Energieverlustes in den Flash. Die Rags mit ihrem niedrigen technischen Standard waren keinesfalls in der Lage, diesen Schwund hervorzurufen. Also die Rahim…?

Aber zu den Mysterious paßte solch ein System nicht. Das machte Ren Dhark nachdenklich. Er hatte oft genug Abwehrreaktionen der Hinterlassenschaften der Geheimnisvollen erlebt, aber nicht in dieser Form. Die Mysterious hatten aufwendigere Verfahren vorgezogen, zu denen vor allem auch Telehypnose gehörte, oder brachiale Gewalt. Die konnte von relativ harmlosen Rausschmissen bis zur vollständigen Zerstörung gehen. Doch das Absaugen von Energie war Ren unbekannt. Bis heute jedenfalls.

Waren Mysterious und Rahim also doch nicht identisch?

Oder hatten die Mysterious nach ihrem Rückzug aus der Milchstraße vor tausend Jahren in Drakhon nur andere Methoden entwickelt? Tausend Jahre waren eine verdammt lange Zeit für die Geschichte eines Volkes. Allein die technische und gesellschaftliche Entwicklung der Menschen in den 50 Jahren nach der Jahrtausendwende war rasant verlaufen; wenigstens ein Drittel aller Erfindungen, seit es Menschen gab, waren in diesen 50 Jahren gemacht worden. Und auch in den 50 Jahren davor hatte sich Terra schneller fortentwickelt als in den 500 vorangegangenen Jahren.

Warum sollten dann nicht auch die Mysterious in den letzten tausend Jahren völlig andere Verhaltensweisen und Techniken hervorgebracht haben?

Gerade sie mit ihrer High-Tech, die schon einen tausend Jahre alten Ringraumer wie die POINT OF den modernsten Raumern der Völker der Gegenwart überlegen sein ließ!

Das verhaltene Donnergrollen riß ihn aus seinen Gedanken. Anfangs nur leise und aus weiter Ferne zu hören, verstärkte es sich von Minute zu Minute, schien rapide näherzukommen.

Aber der Himmel war klar!

Kein Gewitter in Sicht!

Nur eine graubraune Nebelzone am Horizont, dicht über der Wasserlinie und weit entfernt…

»Das sind Explosionen«, behauptete Sass plötzlich. »Und Geschützfeuer. Chemische Reaktionen. Da schießen steinalte Pulverkanonen!«

»Der Krieg«, vermutete Doorn. »Klasse! Ich wollte schon immer eine Seeschlacht live erleben. Wenn uns eines der Geschosse trifft, haben wir alle Rentenfinanzierungspläne unseres am schwindsüchtigen terranischen Staatshaushalt verzweifelnden Finanzministers

Lamont hinter uns. Dafür freuen sich dann die Haie, weil sie uns nicht erst tranchieren müssen...«

Haie? dachte Dhark irritiert. An Raubfische in diesem Ozean hatte er noch gar nicht gedacht!

Gab es sie nicht, oder hatten die ewig hungrigen Bestien dieser Welt nur noch nicht entdeckt, daß Beute greifbar nahe war?

Noch lauter wurde der Geschützdonner, und die graubraune Nebelzone kam näher, entpuppte sich als Rauch und Qualm. In diesem Dunst zeigten sich Lichtblitze und dann die Konturen großer grauer Objekte, die mit ihrem Tarnanstrich fast bis zur Unkenntlichkeit mit Wasserfläche und Himmel verschmolzen.

»Wir geraten mitten in diese Seeschlacht hinein!« warnte Dhark.

»Zum Ausweichen sind wir zu langsam«, erklärte Lati Oshuta. Das Programmgehirn des Cyborgs setzte die Informationen, die er mit Augen und Ohren wahrnahm, in Relation zueinander, verglich sie mit den Daten, die zuvor die POINT OF gesammelt hatte, und rechnete aus.

»Wir kommen an der Schlacht nicht mehr vorbei, wenn wir Land erreichen wollen. Selbst wenn wir jetzt stoppen und uns nur treiben lassen, trägt uns die Strömung den Schiffen entgegen. Die laufen unter Vollast der Strömung entgegen. Die Schlacht ist nicht statisch, sondern dynamisch. Die beiden Flotten bewegen sich parallel.«

»Unter Vollast?« knurrte Doorn. »Woher wollen Sie das denn wissen?«

»Die Geräuschemissionen der Schiffsschrauben«, erklärte der Japaner freundlich.

Der Sibirier pfiff durch die Zähne. »Cyborg müßte man sein... bei dem Gehör...«

»Darauf würden Sie gern verzichten, wenn Sie wüßten, wie umständlich es ist, alle Störgeräusche auszufiltern und gezielt nach einer bestimmten Lautfolge zu horchen«, behauptete Bram Sass. »Über unser Zweites System hören wir nicht nur ein paar Dinge besser, sondern alle. Auch die, die wir möglichst nicht hören wollen. Zum Beispiel das Schnarchen aus dem Nachbarhaus, einen halben Kilometer entfernt…«

»Bin bedient«, stimmte der Sibirier zu.

Inzwischen wurden die Schiffe deutlicher erkennbar. Plötzlich stiegen hohe Fontänen aus dem Wasser. Lichtblitze, Explosionsdonner, der inzwischen fast ohrenbetäubend wurde, und starke Druckwellen, die das Wasser in Bewegung setzten und auch die Luftmassen darüber durcheinander wirbelten. Die vier Terraner hatten den Schauplatz der Schlacht erreicht – oder umgekehrt…!

Von den Schiffen selbst war von der Wasseroberfläche aus kaum mehr zu sehen als graue Schatten inmitten des immer größer werdenden Chaos. Von einer erkennbaren Frontlinie ganz zu schweigen. Hin und wieder hatte Dhark den Eindruck, jeder würde auf jeden schießen. Immer wieder krachten die Abschüsse und Explosionen. Etwas zischte dicht unter der Wasseroberfläche nur ein paar Meter an ihnen vorbei, war dabei kaum zu erkennen, aber der Sog, den es mit seinem Tempo erzeugte, zog die Menschen einige Dutzend Meter mit sich in seine Richtung.

Ein Torpedo?

Plötzlich wurde etwas, das mit hohem Tempo heranrauschte, vor ihnen riesengroß, feuerte aus drehbaren Bordkanonen seitwärts und ließ einen anderen Schatten nur ein paar hundert Meter entfernt in Flammen aufgehen. Das brennende Schiff driftete vorbei, ließ die vier Terraner in seinem Kielwasser tanzen und wurde dann von mehreren schweren Explosionen erschüttert, die rot und gelb glühende Trümmerteile durch die Luft schleuderten. Dann begann der Schatten zu sinken.

»Verdammt«, keuchte Dhark auf. »Wir sind zu nahe dran! Der Sog wird uns mitreißen!«

Im nächsten Moment war ein kleines Boot neben ihnen.

Stimmen schrien etwas, das niemand verstand.

Aber die Hände, die sich den Terranern entgegenstreckten, sagten alles.

Man holte sie an Bord!

Rags zogen Terraner aus dem Wasser! Holten sie in das Beiboot irgendeines Schiffes, um sie in Sicherheit zu bringen!

*

Das Schiff erwies sich als Zerstörer – zumindest stuften die Terraner es entsprechend seiner Größe und der sichtbaren Bewaffnung in diese Klasse ein. Das Beiboot wurde wieder an Bord geholt. »Bitte an Bord kommen zu dürfen«, murmelte Ren Dhark die aus der christlichen Seefahrt der Erde altbekannte Floskel, obgleich er sicher war, daß ihm kaum jemand richtig zuhörte bei dem Durcheinander; vermutlich gab es hier auch völlig andere Gebräuche.

Er war auch nicht sicher, ob er wirklich froh sein durfte, an Bord eines der Kampfschiffe geholt worden zu sein.

Zu welchem der kriegführenden Staaten gehörte es?

Und was, wenn es in diesem noch lange nicht beendeten Gefecht getroffen und versenkt wurde?

Mit etwas Glück wurden sie nur wieder ins Wasser zurückbefördert, aus dem sie soeben gekommen waren. Mit etwas Pech starben sie beim Untergang des Zerstörers…

Die Rags, die Dhark und seine Begleiter aus dem feuchten Element geholt hatten, bewegten das Beiboot mit Rudern. Dabei stellten sie enorme Körperkraft unter Beweis, indem sie das Gefährt mit erheblichem Tempo zurück zum Zerstörer brachten, wo es von einem Ladekran gepackt und an Bord gehievt wurde.

Der Zerstörer hatte beigedreht und sein Tempo erheblich verlangsamt, um das Boot nicht zu verlieren und seinen Insassen die Chance zu geben, wieder aufzuholen. Jetzt, da die Bergung beendet war, nahm er wieder Fahrt auf. Gerade noch rechtzeitig. Zwei andere Schiffe nahten, und wenn Ren die Situation richtig einschätzte, gehörten die zur anderen Feldpostnummer…

Die vier Terraner fühlten sich wie nasse Katzen in ihren wassergetränkten Bordkombinationen; auf M-Raumanzüge hatten sie beim Start aus der POINT OF verzichtet, weil keiner von ihnen sich hatte vorstellen können, was ihnen hier zustieß.

Jetzt klebten ihnen die Kombinationen klatschnaß am Körper, hätten ausgewrungen werden müssen. Aber wenigstens hatten die galoanischen Translatoren an ihren Gürteln das Wasserbad heil überstanden; sie funktionierten erstaunlicherweise immer noch.

Der Rest der Ausrüstung, darunter auch die Waffen, lag aber nun wohl zusammen mit den beiden Flash auf dem Meeresgrund. Vorerst unerreichbar fern. Weder der Commander noch die Cyborgs waren so närrisch gewesen, das schwere Material mitzunehmen, das sie unweigerlich nach unten gezogen und es ihnen maßlos erschwert hätte, an der Wasseroberfläche zu schwimmen. Schon die mit Wasser vollgesogene Kleidung hatte ihnen genug Probleme bereitet, nur wollten sie auf diese nun doch nicht verzichten.

Einer der Rags sprach die Menschen an; die Translatoren übersetzten: »Wir haben trockene Kleidung für Sie und hoffen, daß sie Ihnen paßt!«

»Wir akzeptieren das freundliche Angebot gern«, erwiderte Ren. »Wir danken Ihnen dafür.«

In der Tat wurde das nasse Zeug von Minute zu Minute lästiger; es hatte aufgefrischt und der Wind, an sich immer noch recht warm, kühlte die Kleidung blitzschnell aus. Den Cyborgs, die nach wie vor ihr Zweites System aktiviert hatten, machte das wenig aus, den beiden Normalmenschen indessen eine ganze Menge. Ren Dhark war nicht daran interessiert, sich eine schwere Erkältung oder gar Lungenentzündung zu holen.

Man brachte sie unter Deck. Oben wurde es mittlerweile auch in anderer Hinsicht ungemütlich; die Kanonen feuerten, und Ren hörte das Heulen anderer Geschosse, die über den Zerstörer hinwegjagten. Eine alte Weisheit fiel ihm ein, die er einmal von seinem Großvater vernommen hatte: »Wenn du die Granaten und Bomben heulen hörst, treffen sie dich nicht. Gefährlich sind nur die, die du nicht hörst – die schlagen da ein, wo du gerade bist…«

»Hoffentlich sind die anderen lausige Schützen«, unterbrach Arc Doorn seine Gedanken. »Im Schutz eines Intervallfelds würde ich mich wesentlich sicherer fühlen...«

Immer wieder durchliefen Erschütterungen das Schiff, wenn die Bordgeschütze die nächste Salve auf den Feind abfeuerten. Das Donnern und Dröhnen durchdrang das Innere des Zerstörers.

Die vier Terraner wechselten die Kleidung und legten die trokkenen Sachen an, die ihnen leidlich paßten; die Rags, welche die Uniformen ausgesucht hatten, besaßen ein hervorragendes Augenmaß. Was in den Taschen der durchnäßten terranischen Bordkombinationen steckte, wurde nicht konfisziert; kein Rag hinderte die Menschen daran, ihr persönliches Eigentum zu behalten und sie zeigten auch wenig Überraschung über das Aussehen ihrer Gäste, das sich doch im Detail stark von der körperlichen Erscheinungsform der Rags unterschied. War es reine Disziplin, die ihnen Zurückhaltung auferlegte, oder waren sie es gewohnt, mit anderen intelligenten Lebensformen zusammenzutreffen?

Zum Beispiel mit den Rahim...?

»Bitte folgen Sie uns!«

Sie wurden zum Kapitän des Zerstörers gebracht.

»Danke für die Rettung«, sagte Ren Dhark.

Der Kapitän streckte die flache linke Hand aus und bewegte sie einmal hin und her. Eine Geste, die den Terranern so rätselhaft blieb wie den Rags Nicken oder Kopfschütteln, weil ihre Kultur völlig andere Formen der nonverbalen Kommunikation hervorgebracht hatte.

»Wir taten unsere Pflicht«, sagte er. »Woher kommen Sie? Sie gehören nicht zu unserem Volk, sehen völlig anders aus. Wir konnten beobachten, wie Sie mit eigenartigen – Flugkörpern? – auf dem Wasser landeten. Die Flugkörper wurden versenkt, und Sie trieben auf dem Wasser. Sie beherrschen unsere Sprache nicht, sondern reden mit uns über diese Geräte, die Sie bei sich tragen. Woher kommen Sie, wer sind Sie?«

»Oder besser: Was sind Sie?« fragte einer der Offiziere.

»Wir sind Terraner«, erwiderte Ren Dhark. »Wir kommen – von dort, aus dem Weltraum.« Dabei deutete er nach oben, himmelwärts. Es war möglicherweise leichtsinnig, die Karten gleich so offen auf den Tisch zu legen. Aber daß sie keine Rags sein konnten, nicht einmal ein vergessener Volksstamm aus tiefster Vergangenheit von einem der letzten »weißen Flecke« auf den Landkarten, mußte selbst einem Blinden auffallen.

»Aus dem Weltraum«, echote der Kapitän. »Ich habe es geahnt. Warum sind Sie hier?«

»Wir… suchen etwas«, sagte Dhark.

»Und was ist das?« fragte der Kapitän.

Noch bevor Ren Dhark antworten konnte, rief jemand den Kapitän zur Kommandobrücke. Offenbar war die Lage kritischer geworden, und er wurde jetzt dringend benötigt. Ren hatte sich sowieso schon gewundert, daß der Rag mitten in einer Seeschlacht Zeit fand, sich mit »Schiffbrüchigen« zu befassen.

Er trat an eines der Bullaugen der Kabine, in welcher sie sich unter Deck befanden, und sah nach draußen. Alles war grau und düster. Plötzlich krängte der Zerstörer nach Steuerbord. Ren konnte sich an der Schiffswand festhalten, die aus vernieteten Stahlplatten bestand – scheinbar hatte man in dieser Zivilisationsstufe noch nicht herausgefunden, wie diese Platten verschweißt werden konnten und somit mehr Stabilität und Sicherheit boten. Immerhin – die Nietnähte saßen so perfekt, daß sie absolut wasserdicht waren. Doorn verlor den Halt und stürzte; die Cyborgs balancierten sich aus und halfen dem Sibirier beim Aufstehen.

Etwas blitzte in unmittelbarer Nähe auf, es knallte ohrenbetäubend, und irgend etwas schlug gegen die Schiffswandung. Ein Beinahetreffer – was ankam, waren Granatsplitter… aber schon die Druckwelle der Explosion reichte aus, den Zerstörer vibrieren zu lassen.

»Sprenggranate«, sagte Lati Oshuta nüchtern. »Beim Aufschlag aufs Wasser explodiert. Wenn die uns erwischt hätte, gäbe es uns jetzt vielleicht nicht mehr.«

»Wehe uns, wenn sie Torpedos einsetzen«, murmelte Arc Doorn.

Aber davon blieben sie vorerst verschont.

*

Es wurde Abend.

Immer noch wurde geschossen und gekämpft. Aber mit der Zeit ließ die Wut, mit der die Schiffe beider Parteien sich gegenseitig attackierten, nach. Es war, als seien sie der Verluste müde, die sie erlitten oder dem Gegner zufügten.

Der Kapitän des Zerstörers hatte angekündigt, die vier Terraner zum Flaggschiff des Admirals bringen zu lassen. Auch wenn die Physiognomie der puppenhaft simplen Rag-Gesichter nur wenig Deutungsmöglichkeiten zuließ, war ihm doch anzusehen, daß ihm das nicht besonders gefiel. Aber er hatte wohl entsprechende Order vom Flaggschiff erhalten, und diesem Befehl konnte er sich nicht widersetzen.

Noch mehr bedauerte er sichtlich, daß er wegen der Schlacht vorher kaum noch Gelegenheit gefunden hatte, sich mit den mysteriösen Fremden zu unterhalten.

Ren Dhark hatte das Gefühl, daß der Kapitän die Überstellung sogar künstlich verzögerte. Stundenlang fuhr der Zerstörer im Kielwasser des Flaggschiffs, hätte dieses durchaus schon früh erreichen können. Aber nichts dergleichen geschah.

Derweil glich es fast einem Wunder, daß im Zuge der Schlacht keines dieser beiden Schiffe einen Treffer erhielt.

In der Zwischenzeit hatten die Terraner Muße, das Flaggschiff aus der Distanz in Augenschein zu nehmen.

Es handelte sich um ein Großkampfschiff. »Typ etwa wie die Großkampfschiffe zu Beginn des Ersten Weltkriegs«, behauptete Lati Oshuta, der entsprechendes Wissen aus den Datenspeichern seines Programmgehirns abrief. »Ich sehe zehn schwere Geschütze in Doppeltürmen, Mittelartillerie in Kasematten und einige

Schnellfeuergeschütze zur Nahzielbekämpfung. Es würde mich nicht wundern, wenn die auch noch Torpedorohre unter der Wasserlinie hätten. Torpedowerfer an Deck sind jedenfalls keine zu erkennen. Wasserverdrängung dürfte knapp 30.000 Tonnen betragen. Wenn der Pott nur in etwa den alten terranischen Konstruktionen entspricht, hat er Turbinenantrieb, Kohlenkessel, vielleicht ölbefeuerte Zusatzkessel für Höchstfahrt – falls es auf dieser Welt Erdöl gibt. Schwere Panzerung, wie man deutlich sieht. Besatzung vermutlich ungefähr 1.200 Mann… äh, Rags.«

»Ölbefeuerte Zusatzkessel«, erinnerte Doorn. »Sind Sie sicher? Die Abgasfahne aus dem Schlot dieses Schiffes riecht für mich eindeutig nach Steinkohle.«

»Ich erwähnte, daß ich die mir bekannten terranisch-historischen Fakten auf die Rags übertragen habe«, konterte der Cyborg. »Damit habe ich nicht gesagt, daß es so ist, sondern daß es so sein könnte.«

Der rothaarige Sibirier winkte ab. »Schon gut…«

Draußen brach endgültig die Nacht herein. Der Kanonendonner hatte nachgelassen und verstummte endlich ganz; die beiden kriegführenden Parteien schienen vorläufig genug zu haben.

Die beiden Flotten entfernten sich voneinander. Hier und da blitzte es noch auf, dabei handelte es sich aber nicht mehr um Mündungsfeuer oder Explosionen, sondern über eine primitive Art der Kommunikation mit Licht und Spiegeln.

Ren Dhark schüttelte den Kopf.

Verrückte Welt, dachte er. *Eine Welt, die durch diesen Krieg eine Hölle ist.*

Und er hoffte, daß der Teufel dieser Hölle gerade einen langen Urlaub machte…

*

Im Schutz der Nacht wurden die Terraner endlich an Bord des Flaggschiffs gebracht. Vielleicht, überlegte Ren, hatte man damit so lange gezögert, um nicht zu viel Erstaunen hervorzurufen. Denn so sehr sich die Mannschaft des Zerstörers auch zurückgehalten hatte – die wenigen Besatzungsmitglieder des Flaggschiffs, die die Gäste an Bord begrüßten, machten große Augen. Sie waren völlig überrascht, einer fremden Spezies gegenüber zu stehen. Lediglich der Admiral und einige Offiziere zeigten sich weniger beeindruckt.

»Willkommen an Bord«, begrüßte er die Terraner. »Mein Name ist Brojar. Was sind Sie – wirklich Fremde aus dem Weltraum oder nur Spione der Ganten, die sich eine ganz neue Legende ausgedacht haben?«

»Ganten?« Ren Dhark hob die Brauen. »Sind das Ihre Gegner?«

»Ja. Ist das wirklich echt, diese so seltsam glatte Haut und diese vorspringenden Organe?«

Er gab einem seiner Offiziere einen Wink. Der trat zu Arc Doorn und berührte dessen Wange. Blitzschnell kniff er mit den Fingern zu und zerrte. Doorn schrie auf und gab ihm mit der rechten Hand kräftig eins auf die Finger, während er ihn mit der linken heftig zurückstieß.

»Was zum Teufel soll das?« tobte er. »Wer hat dir erlaubt, mich so anzufassen, du *Tschort*? Versuch's noch einmal, und ich breche dir die Knochen! *Job twoju matj!*«

So zornig hatte ihn selbst Ren Dhark nur in den seltensten Fällen erlebt, und daß der Sibirier ins Russische verfiel, verhinderte, daß der Translator die bösen Verwünschungen übersetzte. Aber schon der Tonfall reichte aus. Plötzlich hielten drei Rag-Offiziere die Hände ziemlich nahe an den Griffen der Pistolen in ihren Gürtelfutteralen!

»Ich bitte um Verzeihung«, sagte Admiral Brojar glatt. »Es war ein Test, um herauszufinden, ob Sie eine Maske tragen. Diese Geräte, die Sie da bei sich haben – eine erstaunliche Technik. Aber sie scheint nicht alles übersetzen zu können, was Sie sagen?«

»*Dobro, towarischtsch*«, knurrte Doorn finster.

»Ob Sie das gut finden oder nicht«, zischte Dhark dem Sibirier leise zu und hatte im gleichen Moment mit schnellem Griff seinen eigenen Translator abgeschaltet, »so eine Szene machen Sie nicht noch mal, oder ich lasse Sie kielholen – wenn Sie verstehen, was ich meine.«

»Aye, Captain«, knurrte Doorn.

Dhark schaltete seinen Translator wieder ein.

Die Rags hatten aufmerksam gelauscht und versucht, etwas zu verstehen, aber Dhark hatte so leise gesprochen, daß die anderen drei galoanischen Translatoren seine Worte nicht aufnehmen konnten.

»Wir sind keine Spione der Ganten«, sagte er. »Wir sind mit einem Raumschiff auf diese Welt gekommen. Leider stürzten unsere beiden Beiboote ab. Die Besatzung des Zerstörers, der uns barg, bekam diesen Absturz mit.«

»Ich kenne den Bericht«, sagte der Admiral. »Aber Sie werden mein Mißtrauen hoffentlich verstehen. Viele von uns glauben nicht daran, daß es auch außerhalb von Owid noch Leben gibt. Dabei gibt es Überlieferungen, daß wir vor langer Zeit Besuch von den Sternen bekamen.«

»Nichts davon hält einer exakten Überprüfung stand«, erwiderte ein anderer Offizier. »Es sind Mythen wie die vom Seeschlangentöter.«

»Aber es sind ziemlich hartnäckige Mythen«, schmunzelte der Admiral. »Die Besucher sollen den Göttern gleich gewesen sein in ihrer Allmacht.«

»Allen drei Göttern zugleich? Hm... da zeigt sich doch schon, wie närrisch und unglaubhaft diese Berichte sind, denn so unterschiedlich unsere Götter sind, können sie niemals von einer einzigen Wesenheit gestaltlich und erst recht nicht von ihren Fähigkeiten her verkörpert werden...«

»Ich bin nicht sicher, ob theologische Schlußfolgerungen hier und jetzt sinnvoll sind«, sagte der Admiral. »Sicher bin ich aber, daß Wesen wie die Besucher kaum einfach abgestürzt wären. Sie hätten die Macht besessen, das zu verhindern. Sie hätten es nicht nötig gehabt, sich von Owiden retten zu lassen. Ich weiß noch nicht, was ich von Ihnen halten soll«, wandte er sich wieder an die Terraner.

Der Offizier, der Doorn in die Wange gekniffen hatte, schlug vor: »Wenn wir einen von ihnen aufschneiden, können wir an Hand seiner Organe feststellen, ob sie Owiden sind – vielleicht sogar eine Mutation, der häßlich unförmigen, glatthäutigen Fragmentgesichter wegen – oder Fremde aus dem Weltraum.«

»Freundchen«, drohte Doorn prompt. »Bevor du dein Messerchen wetzt, zerlege ich vorher dich in deine häßlichen, unförmigen Fragmente!« Er machte einen Schritt auf den Offizier zu, der vor dem bullig wirkenden Sibirier erschrocken zurückwich.

»Beruhigen Sie sich, Kapitänleutnant Deforest«, sagte der Admiral. »Kapitän Dhark, bitte wirken Sie auf Ihren Untergebenen ein. Niemand wird hier einen anderen verletzen. Es gibt sicher einen anderen Weg zur Wahrheitsfindung.«

»Ich darf darauf hinweisen, daß Ren Dhark kein Kapitän, sondern Regierungsoberhaupt unseres Volkes ist«, warf Bram Sass ein.

»Danke für die Information«, erwiderte der Admiral. »Allerdings scheint mir der Rest Ihres Volkes ziemlich weit von seinem Regierungsoberhaupt entfernt zu sein. Deforest, lassen Sie die Geräte untersuchen, die unsere Sprache in die unserer Gäste übersetzen. Wir werden leicht feststellen, ob diese Technologie ihren Ursprung auf Owid haben kann oder einer uns völlig fremden Kultur entstammt.«

»Ich bin Arzt, kein Techniker!« knurrte der verhinderte Bauchaufschneider.

»Aber Sie sind nach mir und dem Kapitän dieses Schiffes der ranghöchste Offizier an Bord und können den Befehl weitergeben.«

»Und ich werde dem Puppenmann auf die Finger sehen«, kündigte Doorn an. »Das wird bestimmt der Anfang einer wundervollen Freundschaft.«

Ren seufzte.

Er legte seinen Translator auf den großen Tisch neben dem Admiral. Brojar sah nacheinander die anderen an.

»Alle vier?« wunderte sich Sass.

»Dann geht es schneller. Wenn vier Techniker vier verschiedene Aspekte der Übersetzungsgeräte untersuchen, kommen wir rascher zu einem Ergebnis.«

Arc Doorn tippte sich an die Stirn. »Ob's Fremdtechnik ist, sieht man doch schon nach dem Rausdrehen der ersten Schraube«, knurrte er. »Ob die Rags wohl allesamt 'ne Schraube locker haben?«

Das hatte sein Translator übersetzt, nur den Sinn dahinter nicht, und prompt fragte Kapitänleutnant Deforest mit ungetrübter Abneigung gegen Doorn nach: »Können Sie uns den Sinn Ihrer Frage erklären?«

Doorn drückte ihm seinen Translator in die Hand.

»Sezier ihn, Arzt, danach überfällt dich die Erkenntnis mit Urgewalt. Unheilige Baba Jaga, wo bin ich hier bloß hingeraten?«

*

Zwei Stunden später besaßen die Terraner keine Translatoren mehr. Obgleich Doorn aufzupassen versuchte, kam es nacheinander zu Kurzschlüssen, die alle vier Geräte zerstörten. Aus war's mit der einfachen Kommunikation zwischen Terranern und Owiden.

»Wenn ich Schlangenmensch wäre, würde ich mich in den Hintern beißen!« knurrte Doorn zornig. »Warum sind wir nur so blöd gewesen, tatsächlich alle vier Apparate zur Verfügung zu stellen? Einmal Schrott hätte doch wohl gereicht!«

Den Gesamtschrott raffte er zusammen und verschwand damit in der Kabine, die ihm und Bram Sass zugewiesen worden war. Den Cyborg schmiß er raus. »Ich muß jetzt Ruhe haben und kann nicht mal Ihre Atemgeräusche ertragen!«

Der Ladiner nahm es nicht persönlich. Er ahnte, was Arc Doorn plante. Der wollte an einer Technik herumbasteln, die nicht nur den Rags, sondern auch den Terranern fremd war!

»Hoffentlich kriegt er das hin«, brummte er.

Ren Dhark vertraute der phänomenalen Gabe des Sibiriers, sich fast mühelos auch in komplizierteste Fremdtechnologie hineindenken zu können.

Allerdings war Dhark nicht sicher, ob Doorn die galoanischen Geräte auch reparieren konnte. Ersatzteile gab es auf Owid jedenfalls keine. Hier gab es nicht einmal Fernsehgeräte. Von Computern gar nicht erst zu reden. Aber um einen Translator zu bauen, benötigte man eben Prozessoren und Datenträger.

Deshalb mußten vorerst die beiden Cyborgs Dolmetscher spielen. Ihre Programmgehirne hatten während der bisherigen Unterhaltungen den Wortschatz und die jeweiligen Umsetzungen gespeichert, und so konnten Sass und Oshuta zumindest holprige Übersetzungen liefern. Dabei erwiesen sich ihre Programmgehirne als lernfähig und konnten von sich aus Ableitungen noch unbekannter Begriffe herbeiführen, meist allerdings in unmittelbarer Rückkopplung mit dem normalen, menschlichen Gehirn, das trotz aller Fortschritte bei der Entwicklung »künstlicher Intelligenz« immer noch unübertroffen in seiner Kreativität war.

Im Morgengrauen lief die Flotte in ihren Heimathafen am Südrand des Nordkontinents ein, der von seinen Bewohner Gawa genannt wurde. Dhark, der mit den anderen wieder an Deck geführt wurde, zählte 22 Schlachtschiffe, fünf Schlachtkreuzer, elf leichte Kreuzer sowie 61 Zerstörer und Torpedoboote. Etliche davon waren mehr oder weniger schwer beschädigt, einige wurden geschleppt, lagen fast bis zur Reling im Wasser oder brannten. Ein Luftschiff flog über den Hafen auf die hohe See hinaus, offenbar zur Feindaufklärung. Dhark und seine Gefährten fühlen sich in ein Technikmuseum versetzt.

Doorn hatte heftig protestiert, als er aus seiner Kabine geholt wurde. Er steckte immer noch tief in der Arbeit an den Translatoren, kam aber nicht so recht weiter.

Vorsichtig und unauffällig tastete Ren Dhark nach dem nogkschen Stirnreif, den er wie seine drei Begleiter trug. Das Ding sollte besser nicht verrutschen und saß, wie er sehen konnte, auch bei Doorn und den Cyborgs normal fest. Von den Shirs wußten sie, daß praktisch jedes Volk in Drakhon mit irgendwelchen Parafähigkeiten »gesegnet« war, und wie die Spezialität der Rags aussah, wußte noch niemand zu sagen.

Aber falls es sich um Telepathie oder Suggestion handelte, war es besser, davon nicht berührt werden zu können.

Mit etwas Glück wußten die Rags allerdings nicht einmal etwas von ihrem Parakönnen. Möglicherweise hatten sie noch nie die Gelegenheit gehabt, es zu erkennen und zu erforschen. Hätten sie es sonst nicht auch für ihren Krieg eingesetzt?

Wie auch immer – Dhark wollte kein Risiko eingehen. Es war schon ärgerlich genug, genau zwischen die Fronten geraten zu sein, statt wie geplant zu landen, Informationen zu sammeln und wieder zu verschwinden.

Warum meldete sich die POINT OF nicht?

Einige Male hatte Dhark mit seinem Armbandvipho versucht, den Ringraumer zu erreichen, aber die POINT OF antwortete nicht. Gerade so, als sei sie nicht mehr in der Nähe des Planeten! Es kam nur das typische Statikrauschen. Dabei funktionierte das Gerät durchaus.

Das Flaggschiff legte an und wurde vertäut. Kaum lag es still, holten Geheimdienstleute in Zivil die Terraner zum Verhör ab. Sie wurden in einen Flachbau am Rande des Hafens gebracht, der eher einem Lagerschuppen glich denn einem Bürogebäude. Aber dieser vermeintliche Schuppen wurde von bewaffneten Soldaten gut bewacht und erwies sich als mit modernster Technik ausgestattet, wenn man den Standard des Planten Owid als Norm ansah.

Hier gab es sogar schon so etwas wie Telefone…

Das Verhör verlief recht human – es gab keine Repressalien, kein Anbrüllen, keine blendenden Scheinwerfer, keine Schikane. Die Geheimdienstler schienen nicht gerade böswillig zu sein; zumindest erweckten sie den Eindruck, daß sie durchaus willens waren, den Fremden aus dem Weltraum zu glauben. Blieb die Frage: »Warum ihr kommt nach Owid? Was ihr wollt hier auf Planet unserem? Warum in Kriegsgebiet gekommen? Sabotage, Spionage? Warum nicht anders geflogen wo auf Land und landen bei Regierung welche?«

In etwa dieser holpernden Form spielte sich die Unterhaltung ab. Vieles blieb vom Sinn her unklar und mußte erst nachgefragt werden.

Schließlich platzte Doorn der Kragen. »Ich rede kein Wort mehr, wenn man mir nicht endlich vernünftiges Werkzeug gibt, mit dem ich diesen Schrott wieder zusammenflicken kann!« forderte er ultimativ.

Er bekam vernünftiges Werkzeug!

Der Geheimdienst der Korlonen – so nannte sich das Volk, dessen Marine sie aus dem Meer gefischt hatte – war entschieden besser ausgestattet als die Kriegsschiffe dieser Nation. Doorn erhielt, was er brauchte – einen elektrisch betriebenen Feinlötkolben samt Lötzinn – und schaffte es jetzt tatsächlich, innerhalb kurzer Zeit aus den Resten der vier Translatoren wenigstens ein funktionsfähiges Gerät zusammenzubauen! »Vom Prinzip her war mir das schon in der Nacht völlig klar, nur fehlten mir die entsprechenden Mittel!« erklärte er anschließend.

Die Geheimdienstler dokumentierten seine Arbeit natürlich. Sie verwendeten dazu Plattenkameras und Magnesiumlicht. Der Materialverbrauch war enorm; praktisch jede Handbewegung wurde fotografiert, und mehrmals war Doorn nahe daran auszurasten, wenn ihn einer der Kamera-Kameraden bat, den Vorgang doch noch einmal zu wiederholen, weil entweder Kamera oder Blitzlicht versagt hatte…

Danach war immerhin eine halbwegs vernünftige Unterhaltung möglich. Bei seinem Flickwerk hatte Doorn es auch noch fertiggebracht, die Leistung des Gerätes so zu erhöhen, daß es auch eine größere Empfangsreichweite hatte als von den Galoanern vorgegeben.

»Wenn wir das Ding unseren edlen Spendern auf den Tisch legen, will ich eine Umsatzbeteiligung für meine Entwicklungsarbeit – oder wenigstens 'ne saftige Prämie«, knurrte der Sibirier. »Irgendwann muß meine Arbeit sich doch auch mal auszahlen, und was ich als Besatzungsmitglied der POINT OF verdiene, ist doch eher ein schlechter Witz.«

Dabei grinste er den Commander an.

Die Technikreste stiftete er großzügig den Korlonen. »Wenn ihr's schafft, könnt ihr ja 'nen Krokomat draus bauen«, schlug er vor.

»Und wozu soll der gut sein?«

»Damit kann man alles krokomatisieren«, behauptete der Sibirier. »Das Ding wurde auf Terra vor fast sechzig Jahren von einem Schriftsteller erfunden, der damit zum Multimilliardär wurde! Der hatte immer Probleme, seine Romane pünktlich zum Verlag zu liefern, aber als er dann die Abgabetermine und seine Redakteure krokomatisierte, klappte alles bestens...«

»Das Gerät ist also so etwas wie eine ›Zeitmaschine‹, über die versponnene Märchenerzähler unseres Volkes hin und wieder haarsträubende Geschichten schreiben?« fragte einer der Geheimdienstler prompt.

»Aber nein«, erwiderte Doorn launig. »Es ist nur ein Krokomat.«

»Arc«, seufzte Ren Dhark. »Verheben Sie sich nicht gerade ein bißchen?«

»Wieso? Ich hab' den Blödsinn doch nicht erfunden...«

»Dieses Gerät interessiert uns«, behauptete der Wortführer der Geheimdienstler. »Verfügen Sie über das Wissen, es nachzubauen?«

»Nee, Towarischtsch Spion«, konterte Doorn trocken. »Sonst wäre ich bestimmt nicht hier...«

Mit der Zeit wurde das Gespräch wieder ernsthafter. Dadurch, daß der Translator wieder funktionierte, wurde der Kontakt zwischen Rags und Terranern schnell sachlich-freundlich, trotz des nach wie vor bestehenden Mißtrauens der Korlonen.

Der Informationsfluß fand in beiden Richtungen statt.

Die Rags, die Dhark und seine Gefährten aus dem Meer fischten, gehörten dem Reich von Korlo an, das mit dem Imperium der Ganten seit zwei Jahren einen heftigen Krieg führte. Wie die Korlonen aussagten, gönnten ihnen die Ganten ihre wirtschaftlichen und militärischen Erfolge nicht und hatten ihnen deshalb schon vor fast 100 Jahren den Krieg erklärt. Aber nach einigen größeren Schlachten, die damals in einem militärischen Patt endeten, war es seitdem nur zu unbedeutenden Scharmützeln auf Nebenkriegsschauplätzen gekommen. Doch vor zwei Jahren hatte das gantische Imperium, das heimlich mächtig aufgerüstet hatte, das korlonische Reich auf breiter Front angegriffen. Fast sämtliche der kleineren Nationen auf dem Kontinent Gawa waren mit in die Auseinandersetzungen hineingezogen worden.

Korlo wurde von einem Monarchen geführt, Gante von einem religiös motivierten Usurpator, der vor etwa zehn Jahren an die Macht gekommen war und als erstes die Angehörigen des rechtmäßigen Herrscherhauses köpfen ließ.

Natürlich wurden die Terraner wieder und wieder über die Gründe befragt, die sie nach Owid führten. So ganz glaubte man ihnen die Sache mit der Herkunft aus dem All anscheinend noch immer nicht, obwohl der Translator als ein Stück Fremdtechnologie sehr überzeugend wirkte.

Dhark erklärte, daß er auf der Suche nach den Spuren einer alten Hochkultur sei, um eine Katastrophe kosmischen Ausmaßes zu verhindern.

Von den Geheimdienstlern erfuhr er, daß es Gerüchten zufolge in den zum großen Teil noch immer unerforschten Dschungeln des Äquatorialkontinents Undo Relikte einer alten Hochkultur geben solle.

»Dann müssen wir dorthin«, erläuterte Dhark. »Können Sie uns dabei helfen?«

»Das ist völlig unmöglich«, entfuhr es dem Leiter der Geheimdienstgruppe. »Die uns bedauerlicherweise zahlenmäßig überlegene Flotte der Ganten blockiert die Seeverbindung nach Undo.« Deshalb, fuhr er fort, bekamen die Korlonen keinen Rohstoffnachschub mehr aus ihren dortigen Kolonien, was die Lage im Reich kritisch machte. Die gestrige Seeschlacht war ein leider gescheiterter Versuch, die Blockade zu brechen.

»Tja«, murmelte Arc Doorn unbehaglich. »Das wird's dann wohl für uns gewesen sein. Keine Rahim-Technologie auf Undo, kein Zugriff mehr auf unsere Flash, um sie vom Meeresgrund wieder emporzuholen, keine Verbindung zur POINT OF – Herz, was willst du mehr?«

»Weniger Pessimismus«, schlug Lati Oshuta vor.

Doorn seufzte.

Er zögerte einen Moment, dann straffte sich seine Gestalt. *Was brütet er denn jetzt wieder aus?* fragte sich Dhark, als Doorn zu ihm trat.

»Commander«, begann der Sibirier leise. »Auf ein Wort.«

Wenn er Dhark bei dessen Titel nannte, mußte er wirklich etwas Schwerwiegendes auf dem Herzen haben. Normalerweise sprachen sich die Frauen und Männer, die damals auf Hope miteinander durch dick und dünn gegangen waren, einfach nur mit dem Namen an. Selbst in hochoffizieller Umgebung.

Dhark ahnte, worauf Doorn hinaus wollte.

»Ich möchte den Korlonen ein Angebot machen«, sagte der leise. »Und ich kann das auch schaffen, kann es durchziehen. Ich möchte ihnen ein paar technische Neuerungen versprechen, mit denen sie die gantische Flotte schlagen können, wenn wir dafür auf den Kontinent Undo gebracht werden.«

Ren schüttelte den Kopf.

»Terranische Waffentechnologie? Das gefällt mir nicht, Arc. Wir können hier doch nicht einfach Schicksal spielen! Ist Ihnen klar, daß wir damit in eine geschichtliche Entwicklung eingreifen?«

»Bomben und Boliden, Dhark, ich will den Rags doch nicht die POINT OF schenken! Nicht mal die GALAXIS, wenn die Amphis sie damals nicht mit ihren Strahlkanonen in einen geschmolzenen Stahlplastiksee verwandelt hätten! Nein, Commander, ich will ihnen nur ein paar Dinge zeigen, die sie in den nächsten Jahren selbst entwickeln würden – aber vielleicht zu spät. Vor allem zu spät für uns«, setzte er hinzu.

»Trotzdem: Waffen bleiben Waffen«, erwiderte Dhark unbehaglich.

»Sagen Sie, Commander, predige ich hier gegen die Niagarafälle an oder was? Rede ich auch nur mit einem Wort von Waffen? Ich rede von technischen Neuerungen, von ein paar Tricks und Kniffen!«

»Und was genau stellen Sie sich darunter vor?«

»Soll ich jetzt eine Vorlesung halten? Nicht mein Fall! Lassen Sie mich machen oder verbieten Sie's mir, aber beschweren Sie sich dann hinterher nicht, wenn wir hier nicht mehr zu Potte kommen!«

Das war wieder typisch für Doorn, der keine langen Reden halten und umständliche Erklärungen abgeben wollte.

Dhark wollte das aber nicht allein entscheiden. Sein Verstand sagte ja, sein Herz nein. Egal was Doorn den Rags vorlegte – er beeinflußte damit ihre Entwicklung, und das auch noch parteiisch. Denn seine Neuerungen, Kniffe und Tricks kamen vorerst nur den Korlonen zugute, und ob die ihr neues Know-how irgendwann einmal anderen Völkern auf Owid zur Verfügung stellen würden, stand in den Sternen.

Was Doorn schnuppe war; er wollte hier wieder weg und das so bald wie möglich.

Dhark schaltete den Translator aus!

Dann wandte er sich an die beiden Cyborgs. Die sollten ihre Programmgehirne befragen, Entwicklungen berechnen und eventuelle Alternativen vorschlagen. *Jetzt müßte Jan Burton hier sein*, dachte Ren. Dessen Spezialität war eben das Berechnen von

Wahrscheinlichkeiten. Aber der Cyborg Burton befand sich nicht einmal in der POINT OF. Wo überhaupt er gerade im Einsatz war, wußte wahrscheinlich nur Colonel C. S. Houston, der Chef und Einsatzleiter der Cyborgs.

Aber Oshuta und Sass konnten auch ausrechnen, was möglicherweise aus einem solchen Eingriff der Terraner in die Entwicklung der Rags entstand.

Ihr Votum war eindeutig.

Nur das Nötigste an Wissen preisgeben!

»Damit ist es jetzt Ihr Spiel, Doorn«, sagte Ren Dhark und schaltete den Translator wieder ein.

Die Geheimdienstler hatten die nicht übersetzte Unterhaltung gespannt verfolgt und natürlich kein Wort verstanden; sie waren keine Cyborgs, die allein aus gespeicherten Unterhaltungen Rückschlüsse auf Wortschatz und Grammatik einer fremden Sprache ziehen konnten. Zumal das Kurzzeitgedächtnis wenig von den Unterhaltungen präsent hielt. Aber daran, daß Dhark sich mit seinen Begleitern unbelauscht unterhalten wollte, erkannten sie, daß es sich um etwas Wichtiges handeln mußte.

Arc Doorn eröffnete ihnen seinen Vorschlag.

Jetzt waren es die Geheimdienstler, die darüber nicht selbst entscheiden konnten. »Dieses Angebot hat eine Tragweite, die unsere Kompetenzen weit überschreitet«, stellte der Wortführer fest. »Es ist wohl am besten, wenn wir Sie zum Oberkommando in die Hauptstadt Ruham bringen.«

»Muß der Amtsschimmel eigentlich immer so unerträglich laut wiehern?« stöhnte Doorn. »Wie auf Terra, so auf Owid... *Tschort wos mi!«*

Aber im Moment war es die beste Chance, die sie hatten.

Auf nach Ruham...

Der Name ließ bei Ren Dhark etwas klingeln – vorerst ohne Ergebnis.

5.

Einladungen kamen manchmal plötzlich und unerwartet. Sonderlich überrascht war Terence Wallis allerdings nicht, als ihm ein Beauftragter der Regierung die Nachricht überbrachte, daß Henner Trawisheim ihn am Abend im »Los Morenos« zu einem informellen Essen erwartete.

»Sehr kurzfristig, zugegeben«, setzte der Überbringer wie zur Entschuldigung an. »Aber aufgrund unaufschiebbarer...«

»Richten Sie Ihrem Chef aus, ich werde pünktlich sein«, unterbrach ihn der Multimilliardär lächelnd.

Trawisheim hatte nichts anderes erwartet. Sechs Tage hatte er Wallis zappeln lassen, so lange lag ihre letzte Begegnung inzwischen zurück. Zeit war zwar auch für die Regierung Geld, doch Henner hielt es für einen Fehler, seinem Verhandlungspartner offen zu zeigen, wie sehr man auf ihn angewiesen war. Unter allen Umständen wollte er bei dem bevorstehenden Zwiegespräch die Oberhand behalten. Einem Cyborg auf geistiger Basis wie ihm würde das sicherlich nicht schwerfallen.

*

Rustikal eingerichtete Lokale gab es einige in Alamo Gordo. Keiner der Inhaber konnte jedoch den Moreno-Brüdern das Wasser reichen. »Los Morenos« war in erster Linie wegen seiner Authentizität beliebt. Das Lokal bot erstklassige, unverfälschte spanische Küche, erlesene Weine und aufmerksamen Service.

Tische und Stühle boten Platz für maximal dreißig Personen, weshalb eine rechtzeitige Vorbestellung ratsam war. Trawisheim hatte getrost darauf verzichten können. Über einen freien Tisch für den Stellvertreter Ren Dharks und den reichsten Mann auf Terra diskutierten die Brüder José und Juan nicht lange, sie stellten einfach einen bereit.

Beide waren groß, kräftig und meistens gut drauf. Nur ein Jahr lagen die Endzwanziger altersmäßig auseinander. Einer kochte, der andere – in der Regel Juan – kellnerte, konnte notfalls aber auch kochen, so wie José bei Bedarf an Tisch und Theke bediente.

Vor Trawisheims und Wallis' Eintreffen inspizierten die Moreno-Brüder die anwesenden Gäste mit unauffälliger Wachsamkeit. Alle Tische waren besetzt oder reserviert, selbst an der Theke war nichts mehr frei. Ren Dharks Stammlokal wurde stets gut besucht. Gäste von außerhalb kamen mitunter tagelang hintereinander, in der Hoffnung, hier den Commander der Planeten oder wenigstens ein Mitglied seiner Mannschaft anzutreffen. Später brüstete man sich, »gemeinsam mit Dan Riker« gespeist zu haben, auch wenn man nur einen flüchtigen Blick auf ihn geworfen hatte.

José und Juan konnten sich ausmalen, daß Männer wie Trawisheim und Wallis nicht unbewacht hierherkommen würden. Deshalb hielten sie vorausschauend einige geeignete Plätze für die Galaktische Sicherheitsorganisation und den Sicherheitsdienst von Wallis Industries frei.

Einen dieser Plätze belegte gegen Abend überraschend eine zierliche, hübsche Frau asiatischer Herkunft.

»Sag ihr, dort ist bereits besetzt«, forderte José seinen Bruder leise auf.

»Das bringe ich nicht übers Herz«, erwiderte Juan flüsternd. »Sie hat so wunderschöne dunkle Augen. Außerdem sieht sie halb verhungert aus, sie bräuchte dringend etwas mehr auf die Rippen. Ein kräftig gewürztes spanisches Rinderkotelett tut ihr sicherlich gut.«

»Aber nicht an diesem Tisch. Weise ihr einen anderen zu.«

»Wo denn? Wir sind ausgebucht bis in die letzte Ecke.«

»Mir egal. Lade sie meinethalben zu uns in die Küche ein,

Hauptsache, sie macht sich vom Acker, bevor die Leibgarde von Wallis und Trawisheim eintrifft.«

Juan näherte sich der Chinesin mit seinem strahlendsten Lächeln.

»Bitte entschuldigen Sie, schöne Frau, hier können Sie nicht sitzenbleiben. Was halten Sie davon, mich in die Küche zu begleiten? Dort verwöhne ich Sie gern und erfülle Ihnen jeden Wunsch.«

Wie die meisten Terraner beherrschte Liao Morei, die neue Leiterin des Wallis-Sicherheitsdienstes, die Weltsprache Angloter. Ihre Muttersprache wendete sie nur an, wenn sie grobe Worte gebrauchte. »Schürzenjäger« klang auf chinesisch eher wie ein Kompliment und »Armleuchter« wie eine freundlich-fröhliche Melodie, insbesondere wenn man dabei lächelte, so unergründlich, wie es nur Asiaten konnten.

Der Spanier Juan verstand kein Wort. Um sich der ihm unbekannten Schönheit verständlich zu machen, legte er sanft seinen Arm um ihre zarten Schultern und versuchte durch leichten Druck, sie zum Aufstehen zu bewegen.

Liao verstand diese Geste falsch. Blitzschnell wandte sie einen Abwehrgriff an.

Es war ein Bild für die Götter. Gegen die zartgebaute Asiatin nahm sich der Spanier wie ein Koloß aus. Dennoch wurde er von ihr aus dem Raum gedrängt, ohne die geringste Chance zur Gegenwehr. Liao hatte ihm den Arm auf den Rücken gedreht, auf eine Weise, wie es noch keiner der Gäste je zuvor gesehen hatte. Schon eine leichte Bewegung von ihr würde genügen, um den Unterarm wie einen morschen Ast zu zerbrechen. Juan spürte das und sagte keinen Ton, er riskierte nicht einmal einen leisen Schmerzenslaut.

Kurz darauf kehrte die Chinesin allein in die Schankstube zurück – so wie man es bisher nur von Juan gewohnt war, wenn er einmal einen renitenten Gast nach draußen komplimentiert hatte. José trat ihr entgegen, blieb aber in gebührendem Abstand vor ihr stehen.

»Wann darf mein Bruder wieder hereinkommen?« erkundigte er

sich. »Ich brauche ihn zum Bedienen.«

»Ist es bei Ihnen üblich, weibliche Gäste, die ohne Begleiter in Ihr Lokal kommen, zu belästigen?« stellte sie ihm die Gegenfrage.

»Offensichtlich haben Sie Juan falsch verstanden«, erwiderte der Gastwirt schmunzelnd. »Er wollte mit Ihnen ganz bestimmt kein Techtelmechtel anfangen. Sämtliche noch freien Plätze sind für die Sicherheitsleute von Wallis Industries und die GSO reserviert, deshalb schlug ich ihm vor, Sie in der Küche zu bedienen. Dort können Sie mir bei der Zubereitung der Mahlzeiten zuschauen. Das ist eine ganz besondere Ehre, die normalerweise nur ganz wenigen Gästen zuteil wird.«

»Mein Name ist Liao Morei, ich leite den Sicherheitsdienst von Terence Wallis«, stellte sich ihm die kleine Frau vor und entschuldigte sich: »Sieht so aus, als hätte ich einen Fehler gemacht. Bitten Sie Ihren Bruder wieder herein.«

José begab sich nach draußen, doch von Juan war weit und breit nichts zu sehen. Er war vorsichtshalber durch den Hintereingang zurück ins Haus gegangen.

*

Bis zum Eintreffen von Henner Trawisheim und Terence Wallis hatte sich die Lage wieder normalisiert. Die nicht böse gemeinten Spötteleien der Gäste hatte Juan inzwischen mit einer Lokalrunde beendet. Selbstverständlich hatte er auch Liao einen (alkoholfreien) Drink spendiert.

Ren Dharks Stellvertreter und der reichste Mann auf Terra ließen sich zunächst einmal in aller Ruhe ihr Geschäftsessen munden. Die Moreno-Brüder tischten das Beste auf, das ihre spanische Küche zu bieten hatte.

Erst beim Dessert kam Trawisheim zur Sache.

»Heute ist ein großer Tag für Sie, Wallis. Die terranische Regierung macht Ihnen ein Angebot, um das sich andere Privatunternehmen reißen würden. Wir bieten Ihnen die Schürfrechte im System NGK 1324/58 an – exklusiv. Natürlich nicht umsonst. Ich bin überzeugt, wir werden uns einig.«

»Diese Überzeugung teile ich mit Ihnen«, entgegnete Wallis und deutete auf sein Weinglas. »Trinken wir gleich auf die Gründung der WIM, oder warten wir erst das Ende unserer Verhandlungen ab?«

Wallis war groß, schlank, sportlich, gutaussehend – und schwer durchschaubar. Sein Vermögen hatte der unkonventionelle Mittvierziger, der sein langes, schon etwas schütteres Haar meist zu einem Pferdeschwanz zusammenband, durch geschickte Investitionen und Firmenkäufe gemacht. In letzter Zeit hatte niemand mehr probiert, ihn geschäftlich über den Tisch zu ziehen, so etwas nahm er nämlich übel.

Über Trawisheims kläglichen Versuch konnte er allerdings nur milde lächeln. Dieser Mann war für ihn kein ernstzunehmender Gegner im kaufmännischen Bereich, eher ein bemitleidenswertes, chancenloses Opfer.

»WIM?« wiederholte Henner. »Mal sehen, ob ich dieses Rätsel lösen kann. Die beiden ersten Buchstaben bedeuten vermutlich Wallis Industries. Sie möchten mit mir auf eine Gründung anstoßen. Die Gründung einer Familie ziehe ich erst gar nicht in Betracht, also meinen Sie vermutlich eine Firmengründung, beziehungsweise die Gründung einer Gesellschaft. Unser Gesprächsthema ist die Förderung von Tofirit. Demnach bedeutet WIM aller Wahrscheinlichkeit nach: Wallis Industries Mining.«

»Gratuliere, im Kombinieren sind Sie unschlagbar«, erwiderte der Industrielle.

»Danke. Leider werde ich das ungute Gefühl nicht los, daß Sie gerade versuchen, mich beziehungsweise die Regierung rigoros zu übervorteilen.«

»Ganz im Gegenteil, ich möchte nur das Beste für alle Beteiligten, ehrlich. Jeder sollte seinen Nutzen aus dem überraschenden Fund im Achmed-System ziehen.«

»Das gilt insbesondere für Sie, nicht wahr?«

»Logisch. Als bekennender Kapitalist bin ich in erster Linie auf meinen eigenen Vorteil bedacht. Aber sind wir das nicht alle? Sie kennen doch das typische Klagelied der Menschen: ›Alle denken nur an sich, nur ich denke an mich!‹. Ich erspare es mir, derart zu lamentieren und gebe statt dessen ehrlich zu, worauf ich aus bin.«

»Auf Geld.«

»Richtig, davon kann man nie genug haben. Schließlich müssen die hohen Steuern, die Wallis Industries aufbringt, erst mal erarbeitet werden. Man braucht kein Finanzexperte zu sein, um zu wissen, daß der Regierung an allen Ecken und Enden das Geld fehlt. Kaum stopft der Finanzminister irgendwo ein Loch, tut sich sofort an anderer Stelle ein neues auf. Somit verfügen Sie gar nicht über die Kapazitäten zum Abbau und Abtransport des Tofirits.«

»Im Gegensatz zu Ihnen, stimmt's?«

Wallis nickte. »Stimmt. Wallis Industries hat unbestreitbar die Mittel und das Know-how. Planung und Finanzierung für die Errichtung der fünf Transmitterstationen sind mittlerweile komplett abgeschlossen. Auch sonst wurde bereits alles gründlich geplant und durchgerechnet, dafür hatten meine Mitarbeiter und ich immerhin sechs Tage Zeit. Auf den Nenner gebracht: Nach Gründung der neuen Firma stelle ich Kapital, Personal und die Anlagen zum Erzabbau – und Sie sorgen für den nötigen militärischen Schutz.«

»Klingt nach einer fairen Vereinbarung«, überlegte Trawisheim laut. »Nur eines gefällt mir daran nicht so ganz. Eine gemeinsame Firma braucht auch einen gemeinsamen Namen. In der Abkürzung WIM ist aber seltsamerweise nur Ihrer enthalten.«

»Das ist in der Geschäftswelt so üblich. Der Anteilseigner mit der höchsten Stammeinlage gibt der Firma seinen Namen. Seine Mehrleistung wirkt sich dann natürlich auch auf die spätere Gewinnverteilung aus.«

»Wie bitte?« Trawisheim mußte erst mal tief Luft holen. »Sind Sie übergeschnappt? Wir teilen Fünfzig zu Fünfzig, klar? Auf Sechzig zu Vierzig lasse ich mich erst gar nicht ein.«

»Ich mich auch nicht«, entgegnete Wallis trocken. »Ich bekomme nämlich 75% der Firma. Die übrigen 25% gehen an die Regierung. Ach ja, die Hookers erheben sicherlich Ansprüche. Doch das soll nicht Ihre Sorge sein, um die beiden kümmere ich mich schon, sobald sie aus dem Urlaub zurück sind.«

»Sie verlangen drei Viertel? Mit welchem Recht?«

»Mit dem Recht des finanziell Stärkeren. Insgesamt gesehen ist meine Einlage ungleich höher als Ihre. Der militärische Schutz, der meinen Arbeitern von Regierungsseite gewährleistet wird, ist dringend notwendig, schlägt aber bei der Anrechnung bestenfalls mit 15% zugute, mehr liegt nicht drin.«

Soviel Unverschämtheit verschlug Trawisheim glatt die Sprache. Glaubte Wallis wirklich, er würde diese Kröte schlucken?

»Die Regierung wirft wesentlich mehr in die Waagschale als Sie«, sagte Henner nach einer Weile. »Zugegeben, ohne Ihr Geld, ohne Ihre Fabriken und ohne Ihre Leute wären wir ganz schön aufgeschmissen. Doch haben Sie nicht das Wichtigste vergessen? Ohne unser Tofirit läuft gar nichts.«

»*Unser* Tofirit?« Das erste Wort ließ sich Wallis genüßlich auf der Zunge zergehen. »*Unser?* Wen meinen Sie mit *unser?* Etwa die terranische Regierung?«

»Selbstverständlich. Das Achmed-System gehört...«

»... niemandem und keinem«, vollendete Wallis den Satz. »Grakos und Tel haben es vor den Terranern entdeckt. Das bedeutet jedoch nicht, daß es dadurch automatisch in deren Besitz übergeht. Für uns Terraner gilt das gleiche. Nach dem Ableben der Kundschaftertrupps der Schatten und der Schwarzen Weißen sind wir zwar die einzigen, die bislang von der Existenz des wertvollen Asteroidengürtels wissen, gehören tut er uns deshalb aber noch lange nicht. Jeder darf das Tofirit abbauen und für seine Zwecke verwenden. Jeder, der die Möglichkeit dazu hat und seine Ansprüche auch durchsetzen kann. Wie sieht es denn konkret mit Ihren Möglichkeiten aus?«

Trawisheim sah seine Felle davonschwimmen und in einem

Strudel versinken. Zweifelsohne hatte er seinen Geschäftspartner in spe gewaltig unterschätzt. Daß er hier mit dem zweithöchsten Regierungsmitglied verhandelte, beeindruckte Wallis offenbar nicht im geringsten. Der ausgebuffte Unternehmer steckte den Politiker locker in die Tasche, Cyborg hin, Cyborg her.

Henner spielte seine letzte Karte aus. »Die Entdeckung an sich ist nahezu unbezahlbar, das wissen Sie genau. Hätten nicht unsere Suchsonden…«

»Die Sonden wurden in meinen Hallen produziert«, unterbrach ihn der Multimilliardär ungeduldig. »Zu einem Vorzugspreis, den ich als aufopferungsvoller Staatsbürger niemandem sonst gewährt hätte. Zudem war mein bestes Pferd im Stall, Robert Saam, an der Entwicklung nicht unwesentlich beteiligt, falls Sie sich erinnern.«

Trawisheim wollte etwas sagen. Wallis schnitt ihm gleich wieder das Wort ab.

»Ja, ja, ich weiß schon, worauf Sie hinauswollen. Die Produktion war ein Regierungsauftrag, und die Hookers waren ebenfalls in Regierungsmission im All unterwegs. Das Aufspüren des Tofirits geht daher voll und ganz auf Ihr Konto. Ich habe das mit 10% veranschlagt, Finderlohn sozusagen, und Ihrer bisher errechneten Einlage von 15% hinzugerechnet. Das ergibt summa summarum 25%, womit wir wieder beim Ausgangspunkt unserer Verhandlungen angelangt wären. Mehr gibt es für Sie nicht zu holen, Trawisheim, finden Sie sich damit ab.«

Der Seufzer, den Henner Trawisheim ausstieß, war sehr, sehr lang. Wallis nutzte die Gelegenheit, um zwei frische Gläser Gran Reserva einzuschenken.

»Also gut, ich bin einverstanden«, gab der amtierende Regierungschef letztlich nach. Was blieb ihm auch anderes übrig? »Eine Bedingung stelle ich allerdings. Als Dankeschön für mein Entgegenkommen informieren Sie mich ausführlich über Saams neueste Erfindung. Ich möchte die Unterlagen von Chris Shanton überprüfen lassen, bevor die Waffe getestet wird.«

Wallis öffnete den mitgebrachten Aktenkoffer und reichte seinem Gesprächspartner einen Ordner. »Darin ist alles enthalten, Berechnungen, Zeichnungen und so weiter. Ich dachte mir schon, daß Sie darauf pochen würden.«

Beim Anstoßen äußerte Dharks Stellvertreter noch eine Bitte. »Das mit dem Firmennamen sollten Sie sich nochmals überlegen. WIM finde ich unfair, selbst wenn der Regierung nur ein Viertel der Gesellschaft gehört.«

»Geht in Ordnung, ich ändere den Namen«, versprach Wallis. »Er hat mir eh nie so recht gefallen.«

Der Notar trug später »Wallis Star Mining« in die Geschäftspapiere ein.

6.

Anfang Februar 2058 bekam Diplomingenieur Chris Shanton auf Ast-1 Besuch von Ted Bulton. Der Marschall wählte den unkomplizierten Weg über den Transmitter. Beide Männer setzten sich in Shantons Büro zusammen, tief im Inneren des schwerbewaffneten Asteroiden.

»Genaugenommen bin ich gar nicht hier«, erklärte Bulton. »Ich habe weder die Transmitterstraße benutzt noch sitze ich Ihnen auf diesem Stuhl gegenüber.«

Shanton war Experte auf mehreren technischen und wissenschaftlichen Gebieten und für das komplette Ast-Verteidigungssystem verantwortlich. Auf seinen messerscharfen Verstand konnte man sich jederzeit verlassen. Manchmal war er allerdings etwas schwer von Begriff.

»Natürlich sitzen Sie mir gegenüber«, entgegnete er verblüfft. »Ich kann Sie doch sehen und hören.«

»Sein Besuch bei uns ist inoffiziell«, ertönte es unter dem Schreibtisch. »Inkognito – verstehst du, Dicker? Sie müssen seine Begriffsstutzigkeit entschuldigen, Marschall, der Gute leidet manchmal unter Alkoholproblemen.«

Das traf zu. Shanton sprach nicht gern darüber.

Sein Scotchterrier Jimmy dafür um so öfter. Es schien ihm regelrecht Spaß zu machen, Herrchen mit seinem Cognac-Konsum aufzuziehen – falls man bei einem Roboter überhaupt von Spaß reden konnte, denn eigentlich verfügten Maschinen über keinerlei Empfindungen. Daß Jimmy mitunter »seinen eigenen Kopf« besaß, lag an einem Spezialchip, den Shanton ihm eingebaut hatte und der dem Robothund selbständige Schlußfolgerungen ermöglichte, die einem Denkprozeß sehr nahekamen.

Shanton nickte dem Marschall zu. »Alles klar, offiziell sind Sie gar nicht hier. Unsere Unterredung bleibt unter uns. Sie wird weder schriftlich noch technisch aufgezeichnet.«

Er beugte sich unter den Tisch und packte den Robothund an seinem Kunstfell. Dann stand er auf und trug den schwarzen Vierbeiner zur Tür.

»Einen Augenblick bitte«, entschuldigte er sich bei Bulton. »Ich glaube, der Hund muß raus.«

»Muß ich nicht!« protestierte Jimmy. »Als Roboter verspüre ich kein Bedürfnis, Gassi zu gehen.«

»Ich möchte nur verhindern, daß du unser Gespräch versehentlich speicherst«, erwiderte Shanton und setzte ihn im Zimmer nebenan ab. »Hier wartest du, bis wir fertig sind, verstanden? Und komm ja nicht auf die Idee, deine Abhörsensoren zu aktivieren.«

»Willst du damit andeuten, daß ich heimlich lausche?« entrüstete sich der Terrier. »Unverschämtheit! Die Krätze wünsche ich dir an den Hals, Dicker, und die Fingernägel sollen dir abfaulen, damit du dich nicht kratzen kannst! Und die Haare sollen dir ausfall…! Ach, geht ja nicht mehr, du hast ja kaum noch welche!«

Shanton schloß die Zwischentür.

»Klingt, als wäre er wirklich beleidigt«, meinte Bulton. »Mir würden diese ständigen Gefühlssimulationen auf den Wecker fallen. Kann man das nicht ausbauen?«

»Jederzeit«, behauptete Shanton. »Ich hab's ja auch früher schon einmal versucht. Aber irgendwie fehlt mir etwas, wenn der Kleine nicht so ist, wie er nun mal eben ist.«

Bulton deutete auf einen Stapel Aufzeichnungen, die auf Shantons Schreibtisch lagen. »Schwer beschäftigt, wie? Was bereitet Ihnen denn gerade Kopfzerbrechen?«

»Saams Linearbeschleuniger«, antwortete Chris knurrig. »Nachdem sich die großen Kaliber als unpraktisch erwiesen hatten, wurde nach Saams Entwürfen eine Kanone kleineren Kalibers entwickelt. Leider klappt die Miniaturisierung der Masseneutralisatoren nicht so, wie ich es mir erhofft habe.«

»Also ein totaler Flop?«

»So hart würde ich das nicht ausdrücken. Meiner Ansicht nach kann diese Technik im Prinzip funktionieren, doch die praktische Anwendung ist viel zu umständlich. Bei Kämpfen im All entscheiden mitunter Sekundenbruchteile über Leben oder Tod. Einem überraschenden Angriff der Schatten muß man sofort mit aller Härte begegnen, da bleibt keine Zeit, vorher noch rasch die Konstruktionspläne und Funktionsweise der neuen Waffe zu studieren.«

»Das sehe ich genauso«, pflichtete Bulton ihm bei.

»Ach ja?« staunte Shanton. »Sind wir beide tatsächlich mal einer Meinung? Den Tag sollte ich mir rot im Kalender ankreuzen. Manchmal habe ich nämlich den Eindruck, Saams Erfindungen sind für das Militär so was wie heilige Kühe, über die man nichts Schlechtes sagen darf.«

»Saams Ideen sind meistens erstklassig, wenn auch mit Vorsicht zu genießen«, erwiderte der Marschall. »Oftmals erweisen sie sich jedoch schon kurz darauf als veraltet und überholt.«

»Jemand hat unseren norwegischen Genius überholt? Wer?«

»Er sich selbst. Noch bevor der Linearbeschleuniger in der Praxis zum Einsatz kommt, präsentiert er uns seinen neuesten Einfall: die Wuchtkanone.«

»Hört sich an wie die werbewirksame Bezeichnung eines Kinderspielzeugs«, spottete Shanton. »Bietet er seine Erfindungen neuerdings als Merchandising-Produkte an?«

»Die Wuchtkanone wäre ein verdammt gefährliches Spielzeug, wenn sie funktioniert«, antwortete der Marschall ernst. »Saam will sie beim Probeflug der IKO 1 erstmals testen.«

»Donnerwetter!« entfuhr es dem Ingenieur erstaunt. »Demnach ist der Prototyp des Ikosaederraumers schon fertig? Der Kleine legt ja ein ordentliches Tempo vor.«

Shanton erinnerte sich an die gemütliche Runde bei Terence Wallis, als wäre es erst gestern gewesen. Seinerzeit hatte man mit

Saam lediglich über seine »Blechmänner« reden wollen, aber er war bereits dabei, ein neues Ei auszubrüten: den Ikosaeder. Und kaum war diese Erfindung geschlüpft, präsentierte er prompt die nächste.

Bulton zeigte Chris die Unterlagen, die Trawisheim von Wallis erhalten und als Kopie an ihn weitergereicht hatte. Shanton blätterte mit skeptischer Miene oberflächlich darin herum, las sich allmählich fest und...

... und dann staunte er nicht schlecht, zum dritten Mal innerhalb dieses Gesprächs. »Das könnte funktionieren!«

»Aus Ihrer Reaktion schließe ich, daß Sie damit einverstanden sind, Robert Saam auf seinem Testflug zu begleiten und ihm beim Einsatz der Wuchtkanone auf die Finger zu sehen. Abflug ist morgen mittag um zwölf Uhr.«

»Langsam, langsam, erst einmal müßte ich mit Saam unter vier Augen darüber reden. Eventuell fallen mir noch einige konstruktive Verbesserungen ein. Das wird Junior zwar als üble Einmischung ansehen, doch das ist mir herzlich egal.«

Sah man Saam und Shanton zusammen, fiel einem sofort eine uralte Volksweisheit ein: »Gegensätze ziehen sich an.« Neben dem zentnerschweren, circa doppelt so alten Diplomingenieur nahm sich der hagere Norweger wie ein Wiener Würstchen aus. Die Haare, die Robert vom Kopf abstanden, hätte Chris gern auf seinem eigenen gehabt; dafür wuchs letzterem ordentlich was im Gesicht, während sich ersterer mit kümmerlichem Flaum begnügen mußte. Shanton dachte nach, bevor er redete (meistens jedenfalls), Saam hingegen plapperte oftmals los wie ein Schulkind und ordnete seine Gedanken erst hinterher.

Lernte man die beiden allerdings näher kennen, kam einem eine andere sprichwörtliche Weisheit in den Sinn: »Gleich und gleich gesellt sich gern.« So unähnlich waren sie sich nämlich eigentlich nicht. Saam war ein Universalgenie mit praktischer Veranlagung – Shanton ebenfalls. Shanton war ein hoffnungsloser Chaot – genau wie Saam. Beide wurden ständig von wissenschaftlicher Neugier getrieben, beide hatten einen Hang zum Risiko, und beide mochten Jimmy, der sie aus hündischem Schabernack hin und wieder gegeneinander ausspielte.

»Sie können sich während des Fluges voll und ganz auf die Wuchtkanone konzentrieren«, sagte Bulton und erhob sich von seinem Platz. »Die Beurteilung des neuen Raumschiffstyps überlassen Sie Colonel P.S. Clark, der zu diesem Zweck von der TF abgestellt wurde. Er freut sich bereits auf diesen entspannenden Job. Zuletzt hatten wir ihn in der Region Rußland eingesetzt, ein ganz normaler Routineauftrag, der sich dann aber als brandgefährlich entpuppte. Clark braucht jetzt unbedingt etwas Erholung. Ihn in Urlaub zu schicken ist im Augenblick nicht drin, doch sein Einsatz auf der IKO 1 dürfte ihm wie Ferien vorkommen, zumal er der einzige Flottenangehörige an Bord sein wird. Die übrige Mannschaft besteht aus Zivilisten. Offiziell interessiert sich das Militär nämlich nicht für die Ikos.«

Nachdem der Marschall Shanton unter dem Siegel der Verschwiegenheit vom Tofiritfund im NGK-System unterrichtet hatte, verabschiedete er sich und ging hinaus zum Transmitter. Jimmy durfte wieder das Büro betreten.

»Du hast hoffentlich nichts mitgehört«, begrüßte ihn sein Herrchen auf seine gewohnt liebenswürdige Art.

»Kein bißchen«, versicherte ihm der Robothund. »Um nicht in Versuchung zu geraten, habe ich laute Musik gehört: Rock'n'Roll aus den Fünfzigern und Sechzigern des vorigen Jahrhunderts.«

»So ist es brav, mein Junge. Zur Belohnung nehme ich dich nachher mit nach Wallis Industries. Ich muß ein Wörtchen mit Robert Saam reden.«

»Ein Sechsaugengespräch also. Und dem Marschall gegenüber hast du behauptet, unter vier Augen mit Saam über die Wuchtkanone reden zu wollen. – Upps!«

*

Art und Jane Hooker hatten ihre Koffer gepackt. Vor dem Verlassen des Hotelzimmers traten sie noch einmal auf den Balkon hinaus. Vor ihnen lag der Strand von Molokai, dahinter erstreckte sich der Pazifik in seiner ganzen Pracht.

»Schade, daß wir das alles zurücklassen müssen«, seufzte Jane.

»Wir können jederzeit wieder hierherkommen«, entgegnete ihr Ehemann. »Das nächste Mal nehmen wir jedoch unser eigenes Schiff. Mich graust's, wenn ich an den überfüllten Jett der Fluggesellschaft denke.«

»Ich bin schon gespannt, wie mir unsere SEARCHER nach dem Umbau gefällt«, sagte Jane Hooker und meinte damit in erster Linie das Wohndeck.

Sie hatte den Arbeitern vor der Abreise klipp und klar Anweisungen gegeben und zusätzlich eine Innenarchitektin mit der Wahrnehmung ihrer Interessen beauftragt. Früher hatte sie sich über »überkandidelte Dämchen«, die nicht in der Lage waren, ihre Behausungen von eigner Hand und nach eigenem Geschmack einzurichten, unverhohlen lustig gemacht – jetzt nahm auch sie fremde Hilfe in Anspruch. Nicht aus Ideenmangel heraus, sondern weil sie es sich leisten konnte.

In Alamo Gordo wurde sie zunächst enttäuscht. Der Diskusraumer befand sich noch in der Werkshalle der Werft. Einige technische Einbauten auf dem unteren Maschinendeck waren noch nicht vollständig beendet.

»Aber Sie können gern auf dem Oberdeck einziehen«, scherzte der flaumbärtige Vorarbeiter, den die Hookers vom letzten Mal in schlechter Erinnerung hatten. »Falls Sie der Arbeitslärm auf der Werft nicht stört…«

»In keiner Weise«, erwiderte Art zur Überraschung des jungen Mannes. »Wenn unsere privaten Räumlichkeiten weisungsgemäß gestaltet wurden, sind sie weitgehend schallisoliert und komplett eingerichtet. Wir werden uns dort sicherlich sauwohl fühlen.«

Noch in derselben Minute zogen die Hookers in ihrem fliegenden Zuhause ein.

*

Für gewöhnliche Sterbliche war Terence Wallis eine Art Übermensch, ein Sphärenwesen, das unerreichbar in einem Elfenbeinturm hauste. Zwar kante man ihn aus den Medien, aber nur selten bekam ihn der Mann von der Straße leibhaftig zu Gesicht. Wieso er dennoch besser als andere über das alltägliche Geschehen unterrichtet war, vermochte niemand zu sagen.

Auch die Hookers wunderten sich, daß sie nur eine Stunde nach ihrem Einzug in die SEARCHER einen Viphoanruf von ihm bekamen.

Gleich zur Begrüßung erkundigte er sich, ob ihnen ihr neugestaltetes Quartier gefiel. »Oder enthält es für Ihren Geschmack zu viele Rottöne? Das läßt sich jederzeit ändern. Kostenlos, denn die Innenarchitektin ist eine gute Bekannte von mir.«

»Hat sie Ihnen verraten, daß wir aus Hawaii zurück sind?« erkundigte sich Jane, die vor dem Wandbildschirm des fest installierten Zimmerviphos stand.

»Nein, das weiß ich von Jo, einem entfernten Verwandten von mir. Ich habe ihm einen Vorarbeiterposten auf der Werft verschafft, dafür ist er mir was schuldig.«

»Der Kleine mit dem Gesichtsflaum ist demnach Ihre persönliche Petze«, bemerkte Art, der sich neben seine Frau stellte, respektlos.

»Ich bevorzuge den Ausdruck ›Informant‹«, entgegnete Wallis schmunzelnd. »Ohne ein gewisses Informantenpotential wäre ich aufgeschmissen. Wissen ist schließlich Macht. – Morgen um zwölf Uhr mittags startet auf dem Industriegelände in Pittsburgh die IKO 1 zu einem Probeflug. Möchten Sie diesem denkwürdigen Ereignis beiwohnen? Immerhin haben wir es Ihnen zu verdanken, daß voraussichtlich bald eine ganze Flotte Ikosaederraumer das All bevölkern wird.«

»Sie möchten, daß wir mitfliegen?« hakte Jane nach.

»Nein, die Mannschaft steht bereits fest. Dennoch hätte ich Sie gern beim Start dabei. Danach könnten wir uns dann zusammensetzen und über Ihren Anteil am Tofiritgürtel im Achmed-System verhandeln.«

»Verhandeln?« wunderte sich Art Hooker. »Da gibt es nichts zu verhandeln. Uns steht ein Prozent vom Abbaugewinn zu.«

»Das will Ihnen auch keiner nehmen«, beruhigte ihn der Unternehmer. »Mein Notar hat bereits einen verbindlichen Vertrag aufgesetzt, den ich in Ihrem Beisein unterschreiben werde. Es sei denn, Sie überlegen es sich anders.«

»Warum sollten wir?« erwiderte Jane. »Ein Hundertstel mag für Sie nicht viel sein, aber für uns ist es das Paradies.«

»Ganz wie Sie wollen. Wir sehen uns also morgen um zwölf?«

»Wir sind rechtzeitig da«, versprach Art und schaltete die Verbindung ab.

»Ich trau dem ausgebufften Kerl nicht über den Weg«, sagte er anschließend zu seiner Frau. »Jede Wette, daß er versuchen wird, uns auszutricksen.«

*

»Versuchen Sie erst gar nicht, mich auszutricksen, Robert«, warnte Chris Shanton den jungen Norweger Saam, den er in seinem Labor aufgesucht hatte. »Ich habe die Unterlagen bis ins Detail studiert. Sollten Sie mir irgendwelche Lügenmärchen auftischen…«

»Wann habe ich Sie jemals angelogen?« fiel ihm Robert Saam ungehalten ins Wort.

»Sie scheinen ein schlechtes Gedächtnis zu haben!« schnaufte der schwergewichtige Ingenieur. »Mein gesundheitsbedingter Zwangsaufenthalt im Brana-Tal wurde von Ihnen schamlos zum Bau des Linearbeschleunigers genutzt, obwohl Sie damals behauptet hatten, auf Ast-1 lediglich eine Ortungsanlage für Grakoschiffe und ihre Schattenstationen errichten zu wollen.«

»Wer wird denn so nachtragend sein?« stöhnte Saam. »Das gehört längst der Vergangenheit an. Im übrigen habe ich seinerzeit tatsächlich einen Schattenspürer gebaut, sozusagen als Alibiprodukt. Mittlerweile hat mein Team sogar eine stark verkleinerte Version des Spürers entwickelt, geeignet zur Installierung in Raumschiffen. Wie Sie sehen, Chris, bin ich gerade mit einem chemischen Experiment beschäftigt. Ich unterbreche es nur ungern, doch bevor Sie mir im Beisein meiner Assistenten akribisch all meine angeblichen Sünden aufzählen, gehen wir lieber in mein Appartement.«

Shanton war einverstanden. Beide verließen das Labor. Jimmy trottete hinter ihnen her.

Unter vier Augen (plus Jimmy) erklärte Saam wenig später Shanton das Prinzip der Wuchtkanone. Dazu reichte er Kaffee, Cognac und Kekse. Chris nippte am Kaffee, knabberte ein halbes Kekschen und widmete sich dann dem geistigen Getränk. Aufmerksam hörte er Roberts Erläuterungen zu.

»Über ein modifiziertes Antigravaggregat wird ein röhrenförmiges Feld errichtet, in dessen Innerem die Wirkung von Masse neutralisiert ist. Das hellgelbe Röhrenfeld baut sich überlichtschnell auf und hat eine Reichweite von bis zu einer Lichtsekunde, also etwa 300.000 Kilometer. Trifft es auf Hindernisse, die größer sind als der Rohrdurchmesser, kommt es zu einem Verwerfungseffekt im Feld, der dessen Wirkung aufhebt. Klar?«

Shanton brachte das Kunststück fertig, gleichzeitig zu trinken und zu nicken.

Saam fuhr fort. »Eine simple Kugel aus massivem Tofirit, von einem Kraftfeldprojektor dank ihrer Massefreiheit in der Röhre ohne Verzögerung auf Lichtgeschwindigkeit beschleunigt, durchrast es in maximal einer Sekunde. Wo das Röhrenfeld auf ein Hindernis trifft, ist die Tofiritkugel dann nicht mehr massefrei, aber weiterhin lichtschnell. Somit wohnt ihr mehr Energie inne als einer Wasserstoffbombe – komprimiert auf kleinstem Raum.«

»Die Kugel müßte jeden Schutzschirm durchschlagen können«,

warf Jimmy ein, denn sein Herrchen war ja beschäftigt. »Wahnsinn!«

Shanton mochte es nicht, wenn sich seine brikettähnliche Schöpfung in seine Gespräche einmischte. Dadurch wirkte der Robothund mitunter intelligenter als sein Erbauer.

Um klarzustellen, daß auch er begriffen hatte, über welche Durchschlagskraft Saams röhrenförmige Kanone verfügte, äußerte er sich ebenfalls dazu. »Da es lichtschnelle Gegenstände in unserem Universum nicht geben kann, wird die Tofiritkugel nach Verlassen des Neutralisationsfeldes schon allein durch die natürliche Verzögerung gezwungen, praktisch die gesamte ihr innewohnende Energie freizusetzen. Somit könnte sie selbst für ein Intervallfeld zum Problem werden.«

»So ist es«, bestätigte Saam. »Und das Beste daran: Meine neue Waffe verbraucht weit weniger Generatorenergie als der Linearbeschleuniger.«

Shanton bezweifelte das. »Unmöglich. Beim Einschlag werden gewaltige Energiemengen entfesselt. Woher nehmen, wenn nicht aus dem Geschützgenerator?«

Auch dafür hatte Saam eine Lösung parat: »Aus dem Hyperraum. Gravitations- und Massenmanipulation arbeitet mit modulierten Hyperwellen. Sie sind die Basis aller Antigrav- und ähnliche Aggregate. In der Wuchtkanone wird nun im Moment des Schusses eine Energieabzweigung in den Hyperraum erzeugt. Hört die Einwirkung des Feldes auf, stürzt die gesamte abgezweigte Summe aus Massen- und Beschleunigungsenergie zurück in die Tofiritkugel – so wie ein Gegenstand zu Boden fällt, wenn man das Antigravfeld abschaltet. Da sie nun aber viel schneller ist – so wie sich ein mit Antigrav angehobener Gegenstand weiter oben befindet – haftet ihr nun wesentlich mehr Energie an. Energie, mit der sie sich offensichtlich durch eine wie auch immer geartete Rückkopplung im Hyperraum aufgeladen hat. Letzten Endes setzt die Wuchtkanone die Kraft eines übergeordneten Kontinuums ein.«

»Was zu beweisen wäre«, entgegnete Shanton skeptisch. »Bisher betrachte ich das als eine gewagte Theorie.«

»Du bist und bleibst ein ewiger Pessimist«, tadelte ihn sein Hund, der zu Saams Füßen lag. »Robert weiß schon, was er tut.«

»Was verstehst du denn davon, Herr Hundeprofessor?« erwiderte Chris verärgert.

Wann immer Saam und Shanton zusammen waren, schmeichelte sich Jimmy bei Saam ein, um Shanton zu necken.

»In die IKO 1 wurde der Prototyp meiner Wuchtkanone eingebaut«, informierte der Norweger seinen Gast, »mit einem Rohrkaliber von einem Zentimeter. Gelingt der Test – und daran habe ich keinen Zweifel – werden alle nachfolgenden Schiffe damit ausgestattet. Nicht nur mit einer Kanone, sondern mit einem Dutzend. Geplant sind 400-Meter-Raumer, in denen an allen zwölf Verbindungspunkten je eine Kanone mit einem Kaliber von fünf Zentimetern installiert sein wird.«

Shanton blieb weiterhin skeptisch, erkannte aber die revolutionäre Kraft in Saams Ideen. Was schadete es, sie wenigstens auszuprobieren?

7.

Sie glaubten, in einem historischen Bühnenstück mitzuwirken. Aber das hier war kein Theater; es war echt!

Vom Hafen zur Hauptstadt... und natürlich nicht wie auf Terra mit einem Kontinental-Jett oder per Transmitter, wenn man dafür das Geld besaß oder rangmäßig so hoch eingestuft war, daß die Staatskasse den Transit bezahlte... sondern per vorsintflutlicher Eisenbahn!

Wie auf Terra vor 150 oder mehr Jahren...!

Sie waren in einem auf Schienen fahrenden Personenzug untergebracht worden, den eine Dampflok zog. Riesig, laut, schwarz, gewaltige Dampf- und Rauchwolken aus dem Schornsteinrohr ausstoßend. Unwillkürlich mußte Dhark an Unterhaltungsfilme denken, die in der monarchischen Epoche Europas spielten; da hatte es wohl auch solche stählernen Ungeheuer gegeben, deren Dampfkessel mit Kohle befeuert wurden.

Der Geheimdienst verfügte über einen eigenen, komfortablen Salonwagen, in dem man vor neugierigen Blicken sicher war. Eine Maßnahme, über die Ren Dhark nicht einmal böse sein konnte; ihm reichten die neugierigen Blicke mittlerweile, mit denen die Rags ihn und seine Begleiter anstarrten. Kaum jemand hier an Land war so diszipliniert wie die Besatzung des Zerstörers...

Es wunderte ihn ohnehin, daß sie nicht bereits in irgendwelche geheimdienstlichen Labors verschleppt worden waren, um mehr über sie, die Fremdwesen, herauszufinden. Jener Kapitänleutnant Deforest mit seinem entsprechenden Vorschlag schien zum Glück ein Außenseiter unter den Korlonen zu sein.

Die meisten Rags verhielten sich sehr zurückhaltend.

Der ganze Wagen war nur für die Geheimdienstleute und die Terraner reserviert. Wer oder was sonst noch von der Dampflok mitgezogen wurde, blieb zunächst unklar; nicht einmal die Cyborgs hatten sehen können, wie lang der Zug war. Sie waren in einem Räderfahrzeug mit verhangenen Fenstern bis an den Eisenbahnwagen gebracht worden und erhielten keine Gelegenheit, sich am Bahnsteig umzusehen. Aber Ren Dhark nahm an, daß sich in den anderen Wagen Soldaten befanden. Er konnte sich nicht vorstellen, daß man eine so »wertvolle« Fracht wie Außenweltler über den halben Kontinent fuhr, ohne sie penibel zu bewachen. Denn erstens bestand immer noch der Restverdacht, sie könnten feindliche Spione sein, und zweitens könnten feindliche Spione durchaus merken, daß da »etwas Wertvolles« transportiert wurde und ihre Leute informieren, damit die versuchten, das Wertvolle in ihren Besitz zu bringen…

Ein wenig bedauerte Ren, daß sie vier keine Waffen bei sich trugen. Die waren mit den Flash versunken. Aber ein Paraschocker hätte ihm zumindest das Gefühl gegeben, sich wehren und einen Angreifer paralysieren zu können. So blieb den vier Menschen nur, sich im Falle eines Falles mit den Fäusten zu wehren oder sich auf den Schutz durch die Korlonen zu verlassen.

»Ich verstehe Ihre Sorge nicht«, erwiderte der Geheimdienstler Retiev auf eine entsprechende Bemerkung des Commanders. »Warum glauben Sie, sich verteidigen zu müssen? Kein Gante weiß, daß wir unterwegs sind.«

»Ihr Wort in den Ohren Ihrer drei Götter«, murmelte Ren.

Der Wortführer der Geheimdienstgruppe lächelte. Und Ren hoffte, daß bei den Rags diese Mimik dasselbe ausdrückte wie bei den Terranern…

Speisen wurden aufgetragen. Eigentlich hatte Ren gehofft, beim Zugpersonal endlich auch einmal Ragfrauen zu sehen. Aber auch hier wurden sie, wie auf dem Flaggschiff, von Männern bekellnert. Nur daß die hier keine Uniformen, sondern Zivilkleidung trugen.

Waren die Rags eingeschlechtlich, oder hielten sie ihre Frauen nur vom gesellschaftlichen Leben beziehungsweise von Auftritten in der Öffentlichkeit fern? Daß an Bord der Kriegsschiffe nur Rag-Männer zu sehen waren, konnte Dhark noch nachvollziehen. Aber für zivile Tätigkeiten wie das Bedienen von Gästen wurden Frauen in der Regel nur in Gesellschaftsformen nicht eingesetzt, die von einem starken religiösen Fundamentalismus geprägt wurden.

Lag dieser Fall auch im Reich der Korlonen vor?

Die aufgetischten Speisen waren zumindest optisch hochwertiger als die Kost, die den Terranern an Bord von Admiral Brojars Flaggschiff gereicht worden war.

Wie schon dort, spielten die Cyborgs auch jetzt Vorkoster. Es war nicht gesagt, daß Menschen jede Nahrung vertrugen, welche sie auf anderen Welten zu sich nahmen. Wenn die eine Speise verträglich war, mußte es die andere noch längst nicht sein.

Diesmal spielte Oshuta den Vorkoster, nahm von allem ein Häppchen und beschleunigte den Verwertungs- und Verdauungsvorgang über sein Zweites System. Wenn es Probleme gab, konnte er sie auf diese Weise erkennen und für sich selbst weitgehend neutralisieren.

Aber es gab keine Probleme.

»Alles genießbar«, erklärte er. »Sogar mit stärkerem Geschmack versehen als die Marinekost, und auch mit wesentlich mehr Kalorien. Hier ist Fettlebe angesagt.«

Sie sprachen dem Essen zu – Angst, zu dick zu werden, hatte keiner von ihnen.

Hin und wieder zog einer von ihnen einen Teil der Vorhänge zurück, mit denen die Fenster des Waggons verhängt waren, um keinen Einblick von draußen zuzulassen – auf Bahnhöfen vielleicht berechtigt, auf freier Strecke doch eher unsinnig und lästig – und warf einen Blick hinaus, um die vorbeiziehende Landschaft zu genießen.

Die Geheimdienstler äußerten sich nicht dazu.

Monoton ratterte der Zug über die Schienen.

Die Fahrt durch Korlo hätte ein nostalgischer Trip durch die

Vergangenheit sein können – wenn es nicht nach mehreren Stunden Fahrt in einer Berglandschaft plötzlich zu einer Explosion gekommen wäre.

Von einem Moment zum anderen war die Hölle los…

*

Es krachte ohrenbetäubend. Ein heftiger Ruck ging durch den Wagen, ließ ihn schwanken. Was nicht niet- und nagelfest war, flog durch die Luft. Rags taumelten, Menschen stürzten aus ihren Sitzen. Plötzlich lag der Wagen schräg. Holz barst, Metall verformte sich. Eine weitere Explosion brüllte auf, und dann krachte und donnerte es in schneller Folge von allen Seiten.

»MP-Feuer«, stieß Oshuta hervor.

»Was?« keuchte Retiev. »MP-Feuer? Was heißt das?«

»Ihnen unbekannt?« fragte der Japaner. »Dann ist's wohl eine Neuentwicklung der Konkurrenz. Vollautomatische, tragbare Schnellfeuerwaffen, sozusagen ein Maschinengewehr in klein! Maschinengewehre kennen sie doch?«

Retiev nickte.

Sass spähte nach draußen.

»Soldaten«, sagte er. »Viele. Was sind das für Uniformen, Retiev?«

Der Geheimdienstmann sah an ihm vorbei nach draußen.

Er stieß etwas hervor, das der Translator vornehm als »Stoffwechselendprodukt« übersetzte. »Das sind Ganten«, keuchte Retiev. »Sieht nach einer Eliteeinheit aus! Was zum Wropprwrcek haben die hier zu suchen? Wie kommt dieses lausige Pack hierher?«

Jemand riß die Abteiltür auf.

»Eine Bombe«, rief er. »Sie hat die Lok aus den Schienen geworfen. Wir sitzen fest! Hier kommen wir nicht mehr weg!«

»Wir werden Hilfe bekommen! Lassen Sie funken, was das Zeug hält! Wir sind doch gerade eine Viertelstunde vom nächsten

Stützpunkt weg…«

Draußen wurde die Schießerei heftiger.

Dharks Verdacht stimmte, daß Soldaten den Zug begleiteten. Nur machten diese Soldaten den Fehler, nach draußen zu stürmen, um den Feind im offenen Kampf zu besiegen. Ihnen hatte wohl noch niemand gesagt, daß Helden Denkmäler bekommen, Vorsichtige aber überleben…

Und so starben sie.

»Die Korlonen verlieren«, sagte Sass, der immer noch durch das Fenster sah. »Wir sollten gehen. Sie können uns nicht mehr schützen.«

»Eine völlig neue Technik«, keuchte Retiev. »Diese kleinen Waffen sind unglaublich effektiv. Unsere Maschinengewehre müssen von zwei Mann bedient werden.«

»Ich verstehe nicht, wieso die Ganten überhaupt hier sein können«, stöhnte einer der anderen Geheimdienstler. »Schläft unsere Abwehr denn? Der Anmarsch einer derart schwerbewaffneten Einheit muß doch bemerkt worden sein!«

»Fragen Sie sich lieber, warum diese Einheit ausgerechnet diesen Zug angreift«, forderte Oshuta.

»Mich interessiert beides«, sagte Retiev. »Ich gehe davon aus, daß die Truppe mit einem Luftschiff hergebracht und in der Nähe abgesetzt wurde. Wenn sie bei Nacht unterwegs waren und ihr Gefährt zudem mit Tarnfarbe bemalt haben, wäre es möglich, daß sie unerkannt durchgekommen sind.«

»Etwas, das sich mit der Technik verhindern läßt, die ich Ihrer Regierung anbieten will«, sagte Doorn leise.

»Ich denke, diese Soldaten sind hier und greifen uns an, um Sie zu entführen«, behauptete Retiev. »Sie mit Ihren Ideen und Tricks. Es geht nicht darum, Korlo zu schaden, sondern um Sie und Ihre außerowidische Technologie zu bekommen! Ihre Notlandung im Wasser ist sicher nicht nur von unseren Leuten bemerkt worden, sondern auch von den Ganten. Die dürften auch Ihre Rettung mitbekommen haben, und es würde mich schon sehr wundern, wenn sie keine Spione in unserem Kriegshafen hätten! Daher werden sie wissen, daß Sie in diesem Zug sind, und deshalb überfallen sie eben diesen Zug.«

Das klang absolut logisch.

»Was also tun wir?« fragte Ren Dhark bitter. »Da draußen, Retiev, sterben Ihre Leute, die uns schützen sollen. Sie haben keine Chance gegen die überlegene Feuerkraft der Gegner. Wir sollten aufgeben. Wenn die Ganten bekommen, was sie wollen, lassen sie die restlichen Korlonen vielleicht am Leben.«

»Sie Träumer!« fuhr Retiev ihn an. »Das glauben Sie wirklich? Jetzt nehme ich Ihnen nicht mehr ab, daß Sie aus dem Weltraum kommen, denn niemand, der einer überlegenen Zivilisation angehört, kann so naiv sein!«

»Sicher haben Sie entsprechende Erfahrungen, die diese Behauptung untermauern«, sagte Arc Doorn trocken.

»Spötter!« knurrte der andere Agent böse. »Hüten Sie Ihre Zunge!«

»Wir werden von hier verschwinden«, bestimmte Retiev. »Und zwar sofort, noch ehe jemand bemerkt, daß hier nichts mehr zu holen ist. Raus jetzt, talwärts, aber schnell!«

»Was ist, wenn wir uns weigern?« fragte Bram Sass ruhig.

»Dann muß ich annehmen, daß Sie doch feindliche Agenten sind und auf diese Befreiungsaktion gewartet haben! In diesem Fall bin ich gezwungen, Sie zu erschießen.« Plötzlich hielt Retiev eine Waffe in der Hand – klein, aber garantiert tödlich. Es handelte sich um einen Mehrlader mit einem Magazin im Griff.

»Schade, daß man Ihnen keinen Tritt in den Hintern geben kann«, sagte der Cyborg gelassen. »Aber bei völlig freischwebenden Arschlöchern geht das leider nicht...«

»Raus jetzt!« befahl Retiev, ohne auf die Beleidigung einzugehen.

Sie kletterten aus dem halb umgestürzten Wagen.

Erst im Freien sah Ren Dhark das ganze Ausmaß der Katastrophe. Die Lokomotive war vollständig zerstört, der Geheimdienstwaggon war schwer beschädigt und aus dem Gleis geworfen worden, andere Wagen total zertrümmert. Daß es angesichts dieser Zerstörungen überhaupt noch genug korlonische Soldaten gab, die kämpfen konnten, war schon beinahe ein Wunder.

Die, die überlebt hatten, wurden nun von den Ganten massakriert.

»Laufen Sie!« verlangte Retiev. »Schnell! So schnell Sie können!«

Er deutete hangabwärts. Der Angriff der Ganten war von oben erfolgt – und daher wohl auch so erfolgreich. Nicht nur mit Pfeil und Bogen, auch mit Feuerwaffen schießt es sich leichter von oben nach unten als umgekehrt. Nicht nur ein psychologischer Effekt…

»Commander?« fragte Oshuta.

Dhark schüttelte den Kopf.

Noch wollte er vermeiden, daß die Cyborgs ihre übermenschlichen Kräfte offen demonstrierten. Das wollte er als Joker zurückhalten, der ausgespielt werden konnte, wenn es wirklich nötig wurde. Oshuta hatte vorschlagen wollen, daß die Cyborgs die beiden Menschen bei ihrer Flucht trugen, was die Prozedur sichtlich vereinfacht hätte – auf Kosten Retievs, den sie sicher nicht mitgenommen hätten…

Aber so weit war Ren Dhark noch nicht.

Sie rannten los, hangabwärts vom Zug weg. Weit unten entdeckte Ren weitere Eisenbahnschienen. Ein Nebengleis, oder die Fortsetzung der von ihnen benutzten Strecke, die vor einigen Kilometern einen Gebirgspaß überquert hatte und jetzt in Kehrschleifen stetig abwärts führte?

Plötzlich hämmerten wieder Schüsse.

Dhark sah, wie sich auf Retievs Uniformrücken jäh große rote Flecken bildeten. Im nächsten Moment brach der Agent zusammen und stand nie wieder auf. Ein gutes Dutzend Rags – als Ganten erkennbar, weil sie zwar so aussahen wie die Korlonen, aber andere Uniformen trugen – tauchte wie der Kistenteufel aus dem Boden auf, vorher scheinbar gut getarnt, und richtete die klobig konstruierten Maschinenpistolen auf die Terraner.

»Wer kämpft, stirbt – sofort!« übersetzte der Translator. »Mitkommen!«

Dhark sah auf der Bahnstrecke im Tal einen anderen Zug bergauf herandampfen. Der sah recht militärisch aus, mit drehbaren Kanonen auf einigen der Wagen. Entweder hatten die Korlonen erfolgreich Hilfe herbeigefunkt, oder das Gemetzel war anderweitig entdeckt worden. Auf jeden Fall sah es so aus, als sei Verstärkung unterwegs.

Zu spät…

Der Anführer der Ganten gab seinen Männern den Befehl, den Rückzug zu decken. Mit nur zwei weiteren seiner Soldaten und den vier Terranern floh er in andere Richtung, in die Berge hinein.

Noch spielten die Terraner mit, fügten sich den Anweisungen ihrer Entführer, obgleich jetzt die Cyborgs relativ leichtes Spiel mit ihnen gehabt hätten. Aber Ren Dhark wollte wissen, was hier gespielt wurde.

Allerdings war er entsetzt über die offensichtliche Brutalität der Ganten und das bedenkenlose Opfer der eigenen Leute. Er versuchte, mit dem Anführer des Trupps zu reden, aber dabei begriff er, daß man sich noch längst nicht wirklich klar darüber sein konnte, welcher Seite in diesem Krieg man eigentlich trauen konnte. Bei abgeschaltetem Translator unterhielt er sich kurz mit Doorn und den Cyborgs darüber; sie waren seiner Ansicht.

Zunächst verzichteten sie darauf, sich der Kontrolle ihrer Entführer zu entziehen. Nach einer Weile erreichte die Gruppe ein abgelegenes Hochtal. Hier lag tatsächlich ein großes Luftschiff, eine Art Zeppelin. Drei weitere Ganten, ebenfalls mit Maschinenpistolen bewaffnet, standen am Boden Wache. Der gantische Kommandeur forderte die Terraner auf, an Bord zu gehen.

Dhark lachte ihm ins Gesicht. »Da Sie so genau darüber informiert waren, wo Sie uns finden konnten, wissen Sie auch, wohin wir wollen. Wie garantieren Sie uns, daß Sie uns aus dem Feindesland heraus nach Undo bringen?«

Die Ganten fanden das indessen gar nicht lustig. Sie reagierten unwirsch und erklärten, die Terraner seien keine Gäste, die Ansprüche stellen dürften, sondern Gefangene, die sich fügen müßten.

»Dann ist jetzt Schluß«, sagte Doorn kalt. »Informationen über neue Technologien haben Sie von uns nicht mehr zu erwarten. Sie sind diejenigen, die uns brauchen – nur deshalb haben Sie den Zug doch überfallen! Wer uns nach Undo bringt, ob Gante oder Korlone, bekommt Wissen. Wer uns schlecht behandelt, bekommt nichts!«

»Sie glauben, uns mit Ihrem Wissen erpressen zu können?« Der gantische Offizier lachte höhnisch auf. »Sie werden sich unseren Wünschen fügen, oder wir töten Ihre Diener.« Dabei deutete er auf die Cyborgs. Da diese sich bisher zurückgehalten hatten, stufte er sie wohl als von niederem Rang ein. »Erst diesen, dann den anderen. Dann den dort.« Seine Hand wies auf Ren Dhark. »Und wenn Sie dann immer noch nicht kooperativ sein sollten, kennen wir Möglichkeiten, Sie durch Verstümmelung zu zwingen. Wenn Ihnen wichtige Gliedmaßen fehlen, werden Sie verhindern wollen, noch wichtigere ebenfalls zu verlieren...«

»Schwätzer«, konterte Doorn blaß.

»Jetzt«, sagte Ren Dhark.

*

Im gleichen Moment schlugen Oshuta und Sass zu. Blitzschnell wurden die beiden Cyborgs aktiv und überwältigten die sechs Ganten. Es ging so rasch, daß nicht einmal Dhark selbst verfolgen konnte, was sie eigentlich taten. In ihrer Reaktionsschnelligkeit übertrafen sie noch die modernsten terranischen Roboter. Wie rasende Schatten wirbelten sie zwischen den Ganten herum und setzten sie außer Gefecht.

Die Rags hatten damit nicht rechnen können. Woher sollten sie auch wissen, daß zwei der Fremden über besondere körperliche

Fähigkeiten verfügten?

Einer der Ganten schaffte es immerhin noch, seine Maschinenpistole abzufeuern und Bram Sass mit einigen Kugeln zu erwischen. Aber es waren keine lebensgefährlichen Treffer. Sass wurde durchgeschüttelt und zurückgeworfen, aber da hatte Oshuta die Lage bereits geklärt.

»Okay, Bram?« rief der Japaner seinem Kollegen zu.

»Im Prinzip ja. So paar Kugeln können mich höchstens ärgern.«

Unterdessen sammelte Ren Dhark die Maschinenpistolen der besiegten – teilweise durch die Fäuste der Cyborgs verletzten, aber nicht getöteten – Ganten ein, als der Kapitän des Luftschiffs in der Einstiegsluke erschien. Er war ebenfalls mit einer MP bewaffnet.

Der Rag zielte auf Doorn.

Dhark war schneller. Waffen gleichen sich in ihrer Konstruktion immer und überall, und der Commander hatte genug Waffen fremder Völker in Händen gehalten, um mit dieser auch auf Anhieb zurecht zu kommen – er riß eine Beute-MP hoch und verpaßte dem Rag einen Einzelschuß in den Oberschenkel, ehe der Gante auf Doorn feuern konnte.

Der Kapitän kippte hintenüber. Sein Finger lag dabei noch am Abzug, und die Salve, mit welcher er Doorn perforieren wollte, jagte nach oben in sein eigenes Luftschiff.

Und damit ging die Welt unter.

*

Fast.

Die glühenden Geschosse stanzten Löcher in die Hülle des Luftschiffs. Diese Hülle war mit Wasserstoff befüllt.

Der reagierte nun mit dem Sauerstoff der Atmosphäre.

Wasserstoff und Sauerstoff gemischt ergaben das, was der Chemiker recht treffend »Knallgas« nennt – eine extrem hochexplosive Mischung. Schon ein winziger Funke reichte, sie zu zünden.

Die durch die Pulvertreibladung erhitzten Geschosse reichten erst recht.

Die Knallgasmischung zündete.

Ein Feuerball entstand, der sich blitzschnell ausdehnte und seine zerstörerische Kraft wirken ließ. Je mehr zerstört wurde, desto mehr Wasserstoff konnte sich mit Sauerstoff mischen und reagieren – innerhalb weniger Augenblicke wurde das Luftschiff zu einer Feuerhölle.

Die beiden Cyborgs warfen sich über Dhark und Doorn, um sie mit ihren Körpern vor dieser Feuerhölle zu schützen.

Über ihnen tobte das Inferno.

*

Der Brand wirkte wie eine gigantische Fackel. Ein Leuchtfeuer, das die Korlonen herbei rief.

Dank der mittlerweile eingetroffenen Verstärkung hatten sie den gantischen Stoßtrupp besiegt. Unter der Führung eines der überlebenden Geheimdienstmänner tauchten sie nun auf, da die letzten Fetzen des feindlichen Luftschiffs allmählich verbrannten.

Die letzten Ganten wurden gefangengenommen.

Den Terranern war nichts zugestoßen, denn der enorme Sog des Wasserstoffbrandes hatte von allen Seiten Luft angesaugt, die als kühlende Strömung über den Boden gejagt war. Die Hitze der Explosion strahlte überwiegend nach oben hin ab.

»Bitte steigen Sie in den Zug«, wurden die Terraner aufgefordert; gemeint war der Entsatzzug, der zu Hilfe geschickt worden war. »Ihrer Weiterfahrt nach Ruham steht nunmehr nichts mehr im Wege.«

Gerade so, als wäre überhaupt nichts geschehen...

Und vier Terraner setzten ihre Reise fort!

8.

Auf dem Werksgelände von Wallis Industries schwebte auf einem Antigravfeld die rotschimmernde IKO 1. Eine der großen dreieckigen Platten, aus denen die Hülle bestand, war heruntergeklappt und eröffnete den Einstieg ins Schiff. Die Mannschaft befand sich bereits an Bord, darunter Saams Team. Er selbst bestieg das Schiff gemeinsam mit Shanton und Jimmy.

Colonel P.S. Clark wartete bis zuletzt am Einstieg auf den Kapitän des Raumschiffs.

»Da können Sie lange warten«, erklärte ihm Terence Wallis, nachdem er erfahren hatte, warum der Colonel nicht einstieg. »Sie selbst befehligen die IKO 1. Kein anderer als der Kommandant der EUROPA wäre besser dafür geeignet.«

Clark lehnte ab. »Tut mir leid, doch das ist nicht meine Aufgabe. Ich wurde lediglich als militärischer Beobachter abgestellt, ohne Befehlsfunktion. Schließlich handelt es sich hier um kein Schiff der Terranischen Flotte, sondern um einen zivilen Raumer.«

Wallis haßte unnötige Komplikationen. »Auch gut. Als Schiffseigner ernenne ich Sie hiermit zum Kapitän. Einverstanden?«

»Nein. Ernennungen und sonstige Weisungen darf ich nur von meinen militärischen Vorgesetzten entgegennehmen. Und bevor Sie mir vorschlagen, Marschall Bulton anzurufen: Das Militär mißt diesem Flug offiziell keine besondere Bedeutung bei. Deswegen ist auch kein offizieller Vertreter zum Start erschienen. Hier findet lediglich ein ziviler Testflug statt, und meine Anwesenheit begründet sich auf reine Neugier.«

»Ja, ja, ich weiß schon, was ich zu sagen habe, sollte die Presse Wind davon bekommen. Aber wer sonst käme als Kapitän in

Frage?«

Er schaute Art Hooker an, der neben ihm stand.

Art hob abwehrend die Hände. »Ohne mich. Erstens haben wir gleich etwas Wichtiges zu bereden. Zweitens kenne ich mich mit dem Raumschiffstyp nicht aus.«

»Robert Saam schon«, machte P.S. Clark einen Vorschlag. »Auch Shanton wäre sicherlich ein guter Kapitän auf Zeit.«

Wallis schüttelte den Kopf. »Robbie und Shanton haben noch nie in ihrem Leben selbständig ein größeres Raumschiff geflogen, soweit ich informiert bin. Ihre Funktion im Leitstand ist lediglich beratender Natur. Ansonsten kümmern sie sich um die Waffentests. Sorry, Colonel, aber dieser Krug wird nicht an Ihnen vorübergehen. Falls Sie weiterhin ablehnen, die Schiffsführung zu übernehmen, bin ich gezwungen, die ganze Aktion abzubrechen. Da dieser Probeflug auch im Interesse des Militärs ist – inoffiziell natürlich – werden Ihre Vorgesetzten von dem Abbruch ganz bestimmt nicht begeistert sein.«

Clark stieß einen wüsten, unanständigen Fluch aus – tief in seinem Inneren, wo ihn niemand hören konnte.

Immer blieb die gesamte Verantwortung an ihm hängen. Manchmal fühlte er sich, als trüge er die Last der ganzen Welt auf seinen Schultern.

Wie schwer ihm das zu schaffen machte, ließ er sich nie anmerken. Nur ein einziges Mal hatte er mit jemandem offen über seine Alpträume gesprochen, mit einer erfahrenen Militärpsychologin. Damals hatte man ihn vorübergehend aus dem aktiven Dienst genommen, weil er die damit verbundenen seelischen Belastungen nicht mehr hatte verkraften können. Zweimal innerhalb kürzester Zeit hatte er im Gefecht den Großteil seines Geschwaders verloren – Männer und Frauen, von denen er viele persönlich gekannt hatte. Ohne psychologische Hilfe hätte er das niemals unbeschadet überstanden.

Unbeschadet? Das entsprach nicht ganz der Wahrheit. Zwar hatte man ihn damals »geheilt«, so daß er inzwischen wieder in der Lage war, unbeanstandet seinen Dienst zu versehen, doch seither verfolgte ihn der Tod seiner Kameraden so manche Nacht.

Eine Zeitlang war P.S. Clark von den Alpträumen verschont geblieben. Seit seinem letzten Aufenthalt in Moskau schlief er wieder wesentlich schlechter. In Bultons Auftrag hatte er dort einen Militärgefangenen abholen und zur Vernehmung nach Alamo Gordo bringen sollen. Auf dem Raumhafen war ihm der Mann entwischt – ein Fehler, der vier unschuldige Menschen das Leben gekostet hatte.

Niemand hatte ihm deswegen einen Vorwurf gemacht. Die militärische Untersuchungskommission hatte von einer Verkettung unglücklicher Umstände gesprochen, und weil der Flüchtende noch am selben Tag gestellt worden war, hatte man den Fall zu den Akten gelegt.

Für Clark war die Sache damit leider nicht erledigt. Was nützte ihm ein Stück Papier, das ihm schwarz auf weiß bescheinigte, sich richtig verhalten zu haben, wenn ihn Nacht für Nacht das Gewissen drückte? Zu seinen bisherigen Alpträumen kamen nun noch neue dazu.

Der Probeflug der IKO 1 war gewissermaßen als Erholungsreise für ihn gedacht. Seine Vorgesetzten wollten sich damit für seinen unermüdlichen Einsatz im Dienste der Menschheit erkenntlich zeigen. Es wäre mehr als unhöflich gewesen, ihnen dieses »Geschenk« vor die Füße zu werfen, darum erklärte er sich letztendlich damit einverstanden, den Kapitänssessel zu besetzen.

»Gott sei Dank!« atmete Terence Wallis auf, als sich der Ikosaederraumer nahezu geräuschlos in die Lüfte erhob und am Himmel rasch kleiner wurde, mit *allen* Insassen an Bord. »Das wäre geschafft!«

»Sie wissen, wie man Menschen manipuliert, nicht wahr?«, merkte Art Hooker mißbilligend an. »Den Kapitänsposten haben Sie dem Colonel aufgenötigt.«

Wallis hatte dafür nur ein Achselzucken übrig. »Und wenn schon. Manche Menschen muß man halt zu ihrem Glück zwingen,

wenn sie selbst nicht wissen, was gut für sie ist.«
»Uns zwingen Sie zu nichts«, erwiderte Art unmißverständlich. »Wir bestehen auf unserem einprozentigen Anteil.«
Das werden wir ja sehen, antwortete ihm der Milliardär im stillen. *Abwarten...*
Bevor er sich mit den Hookers in sein Büro zurückzog, warf er noch einen letzten Blick zum Himmel, wo die IKO 1 zwischen den Wolken verschwand. Und plötzlich befiel ihn ein ungutes Gefühl, eine düstere Vorahnung, die er sich nicht näher erklären konnte.
»Viel Glück,«, kam es kaum hörbar über seine Lippen. »Was auch immer euch da oben erwartet...«

*

Das monotone Rattern und Schaukeln des Zuges hatte eine beinahe hypnotische Wirkung. Wenn Ren Dhark die Augen schloß, fühlte er sich in seine Kindheit zurückversetzt, in eine scheinbar unendlich ferne Vergangenheit, als sein Vater mit ihm eine Reise in einem Museumszug der Western Union Railroad unternommen hatte. Eine Fahrt auf der historischen Strecke von Osten nach Westen über die Rocky Mountains...
Er sah die Bilder noch immer vor sich, die schroffen Granithänge, das Grün von Kiefern, Salbei und Ginster, weiße Schneezungen in den Höhenlagen unter einem stahlblauen Himmel, weiße Wolkenfetzen und die dunklen Silhouetten kreisender Raubvögel...
Genau wie hier. Nur waren diese Berge nicht die Rockys, die Nadelbäume keine Kiefern, und die weißen Wolken trieben nicht über den Himmel der Erde, sondern über den einer fremden Welt. Und an diesem Himmel stand keine gelbe, sondern eine riesige rote Sonne mit einem kleinen blauweißen Begleiter.
Wie sehr sich viele Sauerstoffplaneten in den Grundzügen doch ähneln, dachte Ren zerstreut. *Aus der Ferne betrachtet könnte man diese Tiere dort tatsächlich für Steinböcke halten und die Vögel*

dort oben für Geier...

Ein langgezogenes Pfeifsignal der Dampflokomotive riß ihn aus seinen Gedanken. Nicht weil es fremdartig klang, ganz im Gegenteil, es erinnerte ihn an diesen so viele Jahre zurückliegenden Ausflug mit seinem verstorbenen Vater, und die Tatsache, daß Sam Dhark längst tot war, fernab von der Erde gestorben, warf ihn abrupt in die Gegenwart zurück.

Er blinzelte, wandte den Blick vom Fenster ab und richtete ihn auf die Sitzreihe vor sich.

Ihm gegenüber saßen die beiden Cyborgs. Bram Sass, der ehemalige Bauer aus den ladinischen Alpen, musterte ihn mit ausdrucksloser Miene. Er wirkte wie immer gleichmütig und fast gelangweilt. Nur zwei Einschußlöcher in seiner Kombi, an den Rändern rostrot verfärbt, verrieten, daß er erst vor wenigen Stunden von einer primitiven Schnellfeuerwaffe getroffen worden war.

Jeder normale Mensch hätte wie ein Schwein geblutet und wäre mittlerweile tot, zumindest aber schwer verwundet und handlungsunfähig. Sass dagegen wirkte so kräftig und gesund, als käme er gerade von einer ausgedehnten Erholungskur. Die massiven Geschosse waren von seinem Körper abgesondert worden. Der Prozeß glich dem des Herauseiterns von Fremdkörpern, war aber weder infektiös noch sonst wie belastend für einen Cyborg.

Auch Lati Oshuta hatte alle Blessuren mit Hilfe seiner optimierten Regenerationsfähigkeit überwunden. Obwohl er entspannt neben seinem Partner saß, schien sein Körper in ständiger Bewegung zu sein, wie eine vibrierende Stahlfeder, die nur darauf wartete, loszuschnellen. Seine dunklen Augen wanderten unablässig hin und her, seine Hände lagen wie die eines Revolverhelden auf den Oberschenkeln, bereit, in Sekundenbruchteilen zwei imaginäre großkalibrige Trommelrevolver aus den Holstern zu ziehen.

Ren lächelte schwach. Oshuta wäre wie auch Sass im Wilden Westen durch seine übermenschliche Reaktionsschnelligkeit als Revolverschwinger unschlagbar gewesen. Und mit einer derben Leinenhose, Lederweste und Lederjacke, spitzen Stiefeln und einem breitkrempigen Hut statt seiner schlichten Kombi hätte er trotz seiner orientalischen Physiognomie wunderbar zu diesem altertümlichen Zug gepaßt...

Wären da nicht diese fremdartigen, stoffpuppenähnlichen Wesen im Abteil auf der anderen Seite des Ganges gewesen.

Freunde oder Feinde?

Krugal, der Anführer der kleinen Gruppe von Geheimdienstleuten, die Ren Dhark und dessen Gefährten nach dem gescheiterten Anschlag der Ganten in die Hauptstadt von Korlo eskortierten, betrachtete die Menschen stumm. Er hatte die Hände vor dem Bauch verschränkt, seine Pistole wurde von seiner Uniformjacke verdeckt. Auch die beiden anderen Rags trugen die Waffen unter ihrer Kleidung verborgen, ein demonstratives Zeichen der Friedfertigkeit. Aber Ren wußte, daß in den anderen Waggons mindestens drei Dutzend Soldaten mit Gewehren, Pistolen und den von dem Stoßtrupp der Ganten erbeuteten MPs saßen. Selbst mit Hilfe der unglaublich schnellen und kräftigen Cyborgs hätte der Versuch, die Rags zu überwältigen, ein unkalkulierbares Risiko bedeutet. Außerdem würden sie nichts gewinnen, wenn sie den Zug in ihre Gewalt brachten, solange sie keinen Kontakt zur POINT OF herstellen konnten.

Die Dampflok stieß erneut eine Reihe klagender, langgezogener Pfeiftöne aus, eine wehmütige Melodie, und Ren sah, wie Krugal die vor dem Bauch verschränkten Finger löste und die Rechtc wie zufällig etwas abwärts wanderte.

In Richtung seiner Pistole.

Oshuta spannte sich unmerklich an. Ren, dem die Bewegung nicht entgangen war, schüttelte betont langsam den Kopf. »Dauert es noch lange?« fragte er ruhig. Der galoanische Translator, den er am Gürtel trug, übersetzte seine Worte in die Sprache der Rags.

»Frakk dribal«, erwiderte Krugal.

»Das sind knapp fünf Stunden«, kam Sass dem Translator um eine halbe Sekunde zuvor. Er und Oshuta hatten sich ein bemerkenswert großes Vokabular angeeignet, bevor es Arc Doorn gelungen war, aus den Resten der vier zerstörten Geräte zumindest ein funktionstüchtiges Exemplar zu basteln.

»Jyp habbat bi-dengal«, fuhr der Rag fort. »Srif aff naunau Ruham.« Seine Stimme klang etwas dumpf, die Silben undeutlich und verschliffen. Die Sprache paßte zu dem fast konturlosen Gesicht. Die Gesichtszüge der Rags waren zwar mehr oder weniger menschlich, aber kaum ausgeprägt.

»Wir fahren ohne Pause durch«, übersetzte der Translator. »Der Zug wird Ruham noch bei Tageslicht erreichen.«

Interessant, dachte Ren. *Ihre Sprache muß ganz anders als die unsere strukturiert sein. Der zweite Satz war im Original viel kürzer als die Übersetzung.*

Auch der Admiral auf dem Flaggschiff der Korlonen hatte von Ruham gesprochen. Ren hatte wieder das undeutliche Gefühl, das Wort in einem anderen Zusammenhang schon einmal gehört zu haben, aber er konnte es nicht einordnen.

Plötzlich verdämmerte das Licht, und jetzt erkannte er den Grund für Krugals Wachsamkeit. Der Zug fuhr durch einen Tunnel. Deshalb also brannten die kleinen Gaslampen unter der Decke des Abteils auch bei Tag. Die schwarzen Knopfaugen des Rags glänzten wie Opale in der schwachen Beleuchtung. Seine spärliche Mimik war nicht zu deuten, aber Ren war auch so klar, daß er den Fremden noch immer nicht traute.

Das Rattern der Räder auf den Schienen und das Rauschen des Fahrtwinds wurden lauter, als die Verbindungstür des Waggons aufgerissen wurde. Ein Luftzug ließ Rens weißblondes Haar flattern und trug den schwachen Geruch von Ruß und Kohlenrauch mit sich.

»Faszinierend, absolut faszinierend.« Arc Doorn baute sich vor Ren Dhark auf, stemmte die Hände in die Hüften und starrte den anderen herausfordernd an, als rechnete er mit Widerspruch.

»Haben Sie ein Klo mit Wasserspülung und Waschbecken entdeckt?« erkundigte sich Ren mit milder Ironie.

»Das auch.« Wenn der Sibirier den Seitenhieb bemerkt hatte,

ließ er sich jedenfalls nichts anmerken. Auch schenkte er seiner zweiköpfigen Eskorte korlonischer Soldaten, die ihn nicht eine Sekunde lang aus den Augen ließ, keinerlei Beachtung.

»Alles äußerst primitiv, aber gleichzeitig auch sehr effektiv«, fuhr er mit einer für ihn völlig untypischen Lebhaftigkeit fort. »Unsere Freunde haben auf allen überflüssigen Schnickschnack verzichtet. Das Kupplungen der einzelnen Waggons sind in ihrer Schlichtheit schon wieder genial. Natürlich ließe sich das hydraulische Bremssystem mit ein paar Handgriffen optimieren, aber der ganze Druckluftkreislauf ist sehr geschickt aufgebaut und macht ein elektrisches Netz überflüssig. Er steuert nicht nur die Bremsen, er sichert auch die Türen während der Fahrt, betreibt die Ventilatoren hinter diesen Schlitzen in der Decke und die Wasserversorgung in den Toiletten. Darüber hinaus läßt sich mit ihm eine Art Orgel im ersten Wagen und in der Lok selbst betreiben, die, soweit ich das mit Händen und Füßen in Erfahrung bringen konnte, nicht der musikalischen Erbauung, sondern der akustischen Kommunikation über beachtliche Entfernungen dient.«

Wie um seine Wort zu unterstreichen, klang wieder ein durchdringendes Pfeifkonzert auf, und kurz darauf verließ der Zug den Tunnel. Ren hatte den Eindruck, daß die Berge allmählich niedriger wurden. Hier und da entdeckte er kleine Gebäude und Gehöfte. Ein Bild des Friedens, aber es war trügerisch. Auf Gawa, dem Nordkontinent des Planeten Owid, herrschte seit nahezu hundert Jahren Krieg.

»Setzen Sie sich«, sagte er.

»Aber ich habe noch gar nicht den hinteren Teil…« begann Doorn.

»Setzen Sie sich«, wiederholte Ren und tippte auf den Sitz neben sich.

Arc Doorns Mundwinkel bogen sich herab, und übergangslos erschien wieder der mürrische Ausdruck auf seinem Gesicht, der so charakteristisch für ihn war. Er ließ sich schwer neben den jüngeren Mann auf die gepolsterte Bank fallen.

Oshuta grinste breit, als amüsiere er sich bestens. Sass dagegen wirkte eher gelangweilt. Hätte er nicht ab und zu geblinzelt, hätte man glauben können, er würde mit offenen Augen schlafen. Aber der Eindruck täuschte. Der Cyborg war hellwach und hochkonzentriert.

»Wir werden unser Ziel in rund fünf Stunden erreichen«, erklärte Ren.

»Zeit genug, um…«

Ren hob eine Hand. »Zeit für Sie, sich ein bißchen auszuruhen. Wir alle brauchen Ruhe. Und wir sollten die Fahrt nutzen, uns ein wenig mit unseren…« er nickte in Krugals Richtung »… Gastgebern zu unterhalten. Noch wissen wir nicht, was uns bevorsteht.«

»So mundfaul, wie die Typen sind, werden wir wohl kaum etwas von ihnen erfahren«, brummte Doorn mißmutig.

»Dann müßten Sie sich doch eigentlich blendend mit ihnen verstehen«, kommentierte Oshuta fröhlich.

Der Sibirier knurrte etwas Unverständliches in seiner Muttersprache, das der Translator auf Grund seiner aktuellen Programmierung ignorierte.

»Wie geht es Ihren verwundeten Männern?« wandte sich Ren an Krugal.

»Sie werden versorgt«, erwiderte der Rag einsilbig.

»Und die Ganten?«

»Wir kümmern uns um sie.«

»Können wir Ihnen unsere Hilfe anbieten?«

»Nein, danke.«

Ren Dhark seufzte. Soviel zu seinem Versuch, die Atmosphäre mit einer Plauderei aufzulockern.

Bisher wußten sie nur, daß sie in der Hauptstadt – in Ruham – zum Oberkommando des Geheimdienstes gebracht werden sollten. Nicht als Gefangene, wie der Admiral betont hatte, sondern als Gäste.

Was vermutlich letztendlich aufs Gleiche hinauskam. Und solange sie keinen Kontakt zur POINT OF im Orbit um Owid herstellen konnten, waren sie de facto Gefangene dieser Welt, egal, wie zuvorkommend man sie auch behandelte.

»Sehen Sie doch!«

Arc Doorn hatte sich vorgebeugt und einen Arm zum Fenster ausgestreckt. Ren roch den Schweiß des Sibiriers und rümpfte die Nase. Vor noch gar nicht allzu langer Zeit hatte das technische Genie ständig so gerochen, doch seit seiner Heirat mit Doris achtete er etwas mehr auf Hygiene und Körperpflege.

Zumindest wenn seine Frau in der Nähe war.

Wahrscheinlich riechen wir alle nicht besser, dachte Ren. *Ein Himmelreich für ein heißes Bad oder wenigstens eine kurze Dusche.*

Er folgte dem ausgestreckten Arm Doorns mit den Blicken.

Zwei Doppeldecker flogen im Tiefflug neben dem Zug her und überholten ihn nur langsam. Die Lok gab eine Reihe von Pfeiftönen unterschiedlicher Länge und Höhe von sich, worauf die Flugzeuge mit den Schwingen wackelten.

»Offenbar sind sie nicht mit Funkgeräten ausgerüstet«, murmelte Doorn. »Ich wüßte zu gern, was die sich da mitteilen.«

Die Flugzeuge beschleunigten und stiegen in die Höhe. Doorn quetschte sich an Dhark vorbei, verrenkte den Kopf und starrte ihnen hinter.

»Ich schätze, Sie werden ausgiebig Gelegenheit bekommen, sich die Flugzeuge unsere Freunde näher anzusehen, sobald wir in Ruham eintreffen«, sagte Ren betont laut mit einem Seitenblick auf Krugal.

Wie er nicht anders erwartet hatte, zeigte der Geheimdienstler keine Reaktion.

»Bis dahin sollten wir versuchen, noch eine Mütze Schlaf abzubekommen«, fügte Ren hinzu. »Lehnen Sie sich zurück, strecken Sie die Beine aus und machen Sie die Augen zu.«

»Aber...«

»Arc, hilft es Ihnen, wenn ich Ihnen sage, daß das ein Befehl ist?«

Der Sibirier starrte den Commander eine Weile aus zusammengekniffenen Augen an, dann fuhr er sich mit den gespreizten Fingern durch den strähnigen Haarschopf und zuckte die Achseln. »Na schön, Sie sind der Boß. Aber beschweren Sie sich hinterher nicht, wenn ich irgend etwas Wichtiges übersehen habe.«

*

»Nein, Joan«, murmelte Ren schlaftrunken. »Nicht schon wieder. Laß mich nur noch eine halbe Stunde...«

Aber Joan war unnachgiebig. Wieder rüttelte sie ihn an der Schulter, und als er widerwillig die Augen öffnete...

... blickte er in Arc Doorns grinsendes Gesicht.

»Tut mir leid, Ihre Illusionen zerstören zu müssen, Commander«, sagte der Sibirier in einem Tonfall, der deutlich verriet, daß es ihm keineswegs leid tat. »Aber wir sind bald da.«

Ren richtete sich auf, rieb sich die Augen, rückte den Abschirmreif nogkscher Fertigung auf seiner Stirn zurecht und warf einen Blick aus dem Fenster.

Sie hatten das Gebirge hinter sich gelassen. Die Landschaft wurde jetzt von sanften Hügeln geprägt. Soweit das Auge reichte, erstreckten sich Felder und Plantagen, die im Licht der tiefstehenden Riesensonne rotgolden glühten. Auf Straßen und unbefestigten Feldwegen fuhren Gespanne und Karren, gezogen von stämmigen, ponygroßen Tieren, die wie eine zottige Kreuzung aus Eseln und Ziegen aussahen. Hier und da tuckerte ein behäbiger Lastwagen dahin, der aus hohen Auspuffrohren gewaltige schwarze Rauchwolken ausstieß.

»Haben Sie etwa gar nicht geschlafen?« erkundigte sich Ren.

»Doch, bis vor einer Viertelstunde«, erwiderte Doorn. »Krugal hat mich geweckt. Ich wollte Ihnen nur noch ein paar Minuten gönnen, während ich mich frisch gemacht habe.«

»Gute Idee.« Ren streckte sich und gähnte herzhaft. »Wo ist die Toilette?«

»Zwei Wagen weiter in Fahrtrichtung. Außer einem Klo gibt es ein richtiges Waschbecken mit Spiegel. Und sogar warmes Wasser.«

»Klingt nicht schlecht. Ich bin gleich zurück.« Ren erhob sich, nickte Krugal zu, der die menschliche Geste auf die gleiche Art erwiderte, und öffnete die Verbindungstür.

Der Waggon war zur Hälfte mit korlonischen Soldaten besetzt. Einige dösten vor sich hin, die meisten unterhielten sich leise oder vergnügten sich mit einer Art Kartenspiel. Einer der Männer stand wortlos auf und folgte Ren in kurzem Abstand, als dieser zwischen den Sitzreihen entlangging, ohne jedoch eine Waffe zu ziehen.

Die Toilette war durch ein Symbol gekennzeichnet, das auch ein Fremder sofort erkennen konnte, ein stilisierter Wasserhahn, aus dem ein blauer Strahl sprudelte.

Obwohl die Tür ein Schloß besaß, verzichtete Ren darauf, sie abzuschließen, um nicht den Eindruck zu erwecken, er hätte etwas zu verbergen. Er zog das Oberteil der Kombi bis zur Hüfte herunter.

Er wusch sich Gesicht, Hals und Oberkörper abwechselnd mit kaltem und heißem Wasser. Auch hier waren die Symbole wieder eindeutig: hell für heiß, dunkel für kalt. Und es gab sogar einen Seifenspender. Die Parallelen, die die Kultur der Owiden mit denen der Erde Anfang des zwanzigsten Jahrhunderts aufwies, war wirklich verblüffend. Blieb nur zu hoffen, daß der Eindruck nicht trog.

Nachdem Ren sich die Seifenlauge von der Haut gewaschen hatte, stellte er fest, daß es nirgendwo Handtücher gab. Statt dessen hing ein dehnbarer Schlauch mit einer großen Düse in einer Schlaufe von der Decke herab. Ren zog ihn herunter, untersuchte ihn kurz und betätigte dann einen von zwei Schiebereglern.

Ein kalter Luftschwall blies ihm entgegen. Mit dem zweiten Regler ließ sich Warmluft zuschalten, die leicht rauchig roch, offensichtlich aber rußfrei war.

Arc Doorn hatte recht. Die Rags mochten sich zwar noch auf einer primitiven technischen Entwicklungsstufe befinden, aber sie waren alles andere als einfallslos.

Erfrischt kehrte Ren zu seinen Begleitern zurück. Das Bild draußen vor den Fenstern hatte sich wieder verändert. Der Zug fuhr durch die ersten Vororte, die aus höchstens dreigeschossigen Holz- und Steinhäusern mit kleinen Vorgärten bestanden. Alles wirkte ordentlich und sauber, sah man von vereinzelten qualmenden Schloten ab. Im Gegensatz zu den nüchternen Uniformen der Soldaten und Geheimdienstler trugen die Passanten weite und bunt bestickte Gewänder.

»Flunk granga troll«, sagte Krugal unvermittelt, und der Translator übersetzte: »Schließen Sie die Vorhänge.«

Ren bemerkte Sass' fragenden Blick und nickte dem Cyborg zu.

»Wir haben nichts vor Ihnen zu verbergen«, fügte der Geheimdienstoffizier hinzu. »Wir möchten nur verhindern, daß unsere Leute durch Ihren Anblick erschreckt werden. Sie können weiter durch den Spalt zwischen den Vorhängen hinaussehen.«

Der Zug stieß eine melodische Lautfolge aus und wurde langsamer. Sie hatten die Hauptstadt erreicht.

Ren und seine Gefährten drängten sich vor dem Fenster und betrachteten staunend die Kulisse.

Die dörflichen Strukturen der Vororte machten den prächtigen Gebäuden einer Großstadt Platz. Einige der Häuser maßen gut und gern zehn Stockwerke, ihre Fassaden schienen teilweise mit Marmor oder Speckstein verklinkert zu sein und waren mit Steinmetzarbeiten verziert. Andere Gebäude konnten nur als Paläste bezeichnet werden. Sie hatten ausladende Balustraden, weite Treppen und Balkone, auf denen Blumen, sorgfältig gestutzte Büsche und Miniaturbäume wuchsen. Die Straßen waren gepflastert und mit Abflußrinnen versehen, die Bürgersteige erhöht und kunstvoll gefliest. An gußeisernen Laternen baumelten orientalisch anmutende Ampeln. Kleine Parkanlagen und vereinzelte Bauminseln lockerten das Bild auf. Ruham war, soweit es sich bisher beurteilen ließ, eine bemerkenswert schöne Stadt und zeugte von einem ausgeprägten ästhetischen Gespür seiner Bewohner.

Der Zug rollte rumpelnd und quietschend in einen Bahnhof ein und fuhr im Schrittempo weiter, bis er das Ende des Bahnsteigs erreicht hatte.

Krugal erhob sich. »Bitte warten Sie hier«, sagte er, und trotz der Fremdartigkeit seiner Stimme machte sein Tonfall klar, daß es sich nicht um eine Bitte, sondern um einen Befehl handelte.

»Hoffentlich dauert es nicht zu lange«, brummte Doorn. »Mir knurrt der Magen. Ich könnte einen halben Ochsen verspeisen.«

»Ich bezweifle, daß es hier Ochsen gibt«, erwiderte Ren, »aber wenn die Eßkultur der Rags mit ihrer Architektur und ihrem Sinn für Ästhetik mithalten kann, dürften wir keinen Grund zur Klage haben.«

Durch den schmalen Spalt im Vorhang verfolgte er, wie Uniformierte die wenigen Zivilisten abdrängten. Offenbar handelte es sich um ein Nebengleis. Nach einer Weile kehrte Krugal – zumindest glaubte Ren, den Geheimdienstoffizier an seiner Uniform zu erkennen – in Begleitung mehrerer ähnlich gekleideter Rags zurück.

Er reichte jedem der Menschen ein Stoffbündel. »Bitte ziehen Sie das über und folgen sie mir.«

Die Stoffbündel entpuppten sich als weite Umhänge mit Kapuzen.

»Na, wie sehe ich aus?« fragte Doorn, nachdem er seinen Umhang übergestreift hatte. Er drehte sich einmal um die eigene Achse und schwenkte die Arme.

»Wie Quasimodo«, kommentierte Bram Sass trocken.

Der Sibirier runzelte irritiert die Stirn. »Wer ist denn das?«

»Eine Heldengestalt aus der Literatur des 19. Jahrhunderts«, erklärte Sass ernsthaft. »Auch wenn Sie nicht ganz so attraktiv sind.«

Ren Dhark verkniff sich ein Grinsen. Das Pokergesicht des Cyborgs hätte Janos Szardak zur Ehre gereicht.

Sie verließen den Zug und folgten Krugal, eskortiert von mehreren schweigsamen Rags, über den verwaisten Bahnsteig, der anscheinend hauptsächlich der Frachtabfertigung diente. Ein kahler Gang führte durch ein schmuckloses Gebäude auf einen ovalen Platz hinaus, auf dem ein altertümlich anmutendes Auto stand, das eher an eine Kutsche erinnerte. Es bestand zum größten Teil aus einem großen, dunklen Kasten mit mehreren verhangenen Fenstern, davor schloß sich eine Art überdachter Kutschbock mit einem einzelnen Sitz hinter einem gigantischen Lenkrad und mehreren langen Hebeln an, wiederum davor eine gewaltige, mindestens zwei Meter lange Motorhaube, die auf einer zusätzlichen Achse mit kleinen Speicherrädern gelagert war.

Arc Doorn machte Anstalten, aus der kleinen Kolonne auszuscheren, um sich die Vorderfront des Wagens näher anzusehen, doch Ren legte ihm schnell eine Hand auf die Schulter und hielt ihn zurück. »Beherrschen Sie sich«, flüsterte er. »Man will uns offenbar möglichst ohne Aufsehen von hier fortschaffen.«

»Das ist mal wieder typisch«, maulte der Sibirier griesgrämig, auch wenn es nur ein obligatorischer Protest war, um seinem Ruf gerecht zu werden. »Sobald es interessant wird, werde ich zurückgepfiffen. Aber wenn es darum geht, die Kohlen aus dem Feuer zu holen…« Er stutzte. »Womöglich hat das Ding einen Dampfantrieb und wird tatsächlich mit Kohlen befeuert. Groß genug wäre der Vorbau.«

Das Innere der Kabine war geräumig und luxuriös ausgestattet. Die Menschen nahmen nebeneinander auf der breiten Rücksitzbank Platz, Ren Dhark und Arc Doorn an den Fenstern, die Cyborgs in der Mitte. Krugal und ein weiterer Rag setzten sich ihnen gegenüber. Kurz darauf ertönte ein mechanisches Rasseln und Rattern, dann erwachte ein Motor hustend zum Leben, stotterte eine Weile und lief dann rund mit einem sonoren Dröhnen.

»Ein Verbrennungsmotor«, stellte Doorn sachkundig fest, als der Wagen mit einem Ruck anrollte. »Und nicht elektrisch, sondern mechanisch gestartet.« Ein knirschendes Geräusch ließ ihn zusammenzucken. »Gangschaltung. Das Getriebe scheint noch nicht synchronisiert zu sein.«

»Wie kommt es, daß Sie sich mit dieser vorsintflutlichen Technik so gut auskennen?« wollte Oshuta wissen.

Der Sibirier schloß einen Moment lang die Augen. Ein verträumter Ausdruck huschte über sein Gesicht. »Als ich ein Kind war, hinkte meine Heimat dem Rest der Welt noch um Jahrzehnte hinterher. Während es für Sie in Japan ganz selbstverständlich war, einen Schweber zu besteigen, mußten wir uns größtenteils mit Bodenfahrzeugen und Verbrennungsmotoren begnügen. Und da die kaum noch gebaut wurden, blieb uns nichts anderes übrig, als zu improvisieren. Wir haben alles zusammengeschraubt, was uns in die Hände fiel. Vieles davon noch aus dem 20. Jahrhundert.«

Der Wagen hatte Fahrt aufgenommen und schaukelte wie eine Glocke, wenn er durch Kurven fuhr. Ren Dhark spähte aus dem linken, Arc Doorn aus dem rechten Fenster durch die Vorhänge.

Der Verkehr war spärlich. Sie entdeckten einige Autos, die meistens kleiner und schlichter waren als ihre geräumige Karosse. Die Mehrzahl der Fahrzeuge aber wurde von den zottigen Tieren gezogen, die Ren in Gedanken auf den Namen »Ziesel« getauft hatte, weil sie wie eine Kreuzung aus Ziegen und Eseln aussahen. Es gab auch pedalgetriebene Dreiräder für eine bis vier Personen. Und Straßenbahnen mit schnaufenden Zugmaschinen, deren mächtigen, schiefergrauen Qualmwolken den Dampfantrieb verrieten.

Eine Welt an der Schwelle zur modernen Technik. Vielleicht würden sich die Rags schon in zwei bis drei Generationen anschicken, den Weltraum mit den ersten primitiven Raketen zu erobern, so wie die Terraner vor nicht viel mehr als hundert Jahren.

Falls ihre Welt bis dahin überhaupt noch existierte...

Die Fahrt dauerte fast eine Stunde. Ren schätzte, daß sie in dieser Zeit etwa zehn Kilometer zurücklegten, ohne die Stadt zu verlassen. Ruham schien wirklich eine Metropole zu sein, die dieser Bezeichnung gerecht wurde. Im Zentrum erhob sich ein runder Hügel, auf dem ein palastartiges Gebäude thronte, zu weit entfernt, um Einzelheiten erkennen zu können. Der Lage nach zu urteilen, konnte sich dort der Sitz des Herrschers befinden.

Schließlich fuhren sie durch das Portal eines nüchtern aussehenden Gebäudes, auf dessen Dach zwei Banner mit Emblemen flatterten, die Ren Dhark an stilisierte Schwerter, Bücher und ein Auge erinnerten. Hatte es nicht einen christlichen Ritterorden mit den gleichen oder ähnlichen Symbolen auf der Erde gegeben?

»Wir sind da.« Krugal öffnete die Tür und sprang zu Boden. Ren Dhark folgte ihm und sah sich um.

9.

Die IKO 1 nahm Kurs auf die Oortsche Kometenwolke. Nach den Maßstäben der terranischen Raumfahrt war das nun nicht mehr als ein kleiner Abstecher in den Vorgarten.

Auf dem Weg durch das Sonnensystem wurden mehrere Tests bezüglich Stabilität und Funktion der Maschinen durchgeführt, die samt und sonders zufriedenstellend verliefen. Kein Wunder, schließlich hatte man überwiegend bekannte und bewährte Technik in den neuen Raumer eingebaut. Somit wurde das Risiko des Versagens von vornherein geringgehalten.

In der Zentrale verlief ebenfalls alles reibungslos. Die zivile Mannschaftsführung erkannte Colonel P.S. Clark ohne zu murren als »obersten Boß« an. Jeder seiner Befehle wurde widerspruchslos befolgt.

Keiner merkte Clark an, mit welchen seelischen Problemen er nachts zu kämpfen hatte. Er wirkte konzentriert und ausgeschlafen. Wenn er im Dienst war, ließ er finstere Gedanken erst gar nicht zu. Wer zuviel grübelte, machte Fehler, und die hatten oftmals schlimme Folgen, das wußte er besser als jeder andere hier an Bord.

Außer dem Colonel und den führenden Mannschaftsmitgliedern hielten sich Shanton und Jimmy sowie Saam und sein Dreierteam in der Zentrale auf. Der sechzigjährige kanadische Wissenschaftler George Lautrec, der siebenunddreißigjährige indonesische Funk- und Ortungsspezialist Saram Ramoya und die aus der Schweiz stammende neunundzwanzigjährige Biologin Regina Lindenberg hatten keinen festen Aufgabenbereich zugeteilt bekommen. Sie waren zum Beobachten und Lernen mitgekommen – und als Ge-

sellschafter für Saam, der sich ohne sein Team immer ein bißchen verloren fühlte.

Hin und wieder warf er der attraktiven Schweizerin verstohlene Blicke zu. Schaute sie zu ihm herüber, guckte er rasch weg.

Regina war nicht entgangen, daß ihr vier Jahre jüngerer Chef heimlich ein Auge auf sie geworfen hatte. Eines? Wenn sie ganz nahe bei ihm stand, fielen ihm beide Augen fast aus den Löchern, so sehr vertiefte er sich in ihre weiten Dekolletés.

Sie mochte es, ihn ab und zu ein wenig durcheinanderzubringen, aber ernsthaft kam er als Mann für sie nicht in Betracht. In ihren Augen war Robert Saam noch ein kleiner Junge und Wallis Industries sein Spielplatz. Sie arbeitete gern mit ihm zusammen, doch fürs Herz wünschte sie sich einen richtigen Kerl. Glücklicherweise war er zu schüchtern, um einen offenen Annäherungsversuch zu wagen...

... im Gegensatz zu Saram, der ihr unverhohlen Avancen machte. Er war ein Macho durch und durch und hielt sich für unwiderstehlich. Was Saam an Männlichkeit fehlte, davon hatte er zuviel. Regina ins Bett zu kriegen schien für den indonesischen Möchtegern-Playboy eine Frage der Ehre zu sein. Sie dachte jedoch nicht im Traum daran, sich mit ihm einzulassen, als Frau für eine Nacht war sie sich zu schade.

Die IKO 1 bewegte sich relativ langsam, aufgrund ihrer hohen Masse und der nicht allzu leistungsfähigen Triebwerke. Da zu befürchten war, daß sich dic Geschwindigkeit bei den größeren Serienmodellen noch mehr verringern würde, wollten sich Shanton und Saam in den kommenden Tagen zusammensetzen und über dieses Problem diskutieren.

Der jetzige Probeflug diente ausschließlich dem Zweck, die Stabilität der Tofiritkonstruktion zu testen. Die nach Jan Hendrik Oort benannte Oortsche Kometenwolke war dafür geradezu prädestiniert. Hier wimmelte es nur so von geeigneten Rammobjekten. Im Inneren der Wolke, die das Sonnensystem in einem Radius von rund 50.000 Astronomischen Einheiten umgab, wurden einzelne Kometenkerne durch gravitative Störungen veranlaßt, in die Sonne zu stürzen und zu Schweifsternen zu werden. Anschließend kehrten sie wieder in die Wolke zurück. Auf einige dieser Kometen hatte es die IKO 1 abgesehen.

Nach kurzer Rücksprache mit Saam ließ Colonel Clark im Inneren der Wolke den Schutzschirm abschalten. Dann forderte er die Ortungszentrale auf, einen Kometen für den ersten Rammversuch ausfindig zu machen.

Auf dem Bildschirm tauchte ein geeignetes Objekt auf.

»Für den Anfang nehmen wir erst mal den Kleinen da«, schlug Arne Sargus, der Mann am Ortungspult, vor. »Okay?«

Den Kleinen da! Clark verdrehte die Augen. Auf der EUROPA hätte es niemand gewagt, ihm eine derart inkompetente Erwiderung zu geben. *Zivilisten!*

»Geht es vielleicht ein bißchen genauer?« fragte er betont höflich. »Oder wäre das zuviel verlangt?«

Arne begriff sofort und widmete sich seinen Instrumenten. Kurz darauf erhielt Clark exakte Angaben über die Geschwindigkeit des Kometen, den Umfang des Kometenkerns und die Entfernung des Raumschiffs zum Objekt.

Lautrec nahm an einem Computer Platz und dokumentierte die Zahlen.

Saam und Shanton einigten sich auf eine angemessene Geschwindigkeit. Fürs erste wollte man kein unnötiges Risiko eingehen.

»Kontrolle?«

»B 3845. Grün-gelber Bereich. Noch 57 Sekunden bis zum Zusammenprall.«

»Countdown ab zwölf.«

»Roger.«

Saram Ramoya legte seinen starken Arm um Reginas Schultern.

»Was soll das?« zischte sie ihn an wie eine Schlange kurz vor dem Todesbiß.

Er ließ sich davon nicht beeindrucken. »Der Zusammenstoß mit dem Kometen wird hart. Keine Sorge, Regina, ich halte dich fest.«

»Meine einzige Sorge ist der erschreckende Anstieg von Krankmeldungen an Bord dieses Schiffes, Saram.«

»Zwölf, elf, zehn…!«

»Ehrlich? Wie viele Personen haben sich denn krank gemeldet?«

»… acht, sieben, sechs…«

»Eine. Ein Möchtegern-Casanova mit einem gebrochenen Handgelenk.«

»… vier, drei, zwo…«

Wie von der Tarantel gestochen zog der Indonesier seine Hand weg. Fast zeitgleich erfolgte die Kollision mit dem Kometen.

»Null!«

In der Zentrale war ein dumpfes Geräusch zu hören, mehr geschah nicht. Nicht die leiseste Erschütterung hatte man gespürt.

»Habe ich doch gleich gesagt«, bemerkte Saam vorwurfsvoll. »Der Raumer verträgt einen wesentlichen stärkeren Buff! Ihre Übervorsicht kostet uns nur unnötige Zeit, Chris. Ich schlage vor, wir nehmen uns beim nächsten Mal einen deutlich größeren Kometen vor und verfünffachen die Geschwindigkeit.«

Shanton war dagegen. »Wir steigern das Tempo langsam, aber sicher. Ich möchte gern lebend nach Terra zurückkehren, kapiert?«

Nacheinander wurden verschieden große Kometenkerne aufs Korn genommen und mit unterschiedlichen Geschwindigkeiten gerammt. Lautrec vervollständigte unablässig seine Aufzeichnungen.

Sämtliche Versuche verliefen außerordentlich zufriedenstellend. Die äußere Panzerung und die innere Struktur des Raumschiffs erwiesen sich als sehr stabil und hochbelastbar. Aus Sicherheitsgründen lag die Grenze für die Rammaktionen bei der maximalen Leistungsfähigkeit der Andruckabsorber.

Saam wäre gern ein höheres Risiko eingegangen. »Die Tofirithülle könnte locker mehr wegstecken.«

Shanton ließ sich darauf nicht ein. Er erklärte die Testreihe vorerst für beendet und schlug vor, als nächstes die Wuchtkanone zu erproben.

»Feigling«, brummelte Robert.

»Sagen Sie das noch mal, und Sie gehen draußen im Weltall spazieren«, drohte ihm der Dicke an. »Ohne Raumanzug.«

Colonel Clark seufzte leise.

An Bord der IKO 1 befand sich die neue, verkleinerte Version von Saams Schattenspürer, ein Prototyp, der noch nicht vollständig entwickelt war. Das Gerät war fest installiert und konnte jederzeit mit dem Kontrollpult des Kapitäns zusammengeschaltet werden.

Saram Ramoya stellte fest, daß der Schattenspürer gelegentlich merkwürdige Ortungen anzeigte. »Sobald ich mich näher damit befassen will, verstummen die undefinierbaren Signale allerdings wieder.«

Saam maß dem keine besondere Bedeutung bei. »Das Ding ist ein Prototyp, an dem es noch einiges zu verbessern gibt. Beobachten Sie die Anzeige weiter, Saram, und notieren Sie jede Veränderung.«

Es gefiel Robert nicht, wie der Indonesier dauernd um Regina Lindenberg herumscharwenzelte. Dennoch hätte er wegen einer solchen Lappalie nie auf seine wertvolle Mitarbeit verzichtet. Ramoya verfügte über einen hohen Intelligenzquotienten, wie jeder im Team. Sein Wissen und Können waren enorm. Leider neigte er ein wenig zum Leichtsinn.

Für George Lautrec hingegen war Leichtsinn ein Fremdwort. Er erledigte seine Arbeit stets mit Ruhe und Bedacht. Seine Gelassenheit war nahezu unerschütterlich. Nur bodenlose Dummheit regte ihn maßlos auf – das hatte der kanadische Wissenschaftler mit dem norwegischen Genie gemein. Nichts brachte Lautrec so sehr in Rage wie kreuzdummes, unlogisches Verhalten seiner Mitmenschen. Dann schimpfte er manchmal wie ein Rohrspatz.

Regina, die wissenschaftliche Preise wie Trophäen sammelte, verhielt sich in solchen Situationen diplomatischer. Unüberlegte Äußerungen anderer überging sie stets mit einem freundlich-weiblichen Lächeln. Mensch sein war ihr wichtiger als Überlegenheit zu zeigen.

Der erste Test mit der neuen Waffe verlief erfolgreich – obwohl es zunächst gar nicht danach aussah.

Shanton wies die Waffensteuerung an, einen etwa 3.000 Kilometer entfernten Kometen anzupeilen und unter Beschuß zu nehmen. Seine Anweisungen wurden korrekt ausgeführt. Trotzdem flog der Komet unbeschadet weiter.

»Die Kanone hat offenbar einen Defekt«, vermutete der Mann am Steuerungspult. »Sie verweigert strikt den Schießbefehl.«

»Perfekt«, bemerkte Saam zufrieden. »Der Komet blieb verschont, wie es geplant war.«

»Geplant?« wunderte sich Colonel Clark. »Das verstehe ich nicht. Die Waffe hat doch gar nicht reagiert.«

»Das ist auch gut so«, erwiderte Saam. »Im Fall einer Explosion wären wir eventuell viel zu nah am Geschehen gewesen. Die eingebaute Automatik verhindert, daß Ziele in weniger als 5.000 Kilometern Abstand beschossen werden.«

»Und wenn die Automatik versagt hätte?« fragte der Colonel erschrocken.

»Dann hätte uns die Tofiritummantelung des Schiffes vor schweren Schäden bewahrt«, war Saam überzeugt. »Hier drin sind wir so sicher wie in einem Schutzbunker.«

»Das nächste Mal klären Sie mich gefälligst rechtzeitig auf«, verlangte P.S. Clark. »Immerhin bin ich für Schiff und Besatzung verantwortlich, wenn auch gegen meinen Willen.«

Nun wurde ein Kometenkern in 15.000 Kilometer Entfernung ins Visier genommen.

In diesem Augenblick schlug der Schattenspürer erneut an.

Ramoya wurde etwas blasser, was aufgrund seiner Hautfarbe jedoch nicht zu sehr auffiel.

»Jetzt wird's ernst«, kündigte er an. »Wir kriegen gleich mächtigen Ärger. Grakos im Anflug!«

*

Die Waffen eines Geschäftsmanns waren keine Wuchtkanonen oder Strahlengewehre, sondern Verträge. In seinem Büro legte Terence Wallis den Hookers ein Schriftstück vor, das ihnen ohne Wenn und Aber das versprochene Prozent aus dem Tofiritabbau im Achmed-System garantierte.

Art und Jane prüften den Vertrag sorgfältig. Der anwesende Notar saß in einem Sessel und übte sich in Geduld.

»Keine versteckten Klauseln«, stellte Art fest.

»Natürlich nicht«, warf der Multimilliardär ein. »Wofür halten sie mich? Ich habe es nicht nötig, Fallstricke in Vertragstexte einzubauen. Meine Verhandlungspartner wissen, woran sie mit mir sind. Entweder akzeptiert man meine Bedingungen oder das Geschäft platzt. Mit dieser Methode bin ich immer gut gefahren.«

»Vogel friß oder stirb«, lautete Janes Kommentar zur Wallis-Methode.

Terence zuckte nur mit den Schultern. »Das Leben ist hart. Mir hat keiner etwas geschenkt, ich habe schon früh lernen müssen, mich durchzubeißen.«

Art bat um einen Kugelschreiber. Anstatt seiner Bitte nachzukommen, schob ihm Wallis weitere Vertragsformulare über den Tisch.

»Aha, jetzt kommt das Kleingedruckte«, sagte Jane Hooker.

»Sie halten offenbar nicht viel von mir«, entgegnete Wallis. »Mögen Sie mich nicht?«

»Geht so«, antwortete Jane. »Steinreiche Leute sind mir immer etwas suspekt, weil sie sich einbilden, mit ihrem Geld alles kaufen zu können.«

Art blätterte die neuen Formulare durch, ohne so recht zu verstehen, worauf Wallis mit diesem zweiten Vertrag hinauswollte.

»Wie ich das sehe, bieten Sie uns eineinhalb Prozent mehr an, sprich: 2,5% vom Abbaugewinn. Das begreife ich nicht. Welchen Nutzen ziehen Sie aus einer derartigen Abmachung?«

»Sie irren sich, Mister Hooker, ich biete Ihnen keine zweieinhalb Prozent des Gewinns«, stellte Terence richtig. »Ich biete Ihnen zweieinhalb Prozent von ›Wallis Star Mining‹, also einen Anteil an jener Gesellschaft, die ich gemeinsam mit der Regierung gegründet habe. Der Wert des Anteils dürfte schon in wenigen Jahren astronomische Höhen erreicht haben.«

»Und wen sollen wir dafür umbringen?« fragte Jane sarkastisch.

Wallis reagierte nicht auf ihre spitze Zunge. »Es liegt bei Ihnen beiden, welchen der Verträge Sie unterschreiben. Möglichkeit eins: Die Regierung besitzt 25% Anteil an der Gesellschaft, ich verfüge über 75%. Das hookersche Prozentchen wird nach der Höhe des Abbaugewinns berechnet und aus meinem Anteil bezahlt. Mich bringt das nicht um, ehrlich, die Summe schreibe ich sowieso von der Steuer ab.

Möglichkeit zwei: Sie verzichten auf das lausige Hundertstel und übernehmen statt dessen 2,5% der Firmengesellschaft. Der Regierungsanteil bliebe davon unberührt, hingegen schrumpft mein Anteil an WSM auf nur noch 72,5%.«

Art hielt das Mißtrauen seiner Frau für gerechtfertigt. Auch ihm war klar, daß Wallis nicht aus lauter Großzügigkeit zweieinhalb Prozent der Gesellschaft verschenkte.

»Was verlangen Sie dafür?« fragte er ihn freiheraus.

Terence Wallis hob leicht den Arm und deutete mit ausgestrecktem Zeigefinger auf Jane Hooker.

»Sie!«

*

Colonel P.S. Clark warf Saram Ramoya einen ärgerlichen Blick zu.

»Seien Sie froh, daß Sie kein Militärangehöriger sind, Ramoya, sonst würde ich Sie jetzt aus der Zentrale weisen und bei unserer Rückkehr vor Gericht stellen. Dieser Vorfall hätte Sie mindestens einen Schulterstreifen gekostet.«

»Tut mir leid«, entschuldigte sich der Ortungsspezialist zerknirscht. »Ich war überzeugt, ein Signal wahrgenommen zu haben – aber plötzlich war es spurlos verschwunden. Es ist mir ein Rätsel, alles deutete auf ein Schattenschiff hin.«

»Das sollten wir nicht auf die leichte Schulter nehmen«, meinte Chris Shanton. »Möglicherweise lauert tatsächlich ein Grakoraumer in der Oortschen Wolke, vielleicht ein Kundschafter. Ich wäre dafür, umzukehren.«

Saam winkte ab. »Papperlapapp! Sie sind nur ängstlich und übervorsichtig. Der Prototyp meines verkleinerten Schattenspürers befindet sich noch im Entwicklungsstadium. Seine Signalanzeige ist fehlerhaft. Ich werde das Ding nach unserer Heimkehr in meiner Werkstatt vollständig auseinandernehmen und neu zusammensetzen.«

»Soll ich das defekte Gerät abschalten?« erkundigte sich Ramoya.

»Nein, es kann nichts schaden, wenn Sie damit weiter die Umgebung im Auge behalten«, wies Saam ihn an. »Aber erschrecken Sie uns nicht wieder wegen jeder Kleinigkeit.«

Jimmy hatte die ganze Zeit über tatenlos als »Stolperfalle« auf dem Fußboden herumgelegen. Nun wurde er aktiv. Er setzte sich in Bewegung und positionierte sich in Sarams Nähe auf einem freien Stuhl.

»Was soll das?« beschwerte sich der Indonesier bei Shanton. »Halten Sie es für nötig, mich durch Ihren sprechenden Roboter überwachen zu lassen? Nehmen Sie ihn gefälligst weg von mir!«

»Ich habe Jimmy nicht befohlen, Ihnen zuzusehen«, erwiderte Chris schmunzelnd. »Von mir aus können Sie ihn gern wegschikken. Viel Spaß dabei.«

»Du hast deinen Herrn und Meister gehört«, sagte Ramoya zu Jimmy. »Geh schön spielen und laß mich in Frieden.«

Der Robothund reagierte nicht. Stumm starrte er den Mann an.

»Hast du nicht verstanden?« fragte Saram ärgerlich. »Sei ein braves Hundchen und mach dich vom Acker.«

Jimmy rührte sich keinen Tausendstelmillimeter vom Fleck.

Der Indonesier gab seine Bemühungen auf. »Dann eben nicht!«

In der Zentrale konzentrierte man sich nun voll und ganz auf den 15.000 Kilometer entfernten Kometen. Die IKO 1 bewegte sich nur mäßig, flog »träge« dahin. Dadurch war es verhältnismäßig leicht, das Ziel anzuvisieren.

Saam erteilte den Männern an der Waffensteuerung seine Anweisungen. Zum Schluß betätigte er höchstpersönlich den Auslöser.

Überlichtschnell baute sich das Röhrenfeld auf. Sekundenbruchteile danach hatte die Tofiritmunition ihr Ziel erreicht.

Die Wirkung der Kanone übertraf alle Erwartungen. Der Kometenkern verging in einer gewaltigen Explosion.

Saam hatte den Finger noch auf dem Knopf, während er das farbenprächtige Lichtspiel in der holographischen Darstellung der Außenwelt mitverfolgte.

Mächtige Flammenzungen dehnten sich zu allen Seiten aus, schienen alles verschlingen zu wollen und vergingen letztlich im Nichts. Ein gigantisches Feuerwerk erlosch. Der Komet war fort, als hätte es ihn nie gegeben.

»Erstaunlich, wie schnell alles gegangen ist«, ergriff Arne Sargus als erster das Wort. »Kaum wurde der Auslöser berührt, erfolgte auch schon die Detonation.«

»Die maximale Schußentfernung beträgt rund 300.000 Kilometer, die Kugel fliegt mit Lichtgeschwindigkeit, ist also maximal eine Sekunde unterwegs«, erklärte Saam. »Diesmal dauerte es gerade ein Zwanzigstel dieser Zeitspanne.«

»Eine Zwanzigstelsekunde«, staunte George Lautrec. »Mit dieser Waffe könnte man innerhalb einer Minute gleich mehrere Schattenschiffe auslöschen, stimmt's Colonel?«

»Ich schätze, das wird sich gleich herausstellen«, sagte Ramoya leise und starrte fassungslos auf die Anzeige des Schattenspürers.

Lautrec und der Colonel unterhielten sich, ohne ihn zu beachten.

»So einfach, wie Sie sich das vorstellen, ist es nicht, George. Die

Grakos stellen ihre Schiffe nicht reihenweise im All wie in einer Schießbude zum Abschuß auf. Ihre unheimlichen Schattenraumer sind ständig in Bewegung – Gespenster des Weltalls. Gleichzeitig nehmen sie ihre Gegner massiv unter Beschuß. Ein Volltreffer mit der Wuchtkanone hätte vermutlich verheerende Folgen für die Aggressoren, doch den muß man erst mal landen.«

Ramoya wurde immer aufgeregter. »Die Grakos sind im Anflug!«

»Habe ich den Satz heute nicht schon mal gehört?« bemerkte P.S. Clark mit ärgerlicher Miene.

»Er hat recht!« rief Jimmy ihm zu. »Das Spürgerät registriert zweifelsfrei fremde Raumschiffe. Bis auf eines sind sie noch weit weg, aber ihre Entfernung verringert sich allmählich.«

»Verdammt, das wird schwieriger, als ich dachte!« rutschte es Saam heraus.

»Wie meinen Sie das?« fragte Shanton. »Sagten Sie nicht, Ihr Gerät sei defekt und mache fehlerhafte Angaben?«

Plötzlich ging ihm ein Licht auf. Wütend packte er Saam am Kragen.

»Was haben Sie getan, Sie leichtfertiger Tor? Der Schattenspürer ist voll funktionstüchtig, nicht wahr? Ramoyas Angaben entsprachen von Anfang an der Wahrheit! Er hat vorhin tatsächlich ein Schattenschiff geortet!«

»Na ja, hundertprozentig in Ordnung ist das Gerät nicht«, stammelte Robert Saam. »Ein paar Kleinigkeiten gäbe es noch zu verbessern. Beispielsweise hapert es noch mit der exakten Standortbestimmung. Zugegeben, man kann damit Grakoraumer aufspüren…«

»Warum haben Sie uns das nicht gleich gesagt?« fuhr ihn der Colonel an. »Dann hätten wir längst Kurs auf Terra genommen!«

Shanton kannte die Antwort. »Genau das wollte er verhindern. Unser Kleiner ist nämlich ganz scharf darauf, seine neueste Erfindung und die Widerstandsfähigkeit der Tofiritummantelung im Einsatz zu testen! Habe ich recht, Robert Saam? Reden Sie!«

»Ich… ich dachte doch, wir würden es nur mit einem einzigen Schiff zu tun kriegen«, stotterte der junge Forscher kleinlaut.

Clark hatte genug gehört. Für weitere Streitigkeiten war jetzt nicht der rechte Augenblick. Es war höchste Zeit, zu handeln.

Und wieder einmal lag die schwere Last der Verantwortung auf seinen Schultern.

*

Art Hooker war klar, daß Terence Wallis nicht aus lauter Großzügigkeit zweieinhalb Prozent von »Wallis Star Mining« verschenkte.

»Was verlangen Sie dafür?« fragte er den Milliardär freiheraus.

Wallis hob leicht den Arm und deutete mit ausgestrecktem Zeigefinger auf Jane Hooker.

»Sie!«

Dann bewegte er seinen Finger weiter in Arts Richtung.

»Und Sie!«

Eine Weile lag bedrückendes Schweigen im Raum. Wallis' Angebot war zu gut, um es auf der Stelle zurückzuweisen.

»Wir sollen also für Sie arbeiten«, sagte Art schließlich.

Terence nickte.

»Beachten Sie bitte die Ausschlußklausel auf Seite vier«, meldete sich der Notar zu Wort, froh, sich endlich am Gespräch beteiligen zu können. »Sie dürfen für keine andere Firma mehr tätig werden. Nie mehr. Ihre ganze Arbeitskraft, Ihr ganzes Wissen gehört von nun an der neugegründeten Gesellschaft.«

»Als Freiberufler habe ich das Recht, für so viele Arbeitgeber tätig zu werden wie ich verkraften kann«, protestierte Art.

»Sobald Sie beide den Vertrag unterschrieben haben, sind Sie und Ihre Frau keine Freiberufler mehr«, erläuterte der Notar, »sondern Anteilseigner eines Unternehmens, dem sie mit ihrer Unterschrift gleichzeitig zugesichert haben, auf jede Nebentätigkeit zu verzichten.«

»Es wäre ein Fehler, Sie weiterhin frei durchs Weltall fliegen zu lassen«, erklärte Wallis seinen Standpunkt. »Nachher schnappt Sie mir noch ein anderer pfiffiger Unternehmer weg, und dann arbeiten Sie für die Konkurrenz. Ich kann Sie beide als Team gut gebrauchen und bin daher bereit, Sie als Gegenleistung zu Teilhabern an der Gesellschaft zu machen. Aber Sie müssen sich innerhalb der nächsten achtundvierzig Stunden entscheiden, sonst steht mein Angebot nicht mehr.«

»Das... das ist Nötigung!« keuchte Art Hooker. »Darauf lasse ich mich niemals ein. Warum sollten wir unsere Unabhängigkeit aufgeben? Unsere Geschäfte laufen blendend.«

»Ihre Geschäfte laufen mal so, mal so«, widersprach Wallis, wie immer bestens informiert. »Um in Ihrem Beruf zu überleben, brauchen Sie fortlaufend Aufträge. Gutsituierte Auftraggeber wachsen aber nicht auf Bäumen. Die zeitlichen Lücken zwischen Ihren jeweiligen Einsätzen werden immer länger. Im Laufe der kommenden Jahre könnte sich das noch verschlimmern. Was dann? Setzen Sie sich zur Ruhe und leben von den Zinsen Ihres Abbaugewinns? Zwei unruhige Geister wie Sie? Oder glauben Sie etwa, Sie finden dann noch eine feste Anstellung? Falls ja, müßten Sie sich weit unter Wert verkaufen, Sie sind nämlich nicht gerade der ideale Arbeitnehmer, den man sich als Chef wünscht, Art. Vielmehr gelten Sie als Querkopf, der sich nur ungern anpaßt.«

Hooker wußte, worauf Wallis anspielte. Als ehemaliger Captain der Solaren Streitkräfte hatte er sich nicht nur Freunde gemacht. Zeitweise hatte man ihn wie einen Geächteten behandelt. Das alles lag zwar lange zurück, doch ganz vergessen war es nie.

»Ich persönlich bevorzuge den Ausdruck ›Querdenker‹ statt ›Querkopf‹«, fuhr Terence fort. »Anpasser und Jasager sind nicht mein Fall. Bei Wallis Star Mining wären Sie beide für den Rest Ihres Lebens gut aufgehoben. Zunächst einmal würden Sie den Tofiritabbau im System NGK 1324/58 in leitender Funktion organisieren. Später finden sich sicherlich weitere interessante Aufgabengebiete. Natürlich nicht als Angestellte in unterer Position, versteht sich. Was auch immer Sie tun, Sie mischen weit oben mit, schließlich gehört Ihnen ein Teil der Firma.«

»Darüber müssen wir erst nachdenken«, brach Art die Unterhaltung abrupt ab und erhob sich von seinem Platz.

»Gern«, erwiderte Wallis lächelnd. »Sie haben viel Zeit dafür.« Er schaute auf seine antike Wanduhr. »Exakt 47 Stunden und 55 Minuten von jetzt an.«

»Eben waren es noch achtundvierzig Stunden«, beschwerte sich Jane.

Terence Wallis grinste. »Das war vor fünf Minuten. Die Uhren bleiben schließlich nicht stehen, nur weil wir uns angeregt miteinander unterhalten.«

10.

Nur drei Lichtsekunden war der Grakoraumer – ein Schiff der 200-m-Klasse – von der IKO 1 entfernt.

Saram Ramoya ließ die Anzeige nicht aus den Augen. Das Schiff kam bedrohlich nahe.

Saams Spürgerät meldete weitere Schattenschiffe. Offenbar hatten sie sich in der gesamten Oortschen Kometenwolke um das Sonnensystem herum verteilt, um versteckte Feindaufklärung zu betreiben. Auch diese Raumschiffe kamen näher, allerdings waren sie noch zu weit entfernt, um den Ikosaederraumer unter Beschuß nehmen zu können.

Colonel Clark stellte die Direktverbindung zum Schattenspürer her, schaltete die Flugautomatik aus und leitete manuell ein blitzartiges Ausweichmanöver ein.

Keine Sekunde zu früh! Das Schattenschiff war bereits auf 100.000 Kilometer heran und feuerte einen schwarzen Strahl auf die bis dahin »gemächlich dahinzuckelnde« IKO 1. Plötzlich und unerwartet – zumindest für den Grakoraumer – machte sie einen Schlenker nach steuerbord, so daß der tödliche Strahl ins Leere ging.

P.S. Clark war jetzt voll in seinem Element. Kapitän und Raumschiff wurden eins. Obwohl der Colonel noch nie zuvor einen Raumer dieser Art befehligt hatte, wich er seinem Angreifer immer wieder geschickt aus. Dank des Schattenspürers schafften es die Grakos nicht, die IKO 1 ein weiteres Mal ins Visier zu nehmen.

Die Funkzentrale setzte per Hyperfunk einen Notruf zur Erde ab. Eine Bestätigung blieb aus, scheinbar störten die Grakos den Funk.

Shanton und Saam beendeten ihren Zwist und konzentrierten

sich auf den Gegenangriff. In Notsituationen waren sie ein perfektes Team. Gemeinsam übernahmen sie die Waffensteuerung.

Vergebens versuchten sie, das Schattenschiff anzuvisieren. Clarks gewagte Flugmanöver bewahrten sie vor dem schwarzen Strahl der Grakos, umgekehrt schützten sie den angreifenden Raumer aber auch vor einem Gegenschlag. Um den Feind auf 100.000 Kilometer Entfernung zu treffen, mußte das Röhrenfeld der Kanone mindestens eine Drittelsekunde auf dem gegnerischen Schiff stehen oder es spätestens unmittelbar vor dem Austritt der Tofiritkugel berühren.

»Könnten Sie die IKO etwas ruhiger halten?« rief Chris dem Kapitän zu.

»Ich bin doch nicht lebensmüde!« rief der Colonel zurück. »Ständig in Bewegung zu bleiben ist unsere einzige Chance. Anstatt mir Ratschläge zu geben, sollten Sie den gottverdammten Schattenraumer endlich wegpusten, möglichst bevor die anderen Grakoschiffe heran sind. Allmählich bin ich das Katz-und-Maus-Spiel nämlich leid!«

»Es gelingt uns nicht, das feindliche Schiff in den Schußbereich der Wuchtkanone zu bekommen«, sagte Robert Saam. »Ein einziger Volltreffer würde ausreichen, um…«

»Wir koppeln den Schattenspürer mit der Steuerung der Kanone«, unterbrach ihn Ramoya.

Mit dieser grandiosen Idee hatte der Ortungsspezialist schlagartig seine Scharte wieder ausgewetzt. Saam begann sofort, sie in die Tat umzusetzen. Saram half ihm dabei. Shanton blieb an der Waffensteuerung zurück.

»Warum gehen wir nicht auf Fluchtkurs?« fragte Regina Lindenberg.

Man merkte ihr unschwer an, daß sie Angst hatte. Als Biologin befaßte sie sich sowohl mit den Aspekten des Lebens als auch mit denen des natürlichen Todes. Sterben gehörte zum Leben mit dazu – sinnloses gegenseitiges Abschlachten aber nicht.

»Mit dem Grakoraumer im Nacken kämen wir nicht weit«, antwortete Clark ihr. »Bevor wir versuchen, Richtung Terra zu entkommen, müssen wir ihn abschießen.«

»Shanton und ich tun, was wir können«, versicherte Robert Saam der verängstigten Frau. »Keine Sorge, Regina, wir bekommen das kleine Problem schon in den Griff.«

Keine Sorge, Regina...

Als Ramoya aufdringlich den Arm um sie gelegt hatte, hatte er die gleichen Worte gebraucht. Aus Roberts Mund klangen sie ehrlicher, fand Regina. Für einen Augenblick fühlte sie sich ein wenig sicherer. Scheinbar war Saam doch mehr Mann als sie ihm zutraute.

Ob er schon mal so richtig mit einer Frau zusammengewesen war?

Regina erschrak plötzlich über sich selbst. Draußen im All lauerte der leibhaftige Tod, alle an Bord der IKO 1 mußten um ihr Leben fürchten – und ihr fiel nichts Besseres ein als sich zu fragen, ob ihr Boß noch »Jungfrau« war oder nicht.

Zumindest hatte sie diese Frage für einen kurzen Moment vom eigentlichen Geschehen abgelenkt. Kaum wurde ihr das bewußt, meldete sich ihre Furcht zurück.

»Ich möchte zu gern wissen, wie lange die Schattenschiffe bereits im Inneren der Wolke auf der Lauer liegen«, sagte George Lautrec. »Wahrscheinlich kundschaften sie seit geraumer Weile aus sicherer Entfernung das Solsystem aus. Möglicherweise steht ein massiver Frontalangriff auf die Erde unmittelbar bevor.«

Colonel Clark bezweifelte das. »Für einen offenen Krieg mit Terra sind die Grakos nach der galaktischen Katastrophe und ihrer Niederlage im vorigen Jahr noch zu geschwächt. Darum begnügen sie sich vorerst mit Erkundungen aus dem Verborgenen heraus.«

»Aber wieso greifen sie uns dann an? Unsere Mission wird von Terra aus fortwährend überwacht. Sobald die da unten spitzkriegen, was hier vorgeht, schickt man uns militärische Unterstützung.«

»Darauf würde ich nicht setzen, George«, erwiderte Shanton.

»Die Schattenschiffe sind verdammt schwer zu orten. Wäre das nicht der Fall, hätte man sie in der Kometenwolke schon viel früher ausgemacht, immerhin verfügt Terra über ein ausgeklügeltes Abwehr- und Überwachungssystem, an deren Entwicklung ich nicht ganz unbeteiligt war. Wir können nur hoffen, daß der schwarze Strahl, den die Grakos auf uns abgefeuert haben, auf einem der Asteroiden bemerkt wurde. Außerdem dürfte man sich in Alamo Gordo über die verrückten Flugmanöver des Colonels wundern.«

»Vorausgesetzt, die Verbindung ist nicht gänzlich abgebrochen«, warf Ramoya ein. »Wenn die Schatten in der Lage sind, unseren Hypernotruf abzufangen, gelingt es ihnen vielleicht sogar, uns komplett von der Außenwelt abzuschirmen. Ich befürchte, wir sind allein auf uns gestellt.«

»Danke für die Schwarzmalerei«, bemerkte Regina. »Du verstehst es wirklich, einem das letzte bißchen Hoffnung zu nehmen.«

»Ich bin nur realistisch«, verteidigte sich der Indonesier. »Der Grund für den Überraschungsangriff liegt doch auf der Hand. Die Schatten haben beobachtet, wie wir den Kometen innerhalb von Sekundenbruchteilen in seine Bestandteile zerlegt haben. Nun wollen sie uns diese gefährliche Waffe abjagen. Um den Schatten zu entkommen, brauchen wir viel Glück.«

Genau das verließ sie in derselben Sekunde. Der zweite Schuß des Grakoraumers verfehlte die IKO 1 nicht. Ein schwarzer Strahl, der geheimnisvoll leuchtete und gleichzeitig alles Licht zu verschlucken schien, hüllte das terranische Schiff völlig ein.

*

Das »Los Morenos« gehörte auch zu Ted Bultons bevorzugten Lokalen. Leider hatte er ständig soviel um die Ohren, daß er sich für ein schmackhaftes Menü in gemütlicher Runde äußerst selten Zeit nahm. Meistens mußte pappiges Fast Food ausreichen, und feste Essenszeiten kannte er nur noch vom Hörensagen.

José Moreno hatte sich wie immer die größte Mühe gegeben, der Marschall wußte das jedoch nicht ausreichend zu würdigen. Er saß allein an einem kleinen Tisch und schlang die Mahlzeit eilig in sich hinein. Dabei schaute er laufend auf seine Taschenuhr (ein altes Erbstück), denn es gab noch viel zu tun. Genaugenommen war er vierundzwanzig Stunden am Tag im Dienst.

An der Theke unterhielten sich zwei junge Leutnants der TF leise miteinander. Dabei schauten sie kurz zum Tisch des Marschalls hinüber, der sich auf der gegenüberliegenden Seite der Schankstube befand.

»Er frißt wie ein Schwein«, meinte der eine Leutnant, und der andere entgegnete: »Logisch, er sieht ja auch aus wie eines.«

»Mich wundert's nicht, daß er soviel Speck auf den Rippen hat. Schließlich hockt er den ganzen Tag über hinter seinem Schreibtisch.«

»Ihm fehlt ausreichend Bewegung. An militärischen Sportveranstaltungen nimmt er so gut wie nie teil, höchstens an Schießübungen. Dabei soll er früher ein schneidiger Kerl gewesen sein, erzählt man sich.«

»Kann ich mir nicht vorstellen. Sein letzter aktiver Einsatz liegt garantiert mindestens hundert Jahre zurück. Weltallflüge vollzieht er vermutlich nur noch auf dem Bildschirm seines Bürocomputers.«

»Hinter vorgehaltener Hand bezeichnet man ihn als Papiertiger und Sesselpupser – allerdings kenne ich niemanden, der sich trauen würde, ihm das ins Gesicht zu sagen.«

Marschall Bulton beendete seine Mahlzeit und wischte sich mit der Serviette den Mund ab. Die Zeit, nach Juan zu winken, nahm er sich nicht, statt dessen legte er zwei Geldscheine neben seinen Teller.

Bevor Bulton die Schankstube verließ, begab er sich kurz zur Theke. Er stellte sich hinter die beiden jungen Offiziere und legte ihnen väterlich die Arme um die Schultern. Verwirrt schauten sie ihn an.

»Laßt euch euer Bier schmecken, Jungs«, sagte er mit breitem Lächeln. »Der sesselpupsende Papiertiger würde sich ja gern auf ein halbes Stündchen mit dazusetzen, leider steckt er bis über beide Schweinsohren in Arbeit. Ihr beiden habt offenbar mehr Freizeit als ich, doch ich verspreche euch, daß sich das in den nächsten Tagen ändern wird, worauf ihr euch verlassen könnt.«

Nachdem er gegangen war, schauten sich die Leutnants verwundert an.

»Donnerwetter, hat der Kerl gute Ohren! Auf diese Entfernung hätte er kein Wort verstehen dürfen.«

»Vielleicht kann er von den Lippen ablesen. Nein, wir saßen ja mit dem Rücken zu ihm. – Sag mal, seit wann trägt er eigentlich einen Ohrclip?«

*

Das unheimliche Schattenschiff war weitaus beweglicher als der Ikosaederraumer. Colonel Clark gab trotzdem sein Bestes. Nur seiner in vielen Schlachten gewonnenen Erfahrung war es zu verdanken, daß die Grakos bisher keinen Treffer hatten landen können.

Dank des mit seinem Kontrollpult vernetzten Schattenspürers war der Colonel über den jeweiligen Standort des feindlichen Raumers ausreichend informiert. Allerdings verschwand das Schiff manchmal aus der Anzeige, weil Saam und Ramoya verzweifelt versuchten, den Spürer an die Kanone zu koppeln, was zu gelegentlichen Störungen führte.

Trotzdem gelang es P.S. Clark, den Abstand von 100.000 Kilometern zum Verfolger zu halten.

Das Schattenschiff klebte wie die Pest an der IKO 1. Der zweite Schuß ließ allerdings auf sich warten. Clark glaubte, den Grund dafür zu kennen. Die Grakos wollten die neue Waffe unversehrt in die Hände bekommen. Wenn überhaupt, so vermutete der Colonel, würde mit Warnschüssen zu rechnen sein.

Diese vermeintliche Erkenntnis schläferte seine Konzentration für einen winzigen Augenblick ein.

Der schwarze Strahl traf das terranische Raumschiff völlig unvorbereitet. Eine imaginäre Riesenhand packte die IKO 1 und riß sie mit unvorstellbarer Kraft aus dem Universum.

Die Besatzung blickte dem Tod ins Auge. Colonel P.S. Clark, Chris Shanton, Robert Saam, George Lautrec, Regina Lindenberg, Saram Ramoya, Arne Sargus und zahlreiche weitere Mannschaftsmitglieder – sie alle standen mit einem Bein im Grab, auf der Schwelle zwischen Sein oder Nichtsein.

»Der Raumer verträgt einen wesentlich stärkeren Buff!« hatte Saam nach dem ersten Rammversuch großspurig behauptet. – Nun würde sich zeigen, ob er recht hatte.

Der Schutzschirm war bei dem Volltreffer übergangslos zusammengebrochen. Die Hülle hatte zwar gehalten, aber die schwarze Energie hatte die IKO 1 aus dem Universum gerissen – oder sie versuchte es, um genau zu sein. Denn die Beharrungskräfte des Tofirits waren weit höher als die Energie des Schattenstrahls. Nach einem Moment der Phasenverschiebung stürzte die IKO 1 wieder zurück ins Normalkontinuum.

Einen Augenblick waren alle noch wie geschockt – aber dann brandete lauter Siegesjubel durch die Zentrale.

Was in diesem Augenblick auf dem Verfolgerschiff vorging, vermochte niemand zu sagen. Clark fiel jedoch auf, daß sich der Abstand zu den Grakos immer mehr vergrößerte. Offensichtlich hatte das überraschende Wiederauftauchen der IKO 1 die Besatzung des Schattenschiffs verblüfft.

Der Colonel nutzte seine Chance und nahm umgehend Fluchtkurs auf Terra. Eile war vonnöten, denn die anderen Schattenraumer kamen allmählich in Schußweite. Gegen die Übermacht kombinierter Waffen mehrerer Grakoschiffe war man auf jeden Fall hilflos, mit nur einer einzigen Waffe, dazu noch einem Prototypen, zur Gegenwehr.

Saam begab sich ohne zu zögern ans Schaltpult der Waffensteuerung, wobei er Shanton beiseitedrängte.

»Seid ihr fertig?« fragte Chris verwundert. »Habt ihr den Schattenspürer mit der Steuerung verbunden?«

»Dafür benötige ich mehr Zeit«, antwortete Robert. »Saram und ich kümmern uns darum nach der Landung.«

»Falls wir jemals lebend auf der Erde ankommen«, gab Clark zu bedenken. »Das Schattenschiff wird wieder schneller.«

»Sollen sie ruhig näherkommen, ist mir nur recht«, erwiderte Saam mit wilder Entschlossenheit. »Hätte ich unseren Testflug gleich beim ersten Signal des Schattenspürers abgebrochen, würden wir jetzt nicht in Lebensgefahr schweben. Aber ich werde meinen Fehler ausbügeln und diese elenden Insektenärsche zur Hölle schicken!«

Elende Insektenärsche? Shanton wußte, daß Robert Saam hin und wieder zu Nervositätsausbrüchen neigte, doch derart unkontrollierte Fäkalflüche gab er selten von sich. Was war nur in ihn gefahren?

Der Grakoraumer feuerte mehrere schwarze Strahlen ab, die aber aufgrund der Entfernung knapp danebengingen.

Saam reagierte mit drei Kanonenschüssen. Aber auch er brachte keinen Treffer an. Im Gegenteil, er zielte so schlecht wie nie zuvor. Seine Fehlschüsse verloren sich irgendwo im All, wo sie als kleine Sonnen aufblühten. Scheinbar trübte der Zorn auf die Grakos Saams Blick.

»Soll ich Sie ablösen, Robert?« erkundigte sich Shanton. »Sogar sturzbesoffen käme ich näher an das Verfolgerschiff heran.«

»Ich habe absichtlich weit ins Leere geschossen«, verriet ihm der junge Norweger. »Diese völlig verblödeten Heuschrecken werden glauben, unsere Waffe sei bei dem Treffer beschädigt worden. Dann wagen sie sich dichter heran, um besser zielen zu können.«

»Sind Sie von allen guten Geistern verlassen?« rief Ramoya erschrocken. »Colonel Clark bemüht sich, die Schatten auf sichere Distanz zu halten, und Sie locken sie an.«

»Jede Münze hat zwei Seiten«, erklärte ihm Shanton. »Je näher die Grakos kommen, um so zielsicherer können Sie ihr Geschütz in Stellung bringen. Wir unseres aber auch.«

Der Colonel verstand und ging mit dem Tempo herunter. Langsam und unauffällig, denn die Verfolger sollten die Falle nicht schon vorher durchschauen.

Der Plan schien aufzugehen. Innerhalb kürzester Zeit hatten die Grakos ihren Rückstand wieder wettgemacht. Mit hoher Geschwindigkeit holten sie auf. Die Distanz zwischen beiden Raumschiffen betrug nur noch 50.000 Kilometer.

»45.000«, murmelte Saam. »40.000, 33.000 … allmählich werden sie wieder langsamer.«

»Ihr Strahlenangriff steht vermutlich kurz bevor«, schätzte Shanton, der ein leichtes Magendrücken verspürte. »Wann setzen Sie die Wuchtkanone ein, Robert?«

Der Abstand betrug noch 30.000 Kilometer. Saam hatte das Feindschiff voll im Visier.

»Jetzt«, flüsterte er und betätigte den Auslöser.

Eine Zehntelsekunde später kam es auf dem Schattenschiff zu einer heftigen Explosion. Ein greller Blitz erhellte das Dunkel der Kometenwolke.

Die Wirkung war beträchtlich. Das schwer beschädigte Schiff wurde aus der Flugbahn geschleudert, bekam sich aber wieder in den Griff. Noch bevor Saam einen zweiten Schuß hinterhersetzen konnte, floh es in die Tiefen des Alls.

Der junge Mann war enttäuscht. Er hatte sich mehr davon versprochen.

»Es hätte ein Volltreffer sein müssen«, ärgerte er sich. »Wahrscheinlich haben sie sich bewegt, während ich auf den Auslöser drückte.«

»Dachten Sie, die Grakos halten Ihretwegen still?« fragte Shanton ihn kopfschüttelnd. »Die Hauptsache ist doch, sie wurden außer Gefecht gesetzt.«

Regina bedankte sich auf ihre Weise bei ihrem Chef. Sie hauchte ihm überraschend einen Kuß auf die Wange.

Saam wurde ein wenig verlegen, was Shanton zu der Bemerkung hinreißen ließ: »Ist schon wieder Heiligabend? Oder warum strahlen Sie wie ein Weihnachtsbaum, Robert?«

Saam lag eine gehässige Antwort auf den Lippen, doch er kam nicht mehr dazu, sie zu formulieren. Colonel Clark machte der aufkeimenden Fröhlichkeit abrupt ein Ende.

»Die übrigen Schattenschiffe sind gleich bei uns. Ich befürchte, wir schaffen es nicht mehr bis zum Rand der Wolke. Und zweimal fallen sie bestimmt nicht auf denselben Trick herein.«

Ohne zu zögern machte sich Robert Saam sofort wieder an die Koppelung des Schattenspürers mit der Waffensteuerung. Ein aussichtsloses Unterfangen, aber etwas anderes konnte er augenblicklich nicht tun.

11.

Die Schatten konnten es kaum erwarten, den terranischen Raumer unter Beschuß zu nehmen. Obwohl sich die IKO 1 noch außerhalb der Reichweite ihrer Waffen befand, jagten bereits vereinzelte schwarze Strahlen durchs All.

»Ich begreife nicht, wieso sie so scharf darauf sind, unseren Raumer mit Mann und Maus zu vernichten«, bemerkte George Lautrec. »Wenn sie das Schiff zerstören, geht die Wuchtkanone mit drauf.«

»Mir ist ihre grenzenlose Zerstörungswut und Mordlust ebenfalls ein Rätsel«, bekannte der Colonel, der schon unzählige Zusammenstöße mit den Schatten hinter sich hatte. »Je öfter ich versuche, mich in sie hineinzuversetzen, um so unverständlicher und sinnloser erscheint mir ihre Grausamkeit, die sich gegen alle Völker des Universums richtet. Meistens steckt allerdings eine gewisse Logik in ihrem Verhalten, so auch diesmal.

Angenommen, ich wäre ein Flottenadmiral der Grakos. Aus sicherer Deckung heraus beobachte ich mehrere Kometen-Rammversuche meiner verhaßten terranischen Feinde, und ich begreife, daß dieser neue Raumer eine schwer zu knackende Nuß ist. Als obendrein eine neuartige Waffe getestet wird, halte ich mich nicht länger im Hintergrund. Das feindliche, schwer gepanzerte Schiff mit dem gefährlichen Geschütz an Bord muß unter allen Umständen vernichtet werden. Kein Pardon mit dem Gegner, der die Waffe sicherlich nicht freiwillig herausrückt. Wenn ich sie nicht haben kann, dann kriegt sie auch kein anderer. Keine Kompromisse!«

»Nun wissen wir wenigstens, warum wir sterben müssen«, bedankte sich Shanton auf seine zynische Art für die Ausführungen des Colonels.

»Geschafft!« schallte es plötzlich durch die Zentrale, gleich zweistimmig.

Ramoya und Saam ließen ihrer Euphorie ungehemmt freien Lauf. Ihnen war das scheinbar Unmögliche gelungen. Schattenspürer und Waffensteuerung waren jetzt eins.

Shanton machte sich rasch mit dem Funktionsprinzip vertraut.

Ungeduldig wartete er darauf, daß der erste Grakoraumer den Distanzbereich von bis zu einer Lichtsekunde unterschreiten würde. Chris wußte, daß er unmöglich alle die IKO 1 verfolgenden Schattenschiffe würde abschießen können, selbst wenn jeder Schuß traf, aber er wollte wenigstens so viele wie möglich erwischen.

Wieder einmal stellten die Grakos ihre Unberechenbarkeit unter Beweis. Ihre Schiffe verringerten das Tempo – und drehten ab.

»Als hätten sie geahnt, was ihnen bevorstand«, sagte Chris Shanton fassungslos. »Wir haben sie offenbar in die Flucht geschlagen. Aber wie?«

Arne Sargus kannte die Antwort. »Ihre Ortungsgeräte scheinen eine Spur genauer zu sein als unsere. Deshalb haben sie die Kavallerie bereits ein paar Sekunden früher als wir gesehen.«

Fünfundzwanzig terranische S-Kreuzer jagten heran. Marschall Ted Bulton höchstpersönlich befehligte die Flotte.

»Gott sei Dank!« atmete Clark auf. »Auf der Erde hat man offenbar bemerkt, daß wir in Schwierigkeiten stecken.«

Sein Versuch, das Leitschiff der Flotte anzufunken, hatte auf Anhieb Erfolg. Die Schatten störten den Funkverkehr nicht mehr.

»Ich war noch nie so froh, Ihre Stimme zu hören, Marschall«, begrüßte der Colonel seinen Vorgesetzten. »Wieso sind Sie selbst zu unserer Rettung gekommen? Das ist doch gar nicht Ihre Aufgabe. Normalerweise kämpfen Sie sich durch Unmengen von Papierkram oder nehmen an endlosen politischen Verhandlungen teil.«

»Ich bin auf Terra nun mal unentbehrlich«, erwiderte der hochdekorierte Marschall. »Einer muß schließlich die Fäden in der Hand behalten. Hin und wieder tut es mir allerdings ganz gut, die Luft an Bord eines Raumschiffs zu schnuppern und aktiv bei einem Einsatz mitzuwirken. Außerdem wird dadurch mein Image erheblich aufgebessert. Das ist dringend vonnöten, sonst verlieren die jüngeren Offiziere den Respekt vor mir.«

*

Nach der Rückkehr der IKO 1 – im Geleitschutz von Bultons Flotte – war an Ausruhen noch lange nicht zu denken. In Alamo Gordo wurde kurzfristig der Krisenstab einberufen. Henner Trawisheim übernahm den Vorsitz. Terence Wallis war ebenfalls mit von der Partie, schließlich handelte es sich um sein Raumschiff, das während des Testflugs umkämpft worden war.

Clark, Shanton und Saam erstatteten ausführlich Bericht.

Wallis nannte es »eine bodenlose Schweinerei«, daß es den Schatten überhaupt möglich war, mehrere Kundschafterschiffe in der Oortschen Wolke zu plazieren. »Vor dem Start des Ikosaederraumers hätte die Terranische Flotte die nähere Umgebung des Sonnensystems gründlich überprüfen müssen, um einen derartigen Zwischenfall zu verhindern. Beinahe hätte ich einen Haufen guter Leute verloren, von der IKO 1 ganz zu schweigen.«

»Sie sehen das zu negativ«, meinte Marschall Bulton, obwohl ihm natürlich bewußt war, daß Wallis im Grundsatz recht hatte.

»Zu negativ?« regte sich Wallis auf. »Was, bitte schön, soll an dem Vorfall positiv sein?«

Bulton blieb ihm die Antwort nicht schuldig. »Punkt eins: Sämtliche Personen an Bord unseres Testraumers kehrten unversehrt nach Terra zurück. Punkt zwei: Die Schatten sind vor uns geflohen. Dadurch wissen wir, daß wir ihnen in der Vergangenheit zumindest dieselbe Furcht eingejagt haben wie sie uns. Sie vermeiden den offenen Kampf mit Terra – noch. Und damit wären wir bei Punkt drei angelangt: Die Schattengefahr ist nur vorübergehend ausgesetzt, aber nicht endgültig gebannt. Diese bedeutsame Erkenntnis kann man gar nicht hoch genug einschätzen. Seien wir doch mal ehrlich, haben wir nicht alle insgeheim gehofft, die Grakos hätten inzwischen das Weite gesucht und würden uns künftig in Frieden lassen? In Wahrheit waren sie die ganze Zeit über in unserer Nähe. Wir müssen unsere Abwehrmaßnahmen weiter verstärken und uns auf die nächste Schlacht mit ihnen vorbereiten.«

»Lassen Sie bitte mich mit den Punkten vier bis sieben fortfahren«, verschaffte sich Saam Gehör. »Viertens: Wir hatten Gelegenheit, die Stabilität des neuen Raumschiffs unter schwersten Bedingungen zu testen. Mit vollem Erfolg. Es ist den Schatten nicht gelungen, uns mit ihrem gefürchteten schwarzen Strahl den Garaus zu machen. Fünftens: Das Prinzip der Wuchtkanone funktioniert. Sie trifft auch auf größere Entfernung exakt ins Ziel. Sechstens: Der Prototyp des Schattenspürers ist ebenfalls funktionstüchtig und läßt sich zudem mit der Waffensteuerung verbinden. Sobald ich einige unwesentliche Verbesserungen angebracht habe, kann das Gerät in jedes Raumschiff eingebaut werden. Danach wird es den Grakos nie mehr gelingen, terranische Schiffe aus dem Nichts anzugreifen.«

Schweigen breitete sich im Sitzungsraum aus. Alle schauten Robert Saam gespannt an. Allmählich wurde ihm das unangenehm.

»Ist was?« fragte er unsicher.

»Wir warten«, erklärte ihm Wallis.

»Worauf?«

»Auf ›siebtens‹.«

Da könnt ihr lange warten, erwiderte Saam im stillen.

Daß er »Punkt sieben« angekündigt hatte, war nur ein Versehen. Manchmal hatte er sein Mundwerk halt nicht unter Kontrolle. Er empfand es als ungeheuer positiv, die schöne Biologin Regina beeindruckt zu haben. Sein Zornesausbruch hatte ihr offenbar imponiert, das erfüllte ihn mit Stolz. Aber natürlich würde er darüber niemals offen sprechen, schon gar nicht in dieser Runde.

»Es gibt kein ›siebtens‹«, behauptete er daher. »Das war nur ein hastiger Versprecher. – Die Mannschaft feiert unsere erfolgreiche Rückkehr. Wollen wir uns nicht anschließen, anstatt hier herumzuhocken und jedes Detail des Testflugs zu analysieren?«

Terence Wallis staunte. Üblicherweise hielt sein Schützling nichts von gesellschaftlichen Feierlichkeiten, so etwas bezeichnete er schlichtweg als Zeitverschwendung. Wollte er sich vor kritischen Fragen drücken? Oder gab es auf der Party jemanden, mit dem er gern zusammenwäre?

»Ich bin ebenfalls dafür, die weitere Debatte zu verschieben«, pflichtete er Saam letztlich bei.

»Eine Frage noch, der Neugier halber«, sagte Trawisheim zu ihm. »Wie haben Sie sich eigentlich mit den Hookers geeinigt?«

»Noch gar nicht«, antwortete Wallis. »Die Verhandlungen befinden sich in der Schwebe. Jane ist nicht abgeneigt, mein Angebot einer Beteiligung an unserer neuen Firma anzunehmen, nur Art macht Schwierigkeiten. Doch ich rechne in absehbarer Zeit mit seinem Anruf.«

*

Die SEARCHER stand außerhalb der Werkshalle auf einem Abstellplatz der Werft. Die letzten Arbeiten waren inzwischen beendet worden. Bald würde sich das diskusförmige Raumschiff wieder in die Lüfte erheben.

Art und Jane Hooker hielten sich auf ihrem komfortablen Privatdeck auf. Sie saß auf einer kleinen Couch und blätterte in einem Buch über Insekten und anderes Kleingetier. Er hatte es sich in einem Schalensessel halbwegs bequem gemacht und starrte in einem fort die gegenüberliegende Wand an, obwohl es dort nichts Besonderes zu sehen gab, abgesehen vielleicht von einer Stubenfliege, die aufgeregt hin und her krabbelte.

Jane versuchte, ihren Mann etwas aufzuheitern.

»Musca domestica«, las sie ihm vor. »Auf Angloter: Hausfliege, auch gemeine Stubenfliege genannt, nicht zu verwechseln mit der stechenden Stubenfliege, deren wissenschaftliche Bezeichnung Stomoxys calcitrans lautet. Stomoxys bedeutet soviel wie ›Scharfmund‹. Statt mit einem Saugrüssel, bestenfalls geeignet zum Auftupfen von Flüssigkeitströpfchen, ist die Stechfliege mit einem vorstehenden Stechrüssel ausgestattet. In punkto hartnäckiger Ausdauer nehmen sich Hausfliege und Stechfliege nichts. Man kann sie zehnmal von seinem Unterarm verjagen, zehnmal kehren beide wieder an den gleichen Platz zurück. Glücklicherweise sind Stechfliegen Feinschmecker, weshalb sie Rinderblut dem Blut des Menschen vorziehen. – Brauchst du noch mehr Informationen für dein wissenschaftliches Fliegenstudium, Liebling?«

Ihr Scherz ging ins Leere. Art Hookers Gesicht wirkte wie aus Stein gehauen. Starr blickte er vor sich hin, nicht das kleinste Mienenspiel war erkennbar.

»Hast du deine Zunge verschluckt, oder warum sagst du kein Wort?« fragte ihn seine Frau seufzend und klappte das Buch zu.

Langsam drehte sich Art zu ihr um. Seiner finsteren Miene entnahm sie, daß ihm nicht zum Lachen zumute war.

Welches Problem ihm zu schaffen machte, war für Jane nicht schwer zu erraten. »Deine Sorgen möchte ein Straßenbettler haben.«

»Ich brauche keine Almosen«, erwiderte er tonlos. »Ich brauche meine Freiheit. Hast du dir mal ausgerechnet, wieviel das eine Prozent in Dollar ausmacht? Wir besitzen genug bis ans Ende unserer Tage.«

»Stimmt. Aber das ist kein Grund, nicht noch mehr herauszuschlagen.«

»Der Preis dafür ist zu hoch. Mit unserem freien Vagabundendasein wäre es aus.«

»Mit unseren fortwährenden Geldnöten ebenfalls. Die andauernde Hatz nach neuen Aufträgen und die mitunter recht unzufriedenstellenden Honorarverhandlungen haben uns ganz schön zu schaffen gemacht. Ein fester Auftraggeber löst dieses Problem mit einem Schlag.«

Die Diskussion über das Für und Wider der Geschäftsbeteiligung verlief fruchtlos im Sande. Jane reichte es. Sie stand auf, ging zur Anrichte und warf ihrem Mann sein Armbandvipho zu, das er dort abgelegt hatte.

»Wozu diskutieren wir überhaupt?« fragte sie ihn. »Deine Entscheidung steht doch bereits felsenfest, habe ich recht? Zu warten, bis die achtundvierzig Stunden abgelaufen sind, wäre reine Zeitverschwendung.«

Art fing das Vipho geschickt auf. »Du kennst mich gut. Zu gut. Es trifft zu, ich habe mich längst entschieden. Ich bin halt wie ich bin. Jeder Versuch, mich zu ändern, ist vergebliche Liebesmüh.«

Mit gemischten Gefühlen rief er per Direktdurchwahl den reichsten Mann der Erde an, um ihm seinen unabänderlichen Entschluß mitzuteilen.

*

Terence Wallis saß in seinem Wohnzimmer am Kamin und rauchte gemütlich eine Zigarre. An der ausgelassenen Rückkehr-Feier der IKO-Mannschaft hatte er nur für ein halbes Stündchen teilgenommen, dann hatte er sich in Alamo Gordo von seinem Chauffeur abholen lassen. Es gab Augenblicke, die genoß man lieber ganz für sich allein.

Wallis war mit sich zufrieden. Was die Ikosaederraumer anging, hatte er aufs richtige Pferd gesetzt. Ihre Serienfertigung würde ihn noch reicher machen, als er eh schon war. Bald würden sie zu Hunderten ins Weltall fliegen, ausgerüstet mit einer nahezu unschlagbaren Waffe, die Terras Feinde das Fürchten lehrte.

Seine geschäftlichen Verhandlungen mit der Regierung waren besser verlaufen als er es sich erhofft hatte. Bis zu 30% hätte Trawisheim mit etwas mehr Hartnäckigkeit aus ihm herausschlagen können, doch Dharks Stellvertreter war ihm nicht gewachsen.

Möglicherweise hätte Ren Dhark ein besseres Ergebnis erzielt. Wallis fühlte sich mit dem Commander freundschaftlich verbunden, und solche Gefühle erwiesen sich bei kaufmännischen Vereinbarungen oftmals als Handikap.

»Fehlt nur noch das Tüpfelchen auf dem i«, sagte der Milliardär zu sich selbst, denn eine gewisse Kleinigkeit trübte seine festliche Stimmung.

Wieso hatte Art Hooker noch nicht angerufen? Brachte es der Prospektor tatsächlich fertig, sein Angebot auszuschlagen? Oder wartete er nur bis zur allerletzten Sekunde, um sein Gesicht zu wahren?

Wallis hatte keinen Zweifel daran, daß Art sich fürs Geld entscheiden würde. Jeder Mensch würde das tun. Diejenigen, die am lautesten palaverten, der schnöde Mammon interessiere sie nicht im geringsten, griffen üblicherweise am schnellsten zu, wenn man ihnen mit genügend Dollars vor der Nase herumwedelte. Das klang selbstgefällig, deckte sich aber mit Terence' langjährigen Erfahrungen.

War Janes Ehemann die berühmte Ausnahme von der Regel? Hatte Wallis' Menschenkenntnis in diesem Fall versagt?

Noch bevor ernsthafte Zweifel aufkommen konnten, läutete sein Taschenvipho. Nicht das, auf dem ihn jeder seiner Mitarbeiter bei Bedarf erreichen konnte, sondern eins mit einer Geheimnummer, die nur wenige Personen kannten. Eine davon war Art Hooker, Wallis hatte sie ihm beim letzten Zusammentreffen genannt.

»Ich habe bereits mit Ihrem Anruf gerechnet, Art«, begrüßte er den Teilnehmer am anderen Ende der Funkverbindung, »wenn auch etwas früher.«

»Sie sind ihren Mitmenschen immer eine Nasenlänge voraus, nicht wahr?« erwiderte der Prospektor unwirsch. »Stets wissen Sie besser als andere, was für sie gut ist.«

»Diese Fähigkeit hat mich zum reichsten Mann der Erde gemacht«, entgegnete Wallis gelassen.

»Haben Sie keine Angst, sich mal zu täuschen?«

»Nein. Warum auch? Aus Fehlern kann man nur lernen. Ich hoffe, Sie machen jetzt keinen und treffen die richtige Entscheidung.«

Art Hooker hielt sich nicht länger mit Vorreden auf und teilte Wallis seinen definitiven Entschluß mit.

»Schade«, sagte der Milliardär. »Wirklich sehr, sehr schade...«

»Schade?« wunderte sich Art. »Hört sich ja fast an, als würden sie meine Entscheidung bedauern.«

»Ein bißchen schon«, gab Wallis zu. »Bis vor wenigen Sekunden war ich noch zu drei Vierteln Anteilseigner von Wallis Star Mining – nun gehören mir nur noch 72,5%. Geld einzubüßen stimmt mich immer etwas traurig.«

»Warum haben Sie Jane und mir dieses Angebot überhaupt gemacht?«

»Weil ich scharf auf Ihr eines Prozent war«, gab Wallis unumwunden zu. »Ich gebe ungern was an Fremde weg. Hingegen gehören Sie als Anteilseigner, der ausschließlich für die Gesellschaft arbeiten darf, von nun an zur Familie. Dieser Umstand hilft mir, Ihre 2,5% zu verschmerzen.«

»Merkwürdige Logik«, meinte Art. »Offenbar biegen Sie sich die Dinge gern so zurecht, wie sie Ihnen gefallen. Oder sind Sie in Wirklichkeit ein verkappter Humanist? Ein Menschenfreund und Wohltäter, der seine wahren Absichten hinter der Maske des Kapitalisten verbirgt?«

Wallis lachte nur und verabschiedete sich von ihm.

Art schaltete das Vipho ab, legte es beiseite und umarmte seine Frau.

»Ich glaube, Wallis wußte von Anfang an, wofür ich mich entscheiden würde, genau wie du. Ihr beide seid mir einfach über.«

»Wallis konnte nur raten und hoffen, richtigzuliegen«, entgegnete Jane Hooker. »Mir hingegen war von vornherein klar, daß du dich eine Zeitlang sträuben, zu guter Letzt aber eine Vernunftentscheidung treffen würdest. Wir sind Abenteurer, du und ich, aber keine Zocker, die leichtfertig eine gesicherte Zukunft verspielen.«

12.

Sie befanden sich auf einem großen, von hohen Mauern umschlossenen Hof, auf dem mehrere Fahrzeuge parkten, kleiner und schnittiger als ihr kutschenartiges Gefährt. Das Tor, durch das sie gekommen waren, wurde gerade von zwei Uniformierten geschlossen. Vor den Eingängen in der Rückfront des langgestreckten Gebäudes standen Wachen. Alles machte einen betont zweckmäßigen Eindruck.

»Die Umhänge brauchen Sie jetzt nicht mehr«, sagte Krugal. Auf einen Wink von ihm trat ein Adjutant vor und nahm den Menschen die Kutten ab.

Der Rag führte sie durch eine schlichte Holztür in eine geräumige Vorhalle, in der ihre Schritte auf dem glatten Parkett hallten. Arc Doorn bekam große Augen, als er den Paternoster in der Stirnwand der Halle sah.

Es war, als hätten sie eine Zeitreise unternommen und wären auf die Erde von vor etwa 150 Jahren versetzt worden. Nicht nur der antiquierte Aufzug, die endlosen kahlen Gänge mit den glatten Türen, die mit unentzifferbaren Schildern versehen waren, die hohen und schmalen Fenster, durch die schräg rötliche Lichtbahnen der untergehenden Riesensonne fielen – die ganze Atmosphäre hatte etwas beklemmend Bürokratisches an sich.

Krugal blieb vor einer Tür stehen, die sich bis auf ein etwas größeres Schild in nichts von den anderen unterschied, und nahm Haltung an, noch bevor er klopfte.

»Schinks«, klang eine dumpfe Stimme von der anderen Seite auf. »Herein«, lieferte der Translator die überflüssige Übersetzung.

Ren Dhark wußte nicht, was er eigentlich erwartet hatte, aber der Raum, in den er und seine Begleiter geführt wurden, überraschte ihn. Er war geradezu gemütlich eingerichtet.

Vor einer großen Fensterfront, die auf eine breite, von pappelähnlichen Bäumen gesäumte Allee hinausging, stand ein ausladender Schreibtisch, hinter dem ein älterer Rag von auffällig kräftiger Statur saß. Die rechte Seite des Raumes wurde komplett von einem bis an die Decke reichenden Bücherregal eingenommen, davor gruppierten sich zwei bequeme Lesesessel und ein niedriges Tischchen. In die Wand auf der linken Seiten war ein gemauerter Kamin eingelassen, in dem ein paar Holzscheite brannten. Der Boden war mit flauschigen Teppichen ausgelegt und beherbergte eine gemütliche Sitzecke, in der große Holzkübel mit Grünpflanzen und Blumen eine behagliche Atmosphäre schufen.

»Donnerwetter!« entfuhr es dem sonst so beherrschten Bram Sass, und Lati Oshuta strahlte, als fühlte er sich nach zu Hause versetzt.

Krugal trat an den Schreibtisch heran, vollführte eine merkwürdige Verrenkung, die vermutlich einem militärischen Gruß entsprach, und wechselte ein paar Worte mit dem Rag hinter dem Schreibtisch, die zu leise waren, als daß der Translator sie hätte übersetzen können. Dann winkte er Ren zu sich.

»Das ist Nganug Uclief«, stellte er den anderen Rag vor. Der Translator gab zuerst beide Worte identisch wider und schlug dann für den Begriff »Nganug« die Bezeichnung »General« vor. »Der General wird alles weitere mit Ihnen besprechen.«

Uclief erhob sich hinter seinem Schreibtisch, und Ren stellte fest, daß der Rag nicht nur sehr kräftig gebaut, sondern auch ungewöhnlich groß war. Die schwarzen Knopfaugen in seinem flachen, fast konturlosen Gesicht musterten ihn durchdringend, aber nicht feindselig. Er hob die rechte Hand, spreizte die Finger, schloß sie zur Faust und berührte seine Stirn mit den Knöcheln.

»Ren Dhark«, sagte er mit sonorer Stimme. »Ich heiße Sie und Ihre Begleiter auf Owid willkommen.«

Ren imitierte die Geste, die er für eine Form der Begrüßung hielt, so gut er konnte. »Ich danke Ihnen, auch im Namen meiner Männer.« Täuschte er sich, oder blitzte Belustigung in den schwarzen Augen des Generals auf?

»Sie können gehen, Agent Krugal«, wandte sich Uclief an den Geheimdienstler. Krugal wiederholte die schlingernde Verrenkung, machte kehrt und verließ den Raum.

»Bitte, meine Herren, machen Sie es sich bequem«, forderte Uclief die vier Männer auf und deutete mit einer beinahe menschlich anmutenden einladenden Handbewegung auf die Sitzgruppe vor dem Kamin.

»Wie ich den Berichten meiner Mitarbeiter entnehme, vertragen Sie unsere Speisen und Getränke«, fuhr er fort, nachdem alle Platz genommen hatten. »Ich könnte mir vorstellen, daß Sie nach der langen Reise hungrig und durstig sind.«

Ohne eine Antwort abzuwarten, drückte er auf einen in der Armlehne seines Sessels eingelassenen Knopf. Nur Sekunden später schwang die Tür auf, und vier Rags in tiefblauen wallenden Gewändern traten mit Tabletts voller Schüsseln, Flaschen, Gläsern, Geschirr und Besteck ein. Wenn man irdische Maßstäbe zu Grunde legen konnte, mußte es sich um Frauen handeln, denn sie waren kleiner und zierlicher als die Soldaten, mit denen die Menschen bisher hauptsächlich Kontakt gehabt hatten, und bewegten sich anmutiger.

Es handelte sich um die ersten weiblichen Wesen, welche die Terraner auf dieser Welt zu Gesicht bekamen – aber es war auch nicht ganz auszuschließen, daß die Geschlechterrollen genau anders herum verteilt waren.

»Greifen Sie zu«, sagte Uclief freundlich und schenkte sich ein Glas mit einer grünen, perlenden Flüssigkeit ein.

Ren und seine Gefährten bedienten sich. Abgesehen von einigen unverbindlichen Höflichkeitsfloskeln verbrachten sie die nächste Viertelstunde damit, zu essen und zu trinken.

Die Speisen und Getränke schmeckten teilweise recht exotisch, aber überraschend gut, auch wenn es nicht ratsam war, sich Gedanken darüber zu machen, wie einige der fleischlichen Gerichte wohl in lebendiger Form ausgesehen haben mochten. Wie zum Beispiel diese Spieße mit den spinnenartigen, knusprigen Köstlichkeiten…

Zwei der Getränke schienen neben Alkohol einen weiteren Wirkstoff zu enthalten, der leicht euphorisierend und belebend wirkte. Obwohl das Gefühl äußerst angenehm war, griffen die Menschen nach einigen Schlucken lieber auf reines Quellwasser zurück. Sicher war sicher. Was auch immer sie noch erwartete, es war ratsam, einen klaren Kopf zu bewahren. Und als die Bediensteten die Reste der Mahlzeit abgeräumt hatten, machte Uclief seinen Gästen – freundlich aber unmißverständlich – klar, daß der gemütliche Teil des Treffens beendet war.

*

»Schneller als das Licht?« Ucliefs rosafarbene Gesichtshaut schien Wellen zu schlagen, als würde eine Flüssigkeit unter ihr schwappen, offenbar die ragsche Version eines skeptischen Stirnrunzelns. »Wenn Ihre Technik so weit fortgeschritten ist, wie kommt es dann, daß Ihre Raumschiffe abgestürzt sind und Sie außer diesem Translator keine weiteren Hilfsmittel bei sich haben?«

»Wir wissen nicht, was unsere Flash – so nennen wir die kleinen Beiboote – lahmgelegt hat«, erklärte Ren. »Natürlich verfügen wir über weitere Hilfsmittel, aber die sind zusammen mit unseren Beibooten versunken. Alles ging so schnell, daß wir nur unser Leben retten konnten.«

Der General warf einen Blick auf eine Karte, die vor ihm auf dem Tisch lag. »Laut den Koordinaten, die mir meine Agenten mitgeteilt haben, müßten Ihre Flash dann rund fünfhundert Meter tief auf dem Meeresboden liegen.«

»Und wo ist das Problem?« meldete sich Arc Doorn zu Wort. »Sie haben doch U-Boote. Schicken Sie welche los, legen Sie

Stahltrossen oder ein Netz um die Flash und ziehen Sie sie mit Lastkränen an die Oberfläche. Dann können Sie sich davon überzeugen, daß wir die Wahrheit gesagt haben.«

»Vielleicht hat Ihr Translator die Tiefe nicht richtig übersetzt«, erwiderte Uclief. »Ich sprach von rund fünfhundert Metern. Das ist fast das Dreihundertfache Ihrer Körpergröße.«

»Der Translator arbeitet perfekt«, brummte Doorn. »Ich habe ihn eigenhändig repariert und überprüft.« Seine anfängliche Begeisterung hatte sich gelegt, und nun kam wieder sein mürrisches Wesen zum Vorschein. »Fünfhundert Meter...« Er stutzte. »Moment. Ihr Stahl hat nicht die beste Qualität, und Sie vernieten ihn großflächig, anstatt ihn zu verschweißen. Das heißt, die Druckbelastung... wie tief können Sie tauchen?«

Uclief zögerte. Ren hatte das Gefühl, als würde der General mit sich ringen, ob er diese Information preisgeben sollte.

»Ich versichere Ihnen nochmals, General«, sagte er, »wir sind keine Spione Ihrer Feinde. Sie sehen doch selbst, daß wir uns grundlegend von Ihrer Spezies unterscheiden. Und Ihre Leute haben sich bereits davon überzeugt, daß wir keine Masken tragen.«

»Auf Undo und dem Südkontinent Lark gibt es noch viele unerforschte Landstriche«, antwortete Uclief bedächtig. »Wie auch auf einigen unzugänglichen Inseln. Unsere Forscher haben dort Spuren einer verschwundenen fremden Kultur entdeckt. Wer sagt mir, daß Sie nicht überlebende Angehörige dieser Kultur sind, die mit den Ganten kooperieren?«

Spuren einer fremden Kultur! Ren war wie elektrisiert. Das hatte er bereits von dem Admiral der Kriegsflotte erfahren, die ihn und seine drei Begleiter nach der Notwasserung aus dem Meer gefischt hatten, und genau aus diesem Grund hatte er sich bereitwillig in die Hauptstadt von Korlo bringen lassen. Nun erhielt er die Bestätigung durch einen General des Geheimdienstes, der auf Grund seines Berufs über mehr derartige Informationen als ein Marineoffizier verfügen durfte. Doch bevor er darauf eingehen konnte, knurrte Doorn wenig diplomatisch: »Wie tief?«

»Nicht tiefer als die Boote der Ganten«, wich Uclief einer direkten Antwort aus und betrachtete den Sibirier dabei aufmerksam.

»Mann, lassen Sie sich doch nicht jeden Wurm einzeln aus der Nase ziehen!« fauchte Doorn grob, während er sich zu erinnern versuchte, welchem Druck die irdischen U-Boote in der ersten Hälfte des 20. Jahrhunderts standgehalten hatten.

Uclief zuckte zusammen und griff sich unwillkürlich mit den plumpen Fingern an die flachen Öffnungen der kaum vorhandenen Nase. »Würmer?« fragte er irritiert.

»Nur eine Redewendung unserer Sprache«, beruhigte ihn Ren schnell. »Sie bedeutet, Informationen nur widerwillig preiszugeben. Aber die Tauchtiefe Ihrer U-Boote dürfte kein großes Geheimnis für die Ganten sein, wenn Sie sich schon seit nahezu hundert Jahren mit ihnen im Kriegszustand befinden. Schließlich sind wir nach unserer Landung selbst in ein Seegefecht geraten, und laut den Aussagen des Admirals war das nicht das erste.«

»Richtig.« Uclief gab einen schnarrenden Laut von sich, der ein Lachen sein mochte. »Also gut, die maximale Tauchtiefe liegt bei rund einhundert Metern. Einige der neueren Einheiten schaffen vielleicht hundertfünfzig Meter, aber das ist die kritische Grenze. Selbst wenn wir den Innendruck kontinuierlich erhöhen würden, wie wir es versuchsweise schon getan haben, kämen wir auf höchstens zweihundert Meter – und das bei einem erheblichen Risiko für die Besatzung. Fünfhundert Meter aber sind weit jenseits unserer Möglichkeiten.«

»Dann sollten Sie schleunigst bessere U-Boote bauen«, schlug Doorn vor, als wäre es das Selbstverständlichste auf der Welt. »Nicht nur aus militärischen Gründen. Die Hälfte Ihrer Welt und damit jede Menge wertvoller Bodenschätze liegen unter Wasser.«

Wieder gab Uclief einen schnarrenden Laut von sich, und diesmal war sich Ren Dhark sicher, daß es ein amüsiertes Lachen war.

»Wie?« erkundigte sich der Rag. »Glauben Sie nicht, wir hätten das längst getan, wenn wir dazu in der Lage wären?«

»Sie brauchen vor allen Dingen besseren…«

»Halt, Arc!« fiel ihm Ren eilig ins Wort und warf ihm einen scharfen Blick zu. »General«, wandte er sich gleich darauf an den Rag. »Wenn Sie bereits Berichte über uns vorliegen haben, wissen Sie bestimmt auch von dem Handel, den ich dem Admiral vorgeschlagen habe. Sie helfen uns bei unserer Suche nach den Spuren von Fremdwesen auf Ihrer Welt, und im Gegenzug lassen wir Sie an unserem technischen Wissen teilhaben. Wir könnten Ihnen Informationen liefern, um Ihre Technik und Wissenschaft enorm anzukurbeln. Würden Ihnen Feinde ein solches Angebot unterbreiten?«

Uclief ließ den Kopf langsam kreisen. Bram Sass und Lati Oshuta verfolgten jede Gestik und Mimik des Rag und speicherten sie in ihren Programmgehirnen ab. Wie gut ein Translator auch sein mochte, er übersetzte nur Vokabeln, konstruierte Sinnzusammenhänge und konnte bestenfalls eine grobe Interpretation bei Veränderungen im Tonfall des Sprechers liefern. Die Körpersprache aber, die manchmal mehr als die Stimme verriet, blieb ihm verschlossen.

»Wohl kaum«, räumte Uclief ein. »Bleibt die Frage, wer den ersten Schritt tut. Und wie Ihnen sicherlich klar ist, sind wir in der Lage, Ihnen die Bedingungen zu diktieren.«

Er hatte ruhig und sachlich gesprochen. Ren wußte, daß es sich nicht um eine Drohung, sondern nur um eine nüchterne Feststellung handelte. Aus irgendeinem Grund mochte er diesen Rag. Uclief machte einen intelligenten und kompetenten Eindruck. Er verzichtete auf Einschüchterungsversuche, ohne sich jedoch übertrieben kameradschaftlich zu geben. Sein Mißtrauen und seine Vorsicht waren verständlich. Kein vernünftiger Mensch hätte an seiner Stelle anders gehandelt.

»Sicher.« Ren lächelte sparsam. »Wir haben Ihnen erzählt, warum wir auf Ihre Welt gekommen sind. Nicht um Sie in irgendeiner Form zu unterdrücken oder zu bevormunden, sondern um Informationen über eine uralte Fremdrasse zu sammeln, die einst die halbe Galaxis beherrscht hat. Und um eine Gefahr zu bannen, die

die gesamte Sterneninsel in die Katastrophe reißen könnte. Unsere Interessen werden nicht miteinander kollidieren. Sobald wir in Erfahrung gebracht haben, was wir suchen, werden wir Ihre Welt wieder verlassen und uns auf Ihren Wunsch nicht weiter in Ihre inneren Angelegenheiten einmischen. Aber vielleicht werden Sie sogar daran interessiert sein, den Kontakt zu uns aufrechtzuerhalten. Und vergessen Sie nicht, die kosmische Gefahr, die unserer Heimatwelt droht, betrifft auch Ihren Planeten.«

»Dann beantworten Sie mir doch zuerst eine Frage«, schlug Uclief vor, und trotz der Fremdartigkeit seines flachen Gesichts war unverkennbar, daß sein Blick lauernd wurde. »Sie kommen also von den Sternen, aus einem viele Lichtjahre entfernten System. Sie beherrschen eine Form der Raumfahrt, die nach Meinung unserer Wissenschaftler gegen alle Naturgesetze verstößt, verfügen sozusagen über quasi göttliche Fähigkeiten. Also: Sind Sie Ruham?«

»Ruham?« wiederholte Ren irritiert. »Wie Ihre Hauptstadt? Hat der Name noch eine andere Bedeutung?«

»In der Tat«, bestätigte Uclief. Er deutete auf eins der offenstehenden Fenster. Mittlerweile war die Nacht hereingebrochen. Die Straßen und Gebäude der Stadt waren beleuchtet, die auffälligste Lichtquelle aber befand sich im Zentrum Ruhams, auf dem Hügel, den Ren bereits auf der Fahrt bemerkt hatte.

»Ruham erhielt seinen Namen nach diesem alten Tempel, den es unseren Überlieferungen nach schon vor Beginn der Geschichtsschreibung gab. Und der Tempel wiederum wurde angeblich nach seinen mystischen Erbauern benannt, den Ruham, was soviel wie ›Götter von den Sternen‹ heißt.«

»Eins sind wir mit Sicherheit nicht«, gab Ren zurück, »nämlich Götter. Und Ruham…« Plötzlich zuckte er zusammen und schlug sich mit der flachen Hand an die Stirn. *Ruham – Rahim!* Wieso war ihm die Namensähnlichkeit bis jetzt entgangen? Das konnte kein Zufall sein!

Uclief musterte ihn reglos. »Sprechen Sie weiter«, forderte er ihn ruhig auf.

»Der Name Ruham...« Ren räusperte sich. »Gibt es Abwandlungen davon? Zum Beispiel Rahim?«

»Wieso fragen Sie?«

»Weil die uralte Rasse, deren Spuren wir suchen, verschiedene Namen hat. Von einigen Völkern aus diesem Teil der Galaxis wird sie Rahim genannt.«

»Einen Moment.« General Uclief erhob sich, ging zu dem hohen Bücherregal am anderen Ende des Raumes und kehrte den Menschen den Rücken zu. Ein bewußter Vertrauensbeweis oder nur ein Test?

»Sass, Oshuta«, sagte Ren leise und deaktivierte den Translator kurzfristig. »Was haben Sie beobachtet?«

»Soweit ich die Körpersprache der Rags beurteilen kann, hegt unser Gastgeber keine feindseligen Gefühle gegen uns«, erklärte der Japaner. »Ein gewisses Maß an Mißtrauen und Vorsicht, ja, aber er scheint bereit zu sein, uns zu vertrauen. Bram?«

Sein Kollege nickte. »Das ist natürlich nur eine Vermutung, aber ich denke, wir haben in ihm einen guten Verhandlungspartner.«

Uclief kehrte mit einem schweren, in ein glänzendes Material gebundenes Buch zurück, legte es auf den Tisch und schlug es auf. »Ein Standardwerk über die Mythologie unseres Volkes«, erläuterte er bereitwillig und blätterte durch die Seiten. »Der Legende nach haben die ›Götter von den Sternen‹ den Owiden einst das Fcuer gebracht und sie die Kunst der Metallverarbeitung gelehrt. Angeblich haben sie mehrere Generationen lang unter uns gelebt und sind dann plötzlich wieder zu den Sternen geflogen... ja, hier ist es. Ruham, Ruhim, Rehim, Rahim. Aussprache und Schreibweise haben sich im Laufe der Zeit verändert.«

»Das ist...« Ren Dhark beugte sich vor, griff nach einer Karaffe mit einer milchigen Flüssigkeit, die ein wenig nach Anis schmeckte, schenkte sich ein Glas ein und stürzte den Inhalt hinunter. »Das ist, was wir erhofft haben! General, können wir diesen Tempel besichtigen? Gibt es dort irgendwelche Unterlagen, Artefakte, Manuskripte, Bücher, Skulpturen oder was auch immer, die näheren Aufschluß über die Rahim – oder Ruham – geben?«

Der Rag schenkte sich ebenfalls ein Glas ein und trank. »Es spricht nichts gegen einen Besuch des Tempels, aber ich vermute, Sie werden enttäuscht sein. Die ›Götter von den Sternen‹ haben keine Bilder von sich hinterlassen. Und die alten Überlieferungen sind mehr als widersprüchlich. In einigen sehen sie aus wie wir, in anderen sind sie Riesen, in wiederum anderen gänzlich fremdartig. Und sollte es technische Geräte im Tempel gegeben haben, sind die längst verschwunden oder von unseren Vorfahren zerstört worden. Die meisten unserer Gelehrten bezweifeln sogar ernsthaft, daß es je fremde Wesen aus dem All auf unserer Welt gegeben hat. Einzig der Tempel selbst und ein paar Relikte auf Undo und Lark zeugen von einer hochstehenden Kultur aus der Vorzeit, aber die könnten auch von einer früheren Zivilisation der Owiden stammen, die durch eine Katastrophe vernichtet wurde.«

»Wie Sie an uns sehen, gibt es durchaus fremde Wesen aus dem All«, mischte sich Doorn ein. »Und wenn diese Relikte Reste einer überlegenen Technik enthalten, dann werde ich sie entdecken.«

»Unsere Wissenschaftler suchen seit Jahrzehnten...«

»Geschenkt«, unterbrach Doorn den Rag respektlos. Ren runzelte mißbilligend die Stirn, aber Uclief stieß wieder das schnarrende Lachen aus und klappte das Buch zu.

»Sie werden Ihre Chance bekommen, aber erst wenn Sie Ihr Versprechen eingelöst haben. Was wollten Sie mir zu unseren U-Booten sagen, bevor Ihr Kommandant Sie unterbrochen hat?«

»Legen Sie los, Arc«, sagte Ren.

»Stahl.« Der Sibirier fuhr sich durch den dunklen Haarschopf und rückte automatisch seinen Stirnreif zurecht. »Ihre Techniker scheinen nicht schlecht zu sein, aber solange sie mit minderwertigem Material arbeiten müssen, stoßen sie schnell an ihre Grenzen.«

»Minderwertiges Material?« fragte Uclief. »Wir verfügen über die modernsten...«

Arc Doorn winkte ab. Er kam nicht einmal auf den Gedanken, daß er die Rags gerade beleidigt hatte. »Ich schätze mal, Sie schaufeln das Roherz einfach in einen Ofen, warten, bis es geschmolzen ist, lassen es dann rausfließen und abkühlen und hauen es schließlich mit einem Hammer platt, bildlich gesprochen.«

Ucliefs Gesicht wurde um eine Nuance dunkler, und wieder kräuselte sich seine Haut, aber wenn er verärgert war, ließ er sich jedenfalls nichts anmerken. »Ich bin kein Stahlkocher. Wenn Sie Vorschläge haben, wie wir unsere Metallverarbeitung verbessern können, sollten Sie die mit einem Spezialisten besprechen.«

»Dann schicken Sie mir am besten einen«, sagte Doorn unternehmungslustig. »Ich werde dem Burschen schon auf die Sprünge helfen.«

*

Ren Dhark, die beiden Cyborgs und General Uclief hörten schweigend zu, wie Arc Doorn und der Wissenschaftler, den der Geheimdienstchef hatte kommen lassen, sich die Köpfe heiß redeten. Die anfängliche Unsicherheit des Rags beim Anblick der für ihn exotischen Wesen war nach kurzer Zeit Neugier und Faszination gewichen. Er blätterte in seinen Bauplänen und Tabellen, verglich sie mit den von Doorn angefertigten Skizzen und gab hin und wieder einen glucksenden Laut von sich, den der Translator nicht übersetzte. Vermutlich ein Ausdruck des Erstaunens oder der Aufregung.

»Wie ich mir gedacht habe«, knurrte Arc Doorn. »Wenn Sie nur Frischluft in den Ofen pusten, ist es kein Wunder, wenn Ihr Stahl nichts taugt. Brüchig und korrosionsanfällig. Unterschiedliche Dichte und Leitfähigkeit. Machen Sie ein Querschnitt davon, legen Sie die Probe unters Mikroskop, und ich wette, das Ding sieht wie ein Schweizer Käse aus.«

»Wie ein... was?« fragte der Wissenschaftler ratlos, nachdem der Translator eine Übersetzung des Begriffs »Schweizer Käse«

verweigert hatte.

»Porös, voller Löcher durch Gaseinschlüsse und andere Verunreinigungen«, erklärte Doorn. »Dabei liegt die Antwort doch auf der Hand. Hier, sehen Sie. Über dieses Gebläse führen Sie reinen Sauerstoff zu. So holen Sie den Kohlenstoff viel effektiver aus der Schmelze. Außerdem blasen wir die Schmelze zuerst mit Argon durch. Das macht sie viel reaktionsbereiter.« Er deutete auf ein Symbol, das das achtzehnte Element bezeichnete. Das Periodensystem der Rags entsprach dem der Menschen und reichte immerhin bis zum Wismut. »Natürlich könnten wir das mit Ihren Mitteln nicht künstlich synthetisieren«, murmelte er, »aber die Atmosphäre Ihrer Welt enthält genug Spuren des Edelgases, wie wir festgestellt haben.«

»Wozu ein Edelgas, wenn es keine Verbindung mit der Schmelze eingeht?« wollte der Wissenschaftler wissen.

»Eben drum«, erwiderte Doorn und stieß mit dem Zeigefinger auf einen Punkt des schematisch skizzierten Stahlwerks. »Um unliebsame Reaktionen zu unterbinden. So neutralisieren wir überschüssiges Kohlendioxyd. Jetzt lassen wir den Brei in die nächste Kammer fließen, saugen die Luft durch Vakuumpumpen ab und führen zwei bis drei andere Elemente hinzu, zum Beispiel Chrom, Mangan oder Nickel, mit denen wir den Stahl legieren und geschmeidiger machen. Hier kommt die Phase der Nachbehandlung. Der fertige Stahl wird dann in Stränge gegossen, läuft noch weißglühend über Rollen ins Walzwerk, wo er bearbeitet wird, bevor er abkühlen kann. Vorerst beschränken wir uns auf die Herstellung genormter Platten, aber später können Sie nach Belieben im gleichen Arbeitsgang fertige Elemente herstellen, sobald Sie die entsprechenden Paßformen haben. Zu den Grundlagen eines modernen Schweißverfahrens kommen wir später.«

Der Blick des ragschen Wissenschaftlers folgte Arc Doorns Zeigefinger wie gebannt. Ren registrierte, daß Uclief die beiden so unterschiedlichen Wesen nicht aus den Augen ließ, obwohl der Geheimdienstler wahrscheinlich nicht verstand, worum es im einzelnen ging. Aber die Aufregung seines Artgenossen machte deutlich, daß dieser genau begriff, welche Möglichkeiten der Mensch den Owiden mit seinen Vorschlägen eröffnete.

Legte man irdische Maßstäbe zu Grunde, war Mitternacht längst vorüber, als sich der Wissenschaftler schließlich verabschiedete und eilig mit einem ganzen Stoß Skizzen in der Hand verschwand, nachdem er sich eine Weile unbelauscht mit Uclief besprochen hatte.

»Gar nicht dumm, der Bursche«, kommentierte Doorn beifällig, angelte ein undefinierbares Etwas aus einer Schüssel, das entfernt einer gebackenen Garnele ähnelte, schob es sich in den Mund und kaute genußvoll. »Und das Zeug hier, was immer es sein mag, ist auch nicht schlecht. Kochen können sie, unsere Freunde. Wenn ihre Ingenieure genauso gut sind, werden sie schon bald astreinen Edelstahl produzieren.«

Ren Dhark bediente sich ebenfalls von dem Mitternachtsimbiß, den zwei Bedienstete gebracht hatten. »Dann wollen wir hoffen, daß Uclief Ihren Optimismus teilt. Wir können nicht warten, bis die Rags Ihre Baupläne in die Tat umgesetzt haben.«

Doorn strich sich durch den struppigen Haarschopf, ohne sich zuerst die fettigen Finger abzuwischen. »Wird schon werden«, sagte er unbekümmert. »Oder was meinen Sie, General?«

»Ich denke, wir sind im Geschäft«, erwiderte der Geheimdienstchef. »Wenn sich der erste Eindruck unseres Ingenieurs bestätigen sollte, haben Sie uns gerade einen unschätzbaren Dienst geleistet. Ihre Pläne werden noch heute nacht von einer Expertenkommission geprüft. Morgen früh sollte das Ergebnis vorliegen.«

»Dann sollten wir jetzt über Ihren Teil unseres Geschäfts reden«, schlug Ren vor. »Da wir von unserem Mutterschiff abgeschnitten sind, brauchen wir ein Transportmittel von Ihnen, um nach Undo zu gelangen.«

Uclief verschränkte die Finger, eine beinahe menschliche Geste. »Das ist nicht so einfach. Wie Sie wissen, befinden wir uns im Krieg mit Gante, und unsere Feinde blockieren den Seeweg nach

Undo. Unsere letzten Versuche, die Blockade zu brechen, sind allesamt gescheitert.«

»Stellen Sie uns nur ein kleines U-Boot zur Verfügung«, bat Ren. »Oder ein Luftschiff, mit dem wir die feindlichen Linien bei Dunkelheit überfliegen können. Wenn ich richtig informiert bin, herrscht auf Undo selbst kein Krieg. Also wären wir und Ihre Männer dort in Sicherheit.«

»Das kann ich leider nicht entscheiden«, entgegnete Uclief. »Für ein solches Unternehmen kämen nur militärische Fahrzeuge in Frage, und die unterstehen dem Oberkommando. Ich werde mich natürlich für Sie einsetzen, aber das letzte Wort haben der Generalstab und die Regierung.«

»Wie auf der Erde«, maulte Arc Doorn. »Und wahrscheinlich geht das jetzt im bürokratischen Schneckengang durch -zig Instanzen und Gremien, bis Doris graue Haare hat.«

Der General lachte sein schnarrendes Lachen. Offensichtlich nahm er dem Sibirier seine Respektlosigkeit nicht krumm. »Ich habe zwar keine Entscheidungsbefugnis, was militärische Belange angeht«, sagte er, »aber Sie dürfen meinen Einfluß nicht unterschätzen. Und außerdem sollten Sie sich morgen zuerst unseren Tempel ansehen. Ich schlage vor, daß ich Sie in Ihre Quartiere führe. Wir scheinen uns trotz aller äußeren Unterschiede recht ähnlich zu sein, und vermutlich benötigen Sie wie wir hin und wieder eine Regenerationsphase.«

Ren lächelte. Er konnte sich nicht helfen, aber diese überdimensionale Stoffpuppe war ihm einfach sympathisch. Die meisten Fremdwesen, denen die Menschheit auf ihrem Weg ins All bisher begegnet war, waren längst nicht so umgänglich und zuvorkommend.

»Sie haben recht. Wir könnten wirklich ein paar Stunden Schlaf vertragen. Im Namen meiner Männer danke ich Ihnen für Ihre Gastfreundschaft.«

Der General ergriff sein Glas. »Auf meiner Welt ist es üblich, zum Zeichen der Freundschaft miteinander zu trinken. Gibt es auf

Ihrer Welt eine vergleichbare Sitte?«

»Unsere Völker scheinen sich tatsächlich in vielen Beziehungen zu ähneln«, erwiderte Ren. »Und bevor wir trinken, stoßen wir miteinander an.«

Die vier Männer und der Rag hoben die Gläser. Manche Gebräuche waren im wahrsten Sinne des Wortes universell gültig.

*

Fassat zuckte zusammen, als sich ihm eine Hand auf die Schulter legte. Er fuhr erschrocken herum und starrte in das Gesicht des Oberpriesters, der sich zu ihm hinuntergebeugt hatte.

»Steh auf und verlaß die Heimstätte der Götter«, sagte der Tempelvorsteher leise.

»Aber mein Dienst hat gerade erst begonnen«, erwiderte der Priester Zweiten Grades verwirrt. »Habe ich durch eine Unachtsamkeit die Heiligen Rituale verletzt?«

Der Oberpriester von Ruham verschloß und öffnete die schmalen Nasenschlitze in schneller Folge. »Nein, mein Sohn. Du hast alle Regeln gewissenhaft befolgt. Es ist nicht meine Entscheidung und hat nichts mit religiösen Fragen zu tun. Die weltliche Macht hat es so verfügt. Alle Priester und Diener der Götter müssen den Tempel verlassen.«

Fassat spürte, wie seine Zunge anschwoll und heiß wurde, aber er bemühte sich, seinen Zorn zu verbergen. Da war sie wieder, die Geringschätzung der weltlichen Mächte für die Heimstätte der Götter und ihre Diener. »Warum?« fragte er rauh.

»Man hat mir den Grund nicht genannt.« Der Tempelvorsteher berührte zum Zeichen der Ratlosigkeit sein fliehendes, kaum vorhandenes Kinn. »Aber es sind hohe Vertreter der *Gilde der Wissenden* mit dem Siegel des Herrschers erschienen. Wir haben keine andere Wahl, als ihnen zu gehorchen.«

Der Priester erhob sich, strich seine Kutte glatt und sah sich um. Im Hintergrund des kuppelförmigen Hauptschiffs drängte sich eine

Handvoll anderer Priester vor dem Portal und warf nervöse Blicke in seine Richtung. Fassat schloß die goldverzierte Doppeltür der kleinen Altartruhe, in der der Flammensplitter der Götter ruhte, und legte ehrerbietig die Hände auf die Augen. Dann intonierte er ein kurzes Gebet, ließ die Hände wieder sinken und sah den obersten Religionshüter Ruhams unterwürfig an. »Ich gehorche, Herr.«

Der Oberpriester machte wortlos kehrt, und Fassat folgte ihm schweigend auf seinen weichen Sandalen, die keine Geräusche oder Abdrücke auf dem spiegelglatten Boden hinterließen, um die Götter nicht zu entehren.

Die Gilde der Wissenden! dachte er verbittert. *Diese Ketzer!* Der Glauben der Korlonen ließ generell zu wünschen übrig, selbst zu den höchsten religiösen Feiertagen kamen immer weniger in den Haupt- und die zahlreichen Nebentempel, aber die Schnüffler des Reiches zeichneten sich durch eine besondere Mißachtung der Götter aus. Es war nicht das erste Mal, daß sie eine heilige Stätte durch ihre Anwesenheit entweihten.

Er verließ das Hauptschiff als letzter und sah zu, wie zwei Novizen die Flügel des spitzbogenförmigen Nordportals zum zentralen Hauptschiff des Tempels schlossen. Die Vorstellung, daß sie schon bald von Owiden geöffnet werden würden, die nicht einmal die niederen Weihen empfangen hatten, ließ ihn die Augen niederschlagen und unterdrückt aufstöhnen.

Daß er stehengeblieben war, wurde ihm erst bewußt, als er den Blick wieder hob und bemerkte, daß die anderen sich bereits der Außentür näherten. Keiner sah zurück, und ohne zu überlegen, faßte der Priester einen spontanen Entschluß.

Er befand sich in dem breiten, ringförmigen Korridor, der um die gesamte Zentralkuppel herumlief. In regelmäßigen Abständen ragten pechschwarze Säulen von dem Durchmesser eines großen Owiden an der gewölbten Innenwand in die Höhe, wo sie mit der grün schillernden Decke verschmolzen. Fassat huschte lautlos hinter die nächste Säule, preßte sich flach an die Wand und hielt den Atem an. Er konnte hören, wie die Außentür mit einem gedämpften Schmatzen ins Schloß fiel.

Eine kleine Ewigkeit blieb er so stehen und lauschte angestrengt. Außer dem Blut, daß in seinem Kopf rauschte, vernahm er keinen Laut. Offenbar vermißte ihn niemand. Wahrscheinlich suchten die anderen Priester und Novizen ihre Kammern in den Außengebäuden auf, um die Götter mit Gebeten gnädig zu stimmen.

Endlich wagte es Fassat, wieder auszuatmen, aber noch rührte er sich nicht. Vor seinen Augen tanzten bunte Lichter, ein deutliches Indiz seiner inneren Anspannung. Der Tempelvorsteher würde ihm den Kopf abreißen, wenn er herausfand, daß sich ein Priester Zweiten Grades seinen Anweisungen widersetzt hatte.

Oder wußte er es vielleicht sogar? Duldete er stillschweigend den Ungehorsam seines Bruders, weil er selbst über den Frevel des Geheimdienstes erzürnt war?

So muß es sein, dachte Fassat und klammerte sich an diesen Gedanken. *Der Oberpriester ist ein frommer Mann. Er wird froh sein, wenn einer seiner Brüder ihm erzählen kann, was die Gilde hier getan hat, um den Göttern hinterher Sühneopfer darbringen zu können.*

Die Zeit schleppte sich dahin, und Fassat begann, immer stärker zu zittern. Seine Beine und sein Oberkörper verkrampften sich. Er ging leicht in die Hocke, schüttelte die Arme aus…

… und preßte sich sofort wieder gegen die Wand, als er hörte, wie die Außentür erneut geöffnet wurde.

Schritte. Laut und deutlich! Die Frevler betraten den Tempel mit festem Schuhwerk! Mochten die Götter sie dafür verfluchen!

Stimmen. Gedämpft und fremdartig. Ein paar verständliche Wortfetzen, dazwischen immer wieder undefinierbare Laute, fast so wie von den blauen Owiden aus Undo, die er als Halbwüchsiger in der *Hohen Akademie* gesehen hatte.

Aber blauhäutige Owiden im Tempel der Götter? Nicht einmal die *Gilde der Wissenden* würde so etwas wagen…

Fassats Neugier siegte über seine Angst. Vorsichtig beugte er sich etwas vor, lugte um die Säule herum – und zuckte entsetzt zurück.

Ungeheuer!

Neben drei Schnüfflern in den Uniformen des Geheimdienstes standen vier schrecklich aussehende Wesen, die gerade ihre weiten Umhänge abgestreift hatten. Sie waren in etwa so groß wie Owiden und hatten wie diese zwei Beine, zwei Arme und einen Kopf genau dort, wo er hingehörte. Aber ihre Gesichter waren monströs.

Vorspringende Haken – waren das etwa Nasen? – unter großen länglichen Augen, darüber Haarstreifen auf lederartiger Haut. Breite Münder, eingerahmt von roten Wülsten, darin mächtige Zähne. Oben auf dem Kopf dichte Haarbüschel, an den Seiten knorpelige Auswüchse. Und dann erst diese dürren Finger!

Ein Ausbund an Häßlichkeit! Und die Geheimdienstleute taten so, als wäre das völlig normal!

Eine der fremden Stimmen entfernte sich, wurde leiser und kehrte kurz darauf zurück. Dann klang ein fast unhörbares Zischen auf, und Fassat wußte, daß die Ungeheuer mit den Agenten der *Gilde der Wissenden* das Portal geöffnet und das Innere des Tempels betreten hatten. Eine Weile war er wie gelähmt, doch dann siegte erneut seine Neugier, und er schlich mit klopfendem Herzen auf den Eingang zu.

Die Türflügel standen halb offen. Der Priester spähte hindurch.

Die fremden Wesen standen in der Mitte der Kuppel, hatten die Köpfe in den Nacken gelegt und blickten in die Höhe. Dann begannen sie, die verschiedenen Heiligtümer zu untersuchen, die Statuen, Truhen und Altäre, aber sie betrachteten sie nur flüchtig, als seien sie wertloser Plunder. Fassat hätte am liebsten vor Empörung aufgeschrien.

Auf einmal durchzuckte ihn ein furchtbarer Gedanke. War es möglich, daß *das* die Götter von den Sternen waren?

Nein, beantwortete er seine eigene Frage sofort. Die Götter konnten nicht so abgrundtief häßlich sein. Hieß es nicht, sie hätten das Volk der Owiden nach ihrem Bild geschaffen?

Und dann blieb ihm beinahe das Herz stehen.

Die *Gilde der Wissenden* schreckte wirklich vor nichts zurück. Einer der Agenten, der Uniform nach ein hoher Offizier der Gilde, steuerte zielstrebig die Bodentür an, die in die *Kammer der Götter* führte.

Ins Allerheiligste, das nur geweihte Priester oder Laien betreten durften, denen der Tempelvorsteher vorher Absolution erteilt hatte!

Fassat bebte vor Fassungslosigkeit und Entsetzen. Fast erwartete er, daß die Götter einen Blitzstrahl vom Himmel schicken würden, um die Ungläubigen zu Asche zu verbrennen.

Doch nichts geschah. Die Uniformierten stemmten die Bodentür auf und verschwanden unbehelligt mit den vier schrecklichen Fremdlingen in der Tiefe.

Trotz seiner Angst gab es für Fassat kein Halten mehr. Er *mußte* ganz einfach wissen, was dort unten geschah. Wie unter einem fremden Zwang schob er sich langsam an die quadratische Öffnung heran und duckte sich hinter einen Sockel, auf dem einer der fünf heiligen Altäre thronte. Er bemühte sich, ganz flach und lautlos zu atmen und lauschte.

13.

Eine Welt war verschwunden!

Optisch zumindest. Denn ihre Masse schien ja immer noch vorhanden zu sein. Irgendwie jedenfalls... was sollte man also von diesem Phänomen halten, und was von den mitverschwundenen Planetenbewohnern, deren Aussehen an Stoffpuppen mit unausgebildeten Gesichtern erinnerte?

Die Rags.

So hatte Anja Riker sie getauft, und inzwischen war dies zur gebräuchlichen Bezeichnung geworden.

Die POINT OF kreiste im hohen Orbit um ein vermeintliches Nichts, von dem die Bordinstrumente nur noch die Gravitation anmaßen. Was die Erklärung für den aus der Normaloptik und auch allen anderen Erfassungssystemen entrückten Planeten anging, standen jetzt die Bordwissenschaftler unter Zugzwang.

Doch es gab auch noch die auf Rag vermißten Menschen. Und um sie, um deren Schicksal, sorgten sich die zurückgebliebenen Freunde, allen voran Dan Riker, der in Ren Dharks Abwesenheit nun das Kommando führte. Nicht zum ersten mal, und doch...

Ren, verdammt, mußtest du die Nase mal wieder ganz vorn haben und dieses Himmelfahrtskommando anführen...?

Fairerweise mußte Riker eingestehen, daß es zu keiner Sekunde nach einem solchen Himmelfahrtskommando ausgesehen hatte. Rag war der fünfte von achtzehn eher unauffälligen Umläufern einer Doppelsonne, die im nach terranischem Standard erstellten Sternkatalog der Galaxis Drakhon unter der Bezeichnung D 2959/824 vermerkt war.

Die Stimmung an Bord, ganz besonders hier in der Kommandozentrale, war gedrückt, die Anspannung kaum noch zu bewältigen. Erst wenige Minuten war es her, daß der Versuch, den beiden Flash nachzufolgen, von der Gedankensteuerung jäh und kategorisch unterbunden worden war. Sie, die eigentlich untergeordnete Instanz, hatte sich über die Befehle hinweggesetzt und die Hilfsaktion aus eigenem Antrieb abgebrochen.

Warum?

Um die POINT OF nicht auch noch ins sichere Verderben fliegen zu lassen?

Der Verdacht lag nahe. Aber nur die Gedankensteuerung selbst hätte ihn bestätigen können – und sie schwieg beharrlich zu allen diesbezüglichen Anfragen.

»Hen?«

Dan Riker drehte sich nicht um, hielt den Blick weiter starr auf die holographische Bildkugel gerichtet, das Auge des Ringraumers, das Einwegfenster, durch das der äußere Weltraum zu den Menschen von Terra buchstäblich hereinzufluten schien, ohne sie jedoch mit Vakuum und Eiseskälte zu geißeln.

Die Unendlichkeit lockte und drohte gleichermaßen. Hier in Drakhon genauso wie »drüben« in der Milchstraße. Diese scheinbare Grenzenlosigkeit des Universums hatte seit jeher Sogwirkung auf Dan Riker ausgeübt. Er erinnerte sich an seinen ersten Ausflug ins All, als wäre es gestern gewesen. Doch damals hatte er sich nicht einmal träumen lassen, wie weit er eines Tages in den Kosmos vorstoßen würde. Niemand hatte das. Keiner der Gefährten der ersten Stunde.

Näherkommende Schritte rissen ihn aus den Gedanken. Es war Hen Falluta, der 1. Offizier, der mit steinerner Miene eine Folie in den Händen schwenkte und neben Rikers Sitz trat.

»Erste Ergebnisse…«

Dan Riker nahm die Folie entgegen. Sie stammte aus dem Checkmaster, der von der Astroabteilung mit allen zur Verfügung stehenden Daten gefüttert worden war. Sämtliche Meßinstrumente des M-Raumers waren auf den unsichtbaren Punkt fokussiert, an dem sich bis vor kurzem noch eine Welt mit erdähnlichen Bedingungen gedreht hatte. Das Jahr dort war in seiner Länge fast identisch mit einem Terrajahr, nur drei Tage länger, und ebenso verhielt es sich mit dem Planetentag, der sich nur um 18 Minuten vom Erdentag unterschied. Statt fünf Kontinenten gab es nur drei – die aber von gewaltigen Ausmaßen. Meere bedeckten nur etwas mehr als die Hälfte der Planetenoberfläche. Doch das waren Lappalien.

Vielleicht hatte gerade diese Ähnlichkeit mit ihrer Heimat die Menschen dazu verführt, an die Harmlosigkeit dieser Welt zu glauben.

Wir hätten es besser wissen müssen, dachte Riker verbittert. *Ren hätte es besser wissen müssen. Vielleicht hat er es sich in den Anfangszeiten unserer Karriere noch erlauben können, sich selbst in solche Exkursionen einzubringen. Aber es hat sich viel verändert. Ein Kapitän verläßt nicht bei der erstbesten Gelegenheit das Schiff. Er muß endlich lernen zu delegieren. Verdammt!*

Noch die Folie in Händen, ballte er die Fäuste. Es knisterte.

Rikers Gedanken bedeuteten nicht, daß er die anderen Teilnehmer an der Expedition für ersetzbar hielt. Aber sein Freund Ren Dhark war eine Identifikationsfigur nicht nur für die Menschen hier an Bord. Er genoß Ansehen überall auf Terra und selbst bei den meisten anderen intelligenten Rassen der Milchstraße. Wenn ihm etwas zustieß, hatte das unabsehbare Konsequenzen.

War ihm etwas zugestoßen?

Dan Riker gab sich einen Ruck.

Genug, dachte er. *Für ein Requiem ist es verdammt nochmal zu früh!*

Alles, was sie bislang wußten, war, daß die Rag-Welt aus der visuellen Wahrnehmung verschwunden war.

Und was meinte der Checkmaster dazu?

Dan Riker las die Folie einmal, und dann noch ein zweites Mal mit Bedacht.

»Was, zum Teufel, bedeutet ›in der Phase verschoben‹?« brauste er auf.

Nach Berücksichtigung aller vorliegenden Daten sprach der Checkmaster von einem vermutlich künstlich erzeugten Feld, das sich um den Rag-Planeten gelegt hatte – just in dem Moment, da die beiden Flash in seine Atmosphäre eingedrungen waren und sich seiner Oberfläche genähert hatten. Dem Checkmaster zufolge durfte dieses Feld als Reaktion auf den Annäherungsversuch der Kleinstraumer gewertet werden. Und es sollte verantwortlich dafür sein, daß eine komplette Welt mit allem, was dazu gehörte, *aus der Phase verschoben* worden war...!

Hen Falluta, der seine Besonnenheit in vielen Krisensituationen unter Beweis gestellt hatte, zuckte nur hilflos mit den Schultern. »Ich bin kein Physiker...«

Riker reichte die Folie an Falluta zurück. Dann aktivierte er sein Armbandvipho, umging damit die Bordsprechanlage, und stellte eine Verbindung zur Astroabteilung her.

»Bell?«

»Ah, Riker, ich dachte mir schon, daß Sie...«

»Wenn Sie schon beim Denken sind«, unterbrach ihn der stellvertretender Kapitän der POINT OF brüsk, können Sie mir vielleicht ein bißchen Fachchinesisch erklären, mit dem uns der Checkmaster gerade mal wieder bedient hat...« Riker zitierte aus dem Gedächtnis heraus.

Monty Bell unterbrach ihn nun seinerseits. »Danke, die Checkmasteranalyse liegt mir vor. Immerhin habe ich unser ominöses Bordgehirn unter Mitarbeit Ihrer hochgeschätzten Frau Gemahlin selbst gefüttert...«

»Ominöses Bordgehirn« konnte Dan Riker gerade noch tolerieren, bei »hochgeschätzte Frau Gemahlin« stieg ihm die Galle hoch.

»Ich schieße Sie eigenhändig in einem Torpedo in eine der hiesigen Sonnen, wenn Sie nicht augenblicklich auf den Punkt kommen – und das einzige, was Sie sich aussuchen dürfen, ist, ob Ihnen Roter Riese oder Weißer Zwerg sympathischer sind!«

»Ich verstehe Ihre Aufregung.« Monty Bell wurde schlagartig

ernst. Ren Dhark war sein Freund aus Studientagen. Ihre Wege hatten sich getrennt, später – nach überstandener Giant-Invasion – aber wieder zusammengefunden. Ren selbst hatte die Koryphäe in Sachen Astrophysik für die Expedition nach Drakhon angeheuert. »Zweifellos«, fuhr er fort, »handelt es sich bei der Phasenverschiebung um einen vorsätzlich herbeigeführten Akt, der meines Erachtens nach von der Oberfläche aus gesteuert wurde.«

Riker nickte. Er versuchte, seine Nüchternheit zurückzuerlangen. »Dann sind die Bewohner bei weitem nicht so – nach unserem Maßstab – unterentwickelt, wie es auf den ersten Blick den Anschein hatte.«

Monty Bell schüttelte nachdenklich den Kopf. »Das läßt sich aus dem Vorgang nicht unbedingt ableiten«, sagte er. »Es kann ja auch sein, daß der Mechanismus, der die Phasenverschiebung ausgelöst hat, nicht von den Rags selbst installiert wurde.«

»Sie meinen, sie seien nicht Herren auf ihrer eigenen Welt?«

Bell zog die Brauen enger zusammen. »Das vermag ich nicht abzuschätzen. Aber nach den Messungen, die ich sofort nach Erhalt der ersten Checkmaster-Analyse eingeleitet habe, sieht es so aus, als wäre das Feld, das für die Phasenverschiebung verantwortlich ist, stark monovektorisch ausgerichtet.«

»Monovektorisch«, echote Riker und verzog das Gesicht, um keinen Zweifel an seinem Unmut zu lassen. »Na prima. Und was wollen Sie mir damit zu verstehen geben?«

»Daß die Wirkung des Feldes von der Planetenoberfläche aus wahrscheinlich nicht einmal wahrgenommen wird. Von dort aus werden die Himmelslichter vermutlich noch ohne jede Einschränkung sichtbar sein. Für die Rags hat sich nichts geändert. Deshalb gehe ich persönlich davon aus, daß hier eine andere, nicht auf Rag heimische Macht ihre Finger im Spiel hat. Aber das ist nur meine ganz private Interpretation. Genausogut ist es vorstellbar, daß die Rags uns ihre scheinbare technische Unterlegenheit nur vorgespiegelt haben. Was ich aber, vom Aufwand her betrachtet, für eher unwahrscheinlich halte.«

»Und wie hoch«, erwiderte Riker, »schätzen Sie den Aufwand ein, der nötig ist, um ein Feld dieser Stärke und Perfektion zu erzeugen?«

Monty Bells Miene verfinsterte sich. »Die monovektorische Ausprägung«, sagte er, ohne auf Rikers Frage einzugehen, »ist leider nicht die einzige Eigenschaft, die wir dem Feld nach den bisherigen Messungen zuordnen müssen. Sie allein hätte keinen zwangsläufig negativen Effekt auf die beiden Flash, die unterwegs waren, um auf Rag zu landen.«

»Von was für Zusatzeigenschaften reden Sie?« drängte Riker unbeherrscht, als Monty Bell eine Art Kunstpause einlegte, mit der er aber offenbar nur die eigene Verunsicherung überspielen wollte.

»Von seiner Zusammensetzung her«, sagte der Physiker schließlich, »dürfte es sämtliche atomar-energetischen Prozesse in seinem Einflußbereich lahmlegen. Nicht betroffen davon dürften lediglich solche Kraftwerke sein, die auf der Verbrennung fossiler Rohstoffe, Wind- oder Wasserkraft etcetera beruhen. Es gibt auf Rag wahrscheinlich immer noch Strom. Aber... aber Energiemeiler, die auf Fusions- oder Kernspaltungsverfahren basieren, wurden, wie wir befürchten müssen, von einer Sekunde auf die andere totgeschaltet.«

Totgeschaltet.

Riker starrte auf das winzige Konterfei des Mannes, der der Katastrophe gerade mit dürren Worten eine neue Dimension verliehen hatte.

»Dann«, sagte er tonlos, »hat es auch die Flash erwischt. Deren Energieversorgung. Und dann...«

»Es gibt einen Hoffnungsstrohhalm«, widersprach Monty Bell. »Die Flash müssen nicht zwangsläufig abgestürzt sein. Sie verfügen über Notspeicherbänke. Deren Kapazität müßte unter normalen Umständen ausreichen, um...«

»Glauben Sie das wirklich?«

Dan Riker erschrak vor seiner eigenen Stimme.

Das Tarnfeld, das sich um Rag gelegt hatte, hätte er noch ertragen – auch die damit verbundene Ungewißheit, was das Schicksal der Flashbesatzungen anging. Aber die neuentdeckten Eigenschaften des Feldes minimierten die Überlebenschancen der Vermißten auf einen kaum noch in Prozenten auszudrückenden Wert!

Gleichzeitig erklärte sich so endgültig die Initiative der Gedankensteuerung, die sich über jede Order hinweggesetzt und den Versuch der Hilfeleistung abgebrochen hatte.

Denn nicht nur die Flash, auch ihr ringförmiges Mutterschiff bezog seine Energie aus einer Quelle, die beim ersten Kontakt mit dem Dämpfungsfeld aller Wahrscheinlichkeit nach sofort und nachhaltig erstickt worden wäre. Ein Effekt, gegen den offenbar auch das sonst so zuverlässige Intervallum keinen hinreichenden Schutz bot…

*

Stunden später war die Ungewißheit größer, die Situation mehr in der Schwebe denn je.

»Du solltest dich etwas ausruhen«, sagte Anja Riker, die ihrem Mann riet, was sie selbst nicht beherzigte, denn auch sie war seit dem – zumindest zeitweiligen – Verlust der beiden Flash ununterbrochen auf den Beinen, pendelte zwischen Checkmaster und Astroabteilung hin und her. Riker hatte seine Frau mehr als einmal an sich vorbeihuschen sehen, während er selbst sich mit maßgeblichen Offizieren besprach. Tino Grappa, der die Ortungsfühler ununterbrochen auf den Systemsektor justiert hielt, in dem, glaubte man den jüngsten Analysen, der Rag-Planet noch immer hinter seinem Unsichtbarkeitsschirm rotierte, als wäre nichts geschehen, hatte erst wenige Minuten zuvor Beunruhigendes vermeldet: einen winzigen Rückgang in den Gravowerten.

Sofort war die Befürchtung wach geworden, das Tarnfeld könnte sich nun auch noch auf die Verschleierung der Schwerkraftkonstante ausdehnen, was einem völligen Verschwinden der fremden Welt gleichgekommen wäre. Doch die Entdeckung hatte sich nicht zum Trend ausgeweitet, die Werte waren sogar wieder auf die ursprüngliche Marke zurückgegangen. Offenbar handelte es sich um natürliche Schwankungstoleranzen.

»Ich ruhe mich erst aus, wenn das hier vorbei ist«, erwiderte Riker. Er versuchte zu lächeln, aber Anja mußte er nichts vormachen.

»Was verstehst du unter vorbei?«

»Das weißt du genau.«

»Ich weiß es«, nickte sie, »und genau das macht mir Angst. Was ist, wenn es diesmal nicht… glimpflich ausgeht?«

Er hatte gehofft, sie würde ihn aufmuntern, statt dessen bewies sie, daß sie ähnlich schwarzsah wie er selbst.

»Solange es keinen Gegenbeweis gibt, gehe ich davon aus, daß sie es geschafft haben – alle«, sagte er leise. Sehr leise, denn er wußte, daß die Spannung jedes Mitglied der Besatzung hellhörig machte. Und empfänglich selbst für leiseste Zwischentöne.

Was sie jetzt am wenigsten gebrauchen konnten, war, weitere Nahrung für die Fatalisten zu liefern.

Anja nickte, zögerte merklich, noch mehr Öl ins Feuer zu gießen. Schließlich sagte sie nur: »Wenn wir wenigstens eine Idee hätten, wer dahinterstecken könnte. Die Nomaden verfügen mit Sicherheit nicht über die Technologie, die erforderlich ist, eine Welt in der Weise abzuschirmen, wie es hier geschehen ist. Sonst hätten sie uns das lange vorher spüren lassen. Und die Galoaner mit ihren phantastischen, aber soweit wir wissen andersgearteten Schirmfeldern haben keinen Grund, uns derart hinters Licht zu führen und in die Bredouille zu bringen. Blieben noch die beiden anderen Drakhon-Völker, denen laut Shirs eine Vormachtstellung zugetraut werden darf: die Sofiden und Markomanen. Aber dieses Sonnensystem liegt nicht in ihrem Hoheitsgebiet. Traut man den Sternkarten, befinden wir uns bereits in einem Machtvakuum, das vor langer Zeit von den Rahim gefüllt wurde…« Anja stockte. Plötzlich glomm Furcht in ihren Augen, wie Dan Riker es selten an ihr bemerkt hatte. »Hältst du es für denkbar, daß dies bereits die

Spur zu den Rahim ist, nach der wir gesucht haben? Daß sie dahinterstecken? Aber dann…« noch größer wurden ihre Pupillen, »… dann…«

»… müßten wir davon ausgehen, daß sie keineswegs so inaktiv sind, wie sie es den Drakhon-Völkern gegenüber seit Jahrhunderten vortäuschen«, bestätigte Riker. Er legte den Arm um seine Frau und führte sie ganz nahe vor die Konsole, über der sich die Bildkugel, scheinbar frei schwebend, erhob.

Das Hologramm übermittelte eine Miniatur des Doppelsonnensystems D 2959/824, durch das sich mehrere Asteroidengürtel zogen, bei denen es sich um Überbleibsel früherer Planeten zu handeln schien, die zwischen den beiden konkurrierenden Sternmassen zerrieben worden waren. Die Astronomen waren sich einig, daß der Weiße Zwerg erst nach der Planetenbildung von seinem großen Bruder eingefangen worden war. Die dabei freigewordenen Gravitationskräfte mußten zu einer zeitweiligen Instabilität des gesamten Systems geführt haben.

Riker dachte an die Sternenbrücke der Mysterious und an andere Mega-Artefakte der Geheimnisvollen.

Spätestens seit den Daten, die man auf Galoa erhalten hatte, hielt man es an Bord der POINT OF für denkbar, daß Mysterious und Rahim miteinander identisch sein könnten.

Die Mysterious hatten nachgewiesenermaßen selbst mit Sonnen »jongliert«, woraus Riker die Schlußfolgerung ableitete, daß es nicht einmal auszuschließen war, daß dieses Sonnensystem – sollten die Rahim/Mysterious hinter dem Laurinfeld stecken – gezielt um eine Sonne bereichert worden war. Und das nicht, wie man den natürlichen Abläufen im Kosmos nach hätte voraussetzen müssen, vor Äonen, sondern vielleicht vor nicht einmal tausend Jahren…

Anja drehte ihrem Mann das Gesicht zu und hauchte ihm einen Kuß auf die Lippen. Gleichzeitig löste sie sich aus seiner Umarmung und strich ihm noch einmal flüchtig übers Haar, bevor sie sich abwandte.

»Was hast du vor?« fragte er leicht benommen.

»Dasselbe wie du«, sagte sie, ohne noch einmal innezuhalten, »weitermachen. Weitermachen wie gehabt. Bis es, wie mein ›Herr und Meister‹ auszudrücken beliebte, vorbei ist.«

*

Noch vor Ablauf der nächsten Stunde hatte Dan Riker eine Entscheidung getroffen, die ihm schwergefallen war. Aber die Möglichkeiten der POINT OF waren so gut wie ausgeschöpft, ohne daß man einen entscheidenden Fortschritt hatte erzielen können. Die Wissenschaftssektionen traten auf der Stelle, was sie auch mehr oder weniger offen zugaben. Falls es Möglichkeiten gab, das Doppelintervallum des Ringraumers in einer Weise zu modifizieren, daß es Schiff und Besatzung vor den destruktiven Einflüssen des Planetenschirms in ausreichender Weise schützte, um einen neuerlichen Vorstoß wagen zu können, dann hatte man jedenfalls noch nicht den kleinsten Anhaltspunkt zur Lösung gefunden.

Um nicht noch mehr wertvolle Zeit verstreichen zu lassen, entschied sich Riker in Absprache mit Hen Falluta und Leon Bebir, ein Hilfeersuchen an die Galoaner zu senden, bei denen sie den letzten Zwischenstopp eingelegt und von denen sie wertvolle Informationen, wenn auch nicht die Unterstützung, die sie sich erhofften, erhalten hatten.

Um die friedliebenden Galoaner zu kontaktieren, wäre ein entsprechender Hyperfunkspruch der einfachste und auch schnellste Weg gewesen. Doch es gab Gründe, davon Abstand zu nehmen. Gründe, die Riker den beiden Flashpiloten Kartek und Dressler unter sechs Augen nahebrachte – zusammen mit dem eindringlichen Appell, sich auf keinerlei Risiko einzulassen, sondern schnurgerade ins Wanar-System zu fliegen.

»Wir müssen damit rechnen, daß die Nomaden aus ihren bisherigen Niederlagen nichts gelernt haben – ich will weder sie noch andere potentielle Aggressoren auf unsere Fährte locken. Deshalb habe ich mich entschieden, einen Flash loszuschicken, der die

Nachricht, die ich für das Nareidum vorbereitet habe, möglichst unauffällig und unangefochten überbringen soll.«

»Warum zwei Piloten?« wandte Kartek ein. »Ich habe nichts dagegen, allein zu fliegen. Wir müssen nicht noch ein zusätzliches Leben gefährden.«

Dressler nickte, als hätte er genau dies auch gerade einwerfen wollen.

»Gerade weil ich kein Leben gefährden will, habe ich mich für zwei Piloten entschieden«, argumentierte Riker. »Auf einem Langstreckenflug wie dem geplanten können durchaus auch einmal Probleme auftauchen, die ihre Ursache in der menschlichen Komponente der Einheit Flash/Pilot haben. Ich möchte möglichst jedes Risiko ausgrenzen. Bei einem wie auch immer gearteten Ausfall kann der eine für den anderen einstehen.«

»Der Flash könnte so programmiert werden, daß er notfalls auch ohne *menschliche Komponente*«, Kartek verzog das Gesicht zu einem breiten Grinsen, was signalisierte, daß er die Ausdrucksweise nicht krummnahm, »das Wanar-System erreicht und die Botschaft übermittelt.«

Riker nickte. »Mag sein. Aber so, wie wir das Nareidum erlebt haben, halte ich es für diplomatisch geschickter, wenn Terraner als Bittsteller an es herantreten. Keine Maschinen.«

»Das Nareidum ist aber doch selbst eine Maschine«, spielte Dressler auf den Umstand an, daß sich das höchste Gremium der Galoaner in seiner sichtbaren Struktur als Computer darstellte – ein Computer allerdings, der von den Bewußtseinsinhalten auserwählter galoanischer Persönlichkeiten beseelt war.

»Ich glaube«, widersprach Riker, womit er die Sitzung auch abschloß, »das sieht das Nareidum etwas anders. Und ich möchte Sie beide bitten, dies während der bevorstehenden Verhandlungen mit dem ›Bund der Weisen Toten‹ auch entsprechend zu berücksichtigen.«

Kartek und Dressler nickten einmütig. Schon wenig später verließ ein einzelner Flash das Ringraumerdepot im Schutz seines

Intervallums. Außerhalb der Ringzelle beschleunigte er auf beinahe Lichtgeschwindigkeit und wechselte noch in unmittelbarer Nähe des Rag-Planeten von SLE auf Sternensog.

Dan Riker, der den Anflug bereits wieder aus der Kommandozentrale heraus verfolgte, wünschte sich inständig, die erfahrenen Piloten nach erfolgreicher Mission heil wieder an Bord begrüßen zu können. Er setzte große Hoffnung auf die Galoaner. Möglicherweise besaß dieses in Drakhon beheimatete Volk geeignetere Mittel, um dem schwer zu analysierenden »Laurinschirm« um Rag zu Leibe zu rücken...

*

Die Luft roch, nein, sie stank regelrecht nach Angst. Aber vielleicht bildete sich Priff Dozz das auch nur ein – weil er selbst fast umkam vor mühsam unterdrückter Furcht. Denn hätte Pakk Raff, der Rudelführer der Nomaden, ihn hier unten, in den tiefsten Tiefen des Flottenflaggschiffs und in Gesellschaft der anderen Verschwörer sehen können, das Leben des schwächlichen Beraters wäre keinen *Garr*-Knochen mehr wert gewesen!

Verschwörer!

Konspirative Treffen!

Hatte es dergleichen je unter den gefürchteten Piraten und Plünderern von Drakhon gegeben?

Priff Dozz war geneigt, diese Frage, die er sich selbst schier endlose Male in Nächten, in denen er nicht schlafen konnte, gestellt hatte, mit Nein zu beantworten. Und im Gegensatz zu den meisten Angehörigen seiner Spezies kannte er die Historie in- und auswendig. Sein Wissensdurst und seine Klugheit hatten ihn zum engsten Vertrauten Pakk Raffs aufsteigen lassen, der sich selbst – wie eigentlich alle Nomaden – ausschließlich auf seine körperliche Kraft und seine Instinkte verließ.

Körperliche Kraft.

Priff Dozz besaß nichts weniger als physisches Durchsetzungs-

vermögen. Er wäre in jedem Rangkampf unterlegen, und daß er noch existierte, lag einzig und allein an Pakk Raffs Autorität, die seinem außergewöhnlich klugen Berater den Status eines Unberührbaren verlieh.

Wenigstens solange die Gunst des Anführers Bestand hatte.

Warum Priff Dozz trotzdem keine Dankbarkeit oder auch nur Loyalität gegenüber Pakk Raff empfand, hatte vielerlei Gründe. Hauptsächlich lag es wohl an den permanenten Demütigungen: Zwischen Rudelführer und Untergebenem war nie eine persönliche Beziehung entstanden, im Gegenteil. Denn Pakk Raff drangsalierte seinen Berater, wann und wo immer es nur ging; dabei führte er ihm unverblümt vor Augen, was er von ihm hielt.

Ich bin ein Versager. Ich mache meinem Volk Schande. Ich bin aus der Art geschlagen.

Quälende Gedanken, die Priff Dozz selbst hier im Kreis seiner Mitverschwörer nicht völlig ablegen konnte. Obwohl die, die er um sich geschart hatte, ihm in Sachen Mickrigkeit kaum nachstanden. Andere hätte er auch kaum für seine Sache begeistern können. Bilderbuch-Nomaden hätten ihn sofort als Verräter gebrandmarkt und vor Pakk Raff geschleift, wäre er mit seinen verwegenen Ideen an sie herangetreten.

Revolution!

Er plante nichts geringeres als die totale Revolution – die Abkehr vom System der Rangkämpfe, auf das die bisherige Hierarchie, das Gesetz und die Gesellschaft der Nomaden aufbauten!

Und in dem für mich kein Platz ist.

Kein sicherer jedenfalls...

Priff Dozz' Blick wanderte über die geduckt um ihn versammelten Mitverschwörer. In ihren Augen flackerte das gleiche Wissen, das Priff Dozz nach außen hin vollständig zu unterdrücken vermochte (was ihn letztlich von den anderen unterschied und über sie erhob): die Gewißheit, einen grausamen Tod sterben zu müssen, falls ihre Konspiration entdeckt wurde.

»Vielleicht«, sagte er mit Bedacht, »ist unsere Stunde schon näher, als wir noch vor Tagen zu hoffen gewagt hätten.«

Sie zuckten zusammen.

Es war keiner unter ihnen, der diese Worte erwartet hätte. Vielleicht hatten sie das Wagnis, das sie eingingen, trotz der realen Gefahr für Leib und Leben solange aus ihren Köpfen verdrängt, wie der unumgängliche Schritt, ihr Vorhaben in die Tat umzusetzen, noch in weiter Zukunft angesiedelt gewesen war.

Priff Dozz' pathetische Worte rissen sie aus allen Träumen.

Er hatte es erwartet. Und wußte, daß er sofort nachsetzen mußte, wollte er nicht riskieren, daß sich die heimlichen Zauderer von ihm abwandten.

»Ihr wirkt überrascht – beinahe bestürzt...« sagte er ihnen auf den Kopf zu. »Ist es nicht auch euer heiligstes Ziel, unsere Gemeinschaft auf ein neues Fundament zu stellen, das die Weisheit favorisiert, anstatt weiterhin denjenigen über Wohl und Wehe unseres Volkes entscheiden zu lassen, der alle Mitbewerber um das Führungsamt wegbeißt?«

Aus den länglichen Schnauzen der anderen drang verhaltene Zustimmung.

Dann die Frage: »Wieso kommst du zu der Meinung, daß die Zeit für gravierende Veränderungen – unsere Stunde also – unmittelbar bevorsteht?«

Priff Dozz war regelrecht dankbar für dieses Stichwort. Theatralisch hob er die viergliedrigen Hände. In Sachen Rhetorik machte ihm so schnell niemand etwas vor.

»Weil«, sagte er mit gemessener Stimme, »wir endlich auf einen Feind gestoßen sind, der uns überlegen ist.«

Nach diesen Worten mischte sich Fassungslosigkeit in die Gesichter der Mitverschwörer.

»Du freust dich über einen Feind, der uns bereits hohe Verluste zugefügt hat? – Was soll daran positiv sein? Die Auseinandersetzung mit dem fremden Ringschiff hat uns das Krant-System gekostet und uns noch ärger dezimiert, als wir es nach dem Krieg gegen die... ihr wißt schon... ohnehin waren!«

Das kurze Stocken und das verschämte »ihr wißt schon«, um den Namen jener Gewalt zu vermeiden, die den Nomaden vor vielen Jahrhunderten ihr Heimatsystem geraubt hatte, wußte Priff Dozz in seine Kampagne einzubauen.

»Die Fremden sind nicht mit den Rahim identisch! Wer das glaubt oder befürchtet, ist ein Narr! Inzwischen gibt es genug Anzeichen dafür, daß sie aus der anderen Galaxis stammen. Wahrscheinlich sind es Kundschafter – nicht auszuschließen, daß sie nur die Vorboten einer ganzen Flotte sind, aber momentan haben wir es nur mit diesem einen Schiff zu tun. Und wenn es uns noch einmal an den Rand einer Niederlage treibt, ist die Zeit reif, um zu handeln! Ich muß mich nur absolut auf jeden einzelnen von euch verlassen können – denn nur, wenn wir im entscheidenden Moment zusammenhalten und Entschlossenheit beweisen, kann ich es wagen, das Kommando an mich zu reißen!«

»Du willst...?«

»Ich werde«, sagte Priff Dozz mit einer Entschiedenheit, die ihm in diesem Moment selbst unheimlich war, »Pakk Raff töten, wenn er unser Volk ins nächste Desaster steuert – ich werde uns von ihm befreien!«

Nach kurzem, gebanntem Schweigen kam die unvermeidliche Frage: »Und wie willst du verhindern, daß man dich unmittelbar nach Pakk Raff hinrichtet? Es wird sich nichts ändern. Der Nächststärkere wird sich an die Spitze setzen und...«

»Du unterschätzt mich.« Priff Dozz formulierte seinen Vorwurf milde. »Ich werde im richtigen Moment nicht nur die Waffe auf Pakk Raff richten – ich werde auch eine Lösung anbieten, um den Konflikt mit den Fremden zu beenden, ohne daß wir unser Gesicht verlieren!«

»Wie?«

»Ihr werdet es erleben – und euch dann geschlossen hinter mich stellen. Erst dann. Im Grunde bin ich damit der einzige, der ein Risiko eingeht!«

Priff Dozz glaubte selbst nicht, daß das stimmte. Aber sie

glaubten es. Denn in ihren Augen besaß er etwas, was Nomaden vom Kaliber eines Pakk Raff nie in ihm gesehen hätten: Ausstrahlung. Das Charisma des geborenen Führers in eine für sie bessere, wenn auch nicht unblutigere Zukunft…

Bevor er noch mehr Überzeugungspropaganda leisten konnte, schlug das Komm-Gerät eines der Verschwörer an.

Mit einer harschen Geste gebot Priff Dozz Ruhe.

Absolutes Stillschweigen, das nur den Nomaden ausschloß, an den der Ruf adressiert war.

»Ja?«

»Warum ist der Bildschirm dunkel?«

Die Armbandgeräte übertrugen normalerweise Ton und Bild – letzteres war aus verständlichen Gründen abgeschaltet.

»Ein Defekt. Ich bin vorhin damit gegen die Kante eines zu schnell schließenden Schotts geschlagen…«

Die Erklärung schien dem vorgesetzten Offizier zu genügen, wenn sie ihn auch nicht besänftigte. »Wo treibst du dich herum?« bellte er. »Ich brauche dich in einer dringenden Angelegenheit! Du bist mein Adjutant. Sollte ich herausbekommen, daß du dich von anderen einspannen läßt, ist dir verschärfter Arrest sicher!«

»Nein, ich…«

Das Fauchen aus dem winzigen Lautsprecher brachte ihn zur Räson. Schnell fügte er unterwürfig hinzu: »Wie lauten meine Befehle?«

»Befehle?« Heiseres Lachen. »Ich bin hungrig! Bring mir sofort etwas zu essen in meine Privatkabine! Aber nicht so einen Fraß wie das letzte Mal. Ich habe keine einzige Luuv-Made darin gefunden, und du weißt, wie ich darüber denke, wenn ein Gericht zu frisch ist…!«

»Ich werde mein Bestes tun.«

Das aufklingende gehässige Lachen erstarb mit dem Abbruch der Verbindung.

Priff Dozz spürte das dumpfe Unbehagen, das der Zwischenfall hinterlassen hatte. Immerhin hatte er auch den letzten wieder an seine Position und Bedeutung an Bord des Schiffes und innerhalb ihrer Gesellschaft erinnert.

Der Berater des obersten Rudelführers – und oberste der Verschwörer – löste die Versammlung auf.

*

Die Nomadenschiffe waren alles andere als Zentren der Ordnung oder gar der übertriebenen Sauberkeit, was Priff Dozz auf seinem Weg zum eigenen Quartier jedoch keineswegs als störend empfand. Es entsprach weder seiner eigenen noch der Mentalität seiner Rasse, sich an Schmutz oder scheinbarem Chaos zu stoßen – zumindest solange nicht, wie davon keine Einbußen in der Effizienz zu befürchten waren.

Diese Mentalität war noch zu Zeiten geprägt worden, als auch die Nomaden einen Heimatplaneten besessen hatten (*verfluchte Rahim!*), nicht erst nach der Verlagerung ihres Lebensraums auf überlichtschnelle Schiffe. Nein, die hier dominierenden Gerüche und optischen Reize waren von den überall in diesem Quadranten gefürchteten Piraten durchaus gewollt. Sie stimulierten ihre genetisch verankerten Instinkte und die Kampfeslust. Und nicht einmal Priff Dozz hätte daran etwas ändern wollen.

Erst recht nicht können.

Den Nomaden zu gegebener Zeit ihren Anführer zu nehmen, war eine Sache, Dinge, die in die kleinsten Nischen des Alltags hineinwirkten, verändern zu wollen, eine völlig andere. Priff Dozz hatte auch nicht vor, die Rangkämpfe von einem Tag auf den anderen zu verbieten. Das wäre töricht gewesen und hätte den nächsten Putsch, dem er dann selbst zum Opfer gefallen wäre, vorprogrammiert. Nein, dieser Prozeß mußte vorsichtig und schleichend erfolgen. Und begründet werden. Priff Dozz würde an den Selbsterhaltungstrieb seiner Artgenossen appellieren und ihnen schlüssig nachweisen, daß sich eine Spezies, die sich nur auf Stärke und Skrupellosigkeit verließ, auf lange Sicht nicht würde halten können. Dafür gab es zu viele potentielle Gegner, die man sich mit einigem Geschick sogar zu Verbündeten erziehen konnte, um... ja, um eines Tages nicht allein dazustehen, wenn der alte Feind wieder aus seinem Versteck auftauchte.

Der einzige Feind, den die Nomaden bis zur Begegnung mit den Fremden in ihrem Ringschiff je gefürchtet hatten...

Verfluchte Rahim!

Priff Dozz hatte noch nie so oft wie in den letzten Tagen an den Gegner von einst gedacht, den auch er nur aus Überlieferungen und verschwommenen Eintragungen in den Chroniken kannte.

Und er wußte, daß es Pakk Raff ähnlich erging.

Der träumte einen mindestens ebenso gefährlichen Traum wie Priff Dozz ihn mit der Verschwörung träumte.

Der Rudelführer wollte, das hatte er zu verstehen gegeben, das Ringschiff in seine Gewalt bringen, um damit – Priff Dozz stockte bei der bloßen Vorstellung der Atem – nach dem Verbleib der Rahim zu fahnden. Sie in ihrem Versteck aufzuspüren. Und zur Rechenschaft zu ziehen für das, was sie den Nomaden in dunkler Vergangenheit angetan hatten!

»Kannst du nicht aufpassen!«

Ein Hieb traf den Berater so wuchtig in den Rücken, daß er gegen die Wand des Korridors geschleudert wurde. Tief in Gedanken versunken, hatte er den Offizier übersehen, der ihm entgegengekommen war und keine Anstalten gemacht hatte, auszuweichen.

Niemand wich dem Schwächling Priff Dozz aus!

Die Beraterrolle rettete ihm das Leben, ersparte ihm aber keine einzige Demütigung.

Benommen stützte sich Priff Dozz ab, duckte sich dabei in Erwartung weiterer Schläge und musterte gesenkten Hauptes die imposante Erscheinung, deren Zorn er durch seine Unachtsamkeit heraufbeschworen hatte.

Im innersten Kern wünschte sich Priff Dozz nichts sehnlicher, als selbst so auszusehen, selbst so auftreten zu können – wahrscheinlich hätte eine solche Verwandlung jeglichen Wunsch nach

Umsturz im Keim erstickt…

Beschämt unterdrückte Priff Dozz weitere Gedanken, die in diese Richtung gingen. Automatisch machte er eine Geste, mit der er die Wut des Offiziers zu dämpfen hoffte.

Was jedoch gar nicht mehr nötig gewesen wäre, denn der Nomade war bereits weitermarschiert, ohne sich weiter um das »Hindernis« zu kümmern, das seinen Weg gekreuzt hatte.

Lautlos fluchend, rappelte sich Priff Dozz auf. In diesem Moment ergoß sich die Häme einer kleinen Gruppe von Frauen über ihn, die unweit Zeuge des Zwischenfalls geworden war.

Zu seinem Entsetzen erkannte Priff Dozz, daß sich auch diejenige von Pakk Raffs drei Frauen darunter befand, auf die er heimlich ein Auge geworfen hatte – ohne Hoffnung natürlich, je in ihre Gunst aufgenommen zu werden.

Das Blut schoß ihm regelrecht in die Augen. Er nahm seine Umgebung nur noch wie durch einen Schleier wahr, und in seinem Organismus schien eine teuflische Droge zu kreisen, die ihn torkeln ließ, was ihm nur noch mehr Spott und beleidigende Zurufe einbrachte.

Er wußte selbst nicht, wie er schließlich doch noch sein Quartier erreichte. Bevor er es betrat, wartete er noch eine kleine Weile, bis er sicher sein durfte, daß man ihm die Schande, die ihm gerade widerfahren war, nicht mehr ansehen konnte.

Dann aktivierte er den Öffnungsmechanismus und bereitete sich innerlich auf die Begegnung mit *seiner* Frau vor. Die dem Idealbild einer Nomadin so wenig entsprach wie Priff Dozz dem eines Nomaden.

Die Realität holte ihn auch gleich schonungslos ein. Seine abgewirtschaftete Gefährtin überschüttete ihn mit einer Flut wüster Beschimpfungen.

»Was ist denn jetzt schon wieder?«

Bidd Nobb zuckte zusammen, stoppte aber kurz in ihrer Tirade. Sie hatte weit aus den Höhlen quellende Augen, selbst wenn sie nicht erregt war. Momentan war sie es, und dabei vermittelte sie ein Bild, als drohten die Augäpfel ihre angestammten Plätze jeden Moment wie abgefeuerte Raumtorpedos zu verlassen.

Wen sie getroffen hätten – treffen hätten wollen – stand außer Frage.

»Was los ist? Du nichtsnutziger Versager! Während du dich den lieben langen Tag herumtreibst, muß ich versuchen, mit den Mängeln fertig zu werden, die diese Bude vom ersten Tag an offenbart hat! Wie oft hast du versprochen, bei Pakk Raff – deinem sogenannten Freund Pakk Raff – vorzusprechen und ihn um eine bessere Kabine zu bitten? Wie oft? Was bist du nur für ein armseliger Duckmäuser? Und so etwas schimpft sich Berater…!«

»Wo liegt das Problem?« fragte Priff Dozz mit ergebener Miene und hängenden Schultern. Er wußte, daß es sinnlos, ja sogar gefährlich war, sich mit Bidd Nobb auf Diskussionen einzulassen.

»Das Problem…« Die Nomadin, die wie die Karikatur eines Weibchens aussah, stampfte mit den krummen Beinen auf. Ihre Haut, egal ob im Gesicht oder an anderen Körperstellen, war voller teils nässender Ekzeme. Sie war scheußlich anzuschauen, was sie aber nicht davon abhielt, sich Priff Dozz fast jede Nacht zu nähern und eines der wenigen Rechte zu fordern, die ihr als Hauptfrau verbrieft waren.

Priff Dozz schüttelte sich beim Gedanken an die Opfer, die er tagtäglich bringen mußte. Und wofür? Hätte er bei allem, was er schon unter Pakk Raffs Knute zu erleiden hatte, als Ausgleich nicht wenigstens ein Rasseweib verdient gehabt?

Noch während ihn schauderte, flohen seine Gedanken regelrecht zu dem Traumbild, das er sich an seine Seite wünschte.

»Was ist? Warum zuckst du so dämlich? Mein Problem bist du, wenn du es genau wissen willst! Scher dich fort! Ich will dich hier gar nicht mehr haben! Am besten schläfst du künftig auch bei deinem Pakk Raff, vielleicht hat er noch ein Plätzchen frei!«

Priff Dozz überlegte kurz, ob er darauf etwas erwidern sollte. Doch dann drehte er sich lieber wortlos um und verließ beinahe fluchtartig die Kabine, deprimierter noch als er sie betreten hatte.

*

Priff Dozz war noch nicht weit gekommen, als ihn ein Tumult anlockte.

Kaum jemand beachtete ihn, als er sich den Weg durch die versammelte Menge bahnte, die sich im Korridor vor einer offenen Unterkunft drängte. Das an sich war schon erstaunlich genug. Denn ohne Spießrutenlauf kam er selten davon.

»Was ist passiert?« wandte er sich wenig später an einen Offizier der Sicherheitsbereitschaft, der gerade aus der Tür heraustrat und sich anschickte, die Schaulustigen zu verscheuchen. Die imposante Gestalt erkannte den Berater sofort und verzog das Gesicht.

Priff Dozz erwartete eine derben Scherz, wie üblich auf seine Kosten, oder gleich einen brutalen Hieb, mit dem er vor allen anderen davongejagt werden sollte. Statt dessen nahm der Offizier ihn beiseite und dirigierte ihn beinahe sanft in die Kabine.

Hinter ihnen glitt die Tür ins Schloß.

Priff Dozz war völlig verdutzt. »Was...?«

»Ich verstehe das nicht!«

»Du verstehst was nicht?« Priff Dozz sah sich um. Die Kabine wirkte sonderbar auf ihn. An den Wänden hingen Dinge, die man auf den ersten Blick als Trophäen erkennen mußte. Wie viele Rangkämpfe hatte der Bewohner siegreich überstanden?

Hie und da prangte auch etwas, was nicht auf Rudelstreitigkeiten zurückzuführen war: exotische Gegenstände von fremden Planeten. Der Besitzer des Quartiers mußte weit herumgekommen sein. »Wer wohnt hier?«

»Momentan niemand.«

»Was ist aus dem Bewohner geworden?«

Der Offizier starrte Priff Dozz sonderbar an, so als wollte er herausfinden, ob der Berater den Unwissenden nur mimte oder tatsächlich keine Ahnung hatte.

»Mir wurde gesagt, er sei bei einem Auftrag umgekommen.«

»Wer sagte das? Und von was für einem Auftrag redest du?«

Der hünenhafte Nomade machte eine wegwerfende Geste. »Das weiß ich nicht. Ich habe nachgefragt, aber nur ausweichende Antworten bekommen. Der Name des Bewohners war Korr Grutt. Er...«

»Korr Grutt?« Plötzlich stellte sich die Situation für Priff Dozz völlig neu dar. Natürlich kannte er Korr Grutt, und natürlich wußte er auch, was aus dem vermeintlich besten Agenten geworden war, der in Diensten Pakk Raffs gestanden hatte. Er, Priff Dozz, hatte ihn selbst auf seinen Einsatz im Wanar-System, auf Galoa, vorbereitet.

Wo Korr Grutt gehaust hatte, war Priff Dozz nicht bekannt gewesen; er hatte ihn nie besucht. Die Treffen hatten an neutralem Ort stattgefunden.

In einem irrte der Offizier jedoch: Der Agent war zwar für Pakk Raff gestorben, aber nicht wirklich tot. Statt dessen schmorte er in einem Gefängnis auf Galoa, wo er gerne verrotten durfte.

»Du kennst ihn also doch.«

»Ich kenne ihn, aber deshalb verstehe ich noch lange nicht deine Aufgeregtheit und die Versammlung draußen auf dem Gang.«

»Es geht um die Frau.«

»Welche Frau? Ich wußte nicht, daß Korr Grutt...«

»Ich rede nicht von Korr Grutts Frau. Ich erhielt den Befehl, mich darum zu kümmern, das Quartier räumen und wieder herrichten zu lassen, damit ein neuer Bewohner einziehen kann.«

»Und?«

»Die Frau, die ich damit beauftragte, sich um alles zu kümmern, meldete sich nach der vereinbarten Frist nicht mehr bei mir. Statt dessen erreichte mich die Anfrage ihres Mannes, wo sie so lange stecke. Daraufhin kam ich hierher und fand sie... fand sie tot.«

»Tot?« Priff Dozz sah sich um. »Wo ist sie? Und woran ist sie gestorben?«

»Das – ist es ja. Sie sah... seltsam aus. Anders, als ich sie in

Erinnerung hatte. Und sie war nackt. Ihre Kleider lagen dort, wo sie auch jetzt noch liegen…« Der Offizier zeigte auf eine Stelle neben einer Sitzgelegenheit.

Priff Dozz ging darauf zu. »Was ist das für ein Schatten am Boden. Ein Fleck? Er hat Konturen wie…«

»… wie von einer Frau, ich weiß.« Der Offizier war gefolgt und trat nun unruhig von einem Bein aufs andere.

»Und wo ist die Tote?«

»Ver-verschwunden.«

»Verschwunden?« Priff Dozz fuhr herum. Er faßte den Offizier mit einer Strenge ins Auge, als wollte er fragen: Wie heißt die Droge, auf der du gerade bist, du Schwachkopf?

»Sie… sie lag dort drüben hinter dem Tisch, als ich sie fand. Ich ging dann zu dem Kleiderbündel, und als ich mich wieder zu ihr umdrehen wollte, war sie…«

»Weg.«

»Ja. Sieh mich nicht so an. Ich bin nicht verrückt!«

»Was dann?«

»Es war alles, wie ich sage.«

»Und dieser Schatten hier war schon da, als du die Tote gesehen hast?«

»Ja.«

»Es kann nicht sein, daß sie von einer Laserwaffe verbrannt wurde und das hier ihre Überreste sind?«

»Wie soll…?« Die Stimme des Offiziers erstarb in Ratlosigkeit.

Priff Dozz richtete sich auf und wies auf etwas, was sich hinter dem Offizier auf einem Tisch befand.

»Was ist das?«

»Keine Ahnung.«

»Wovon hast du überhaupt eine Ahnung?« Priff Dozz war in seinem Element. Es kam selten vor, daß er Gelegenheit erhielt, dem »gemeinen Fußvolk« seine geistige Überlegenheit zu demonstrieren. Viele hielten ihn für von Pakk Raff völlig überbewertet.

Diese Narren.

»Es ist ein Käfig«, sagte Priff Dozz, und noch während er es sagte, überkam ihn ein warmes Gefühl, ausgehend vom Magen, das sich in Sekundenschnelle zu einem Flächenbrand ausartete, der den ganzen Körper durchzog.

Oh nein!

Im selben Augenblick schrie der Offizier auf, streckte hilfesuchend die Arme nach Priff Dozz aus – und veränderte sich in furchtbarer Weise.

*

Priff Dozz wich langsam zur Tür zurück. Er war kreidebleich, seine Kehle trocken wie Wüstensand. Eigentlich hätte er rennen müssen, aber er fürchtete, durch allzu hektische Bewegungen das Verhängnis auf sich zu ziehen...

Die Erkenntnis, was der Frau in Korr Grutts Quartier zum Verhängnis geworden war, kam zumindest für den Offizier zu spät.

Korr Grutt hatte sich auf Galoa bei der Ausführung seines Auftrags nicht auf seine Intelligenz und überlegenen Körperkräfte verlassen, sondern Tiere eingesetzt – monströse Kreaturen, die er sich von irgendeinem Planeten mitgebracht haben mußte.

Pakk Raff hatte gerade dieses Verhalten, das eines Nomaden nicht würdig war, dazu veranlaßt, Korr Grutt unwiderruflich zu ächten. Regelrecht vorgeführt hatten die Terraner den Besiegten und eine Warnung an das Volk der Nomaden ausgestrahlt, in der sie mit schwerwiegenden Gegenmaßnahmen für den Fall gedroht hatten, daß sie den Besuchern aus der anderen Galaxis noch einmal in die Quere kämen.

Niemanden hatte diese Drohung geschreckt, am allerwenigsten Pakk Raff. Das Bild des gedemütigten Korr Grutt jedoch war in jedermanns Gedächtnis haften geblieben.

Auf Galoa hatte er sogenannte *Sissmos* – diese Bezeichnung hatte er in den Verhören dort preisgegeben – zum Einsatz gebracht.

Warum war daraufhin niemand auf den Gedanken gekommen, Korr Grutts ehemaliges Quartier zu inspizieren?

Priff Dozz' bisheriges Leben war stets eine Gratwanderung zwischen Leben und Tod gewesen – dennoch überkam ihn hier im Innern der Kabine, unter den Augen ausgestopfter Trophäen und im Bewußtsein, auch von lebendigen Sinnen belauert zu werden, eine nie zuvor verspürte Angst.

Geschürt wurde sie von der unheimlichen Veränderung des Mannes, der ihn erst in diesen Raum gebracht hatte: Der Offizier stand da wie gelähmt. Die Augen quollen ihm aus den Höhlen, sein Unterkiefer hin schlaff nach unten, die ehemals dunkelrote Zunge heraus.

Sie war weiß, fast farblos.

Wie die ganze Gestalt.

Priff Dozz hatte die Tür noch nicht erreicht, als der Offizier plötzlich in sich zusammensank wie ein zunächst unter hoher Hitze aufgebackener Teig, der übergangslos kalter Zugluft ausgesetzt wurde.

Priff Dozz hatte noch nie etwas Vergleichbares gesehen. Keine Waffe richtete an, was die Kreatur verübte, die jetzt sichtbar wurde, weil sich der Nomade zu einem breiigen Schatten auflöste, der dort, wo er hingesunken war, den Boden wie eine dunkle Patina bedeckte, während die Kleidung völlig ungeschoren blieb.

Während der Nomade also gleichsam verschwand, blähte sich die Kreatur wie in Zeitraffertempo zu einer Gestalt auf, die dem gerade Verendeten wie ein Zwilling glich…

Chamäleoneffekt, rann es durch Priff Dozz Gehirnwindungen.

Jetzt löste sich auf, was der Offizier wirklich gesehen hatte, als er die tote Nomadin zu sehen meinte: Schon dieser Körper war nur eine Kopie gewesen, in die sich der Mörder der Frau kurzzeitig verwandelt haben mußte.

Offenbar waren Sissmos in der Lage, die DNS ihrer Opfer, die sie mit einem Sekret auflösten und fast vollständig verdauten, aufzuschlüsseln und sich deren Aussehen zu verleihen…

Priff Dozz hatte kein Verlangen, in diesem Intensivkurs noch mehr über eine Gattung zu erfahren, der er am liebsten nie begegnet wäre. Obwohl greifbar nah, schien ihm das Türschott lichtjahreweit entfernt. Gleich… gleich würde sich der Klon des Offiziers auf ihn stürzen und sich seine DNS einverleiben…

Fauchend öffnet sich das Schott.

Priff Dozz wurde überrascht, weil er sich noch gar nicht im Erfassungsbereich des Türsensors befand.

Von draußen hatte jemand geöffnet.

Ein aufgebrachter Nomade stürmte herein.

Direkt auf den »Offizier« zu. Priff Dozz beachtete er überhaupt nicht!

»Wenn ich nicht sofort erfahre, wo meine Frau…!«

Pakk Raffs Berater hörte nicht länger zu. Er nutzte die Gelegenheit und warf sich förmlich hinaus auf den Gang, wo noch immer Schaulustige herumlungerten.

So schnell es ihm möglich war, schloß er die Tür von außen, verriegelte sie.

Eine Warnung an seinen Lebensretter ersparte er sich.

*

Später, nachdem das Quartier aufwendig abgedichtet und mit einem toxischen Spezialgas geflutet worden war, fand man nicht nur die Überreste des Sissmos, sondern untersuchte auch den Käfig näher. Dabei fand man ein Zeitschloß, das noch von Korr Grutt justiert worden sein mußte. Vor seinem Aufbruch ins Wanar-System.

Kein anderer als der Agent selbst hatte dafür gesorgt, daß der Sissmo den sicheren Käfig nach Ablauf einer bestimmten Zahl von Tagen verlassen konnte. Die Energiegitter waren einfach in sich zusammengefallen. Das Quartier hatte er jedoch nicht verlassen können, da die Sensorik des Türschotts auf einen so winzigen Körper nicht ansprach.

Doch dann war die Reinmachefrau erschienen – ein chancenloses Opfer für eine ausgehungerte Kreatur wie diese.

Priff Dozz erstattete Pakk Raff Bericht.

Das einzige, was der Rudelführer fragte, war: »Und du garantierst mir, daß es nicht noch mehr von dem Kroppzeug an Bord gibt?«

»Wir haben die Zellschwingung des Kadavers ermittelt und das gesamte Schiff überprüft. Es gibt keine weiteren Sissmos.«

Damit gab sich Pakk Raff zufrieden.

*

»Sieht fast ein bißchen aus wie eine Moschee«, murmelte Arc Doorn, den Kopf in den Nacken gelegt.

Der Tempel von Ruham war rund achtzig Meter hoch, sein Mittelstück bestand aus einer perfekten Halbkugel, die in einem stumpfen Blau leuchtete. Um sie herum ragten mehrere Türmchen und Minarette in die Höhe, einige aus dem gleichen bläulichen Material, die meisten jedoch aus kunstvoll behauenem Stein. Letztere waren offensichtlich nachträglich erbaut worden.

Der Platz vor dem Tempel war abgesperrt worden. Ren Dhark entdeckte ein paar uniformierte Agenten des Geheimdienstes und mehrere Owiden in Zivil, die vermutlich ebenfalls dem Geheimdienst angehörten.

Uclief hatte ihm erklärt, daß der Tempel von der Mehrzahl der Korlonen in erster Linie als Sehenswürdigkeit und Touristenattraktion betrachtet wurde. Die Religiosität seines Volkes hielt sich in Grenzen. Nur eine kleine Priesterschaft hielt an den alten Sitten und Gebräuchen fest, und der Monarch von Korlo, ein besonnener und kluger Herrscher, wie der General nachdrücklich betonte, gewährte ihnen gewisse Privilegien.

Doch wenn es um das Wohl des Reiches ging, mußten religiöse Belange hinter den weltlichen zurückstehen.

Die vier Menschen näherten sich mit ihren Begleitern einem Tor in der Nordseite der Kuppel, die Kapuzen ihrer Gewänder tief in die Stirn gezogen.

»Warten Sie einen Moment«, bat Uclief und betrat den Tempel. Kurz darauf verließ eine schweigende Prozession Owiden in schlichten Kutten das Gebäude. Eine der Gestalten, deren Robe kostbarer als die der anderen wirkte, warf einen kurzen Blick zu den Menschen hinüber, die vorsorglich die Köpfe gesenkt hielten und unter dem Rand der Kapuzen hervorspähten.

Nachdem die Prozession verschwunden war, kehrte Uclief zurück. »Kommen Sie«, sagte er. »Wir wollen jedes überflüssige Aufsehen vermeiden.«

»Ist das etwa Unitall?« fragte Ren, als sie das Tor erreicht hatten.

Doorn fuhr mit den Fingern über das bläuliche Metall, das nicht völlig glatt, sondern mit unzähligen Mustern übersät war. »Mandelbrotbäume«, stellte er überrascht fest.

»Was?«

»Die Muster. Typische Strukturen aus der Chaosforschung. Man findet sie überall im Universum wieder, von galaktischen Dimensionen bis in den subatomaren Bereich hinein. Sie bilden eine kosmische Konstante. Aber was Ihre Frage betrifft, nein, das ist keine Unitall. Hier, ein schwacher Patinaüberzug, und da leichte Korrosionsspuren.«

»Wissen wir, wie Unitall nach... sagen wir... einer Million Jahre aussehen würde?« erkundigte sich Sass.

»Eine Million Jahre?« Der Sibirier schnaubte. »Sehen Sie sich den Untergrund an. Gewachsener Fels. Wenn es regnet, läuft das Wasser die Kuppel hinab und fließt durch diese Rinnen.« Er deutete auf leicht gerundete Vertiefungen im Fels. »Man kann noch deutlich erkennen, daß es einmal rechteckige Kanäle waren. Der Boden ist ein bißchen ausgewaschen, die Seitenwände sind nur im unteren Bereich schwach eingekehlt. Nein, wenn die Kuppel eine Million Jahre alt wäre, gäbe es diese Rinnen nicht mehr, jedenfalls nicht mehr in dieser Form. Ich bin zwar kein Archäologe, aber ich schätze, wir sprechen hier von Zeiträumen, die in Jahrhunderten und nicht in Jahrmillionen gerechnet werden.«

Noch bevor er ausgesprochen hatte, war er bereits weitergegangen, als hätte er schon wieder das Interesse an diesem nebensächlichen Punkt verloren, und inspizierte eine etwa mannshohe, leicht nach außen gewölbte schwarze Fläche in der metallenen Kuppelwandung. Die schwarzen Ovale zogen sich im Abstand von etwa zwanzig Metern um das kreisrunde Gebäude herum. Auf halber Höhe folgte ein zweiter Ring dieser schwarzen, wie Obsidian schimmernden Einschlüsse.

Ren sah, wie Arc Doorn sich vorbeugte und die Augen seitlich mit den Händen abschirmte. »Und was ist das?« fragte er. Es verblüffte ihn immer wieder, mit welch traumwandlerischer Sicherheit der Sibirier sich in fremde Technik hineinfühlen konnte, ob es sich nun um Elektronik, Hyperphysik oder schlichte Mechanik handelte. Echri Ezbal hatte einmal die Vermutung geäußert, daß Arc Doorn nicht nur über eine geradezu unheimliche Intuition verfügte, sondern möglicherweise über eine bisher noch unbekannte Parafähigkeit, die ihn in die Lage versetzte, eine Art kosmischen Wissensspeicher anzuzapfen, sobald er in Kontakt mit künstlich hergestellten Objekten kam.

»Ich habe da so eine Idee…« Doorn kratzte sich gedankenverloren den Kopf und betrachtete sein schwaches Spiegelbild in der glattpolierten schwarzen Fläche. Dann machte er kehrt, marschierte auf das Tor zu und drückte gegen einen der geöffneten Doppelflügel.

Das riesige Halbtor ließ sich mühelos bewegen. »Angesichts der Größe und seines Gewichts – ganz zu schweigen vom Alter der Anlage – müßte das Ding mir eigentlich deutlich mehr Widerstand entgegensetzen«, kommentierte Doorn wie im Selbstgespräch. Er schien völlig vergessen zu haben, daß er nicht allein war. »Ich verwette einen Jahressold darauf, daß die Scharniere, in denen es gelagert ist, ein energetisches Sekundärsystem enthalten, das die Reibungskräfte neutralisiert.«

Uclief, der ihn mit unverkennbarem Respekt beobachtete, folgte ihm in das Gebäude hinein. Er hielt ein klobiges Tonspulengerät in der Hand, mit dem er die Übersetzung des galoanischen Translators aufzeichnete.

»Schließen Sie das Tor«, forderte Doorn die Rags auf, nachdem die ganze Gruppe die Kuppel betreten hatte.

Der General gab seinen Mitarbeitern ein Zeichen. Die Torflügel, bestimmt einen halben Meter stark, schwangen lautlos zu. Nur als sie einrasteten, ertönte ein kaum vernehmbares Fauchen. Die Fuge zwischen ihnen war kaum zu erkennen.

»Präzisionsarbeit«, sagte Oshuta anerkennend. »Schließt nach all der Zeit anscheinend immer noch luftdicht.«

Doorn machte eine wegwerfende Handbewegung. »Kinderkram«, knurrte er. »Viel interessanter ist, daß sich die Lichtverhältnisse hier drinnen überhaupt nicht verändert haben, obwohl es hätte dunkler werden müssen.« Er schlug die Kapuze zurück, schälte sich aus seinem Umhang, ließ ihn achtlos zu Boden sinken und folgte dem ringförmigen Korridor ein paar Schritte in östlicher Richtung.

Ren Dhark war stehengeblieben und sah sich um. Die Innenwand der außen blaßblauen Halbkugel schimmerte grünlich, und sie umschloß eine zweite, kleinere Kuppel, in deren Außenwand schwarze Säulen mit einem Durchmesser von knapp zwei Metern eingelassen waren. An ihrem Fuß verschwanden sie bis zur Hälfte in der Wölbung, bevor sie sich in etwa zehn Metern Höhe aus ihr lösten und nach wiederum rund zehn Metern mit dem Dach der äußeren Kuppel verschmolzen. Der ringförmige Korridor zwischen Innen- und Außenkuppel maß vielleicht sieben Meter von Wand zu Wand. Zwischen den einzelnen Säulen standen geschnitzte hölzerne Tische mit stilisierten Skulpturen, die eindeutig der ragschen Kultur entstammten.

»Wie ich es mir gedacht habe«, hörte er Arc Doorns Stimme aus östlicher Richtung, streifte ebenfalls seinen Umhang ab und setzte sich in Bewegung.

Der Sibirier starrte durch ein ovales Fenster nach draußen.

»Polarisiertes Glas«, erklärte er. »Aber es bietet mehr als nur einen Sichtschutz von außen nach innen. Hier, sehen Sie. Dort ist Norden. Kein direktes Sonnenlicht. Und jetzt kommen Sie.« Ohne eine Antwort abzuwarten, marschierte er weiter in östliche Richtung bis zum nächsten Fenster. »Genauso hell. Und nun das nächste. Direkter Lichteinfall, trotzdem identische Helligkeitswerte. Das ist eine Art Photonenspeicherglas. Daran basteln sie gerade bei Wallis Industries herum. Eine praktische Sache, spart Energie für die Beleuchtung nachts. Und ich wette, daß ein Teil der so gewonnenen Energie dafür verantwortlich ist, daß sich die Türen ohne Kraftaufwand öffnen und schließen lassen. Hübsch gemacht.«

Hübsch gemacht, dachte Ren und schmunzelte. Wahrscheinlich würde Arc die Konstruktionsunterlagen für einen Zeitreisetransmitter, wenn er auf sie stieß, als *ganz nett* bezeichnen.

»Aber das ist nicht das, was wir suchen«, fuhr der Sibirier fort und marschierte mit Ren im Schlepptau zu den anderen zurück. »Wo sind die wirklich interessanten Sachen?«

Uclief deutete wortlos auf ein zweites Portal in der Innenkuppel.

Es ließ sich genauso leicht wie das Außentor öffnen.

Die Zentralkuppel maß etwas mehr als sechzig Meter im Durchmesser. Auch sie war mit den polarisierten Glasfenstern versehen, so daß in ihr die gleichen Lichtverhältnisse wie in dem Ringkorridor herrschten. Der Boden bestand aus einem schwarzen, glasartigen Material, vermutlich das gleiche wie das der Fenster und Säulen, und war spiegelglatt, aber trotzdem überhaupt nicht rutschig. Wandteppiche und bestickte Tücher mit teils abstrakten, teils gegenständlichen Motiven verzierten die gewölbten Wände. Liebevoll gearbeitete Steinsockel und -podeste, auf denen metallene Truhen standen, die mit bunten Kristallen besetzt waren, bildeten ein geometrisches Muster, das einem Drudenfuß entsprach, an dessen Spitzen runde, mit klarem Wasser gefüllte Becken plaziert worden waren. Es gab keinerlei Stühle oder Bänke. Sollten hier religiöse Zeremonien abgehalten werden, mußten die Teilnehmer stehen oder auf dem nackten Boden sitzen.

Obwohl Ren Dhark ein nüchtern denkender Mensch war, empfand er es fast wie ein Sakrileg, als Arc Doorn mit Ucliefs Genehmigung die diversen Truhen öffnete und ihre Inhalte flüchtig untersuchte.

»Nichts Besonderes«, verkündete der Sibirier enttäuscht. »Das Ding, das sie den ›Flammensplitter der Götter‹ nennen, ist ein geschliffener Rubin, der Reste einer gewaltsam entfernten Einfassung mit Spuren von Bohrungen aufweist. Ich würde auf die Linse eines Lasers tippen, was auch den Namen ›Flammensplitter‹ erklärt. Aber das kannten wir schon vor hundert Jahren auf der Erde. Kein typisches Element für M-Technik. Und die ›Schrifttafel der Götter‹ ist das Bruchstück eines einfachen Schaltkreises. Könnte auch aus der irdischen Computertechnik des letzten Jahrhunderts stammen.«

Ren Dhark und die beiden Cyborgs hatten in der Zwischenzeit die Darstellungen auf den Wandteppichen, Tüchern und Truhen begutachtet. Wie Uclief bereits gesagt hatte, zeigten sie keinerlei Abbildungen der geheimnisvollen Rahim oder Ruham.

»Die Anlage mag vielleicht für unsere Forscher von akademischem Interesse sein«, stellte der Commander nüchtern fest, »aber sie hilft uns bei unserer Suche leider nicht weiter.«

»Es gibt noch einen Raum, den Sie bisher nicht gesehen haben«, sagte Uclief und deutete auf das Zentrum des Drudenfußes. »Unter dieser Platte.« Er gab seinen Mitarbeitern ein Zeichen.

Die beiden Rags ergriffen zwei in den spiegelnden Boden eingelassene silberne Ringe. Erst als sie daran zogen, erkannte Ren die fugenlose Steinplatte.

Wie die Tore setzte auch die rund dreißig Zentimeter dicke, etwa ein mal zwei Meter messende Platte den Rags kaum Widerstand entgegen, obwohl sie mehrere Zentner wiegen mußte. Trotzdem blieb sie aufrecht stehen, als wäre sie eingerastet, nachdem die Owiden sie losgelassen hatten.

Vom Rand der Öffnung führte eine schlichte Metalleiter, die offenbar nachträglich eingebaut worden war, in einen runden Raum mit einem Durchmesser von knapp zehn Metern, eine weitere Halbkugel.

Ren spähte in die Tiefe.

Der Raum war völlig leer, die Wände vom Boden, der wiederum aus dem schwarzen Material bestand, bis zur Decke, die durch die Platte durchbrochen wurde, mit fremdartigen Zeichen und Symbolen bedeckt, die in ein messingfarbenes Metall eingraviert zu sein schienen.

Arc Doorn schob sich neben den weißblonden Mann. »Woher kommt das Licht?« fragte er. Ein weiches goldenes Schimmern erfüllte die Höhle, ohne daß eine Quelle auszumachen war.

»Wir wissen es nicht.« Uclief vollführte eine flatternde Geste mit den Fingern. »Es ist einfach da, auch wenn wir die Platte wieder schließen. Es muß von allen Seiten zugleich kommen, denn es wirft keine Schatten.«

Doorn warf automatisch einen Blick auf den Ärmel seiner Kombi, an dem ein Meßstreifen angebracht war, der auf radioaktive Strahlung reagierte. Das Material verfärbte sich nicht. Es bestand also keine Gefahr der Kontamination.

Ohne eine Aufforderung abzuwarten, stieg er die Leiter hinab. Ren Dhark folgte ihm nach kurzem Zögern.

Die Zeichen an den Wänden wirkten auf ihn völlig planlos und chaotisch. Einige erinnerten an Hieroglyphen, andere entfernt an japanische Schriftzeichen, der Rest bestand aus geometrischen Symbolen – Kreise, Mehrecke, Kreuze, Punkte und Linien. Sie waren auf eine verwirrende Weise so angeordnet, daß es schwerfiel, den Blick auf eine bestimmte Stelle zu richten. Schon nach wenigen Sekunden begannen die Augen, auf der vergeblichen Suche nach einem festen Anhaltspunkt unruhig zu wandern.

»Fast wie ein überdimensionales Kaleidoskop«, flüsterte Lati Oshuta.

»Nein, das hat System«, widersprach Doorn. Er stand genau im

Mittelpunkt des Raumes und drehte sich langsam um die eigene Achse. Ein geradezu verzückter Ausdruck lag auf seinem Gesicht. Ren hätte nur zu gern gewußt, was das erwachsene Wunderkind in diesem Moment sah oder… *spürte.*

»Mandelbrotbäume… die gleichen Strukturen wie auf der Kuppel.«

»Wo?« wollte Ren wissen. »Mir kommt es so vor, als würden die Wände flimmern.«

»Kneifen Sie mal die Augen zusammen«, schlug der Sibirier vor. »Zu ganz schmalen Schlitzen. Und dann versuchen Sie, gleichzeitig zu blinzeln.«

Ren kam der Aufforderung nach. Der Effekt stellte sich sofort ein. Auf den Wänden wurden Umrisse sichtbar, zwar undeutlich und verschwommen, aber sie formten ein Muster.

Wenn auch ein chaotisches. Strukturen innerhalb von Strukturen. Wie Zeichnungen auf einer Wanderdüne, über die ein endloser Wind blies. Schlieren in einer Wasserpfütze, die mit Öl verunreinigt war. Strömungen in einem Priel bei Gezeitenwechsel.

»Oshuta, Sass«, hörte er Arcs Stimme wie durch einen Nebel. »Riechen Sie etwas?«

Die Cyborgs sogen die Luft durch die Nasen ein und analysierten sie mit ihren geschärften Sinnen.

»Ozon«, meldete Bram Sass. »Kaum wahrnehmbar. Wie können Sie das überhaupt feststellen? Hat Ezbal heimlich an Ihnen rumgeschraubt?«

»Nur so eine Vermutung.« Doorn näherte sich der Wand, streckte ein Hand aus und fuhr mit den Fingerkuppen über die Metallverkleidung, ohne sie zu berühren. General«, sagte er mit geschlossenen Augen. »Besorgen Sie mir eine isolierende Unterlage. Gummi, eine Strohmatte oder meinetwegen einen Teppich. Hauptsache dick und trocken.«

Uclief gab die Anweisung an seine Mitarbeiter weiter, die eilig die Treppe hinaufstiegen.

»Was haben Sie vor?« erkundigte sich Ren.

»Eine Vermutung verifizieren«, erwiderte Doorn zerstreut, ohne ihn anzusehen, während er langsam an der Wand entlanggging.

Er hatte den Raum mindestens zehnmal umrundet, als die Rags mit mehreren Wandteppichen und Matten zurückkehrten. Doorn stapelte sie übereinander, berührte die Wand mit beiden Händen, stellte sich auf die dicke Isolierschicht und verharrte reglos auf der Stelle.

Die anderen beobachteten ihn neugierig und mit wachsender Ungeduld.

»Kommen Sie her, aber bleiben Sie auf dem Boden und berühren Sie die Wand«, sagte er schließlich zu Ren. Dann streckte er eine Hand aus und hielt sie dicht über den Kopf des Jüngeren.

Auch ohne zu sehen, was passierte, konnte Ren ein leichtes Kribbeln spüren und wußte, daß sich seine Haare aufrichteten.

»Statische Elektrizität«, brummte Doorn. »Die Luft ist geladen wie bei einem Gewitter. Irgend etwas lädt die Luftmoleküle auf und bringt sie dazu, Photonen zu emittieren. Deshalb das Leuchten. Fragt sich nur, wo die Energiequelle sitzt. Vielleicht an keinem bestimmten Punkt. Könnte sein, daß sie gleichmäßig über die gesamte Wand verteilt ist. Aber das können wir leicht herausfinden.«

Er trat von der Matte herab und rieb unternehmungslustig die Hände. »General, jetzt haben Sie eine Gelegenheit, uns zu beweisen, daß Ihre Leute auf Zack sind. Ich bräuchte ein paar Sachen, und das schnell. Nichts Ausgefallenes. Gibt's in jedem zweitklassigen Krämerladen und vermutlich sogar auf Ihrem Planeten. Am besten, Sie schreiben es auf, damit Ihre Jungs nicht dreimal laufen müssen, weil sie die Hälfte vergessen. Wäre doch schade, wenn wir unnötig Zeit verlieren.«

Arc Doorn hatte sich noch nie durch diplomatisches Feingefühl ausgezeichnet, wenn er in seinem Element war. Auch wenn er Ucliefs Mimik nicht lesen konnte, hätte ihm zumindest Ren Dharks gequälter Gesichtsausdruck verraten müssen, daß er sich wie der sprichwörtliche Elefant im Prozellanladen aufführte. Doch daran verschwendete er keinen Gedanken. Es galt, ein faszinierendes Rätsel zu lösen, und dahinter mußte alles andere zurückstehen.

*

Fassat verstand kaum ein Wort dessen, was die Fremden sagten. Es war nicht einfach, die krächzende Sprache und das auseinanderzuhalten, was kurz darauf in seltsam unmodulierter Form als Übersetzung folgte, aber auch ohne die verwirrenden Geräusche ergaben die Worte für ihn wenig Sinn.

Nur eines war ihm klar: Die häßlichen Wesen und die Männer von der *Gilde der Wissenden* beschmutzten das Angedenken an die Götter. Sie versuchten, heilige Geheimnisse zu entweihen, die die Götter den Sterblichen aus guten Gründen vorenthielten.

Wie weit war es mit dem Reich gekommen! Wie sehr griff die Gottlosigkeit um sich!

Der unselige Krieg, den Korlo seit Generationen mit Gante ausfocht, drohte, das Reich endgültig vom rechten Pfad abzubringen und in die ewige Verdammnis zu führen.

Noch waren die Götter nachsichtig. Noch duldeten sie das ketzerische Verhalten der Korlonen.

Aber wie lange noch? Wann würden sie die Ketzer für ihre Ruchlosigkeit bestrafen? Wann würden sie Feuer auf Ruham herabregnen lassen, um diesen Hort der Sündhaftigkeit von der Welt zu tilgen?

Fassat war kein Verräter. Auch wenn er den Krieg verabscheute und Sympathien für das Volk der Ganten hegte, deren Herrscher die Ungläubigen hinweggefegt und den alten Glauben erneuert hatte, war er Korlo stets loyal geblieben.

Doch es gab Grenzen, die ein wahrer Diener der Götter nicht übertreten durfte. Und diese Grenzen waren erreicht.

Zweimal hatte es Fassat gewagt, den Kopf ein Stückchen hinter dem Altarsockel hervorzuschieben und einen kurzen Blick durch die Öffnung in die Kammer der Götter hinabzuwerfen, ins Allerheiligste. Und was er sah, bestätigte seine schlimmsten Befürchtungen.

Von den gräßlichen Fremdlingen, diesen Ausgeburten der Hölle, hatte er keine Demut erwartet, von den Angehörigen der *Gilde der Wissenden* dagegen einen gewissen Respekt. Aber selbst sie bewegten sich ohne Ehrfurcht auf dem heiligsten Grund der Welt. Nicht einer bedeckte das Antlitz zum Zeichen der Ehrerbietung, nicht einmal symbolisch das linke Auge, wie es die überlieferten Sitten verlangten.

Und da wußte Fassat, was er zu tun hatte.

Trotz des Krieges waren die Kontakte zwischen den religiösen Orden der verfeindeten Völker nicht gänzlich abgebrochen. Eine kleine Priesterschaft der Ganten weilte noch immer in Ruham. Und einmal im Jahr durften einige der gantischen Brüder offiziell trotz aller kriegerischen Handlungen in die Heimat zurückkehren, um Botschaften über geistliche Fragen auszutauschen.

Ihnen würde Fassat Bericht über diese ungeheuerlichen Vorkommnisse erstatten.

Nicht, um Verrat zu üben und seinem Volk zu schaden. Schließlich ging es nicht um militärisch relevante Informationen.

Es ging einzig und allein um Fragen des Glaubens. Es war seine heilige Pflicht, alles zu tun, was in seiner Macht stand, um Korlo davor zu bewahren, den schrecklichen Zorn der Götter auf sich zu ziehen.

*

Arc Doorn kniete auf dem Boden der kuppelförmigen Höhle. Um sich herum hatte er mehrere Gegenstände und Materialien ausgebreitet, die ihm Generals Ucliefs Leute in Windeseile besorgt hatten: Eine Spule mit besonders dünnem Kupferdraht, mehrere Ferrit– Holz- und Keramikstäbe, zwei kleine Batterien und Lautsprecher, metallene Klammern, Platten und Schrauben, ein Sortiment an Werkzeugen und Isoliermaterial.

»Mit der Empfängerspule lokalisiere ich die ungefähre Quelle elektromagnetischer Felder», erklärte Doorn, während er konzentriert arbeitet. »Quasi wie mit einer elektronischen Wünschelrute. Aber bevor ich sie einsetzen kann, muß ich sie eichen. Sonst jault das Ding hier ständig wie Henner Trawisheim bei einem Blick in den jährlichen Rechenschaftsbericht des Finanzministeriums.« Er tippte auf einen der Lautsprecher, den er mit der Empfängerspule gekoppelt hatte.

Ren Dhark ersparte sich einen Kommentar. Abgesehen davon, daß Trawisheim nicht zum Jammern und Lamentieren neigte, war das gähnende Loch in der Haushaltskasse zumindest vorübergehend gestopft worden, seit Terence Wallis der Regierung durch eine gewaltige Steuervorauszahlung und einen großzügigen Kredit unter die Arme gegriffen hatte. Aber es war auch so klar, was Doorn meinte. Bei einem ersten Testlauf hatte der Lautsprecher in der Tat infernalische Geräusche von sich gegeben. »Klingt wie die Arie einer utarischen Operndiva«, hatte Bram Sass nicht ganz unzutreffend bemerkt.

»Deshalb brauche ich einen Rheostat«, fuhr Doorn fort. »Das ist dieses Prachtstück.« Er schraubte die Führungsschiene an einem etwa fingerdicken Holzstab fest, den er zuvor mühsam aber geschickt mit Kupferdraht umwickelt hatte. »Wenn ich diesen Schieber über die Spule bewege, kann ich den Widerstand stufenlos variieren und pro Zentimeter um rund ein Kiloohm erhöhen. Nur gut, daß das Kupfer verunreinigt ist, was den Widerstand vergrößert. Sonst hätte ich den ganzen Tag wickeln können. Nageln Sie mich jetzt aber nicht auf genaue Werte fest.«

Was Ren ohnehin nicht vorhatte. Er begriff in groben Zügen, was der Sibirier tat – jeder Raumfahrer lernte im erster Semester die Grundlagen der Elektronik – mehr aber auch nicht. Das war die Schattenseite des rasanten technischen Fortschritts. Während die meisten Menschen problemlos mit der Funktionsweise eines modernen Viphos vertraut waren, begriffen sie nicht einmal mehr, wie eine altertümliche Klospülung funktionierte.

Wahrscheinlich, dachte Ren, *werden die Rags mit Doorns Ausführungen mehr anfangen können als ich. Diese Geräte entsprechen ihrer technischen Entwicklungsstufe.*

Und die Geheimdienstleute dokumentierten Arc Doorns Arbeit auch gewissenhaft mit ihren Fotoapparaten und Tonaufzeichnungsgeräten, um sie später nachzuvollziehen.

»So«, brummte der Sibirier. »Fertig. Dann wollen wir das Baby mal einstellen.«

Mit spitzen Fingern bewegte er den Schieber des Rheostaten über die Drahtwicklung, um den Widerstandswert zu erhöhen. Das Jaulen aus dem Lautsprecher veränderte die Tonlage und verstummte übergangslos. »Schön, sehr gut«, lobte er sich selbst. »Jetzt noch ein Stückchen zurück...« Er klopfte mit dem Nagel des Zeigefingers vorsichtig gegen den Schieber, bis ein gleichmäßiger, aber kaum hörbarer Ton aufklang. »Das war's.«

»Und Sie glauben, dieses primitive... Konstrukt funktioniert tatsächlich?« fragte Sass skeptisch.

»Aber ja«, versicherte Doorn. »Ich habe diese Dinger schon als Kind mit meinem Jugendfreund Heinz Erling gebastelt. Wenn das nicht funktioniert, schiebe ich die POINT OF freiwillig zu Fuß bis nach Andromeda und zurück.«

Er stellte sich in die Mitte des Raumes, hielt die Empfängerspule in Brusthöhe auf die Wand ausgerichtet und begann, sich langsam um die eigene Achse zu drehen.

Zunächst blieb der leise Pfeifton aus dem Lautsprecher gleich, dann veränderte sich die Frequenz leicht. Doorn justierte das Gerät nach und wiederholte den Schwenk. Diesmal war die Veränderung von Lautstärke und Tonhöhe deutlicher.

»Markieren Sic die Stelle.«

Oshuta legte eines der Tücher aus der Haupthalle direkt vor der gewölbten Wand auf die Stelle des Bodens, auf die Arc deutete.

Zehn Minuten später ließ Doorn sein improvisiertes Meßgerät sinken. Auf dem Boden der Höhle lagen jetzt drei Tücher, die ein gleichschenkliges Dreieck bildeten.

»Und jetzt?« wollte Ren wissen, als Doorn schweigend aus schmalen Augen die Wände anstarrte und dabei in schneller Folge die Lider flattern ließ.

»Jetzt müssen wir nur noch einen Weg finden, einen der Durchgänge zu öffnen«, erwiderte der Sibirier.

Ren zuckte zusammen. »Durchgänge?«

»Spreche ich etwa undeutlich?« fragte Doorn mit der ihm eigenen Grobheit, die schon so manchen seiner Kollegen auf die Palme gebracht hatte, aber Ren kannte ihn gut genug, um es nicht persönlich zu nehmen. Die meisten Genies hatten irgendeine Macke, und Arc Doorn verdiente zweifellos die Bezeichnung Genie.

»Diese Muster und Symbole enthalten mathematische Gleichungen«, murmelte Doorn und fuchtelte mit einer Hand in der Luft herum. »Das meiste ist mir unverständlich, aber ich kann zumindest ein paar universelle Konstanten entdecken. Schade, daß Anja nicht hier ist. Ihre Kenntnisse in der M-Mathematik wären jetzt hilfreich.«

Er trat an eine der markierten Stellen der Wand heran und fuhr mit den Fingerkuppen über die eingravierten Zeichen. Einige waren kaum einen Millimeter tief, andere bis zu einem halben Zentimeter. Dazwischen gab es glatte Flächen in scheinbar unregelmäßiger Verteilung.

»Kreis, Ellipsoid... nein, die Darstellungen enthalten eine zusätzliche räumliche Dimension.« Die Finger des Sibiriers folgten einer gewundenen Linie, kreuzten eine tiefe Doppelrinne und beschrieben eine perfekte Acht. »Masse, Richtungsvektoren. Drehimpuls.« Seine Stimme wurde nachdenklich. »Wenn ich versuchen würde, aus dem Dezimalsystem in ein anderes...«

Die Menschen und die drei Rags verhielten sich mucksmäuschenstill. Offenbar spürten auch Uclief und seine Agenten instinktiv, daß der Fremde nicht gestört werden durfte.

Ren warf den beiden Cyborgs einen kurzen Blick zu und hob fragend die Brauen. Oshuta schüttelte stumm den Kopf, ohne die Augen von Doorns Fingern zu nehmen, die noch immer den verwirrenden Mustern folgten. Auch Sass konzentrierte sich auf die Bewegungen des Sibiriers. Die Männer hatten ihre Programmgehirne aktiviert und speicherten jede Einzelheit ab, um sie nachträglich analysieren zu können.

»Aha!« rief Doorn plötzlich. Seine Haltung veränderte sich, seine Hände begannen, schneller und zielstrebiger über die Symbole zu wandern.

Im ersten Moment hielt Ren Dhark es für Einbildung, hervorgerufen durch die fremdartige Umgebung und die permanente Anspannung, doch dann bemerkte er die Reaktion der Cyborgs.

Er hatte sich also nicht getäuscht. Das Licht war heller geworden, und ein schwaches Brummen, knapp oberhalb der Hörgrenze, erfüllte den Raum.

Die drei Rags wichen unwillkürlich zurück.

Doorn beschrieb mit den Händen einen großen Kreis, verharrte kurz und preßte sie dann auf zwei der glatten Flächen.

Das Brummen schwoll an, wurde höher und erstarb schlagartig wieder, als ein schwacher Lichtblitz ohne erkennbare Quelle aufflammte. Die Rags stießen wie aus einem Mund einen krächzenden Laut aus. Einer bedeckte die Augen mit den Händen und fiel auf die Knie.

Vor Arc Doorn war die Wand durchscheinend geworden, als hätte sie sich in leicht milchiges Glas verwandelt. Noch immer waren die Linien, Zeichen und Symbole auf ihrer Oberfläche zu sehen, aber dahinter…

… erstreckte sich ein weiter Raum, der sich in Dunkelheit verlor.

»So ähnlich habe ich mir das vorgestellt«, sagte Doorn fröhlich, und bevor ihn jemand daran hindern konnte, schritt er einfach durch die schimmernde Wand hindurch.

14.

Einflug ins Wanar-System!

Die beengte Zweisamkeit im Innern der 016 würde bald ein Ende haben – zumindest für die Dauer der anstehenden Verhandlungen. Wie lange sich die Gespräche mit dem Nareidum hinziehen würden, war noch nicht abzusehen. Aber allzulange *durften* sie nicht dauern…

Kartek und Dressler wußten, worauf es beim Besuch der friedliebenden Humanoiden ankam. Dan Riker hatte sie mit klaren Instruktionen losgeschickt, und um die Verhandlungen zu erleichtern, waren sie mit zwei der kleinen Translatoren ausgerüstet worden, die der POINT OF-Besatzung zum Abschied vom Nareidum »spendiert« worden waren.

Der Flash hatte die imaginäre Grenze der äußersten Planetenbahn – eine von insgesamt zwölf – passiert, als sich auch schon eine Wachboje mit der strikten Aufforderung meldete, sich unverzüglich zu identifizieren.

Via Gedankensteuerung wurde der vorbereitete Spruch von der im Unitall verborgenen Antenne abgestrahlt.

»Ich habe kein gutes Gefühl«, sagte Dressler. Er saß, wie anders nicht möglich, mit dem Rücken zu Kartek. Die Flash waren nicht nur in dieser Hinsicht seltsame Konstrukte einer Technik, die den Menschen lange Zeit Rätsel aufgegeben hatte – und dies in einiger Hinsicht immer noch tat.

»Warum? Alles läuft nach Plan. Wenn ich je *kein* ungutes Gefühl beim Besuch einer uns fremden Spezies hatte, dann hier bei den Galoanern. Das sind Pazifisten in Reinkultur. Die Shirs haben das bestätigt, und wir haben sie nicht anders kennengelernt. – Hast du schon vergessen, daß wir eines ihrer Schiffe vor diesen heimtückischen Weltraumnomaden gerettet haben? Wir haben unsere ›vertrauensbildenden Maßnahmen‹ geleistet. Es ist nicht so, daß wir als namenlose Bittsteller – Bettler – erneut bei ihnen auftauchten…«

»Das weiß ich alles«, gab Dressler verdrossen zurück. »Ich kann es mir ja selbst nicht erklären, es ist nur ein Gefühl. Hattest du sowas noch nie?«

»Doch. Wenn ich, wie in diesem Fall, länger als vierundzwanzig Stunden in meinem M-Anzug stecke, kriege ich immer unschöne Gefühle. Oder findest du die Art und Weise, wie die Anzüge mit unseren körpereigenen Abfallstoffen umgehen, sonderlich chic?«

»Hör bloß auf! Du verstehst es ja, einen aufzumuntern.«

»Sag ich doch… aber so lange müßten sie uns wirklich nicht schmoren lassen. Unser ID-Kode ist doch seit zwei Minuten raus…«

In diesen zwei Minuten hatte der Flash auch die Bahn von Umläufer Nummer elf passiert.

Und endlich meldete die nächstgelegene Wachboje: »Identität geprüft und akzeptiert. Sie sind willkommen. Folgen Sie dem Leitstrahl.«

»Na also«, murmelte Kartek, an dessen Erleichterung zu erkennen war, daß er keineswegs so sorglos durch die Gegend reiste, wie er gerne vorgegeben hätte. »Hört sich doch ganz okay an, oder?«

Dressler schwieg vielsagend.

Seine plötzliche, ihm selbst unerklärliche Skepsis war ihm vom Gesicht abzulesen.

*

Die Welt Galoa umkreiste ihre Sonne Wanar an vierter Position im Reigen der Umläufer. Galoa war das Herz des galoanischen Netzwerks. Der Name Netzwerk bezog sich auf die kommunikative Vernetzung sämtlicher Außenwelten mit dem Ursprungsplaneten; sie basierte, wie anders gar nicht machbar, auf Hyperfunk.

HyCyber hieß dieses allgegenwärtige Nachrichtenmedium im Sprachgebrauch der Galoaner.

Die Menschen von Terra hatten nur einen flüchtigen Einblick in dieses System erhalten.

Galoa wuchs mit atemberaubender Geschwindigkeit auf die Flashbesatzung zu. Der Leitstrahl korrespondierte absolut problemlos mit der Gedankensteuerung.

Galoa hatte einen Durchmesser von 9.847 Kilometern und besaß eine im Vergleich zu Terra geringere Schwerkraft von zirka 0,8 g. Vielleicht wirkte das äußere Erscheinungsbild der Bewohner deshalb so zierlich, beinahe zerbrechlich. Ein wenig erinnerte ihre Statur an Bilder von mutmaßlichen Aliens, wie sie zum Ende des 20. Jahrhunderts auf der Erde kursierten: Die Brustkörbe, die Lungen mit gewaltigem Volumen beherbergten, waren überaus ausladend, die Haut geschuppt. Bei einer Durchschnittsgröße von etwa 1,80 Meter, wogen die Galoaner kaum mehr als einen Zentner – unter irdischen Bedingungen. Oben auf dem birnenförmigen Schädel befand sich eine kombinierte Mund- und Atemöffnung. Dort, wo der Kopf am dicksten war, wurde er von einem Wulst umlaufen, der den Galoanern eine 360-Grad-Rundumsicht ermöglichte. Ihre schlanken Hände und Füße waren viergliedrig.

Wie alle Völker, denen die POINT OF-Besatzung bislang in Drakhon begegnet war, besaßen auch die Galoaner eine natürliche Affinität zu PSI-Kräften. Sie waren des sogenannten »Parasaugens« mächtig, was bedeutete, daß sie die Geisteskraft anderer Wesen stehlen und diese so hilflos machen konnten. Ihre friedliebende Mentalität verbot den Einsatz dieser Gabe im Aufeinandertreffen mit Angehörigen anderer Spezies oder Tieren jedoch von selbst – es sei denn, Galoaner sahen sich in ihrer Existenz bedroht.

Die einzigen von Natur aus Immunen gegen galoanisches Mentalsaugen, die den Terranern bislang bekannt geworden waren, waren die Nomaden. Was wiederum auf deren Parasensibilisierung beruhte, die zwar keine eigene Ausprägung in eine bestimmte Richtung aufzuweisen hatte, dafür aber als natürlicher Schutzschild gegen PSI-Attacken aller Art gewertet werden konnte.

Der Flash landete dort, wo schon die POINT OF Gastrecht genossen hatte: auf dem riesigen Raumhafen direkt bei der Hauptstadt. Im Hintergrund erhoben sich nicht nur die Schroffen eines nahen Gebirges, sondern auch die fast ebenso imposanten Wohntürme der Stadt.

Kartek und Dressler verließen die 016, die in ihrer Grundform beinahe dem galoanischen Schiffsmuster entsprach, und bestaunten die sich harmonisch ins Landschaftsbild einfügende Architektur der Megastadt.

»Immer wieder atemberaubend«, stellte Kartek fasziniert fest.

Über Funk – die transparenten Helme waren geschlossen, da die Planetenatmosphäre einen für Menschen zu geringen Luftdruck aufwies, erwiderte Dressler: »Was wirst du erst sagen, wenn wir vor das Nareidum geführt werden? Wir beide kennen es bislang nur aus Erzählungen. Wenige hatten die Chance, es mit eigenen Augen zu sehen – und mit den Toten zu sprechen.«

Mit den Toten zu sprechen.

Diesmal überkam Dressler das Unbehagen, das er nicht in Worte fassen konnte, mit Wucht.

Kartek schien es zu spüren.

»Was ist?«

»Nichts.«

»Schon wieder so eine Anwandlung wie draußen im Raum?«

»Vergiß es.«

In diesem Moment entdeckte Kartek das Fahrzeug, das sich aus Richtung der parkähnlichen Grünfläche näherte, welche die Stadt vom Raumhafen abgrenzte. Er machte Dressler darauf aufmerksam.

»Das ging ja schnell.«

Dressler war froh um die Ablenkung. Er litt normalerweise nicht unter Vorahnungen und war regelrecht hilflos gegenüber den davon ausgelösten Emotionen.

Das ankommende Vehikel war etwa dreimal so groß wie der Flash und rundum geschlossen. Es schwebte auf unsichtbaren A-Gravpolstern, besaß aber an der Unterseite eine Einkerbung, die andeutete, daß es eigentlich für eine Schienenstraße konstruiert worden war.

Die nahe Hauptstadt verfügte über ein entsprechendes Verkehrssystem. Individualverkehr in der Form, daß jeder Galoaner fahren konnte, wo es ihm beliebte, gab es nicht. Das Zubringerfahrzeug besaß eine Sondererlaubnis, die Schienenwege zu verlassen, was aber nicht weiter verwunderte, da es im Auftrag des Nareidums unterwegs war.

Als sich die Luke an der Flanke öffnete, zögerten Kartek und Dressler keine Sekunde und stiegen ein.

Drinnen wurden sie von einem Galoaner in mönchsartiger Tracht begrüßt und auf ihre Plätze verwiesen. Eine Unterhaltung schien von dem Chauffeur nicht gewünscht zu sein; entsprechende Versuche, ihn in ein Gespräch zu verwickeln, scheiterten.

Erstmals fühlte auch Kartek leichtes Unbehagen in sich wachsen.

Wie waren Ren Dhark und dessen Begleiter behandelt worden, als man sie damals zur Audienz beim Nareidum abgeholt hatte?

Anders?

Jetzt fange ich auch schon an, Gespenster zu sehen, dachte Kartek und streifte Dressler mit einem grimmigen Blick.

Die Sicht nach draußen war nur mittels Monitorflächen möglich. Warum man sich nicht auf eine einfache Verglasung beschränkt hatte, blieb unerfindlich, verstärkte aber das Empfinden, im Falle eines Falles ausgeliefert zu sein.

Die Fahrt zur Stadt und dem dort befindlichen Sitz der galoanischen Regierung schien sich endlos zu dehnen. Wenige Bürger säumten das urbane Bild. Noch weniger beachteten das als der Regierung zugehörig gekennzeichnete Vehikel, das zwischenzeitlich auf den Schienenweg zurückgekehrt war.

Dann war es endlich soweit: Ein gewaltiger Raum öffnete sich vor ihnen, das Fahrzeug hielt an und die Terraner wurden aufgefordert, auszusteigen. Hinter ihnen schloß sich die Luke, und nach einer Weile näherte sich ein Galoaner mit Atemschutzmaske den Besuchern.

»Sie können Ihre Helme jetzt öffnen«, erklang seine Stimme aus den Übersetzungseinheiten.

Kartek und Dressler legten ihr Mißtrauen ab und gehorchten. Die Helme falteten sich automatisch im Nacken zusammen. Ein letztes Zögern, dann strömte Galoa-Luft in die Lungen der Menschen.

Das Gemisch war perfekt auf ihren Metabolismus abgestimmt.

Und so blieb es auch auf der ganzen Strecke hin zu dem kugelförmigen Gebilde, das die Seelen einer unbekannten Zahl verstorbener Galoaner speicherte – und sie damit quasi unsterblich machte.

Kartek und Dressler schauderten im Schatten des Konglomerats.

*

»Ich mache mir Sorgen«, sagte Dan Riker zu der Person, die ihm zum größten Halt in der Ungewißheit geworden war, »daß ich eine falsche Entscheidung getroffen haben könnte.«

»Was sollte«, fragte scine Frau, »falsch daran sein, Freunde um Unterstützung zu bitten – insbesondere, wenn man bereits alle sonstigen Möglichkeiten geprüft und für unzureichend befunden hat?«

Dan Riker nickte. Das Gespräch fand in ihrer mit kleinen privaten Accessoires verschönerten Kabine »unter Ausschluß der Öffentlichkeit« statt. Anja hatte ihn regelrecht dazu zwingen müssen, die Zentrale wenigstens einmal kurzzeitig zu verlassen. Den Schlaf verweigerte er jedoch nach wie vor. Ein eigentlich absurdes Gefühl sagte ihm, daß genau dann, wenn er sich hingelegt hätte, Bewegung in die verfahrene Situation gekommen wäre.

Aber keine positive. Die Alptraumvorstellung, die er mit sich herumschleppte, war, wachgerüttelt zu werden mit der Nachricht, daß man nun den unumstößlichen Beweis für den Totalverlust der beiden vermißten Flash entdeckt habe…

Totalverlust.

Ein irres Wort für ein nahezu lähmendes Trauma.

»Freunde«, sagte er. »Ich maße mir nicht an, die Galoaner nach der kurzen Zeit, die wir hatten, uns gegenseitigen Respekt zu zollen, schon als Freunde zu bezeichnen.«

»Sie sind jedenfalls nicht das Gegenteil davon.«

»Feinde?« Auch hierzu schüttelte er den Kopf. »Nein, gewiß nicht. Aber zwischen diesen beiden Begriffen liegt eine Grauzone, die mich unruhiger macht, je länger Dressler und Kartek unterwegs sind.«

»Es sind erfahrene Piloten und, wenn es darauf ankommt, durchaus wortgewandt. Ich schätze mal«, Anja lächelte, »deshalb hast du sie auch ausgewählt und nicht etwa Pjetr Wonzeff oder Mike Doraner, die eher dem handelnden Typus entsprechen…«

»Du hast recht. Das ist auch nicht das Problem. Aber ich hatte viel Zeit, nachzudenken, während unsere Eierköpfe vergeblich nach dem Schlüssel suchten, den Schirm mit bordeigenen Mitteln zu knacken.«

»Und was ist dabei herausgekommen?«

»Die Erkenntnis, die ich auch schon früher in anderen Situationen hatte.«

»Ich höre.«

»Daß es immer schlecht ist, auf fremde Hilfe angewiesen zu sein. Wenn man sie einmal braucht, wirklich braucht, muß man meist erkennen, daß man auf die falsche Karte gesetzt hat.«

Anja schüttelte ernst, ja beinahe betroffen den Kopf. »Ich liebe dich, weil du das niemals gesagt hättest. Der Dan, den ich kenne und… nun, du weißt, was noch… würde sich, wenn gar nichts mehr geht, auch in einen Flash setzen und das Wagnis auf sich nehmen, in die Abschirmung um Rag hineinzufliegen. Mit«, ihr

Lächeln wurde so zärtlich wie in manchen Stunden, die sie sich zumindest körperlich noch näher gewesen waren, »mir an Bord.«

»Das würdest du riskieren?«

»Bevor ich allein hier zurückbliebe? Natürlich. Und bevor wir das Schiff in Gefahr brächten…«

Er stand auf und trat zu ihr. Auch sie erhob sich. Als sie sich küßten, hatte Riker das Gefühl, von irgendwoher neue Zuversicht, neue Kraft zu empfangen.

Gemeinsam verließen sie kurz darauf die Kabine. Ihre Wege trennten sich wieder: Anja suchte die Astroabteilung auf, Dan die Kommandozentrale. Das Hoffen und Bangen ging in die nächste Runde. Und die POINT OF umkreiste weiterhin das scheinbare Nichts, das längst zum Grab geworden sein konnte – für vier Menschen in ihren Flash-Särgen…

*

Als Priff Dozz in Pakk Raffs blutunterlaufene Augen sah, glaubte er sekundenlang, alle Verschwörerpläne seien durchschaut. Der oberste Rudelführer vermittelte den Eindruck eines Mannes, der sich nur mühsam beherrschte…

Was war geschehen?

Die Aufforderung, sofort auf der Brücke zu erscheinen, hatte Priff Dozz erreicht, als er sich in irgendeinem finsteren Winkel des Schiffes herumgedrückt hatte, um einen Riegel Konzentratnahrung zu sich zu nehmen. Etwas, was Nomaden nur in absoluten Ausnahmefällen aßen, bei einer Notlandung auf einem unwirtlichen Planeten etwa, an Bord ihrer Schiffe aber eigentlich nie. Priff Dozz jedoch scheute so sehr die abermalige Begegnung mit seinem aufgebrachten, zänkischen Weib, daß er beschlossen hatte, ihm die nächsten Tage lieber nicht unter die Augen zu treten.

Und so etwas träumt vom Umsturz, dachte er, Pakk Raffs Blick in den Tiefen seiner Seele spürend.

»Was ist?« fragte er. »Warum hast du mich gerufen?«

»Dein Ton gefällt mir in der letzten Zeit immer weniger«, knurrte Pakk Raff, der Bilderbuchvertreter seiner Spezies. Er war narbenbedeckt, was auf zahlreiche gewonnene Rangkämpfe hinwies, und selbst für einen Nomaden besonders stark.

Und besonders heimtückisch, dachte Priff Dozz, beim ersten Klang der Worte in sich zusammensinkend.

Er wußte, daß Pakk Raff ihn wegen seiner Intelligenz haßte – etwas, an dem es dem Rudelführer selbst offenkundig mangelte. Nichtsdestotrotz war Pakk Raff schlau genug, seine Position zu verteidigen. Er machte Verstand mit Verschlagenheit wett. Darüber hinaus war er sich seiner Macht vielleicht bewußter als jeder seiner Vorgänger. Niemand wagte es, ihm einen Wunsch – der automatisch Gesetz wurde – abzuschlagen. Obwohl eigentlich nicht üblich, hatte er sich als erste Amtshandlung nach seinem Aufstieg zum Herrn über sämtliche Nomadenschiffe gleich drei der attraktivsten Frauen als Gefährtinnen ausgewählt: große, schlanke, muskulöse Schönheiten mit blitzendweißen Gebissen…

Priff Dozz krümmte sich innerlich noch mehr zusammen.

Unterwürfig versicherte er: »Das liegt keinesfalls in meiner Absicht. Ich bin dir treu ergeben und werde mich bemühen, dir nie wieder Anlaß für Zweifel zu geben. Nie wieder…«

Selbst für Priff Dozz' Verhältnisse war dies beinahe schon zu dick aufgetragen.

Bei Pakk Raff schien er aber genau mit dieser Übertreibung den momentan besten Ton getroffen zu haben.

»Na gut, ich vergebe dir noch einmal. Außerdem…«, es war, als würden sich kleine Widerhaken aus Priff Dozz' Seelengrund lösen, als Pakk Raff seinen sezierenden Blick abwandte, »… brauche ich deinen Rat. Gerade kam eine interessante Nachricht herein.«

»Von wem?« Priff Dozz straffte sich wieder. Verstohlen verschaffte er sich einen Überblick, wer alles auf der Brücke Zeuge seiner neuerlichen Demütigung geworden war.

Die meisten, stellte er fest, nahmen es schon kaum mehr zur

Kenntnis, wenn Pakk Raff seinen mickrigen Berater abkanzelte.

»Von einer der Spionagesonden, die wir ins Wanar-System einschleusen konnten.«

Das war unmittelbar nach dem Start des Ringschiffs vom Raumhafen Galoa geschehen – unmittelbar nachdem Pakk Raffs vermeintlich bester Agent Korr Grutt kläglich bei dem Versuch gescheitert war, das Ringschiff in seine Gewalt zu bringen.

Seitdem war der Name Korr Grutt in Gegenwart des obersten Rudelführers tabu.

Denn er hatte nicht nur auf ganzer Linie versagt, kurz darauf war der Schatz, den Pakk Raff schon als neues Flaggschiff der Nomadenflotte betrachtet hatte, auch mit unbekanntem Ziel und Kurs aus dem Wanar-System verschwunden.

Priff Dozz wartete gespannt darauf, daß Pakk Raff ausführlicher wurde. »Ist das Ringschiff zurückgekehrt?«

»Das Ringschiff nicht«, sagte Pakk Raff, »aber eines seiner Beiboote, mit denen wir auch schon üble Erfahrungen gesammelt haben.«

Priff Dozz horchte auf. »Zweifel ausgeschlossen?«

»Natürlich!« fauchte Pakk Raff und hieb mit der Faust auf die Lehne seines Sitzes. »Meinst du, ich mache Wind, bevor ich mich vergewissert habe?«

»Nein, nein...«

»Na also. Dein Weib hat vorhin übrigens nach dir gefragt. Was ist los mit dir? Sie behauptet, du seist seit Tagen nicht in eurem Quartier aufgetaucht!«

Priff Dozz verzog die Schnauze. »Kleine Unstimmigkeiten«, versuchte er zu bagatellisieren.

»Welcher Art?« fragte Pakk Raff in ungewohnt verständnisvoller Manier nach. Beinahe noch mehr verwunderte Priff Dozz jedoch, daß den Führer der private Zwist seines Beraters mehr zu interessieren schien als das Thema, deswegen er ihn eigentlich zu sich befohlen hatte.

Er mißtraute dem Interesse von Anfang an. Gleichzeitig hatten ihn die außerhäuslichen Mahlzeiten und Schlafperioden bereits hinlänglich zermürbt, so daß er allen Mut zusammennahm und sagte: »Ich ertrage sie nicht mehr. Sie ist… sie ist…« Er schluckte. Sollte er wirklich?

Nur Mut, schien die Miene des Rudelführers ihn ermuntern zu wollen.

Nach einem tiefen Atemzug, sagte Priff Dozz so leise, daß er beinahe hoffte, nicht einmal der direkt vor ihm befindliche Pakk Raff könnte die Worte wirklich verstehen: »Sie ist meiner nicht würdig.«

Das Gesicht des Rudelführers blieb unverändert.

Ein paar Herzschläge lang jedenfalls.

Dann aber öffnete sich die Schnauze, und infernalisches Lachen brach über den Raum herein.

»Habt ihr das gehört?«

Priff Dozz wäre vor Scham am liebsten im Boden versunken.

»Er sagt, sein Weib sei seiner nicht würdig!«

Um Priff Dozz begann sich alles zu drehen. Als er das nächste Mal wieder die Augen aufschlug, stand Norr Marr vor ihm, der Bordmedikus. Norr Marr war für seine Diagnosen gefürchtet, mehr aber noch für seine Behandlungen.

Priff Dozz versuchte, sich von dem zu einer Liege umfunktionierten Sitz zu stehlen – wie er feststellte, befand er sich immer noch auf der Brücke – aber eine eiserne Pranke hielt ihn fest: Pakk Raff, der Norr Marr offenbar mit Begeisterung »assistierte«.

»Wohin so eilig? Norr Marr wollte gerade ein paar seiner Spezialegel einsetzen. Er ist der Meinung, daß dich ein gezielter Aderlaß wieder den Anforderungen deiner Aufgabe gewachsen sein ließe.«

»Neeeeiiiinnn…!«

»Schon gut.« Die Umklammerung löste sich. Priff Dozz' Unterlage kippte in die Sitzstellung zurück. Der Berater stürzte zu Boden. »War nur Spaß. Er hat dir ein Mittelchen injiziert, das dich wieder ins Bewußtsein geholt hat. Was ist los mit dir?« Pakk Raff trat Priff Dozz »freundschaftlich« in den Rücken. »Seit wann bist du so empfindlich? Vielleicht sollte dir Norr Marr tatsächlich eine kleine Egel-Kur verschreiben…«

»Er kann sich seine Egel an sein sadistisches Hinterteil kleben!« keuchte Priff Dozz und rappelte sich auf. Beide Arme abwehrend von sich gestreckt, wich er zurück, bis eine Instrumentenkonsole ihn stoppte.

Norr Marr lächelte zähnefletschend. Er war es gewöhnt, daß man seiner Heilkunst – und noch mehr seinen lauteren Absichten – mißtraute. Nachdem er sein Diagnosebesteck in einem Plastikkoffer verstaut hatte, verließ er mit federnden Schritten den Raum.

Priff Dozz atmete erst auf, als sich die beiden Schotthälften wieder hinter dem Medikus geschlossen hatten.

»So«, seufzte Pakk Raff, »kommen wir nach unserem Ausflug in die Komik nun wieder zum Ernst der Dinge zurück: Wir waren bei der guten Nachricht stehengeblieben, die unsere Spionagesonden aus dem Wanar-System übertragen haben.«

»Das Beiboot des Ringschiffes«, erinnerte sich Priff Dozz, weil er sich an das, was dieser Information aus Pakk Raffs Mund gefolgt war, nicht mehr erinnern wollte.

»Genau! Es ist auf Galoa gelandet und noch nicht wieder gestartet.«

»Was könnte dahinterstecken?«

»Das wollte ich eigentlich von dir wissen.«

»Zuerst brauche ich Einblick in sämtliche Daten.«

»Gewährt! Wie immer…«

Wenig später stand auch für Priff Dozz fest, daß sich hinter der Ankunft des Kleinstraumers, der zum Inventar des Ringschiffes zählte, mehr als ein bloßer Anstandsbesuch verbarg.

»Ich brauche die Daten sämtlicher Schiffsbewegungen im Wanar-System!«

»Welcher Zeitraum?«

»Der Besucher befindet sich verläßlich noch immer auf Galoa?«

»Mit absoluter Sicherheit.«

»Gut, dann brauche ich die Daten ab jetzt«, sagte Priff Dozz, ganz in seinem Element. »Ab genau jetzt…«

*

Als das Jaulen und Heulen aus der *Kammer der Götter* ertönte, rechnete Fassat schon mit dem Schlimmsten. Die alten Schriften berichteten von übernatürlichen Waffen, mit denen die Götter ihre Feinde gestraft hatten. Aber nichts dergleichen geschah.

Wieder verging eine längere Zeit. Fassat wußte nicht, wie lange er bereits in seinem Versteck kauerte. Mittlerweile mußte Mittag vorüber sein, und damit stieg die Gefahr, daß der Oberpriester seine Abwesenheit bemerkte und nach ihm suchen ließ.

Zweimal hatten die Agenten der *Gilde der Wissenden* den Tempel verlassen und waren mit gefüllten Stoffbeuteln zurückgekehrt. Was taten sie nur dort unten?

Plötzlich klang ein leises Brummen auf, so tief, daß Fassat es mehr in den Knochen spürte als hörte. Der Lichtblitz, der wenig später ohne Vorwarnung aus der rechteckigen Öffnung hervorzuckte, ließ den jungen Priester beinahe zu Stein erstarren.

Doch zu seiner Verwunderung vernahm er keine Todes- oder Angstschreie. Statt dessen wieder unverständliche Sätze in dieser fremdartigen Sprache, gefolgt von der korlonischen Übersetzung, die für ihn nicht minder unverständlich war.

Und dann wurden die Stimmen leiser. Es klang fast so, als würden sie sich entfernen.

Völlig unmöglich! Der Orden hütete die *Kammer der Götter* bereits seit Generationen, und sie hatte keinerlei Türen oder sonstigen Öffnungen.

Trotz seiner Angst schob sich Fassat, wie einem inneren Zwang folgend, hinter seinem Versteck vor, kroch auf dem Bauch bis zum Rand der Bodenöffnung und spähte hinab.

Die Kammer war leer. Auf dem Boden lagen ein paar rätselhafte Gegenstände herum, doch von den Fremden und den Geheimdienstleuten war keine Spur zu sehen. Und die Wände...

Eine Stelle schimmerte merkwürdig, und Fassat glaubte, undeutliche Schemen auf der anderen Seite zu erkennen, als wäre die Wand dort halb durchsichtig geworden. Aber um Gewißheit zu erlangen, hätte er die Treppe hinabsteigen müssen, und das wagte er nicht.

Also blieb er reglos auf seinem Posten liegen und lauschte angestrengt, bereit, sich sofort wieder hinter dem Altarpodest zu verstecken, wenn die Frevler zurückkehrten.

Falls sie jemals zurückkehrten...

*

»Eine U-Bahnstation«, stellte Ren Dhark verblüfft fest.

Er und die anderen waren Arc Doorns Aufforderung gefolgt und durch die schimmernde Wand getreten.

»Sie ist immer noch da«, hatte der Sibirier behauptet. »Nur in ihrer materiellen Komponente phasenverschoben.«

Die Dimensionen der Halle ließen sich nur erahnen, da die einzige Lichtquelle die »phasenverschobene« Öffnung in der Wand war. Ren fragte sich, ob es sich nicht vielleicht um eine Art Transmitter handelte, aber er war bereit, Doorn zu glauben.

Der stämmige Mann machte sich gerade an einer Konsole zu schaffen, die an einen automatischen Fahrkartenschalter erinnerte. Es überraschte Ren überhaupt nicht, als es kurz darauf in der Halle heller wurde, das gleiche goldfarbene Licht wie in der »Kammer der Götter«. Wieder einmal hatte Arc Doorn mit seinem traumwandlerischen Einfühlungsvermögen – oder mit seiner Intuition – die *richtigen Knöpfe* gedrückt.

»Ziemlich dürftige Beleuchtung«, meinte Bram Sass, obwohl er seit seiner Umwandlung in einen Cyborg auch im Infrarotbereich problemlos sehen konnte. »Ob unsere unbekannten Freunde an lichtschwache Verhältnisse angepaßt waren?«

»Nein, die primäre Energieversorgung ist ausgefallen«, behauptete Doorn. »Das ist sozusagen die Notstromversorgung. Wird wahrscheinlich durch das Photonenspeicherglas dort oben gespeist. Da drüben ist der Energiespeicher, der die elektromagnetischen Felder erzeugt, die ich angemessen habe.«

»Woher weiß er das alles?« erkundigte sich Uclief mißtrauisch. »Wissen Sie vielleicht doch mehr über die Rahim, als Sie zugeben?«

Ren schüttelte den Kopf. »Nein, General. Niemand kann erklären, wie Arc Doorn das macht. Nicht einmal er selbst. Sie können ihn gern auf die Probe stellen. Geben Sie ihm irgendein beliebiges Ihrer Geräte, egal, wie exotisch es auch sein mag. Ich garantiere Ihnen, daß er Ihnen die Funktionsweise in wenigen Minuten erklären und es wahrscheinlich auch noch verbessern kann.«

Er blickte sich um. Seine anfängliche Vermutung bestätigte sich. Sie befanden sich tatsächlich in einer U-Bahnstation. Oder besser gesagt, in einer Station für Magnetschwebebahnen.

Auf mehreren Gleisen standen stromlinienförmige Züge, die auch von der Erde der Gegenwart hätten stammen können. Glatt, funktionell und geradezu vertraut. Aber genau das wirkte besonders exotisch in dieser Umgebung. So wie Palmen in Grönland fehl am Platz gewirkt hätten.

Irdisch anmutende Technik einer unbekannten Rasse auf einer Welt, deren Bevölkerung teilweise noch Dampfmaschinen benutzte.

Für Uclief und seine Begleiter mußte es ein Wunder sein. Allein dieser Fund konnte die Entwicklung der Rags kräftig anschieben.

Die Station war in etwa so groß wie die einer irdischen Millionenstadt. Zu beiden Seiten verschwanden kreisrunde Röhren im Fels. Ren spähte in den ihm nächsten Tunnel. Das gedämpfte Licht aus der Halle erhellte höchstens die ersten fünfzig Meter. Dahinter gähnte undurchdringliche Finsternis.

»Das hier dürfte interessant sein«, ertönte Doorns Stimme hinter ihm. Er drehte sich um.

Der Sibirier stand noch immer vor der Konsole und hantierte an einer Schalttafel mit flachen Drucktasten herum.

Plötzlich flammte mitten in der Luft eine gut zwei Meter durchmessende flirrende Kugel auf. Die Rags starrten sie wie gebannt an und begannen dann, aufgeregt miteinander zu tuscheln.

»Das ist Owid«, beantwortete Uclief Rens Frage, während er einen kleinen Fotoapparat zückte und eine Reihe von Aufnahmen der Holographie anfertigte. »Diese undeutlichen Konturen dort sind Küstenlinien. Das ist Gawa, das Undo und das dort im Süden Lark. Aber diese Landzunge im Westen ist schon vor mehr als fünfhundert Jahren versunken. Wenn das Bild deutlicher wäre...«

»Moment, das kriege ich besser hin«, brummte der Sibirier und nahm ein paar Schaltungen vor.

Die Kontinente und Inseln auf dem Hologramm wurden farbig, die Konturen kontrastreicher. Ein dünnes Netz roter Linien, das den gesamten Planeten überzog, leuchtete auf. Wo sie sich kreuzten, blinkten blaue Punkte. Dann begann die Kugel, gemächlich zu rotieren.

»Wenn ich mich nicht täusche, ist das eine Art Netzkarte«, sagte Ren. »Demnach muß es ein Tunnelnetz unter den Ozeanen geben. Arc, glauben Sie, Sie können eine der Bahnen in Betrieb setzen?«

Doorn hatte die Hände in die Hüften gestemmt und die Lippen geschürzt. »Wenn ich hier irgendwo ein intaktes Kraftwerk entdecken würde... aber das müßte schon über gewaltige Kapazitäten verfügen, um ein längeres Stück der Magnettrassen mit der nötigen Energie zu versorgen.«

»Dann machen wir uns auf die Suche.«

Etliche Stunden später wußten sie, daß keine der Bahnen mehr fahren würde. Jedenfalls nicht in den nächsten Jahren.

Alle Tunnel waren in beiden Richtungen nach einigen hundert Metern eingestürzt und hoffnungslos mit tonnenschweren Felsbrocken blockiert. Selbst wenn es gelingen würde, sie fortzuräumen, ihr Gewicht mußte die Magnettrasse zu stark beschädigt haben. Und von einem Kraftwerk fand Arc Doorn nicht die geringste Spur.

Der Abend war längst hereingebrochen, als sie die Station schließlich verließen und Doorn den Durchgang in der *Kammer der Götter* auf Ucliefs Bitte hin wieder versiegelte.

»Die Priester dürfen nichts von diesen technischen Anlagen erfahren«, sagte der General. »Unsere Bevölkerung ist zwar nicht sehr religiös, aber wir können nicht das Risiko eingehen, daß es zu Unruhen kommt. Wenn Gante von dieser Entdeckung erfährt, könnte es neue Verbündete gegen Ruham finden. Der Herrscher von Gante spielt sich als der Hüter des wahren Glaubens aller Owiden auf. Das hier wäre wahrscheinlich Anlaß genug für ihn, den Krieg zu intensivieren und unser Volk gegen seinen rechtmäßigen Herrscher aufzuwiegeln.«

»Heißt das, Sie wollen dieses technische Vermächtnis einfach ignorieren?« fragte Ren ungläubig.

»Keineswegs.« Uclief schlenkerte die Finger, eine Geste der Verneinung. »Wir werden uns von Arc Doorn genau erklären lassen, wie die Anlagen zu bedienen sind. Und dann werden wir sie zu gegebener Zeit gründlich, aber unauffällig untersuchen. Doch jetzt bringe ich Sie erst einmal in Ihre Quartiere zurück. Ich muß mich mit meinem Stab besprechen und die gewonnenen Erkenntnisse auswerten. Seit Sie unsere Gäste sind, haben wir mehr neues Wissen erlangt als in vielen Jahren zuvor.«

»War uns ein Vergnügen«, erwiderte Doorn. Er streckte sich, kratzte sich ungeniert im Schritt und gähnte herzhaft. »Sie können sich meine ewige Dankbarkeit durch ein reichhaltiges Essen und einen Krug Ihres anregenden grünen Prickelwassers verdienen.«

Als wären seine Worte ein Signal gewesen, knurrte Rens Magen vernehmlich. Er schloß die Augen und seufzte leise.

Seine Hoffnung, der Lösung des Rätsels näherzukommen, hatte sich nicht erfüllt. Sie waren noch immer auf diesem Planeten gestrandet, abgeschnitten von der POINT OF, und die Rahim erwiesen sich wie befürchtet als Meister der Geheimniskrämerei. Was ihn nicht hätte überraschen dürfen, falls sie wirklich mit den Mysterious identisch waren.

Warum gaben sich die Geheimnisvollen so viel Mühe, ihr wahres Aussehen zu verbergen und ihre Spuren zu verwischen? Wie kam es nur, daß keine der verschiedenen Spezies, denen die Menschen auf ihrem Weg ins All begegnet waren, verläßliche Informationen über die Unbekannten besaßen?

Dieselben Fragen, die ihn plagten, seit er auf Hope ihre ersten Hinterlassenschaften gefunden hatte.

Aber eines Tages, davon war er fest überzeugt, würde er das Rätsel lösen.

*

Fassat zitterte vor Angst und Erschöpfung, als er den Tempel eine halbe Stunde nach den Fremden und den Ketzern der Gilde verließ. Er hatte die *Kammer der Götter* inspiziert, natürlich mit der gebotenen Demut und unter ständigen Gebeten, und sie unverändert vorgefunden. Sie erstrahlte nach wie vor in dem vertrauten weichen Licht. Von dem seltsamen Schimmern in der Wand oder einer Geheimtür war nichts mehr zu entdecken.

Offenbar war er nicht von seinen Glaubensbrüdern vermißt worden. Er kam gerade noch rechtzeitig, um an der abendlichen Zeremonie teilzunehmen. Mehrmals hatte er das Gefühl, daß der Oberpriester ihn intensiv musterte, aber der Tempelvorsteher sprach ihn nicht an.

Fassat wartete in seiner bescheidenen Kammer, bis die Glocken zur Nachruhe gerufen hatten. Als die Lichter im Wohntrakt des Ordens erloschen, machte er sich verstohlen auf den Weg zu der kleinen Gesandtschaft der Priester von Gante, die Korlo trotz des Krieges noch immer duldete.

Niemand hatte den Priestern der verfeindeten Reiche jemals verboten, den Kontakt untereinander aufrechtzuerhalten. Der Monarch von Korlo war ein umsichtiger und auf Ausgleich bedachter Herrscher. Trotzdem kam es Fassat beinahe so vor, als stünde er im Begriff, sein Volk zu verraten.

Aber nur beinahe. Er diente einem höheren Herrn als dem Monarchen. Er diente den Göttern von den Sternen, den wahren Gebietern aller Owiden.

*

Der nächste Tag verging ereignislos. Ren Dhark und seine Gefährten durften sich frei innerhalb der Geheimdienstzentrale bewegen, und Uclief hatte ein paar Mitarbeiter abgestellt, die seinen Gästen jeden Wunsch erfüllten. Der General selbst blieb verschwunden. Vermutlich steckte er bis über die nicht vorhandenen Ohren in endlosen Konferenzen.

Arc Doorn hatte die Zwangspause genutzt, um sich mit technischem Gerät einzudecken, das ihm auch bereitwillig gebracht worden war. Innerhalb weniger Stunden verwandelte er ein einfaches Funkgerät in eine leistungsfähige Sende- und Empfangsstation, mit der er versuchte, Kontakt mit der POINT OF herzustellen. Der Ringraumer hatte, nachdem er in einen Orbit um den Planeten gegangen war, die Funkfrequenzen auf den konventionellen Bändern überwacht, um Aufschluß über den technischen Entwicklungsstand der Owiden zu erhalten.

Doch die Bemühungen des Sibiriers blieben fruchtlos. Außer dem kosmischen Hintergrundrauschen bekam er kein Signal herein, und wenn die POINT OF seine Sendungen empfing, schwieg sie aus irgendeinem Grund.

Ren machte sich mehr Sorgen, als er zugab. Zwar vertraute er seinem Schiff und der Mannschaft um Dan Riker bedingungslos, aber dieser Sektor der Milchstraße, in dem sich die heimische Galaxis mit einer fremden Sterneninsel mischte, barg viele Gefahren. Neben unberechenbaren hyperphysikalischen Phänomenen und den Schwankungen des galaktischen Magnetfeldes, die sogar die Mysterioustechnik beeinträchtigen konnten, gab es mit den sogenannten Nomaden mindestens eine aggressive Fremdrasse in der näheren Umgebung. Die hundeähnlichen Wesen hatten die POINT

OF schon einmal in arge Bedrängnis gebracht. Nicht auszuschließen, daß sie mit weiteren Überraschungen aufwarteten.

So absurd es auch klingen mochte, Ren hoffte beinahe, daß die Nomaden die Menschen aufgespürt und Dan gezwungen hatten, das Planetensystem mit dem Ringraumer vorübergehend zu verlassen, um die Verfolger von Owid abzulenken. Das wäre die einfachste Erklärung für die Untätigkeit der POINT OF. Und wenn Riker die Notwasserung der beiden Flash beobachtet hatte, würde er vermutlich zögern und zuerst die Meßdaten der Ortung auswerten, bevor er ein weiteres der kleinen Beiboote den Planeten anfliegen ließ und in Gefahr brachte.

Trotzdem zehrte die Untätigkeit zunehmend an Rens Nerven, und er war erleichtert, als Uclief am späten Nachmittag endlich wieder auftauchte.

»Haben Sie mit der Armeeführung gesprochen?« fragte er nach einigen höflichen Wortplänkeleien. »Ist man bereit, uns ein Boot oder ein Luftschiff zur Verfügung zu stellen, um uns nach Undo zu bringen?« Seit er das Hologramm in der U-Bahnstation gesehen hatte, war er mehr denn je davon überzeugt, den mittleren Kontinent aufsuchen zu müssen, wenn er Aufschluß über die geheimnisvollen Rahim finden wollte.

»Prinzipiell ja«, erwiderte der General vorsichtig. »Aber nicht sofort. Sie kennen unsere Situation. Die Blockade der Seewege durch die Ganten ist momentan so effektiv wie nie zuvor. Wenn wir den Riegel wenigstens an einer Stelle knacken könnten…«

Wie fremdartig er auch sein mochte, der Blick, den er Arc Doorn dabei zuwarf, sprach Bände.

»Mit anderen Worten, ich soll mir mal wieder etwas einfallen lassen, um die Kastanien für euch Burschen aus dem Feuer zu holen«, knurrte der Sibirier eher geschmeichelt als mißmutig. Offensichtlich hatte er die unausgesprochene Aufforderung ebenfalls verstanden.

»Die… was?«

»Eine typische irdische Redewendung«, erklärte Ren schnell.

»Es bedeutet, Probleme für Sie zu lösen. Hören Sie zu, General, wir sind durchaus bereit, Ihnen mit unserem Wissen auszuhelfen, aber diese Fragen sollten wir lieber mit den entsprechenden Entscheidungsträgern beim Militär erörtern.« Er betrachtete aufmerksam das flache, kaum konturierte Gesicht des Rags, die schwarzen Knopfaugen in der rosafarbenen Haut. Entdeckte er einen Anflug von Verärgerung in Ucliefs Mimik? »Nicht, daß wir Ihnen nicht vertrauen würden, aber es ist ein bißchen umständlich, ständig über einen Boten verhandeln zu müssen.«

»Ich verstehe Ihre Bedenken, Ren Dhark«, erwiderte Uclief ruhig. »Und ich darf Ihnen mitteilen, daß Ihr Wunsch in Erfüllung gehen wird. Was nun das Angebot Ihres Mitarbeiters betrifft…«

»Technische Entwicklungen benötigen Zeit«, begann Ren, »und davon haben wir keinen unbegrenzten Vorrat zur Verfügung. Natürlich können wir Ihnen helfen, aber Ihren Angaben nach sind Sie der Flotte der Ganten zahlenmäßig unterlegen, und ich bezweifle, daß Sie in vertretbarer Zeit in der Lage sind…«

»Ein Tag«, unterbrach ihn Doorn.

»Was?« fragte Ren irritiert.

»Geben Sie mir einen Tag Zeit. Für die Anfertigung eines Prototyps.«

»Wovon reden Sie?«

»Radar«, sagte Doorn lakonisch. »Während ich das Funkgerät zusammengeschraubt habe, konnte ich den Kram sichten, den unsere Freunde auf Lager haben. Eigentlich sind alle Komponenten vorhanden. Ich muß nur die eine oder andere etwas aufmotzen und ein bißchen improvisieren, und schon haben wir ein einfaches Radargerät.«

»Was ist ein… Radargerät?« wollte Uclief wissen.

»Eine Vorrichtung, mit der Sie größere metallische Objekte aus weiter Ferne auch bei Nacht oder Nebel orten können«, erklärte Doorn. Er bohrte sich nachdenklich mit dem kleinen Finger im Ohr herum, begutachtete versonnenen seinen Fingernagel und ließ die Hand wieder sinken. »Stellen Sie sich ein Echo auf elektromagnetischer Basis vor, das...« Er winkte ab. »Ach, was. Lassen Sie mich nur machen. Ich habe hier ja alles, was ich brauche.« Er deutete auf den großen Schreibtisch und den Boden des geräumigen Zimmers, das er sich mit Ren Dhark teilte und in eine Werkstatt verwandelt hatte. Überall lagen diverse Materialien und Bauteile herum. »Und wenn mir irgendwas fehlt, werden Ihre Leute es mir besorgen. Allmählich kommen die Jungs in Übung.«

Uclief schien nachhaken zu wollen, doch dann stieß er wieder das mittlerweile vertraute schnarrende Lachen aus. »Was auch immer Sie verlangen, mein Freund, Sie werden es bekommen.«

Mein Freund, dachte Ren, als Uclief das Zimmer verließ. Es war das erste Mal, daß der Rag einen der Menschen so genannt hatte.

Er trat an den Schreibtisch, kramte ein Blatt Papier und einen Stift zwischen den Utensilien hervor und begann, hastig zu schreiben. »Glauben Sie, Sie kriegen das wirklich in einem Tag hin?« fragte er laut und zeigte Doorn den Zettel. Er hätte auch den Translator abstellen können, aber er wollte kein Mißtrauen erregen.

Vorsicht, es könnte sein, daß man uns abhört, las der Sibirier.

»Können Fische schwimmen?« fragte Doorn mit einem schiefen Grinsen zurück.

Bauen Sie, wenn möglich, eine Sicherung in das Gerät ein, damit die Rags es nicht gegen unseren Willen untersuchen können, bevor sie eine Gegenleistung erbracht haben, kritzelte Ren eilig. *Wir dürfen nicht all unser Pulver vorzeitig verschießen.*

Doorn nickte. »Im Ernst«, fuhr er fort, »unsere Freunde« – er zwinkerte verschwörerisch – »haben bereits Kathodenstrahlröhren entwickelt, mit denen wir uns einen Monitor bauen können. Dann brauche ich einen Radartransponder. Dazu lasse ich mir von den Burschen einen Klystron anfertigen. Gold- und Wolframdrähte haben sie ja, und von der Glasverarbeitung verstehen sie auch was. Also kriegen wir eine passable Röhre hin.«

Sollten sie tatsächlich abgehört werden, würde den Rags jetzt der Kopf schwirren, denn da ihre Sprache diese Begriffe nicht kannte, konnte der Translator sie auch nicht übersetzen.

»Ein Problem dürfte die erforderliche Leistung und Spannung werden.« Doorn kratzte sich am Kopf, und sein Grinsen erlosch. »Wir arbeiten im 450 Megahertz-Bereich, also benötigen wir ordentlich Saft. Mindestens 50 Kilowatt bei 2.000 Volt oder aufwärts. Hmm... 20 der leistungsstärksten Batterien, die ich gesehen habe, müssen parallel geschaltet werden, dahinter ein Zerhacker, Gleichstrom in Wechselstrom transformieren und hochspannen... hmm...«

Er fegte eine Fläche auf dem Schreibtisch frei, griff nach Papier und Stift und erstellte mit fliegenden Fingern Konstruktionsskizzen.

Ren sah ihm eine Weile zu, zeigte ihm sicherheitshalber noch einmal den Zettel mit der Bitte um eine eingebaute Sicherung und verbrannte die Botschaft dann im Kamin. Unwahrscheinlich, daß die Rags die terranischen Schriftzeichen entziffern konnten, aber wozu ein unnötiges Risiko eingehen?

Er verließ Arc Doorn, der gerade nach einem Adjutanten läutete, und begab sich in das benachbarte Zimmer, um die beiden Cyborgs über den Stand der Dinge zu informieren.

*

An diesem Abend fuhr ein junger korlonischer Kaufmann mit dem Zug aus Ruham an die Südküste Gawas, an einen kleinen Ort nicht weit von dem größten Marinestützpunkt entfernt. Neben dem wenigen persönlichen Gepäck trug er eine Aktentasche mit Geschäftsunterlagen bei sich. Die Sicherheitskontrollen kurz vor Erreichen seines Ziels passierte er anstandslos.

Und auch eine gründliche Durchsuchung hätte nichts Verdächtiges zu Tage gefördert, den die wirklich brisanten Informationen hatte der Rag in seinem Kopf gespeichert.

Informationen über monströse Geschöpfe, die den von dem korlonischen Geheimdienst abgesperrten Tempel von Ruham untersucht hatten, Berichte aus einer glaubwürdigen Quelle. Und Gerüchte über ungewöhnliche Aktivitäten der *Gilde der Wissenden.*

Der unbescholtene Kaufmann, der diese Geschäftsreise regelmäßig unternahm, arbeitete seit Jahren für den gantischen Geheimdienst. Und er war nicht der einzige Informant Gantes. Ein Kollege aus der Marineverwaltung, den er nicht kannte, hatte die Fremden bereits vor Tagen bei ihrer Ankunft im Kriegshafen gesehen und einem geschwätzigen Matrosen in einer Kneipe geschickt ein paar Informationen entlockt. Und die Besatzung eines gantischen Zerstörers hatte die Landung – die eher ein Absturz gewesen war – von zwei kleinen, merkwürdigen Flugkörpern im Meer beobachtet.

Alle Berichte fanden ihren Weg zu einem unscheinbaren Fischer in einem Dorf auf korlonischem Gebiet nicht weit von der derzeitigen Frontlinie zwischen den verfeindeten Reichen, und von dort erreichten sie auf verschlungenen Pfaden die Zentrale der militärischen Aufklärung von Gante.

Noch waren die Geheimdienstleute skeptisch, was den angeblichen Besuch von fremden Wesen aus dem All in Korlo betraf, aber vorsorglich wurden alle »schlafenden« Agenten in Alarmbereitschaft versetzt. Wie unwahrscheinlich ein solches Ereignis auch sein mochte, wenn es tatsächlich Fremde von den Sternen gab, mußten sie über eine unglaublich weit fortgeschrittene Technologie verfügen, und wer auch immer in den Besitz ihres Wissens gelangte, konnte den Krieg in kürzester Zeit für sich entscheiden.

*

Am Morgen des übernächsten Tages fuhr eine kleine Wagenkolonne von Ruham Richtung Süden in einen heideartigen Landstrich, der einen Stützpunkt der bescheidenen korlonischen Luftwaffe beherbergte. Im dritten Wagen, dessen Fenster mit Vorhängen verdeckt waren, saß neben Ren Dhark, den beiden Cyborgs, General Uclief und zwei weiteren Geheimdienstleuten ein völlig übernächtigter Arc Doorn.

Der Sibirier hatte fast sechsunddreißig Stunden hintereinander geschuftet, um sein Radargerät fertigzustellen. Seine Augen waren gerötet, die Haut blaß, und das strähnige Haar hing ihm wirr in die Stirn. Trotzdem wirkte er wie aufgedreht. Ein Testlauf im Hauptquartier des Geheimdienstes hatte ergeben, daß das Radargerät prinzipiell funktionstüchtig war, aber ob es sich auch in der Praxis bewähren würde, mußte sich erst noch zeigen.

Arc gab sich optimistisch. Er hatte seinen Begleitern Wetten angeboten, doch Ren wußte, daß sein alter Weggefährte längst nicht so überzeugt war, wie er tat. Auch ein Genie konnte keine Wunder vollbringen, und Doorn hatte mit mehr Schwierigkeiten kämpfen müssen als vermutet.

Einer der großen Hangars des Luftwaffenstützpunktes war bereits geöffnet worden. Vor seinen Toren hing ein matt silbern glänzendes Luftschiff in seinen Trossen.

Doorn sprang aus dem kutschenartigen Gefährt, kaum daß es zum Stehen gekommen war, und gab den Rags mit Hilfe des Translators Anweisungen. Die Owiden entluden die Einzelteile des Radargeräts, als würden sie hochexplosives Nitroglyzerin enthalten, und trugen sie in die Gondel des Luftschiffes. Dann schleppten Soldaten zwei Dutzend schwere Batterien in die Ladeluke und zogen sich auf Befehl ihres Vorgesetzten zurück.

»Ich werde aus den Dingern rauskitzeln, was ich kann«, knurrte Doorn zwischen zusammengebissenen Zähnen, während er die Batterien parallelschaltete und Ren Dhark mit Hilfe der Cyborgs und einer Bedienungsanleitung des Sibiriers die große Radarschüssel an der Vorderseite der Gondel befestigte, »aber spätestens nach einer Stunde Betrieb sind sie hoffnungslos ausgelutscht. Das dürfte für Demonstrationszwecke reichen. Im richtigen Einsatz bräuchten wir allerdings einen leistungsstarken Generator.«

Ein Ring von Soldaten schirmte das Luftschiff vom Rest ihrer Kameraden ab. Doorn bemerkte weder sie noch die hochrangigen Offiziere, die die Arbeiten fasziniert und verständnislos zugleich verfolgten.

Wieder erwies er sich als ein Meister der Improvisation. Kaum zwei Stunden, nachdem er begonnen hatte, grunzte er erschöpft, aber zufrieden und hob einen ölverschmierten Daumen. »Alles klar, wir können starten.«

Die vier Menschen, General Uclief und sechs Offiziere gingen an Bord. Zusammen mit dem Kapitän des Luftschiffes, dem Steuermann, dem Funker, zwei Maschinisten und den schweren Batterien, hatte der Zeppelin die Grenzen der maximalen Zuladung erreicht.

Die Bodenmannschaften lösten die Taue, der Kapitän ließ Balastwasser ab, und das Luftschiff schwebte majestätisch in die Höhe. Dröhnend erwachten die Kolbenmotoren zum Leben. Die Zwillingsluftschrauben steuer- und backbords setzten sich träge in Bewegung und richteten den Bug in den schwachen Wind.

Es war ein wolkenverhangener Tag, wie geschaffen für die beabsichtigte Demonstration. Ren fühlte sich in eine Vergangenheit zurückversetzt, die er nur aus Schulungsfilmen und Dokumentationen kannte. Unter ihm schrumpften die Gebäude zusammen, der Horizont wurde weiter. Auch die Cyborgs starrten wie gebannt aus den Fenstern, als wären sie noch nie zuvor in ihrem Leben geflogen. Nur Arc Doorn hatte keinen Blick für das spektakuläre Panorama übrig. Er hantierte noch immer geschäftig mit Werkzeugen und bloßen Händen an dem ersten Radargerät herum, das diese Welt gesehen hatte.

In knapp zwei Kilometern Höhe drang das Luftschiff in einen Wolkenschleier ein. Doorn legte einen Schalter um, und der runde Bildschirm leuchtete grün auf. Ein weiterer Schalter versetzte die Radarschüssel in Rotation.

Auf dem Monitor erschien eine helle Linie, die sich im Uhrzeigersinn drehte und helle Schlieren hinter sich herzog. An ihrem Rand glühten verwaschene Schemen.

»Die Hangars«, murmelte Doorn. »Bei der Größe kaum verwunderlich, obwohl sie direkt unter uns liegen. Sind Ihre Vögel in der

Luft, General?«

»Vögel?« fragte Uclief verwirrt.

»Mann, ist der begriffsstutzig«, brummte Doorn fast unhörbar und fügte lauter hinzu: »Ihre fliegenden Klapperkisten... äh... Ihre Flugzeuge.«

»Sie sind wie geplant gestartet«, antwortete ein Luftwaffenoffizier an Stelle des Geheimdienstchefs.

Doorn hatte sich ausgebeten, ihm nicht zu verraten, in welcher Richtung und Höhe die Flugzeuge flogen. Auch wenn dies nur ein erster Testlauf war, wollte er die Leistungsfähigkeit des Radars in der Praxis beweisen. Er wußte nur, daß die ersten Maschinen rund zehn Kilometer entfernt waren.

Der Bildschirm flackerte kurz und stabilisierte sich. Kurz darauf erschien ein undeutlicher Fleck hinter der wandernden Linie.

»Dreizehn Grad Ostnordost«, meldete der Sibirier, jetzt plötzlich völlig ruhig und konzentriert. Er veränderte eine Einstellung. Der Fleck löste sich in drei Punkte auf. »Drei Maschinen, etwas tiefer als wir. Sie fliegen genau nach Süden.«

Die Rags wechselten einen ungläubigen Blick und schnatterten aufgeregt. Zwei der Offiziere starrten in die angegebene Richtung aus dem Fenster, um sich zu überzeugen, daß die Flugzeuge unmöglich mit bloßem Auge zu sehen waren. Überflüssig, denn durch die Wolkenfetzen betrug die Sicht kaum hundert Meter.

»Das ist... richtig«, bestätigte der Funker, dessen Finger über die Morsetaste hüpfte, ehrfürchtig.

»Dann lassen Sie jetzt die zweite Staffel aufsteigen«, verlangte Doorn.

Das Luftschiff durchbrach in zweieinhalb Kilometern Höhe die Wolkendecke und wurde in gleißendes Sonnenlicht getaucht. Die drei Punkte wanderten langsam über den Rand des Monitor hinaus.

Wieder justierte Doorn das Radar nach. Das Summen der Umformer wurde etwas lauter. Gespanntes Schweigen machte sich breit. Alle starrten wie hypnotisiert auf den Bildschirm. Hin und wieder ertönte ein abgehacktes Keuchen.

»Ein Echo aus Südost, 125 Grad«, meldete Doorn nach einer kleinen Ewigkeit. »Mehrere Objekte. Vier... nein fünf. Entfernung dreißig Kilometer. Nähern sich uns auf direktem Kurs. Gleiche Flughöhe.«

Erneut bestätigte der Funker die Angaben, und die Aufregung der Offiziere wuchs. Ren hätte schwören können, daß Uclief über das ganze Gesicht strahlte – zumindest auf ragsche Art.

Auch der dritte Test verlief erfolgreich. Arc Doorn konnte weitere Flugzeuge in einer Entfernung von fast sechzig Kilometern orten, jedoch nicht mehr die genaue Zahl bestimmen. Allmählich stieß das Radar an seine Grenzen.

»Ich könnte die Leistungsfähigkeit noch ein bißchen erhöhen«, erklärte er, »aber dazu bräuchte ich besseres Material. Wenn ich mehr Saft gebe, schmort mir das Klystron durch. Außerdem sind die Batterien fast am Ende.«

»Das macht nichts«, erwiderte Uclief leise. Er vollführte eine Geste, die Ren noch nie bei ihm gesehen hatte, als versuchte er, unsichtbare Fliegen aus der Luft zu fangen. Wahrscheinlich ein Zeichen der Begeisterung oder Ungläubigkeit. Oder beides. »Sie haben uns mehr als überzeugt. Das ist... beinahe Magie. Können Sie uns mehr von diesen Radargeräten bauen?«

»Mit den nötigen Ressourcen...« setzte Doorn zu einer längeren Antwort an.

»General, auf die Gefahr hin, unhöflich zu klingen«, fiel ihm Ren ins Wort, »aber ich glaube, wir haben mittlerweile genug Vorleistungen erbracht. Jetzt ist es an der Zeit, daß Sie uns einen Schritt entgegenkommen. Sie wissen, was wir von Ihnen erwarten.«

Uclief starrte ihn eine Weile eulenhaft an, dann gab er dem Kapitän ein Zeichen, und das Luftschiff sank langsam in die Tiefe. »Ren Dhark«, sagte er ernst. »Wir stehen tief in Ihrer Schuld. Ich gebe Ihnen mein Wort, daß ich mich für Sie einsetzen werden. Und ich kann Ihnen versichern, daß die hier anwesenden Offiziere mich dabei unterstützen werden. Aber Sie müssen verstehen...«

Er zögerte kurz, und auf einmal wirkte er fast verlegen. »Vielleicht habe ich bisher nicht ganz die Wahrheit gesagt oder Ihnen falsche Hoffnungen gemacht. Die Entscheidung, Sie durch die feindlichen Linien nach Undo zu bringen – auf welchem Weg auch immer – kann nur der Monarch allein treffen. Nein, bitte lassen Sie mich ausreden«, kam er einem entrüsteten Einwand Ren Dharks zuvor. »Ich bin mir sicher, daß er Ihrer Bitte entsprechen wird. Die Befehlshaber von Heer, Marine und Luftwaffe werden Ihr Gesuch befürworten.«

Und dann tat er wieder etwas, das eine Premiere war. Er zog einen Zierdolch aus der Scheide an seinem Uniformgürtel und stach sich die Spitze der Klinge in den Handballen. Dunkles Blut tropfte auf den stumpfen Boden der Gondel.

»Bei meinem Blut«, sagte er. »Möge es verderben, wenn ich das Wort breche, das ich einem Freund gegeben habe.« Er legte die blutende Wunde auf seine Stirn, dann streckte er die Hand aus und berührte Rens Stirn.

Der Commander ließ die Geste über sich ergehen, ohne mit der Wimper zu zucken. Er spürte instinktiv, sah es an der Haltung der anderen Offiziere, daß Uclief soeben einen Schwur geleistet hatte, der den Rags heilig war.

»Ich glaube Ihnen, General«, erwiderte er und verneigte sich. Letztendlich hatte auch er nicht mit offenen Karten gespielt. Das Radargerät enthielt eine Schmelzbombe auf Magnesiumbasis, die es bei unsachgemäßer Öffnung in einen nutzlosen Klumpen Schrott verwandeln würde, und Arc Doorn hatte die Konstruktionsunterlagen nachträglich getürkt, um die Rags auf eine falsche Fährte zu locken, sollten sie die Menschen hintergehen wollen. »Wir verlassen uns auf Sie. Aber dürfte ich eine Bitte äußern? Wenn es möglich ist, würde ich gern persönlich mit Ihrem Herrscher sprechen.«

15.

Es sah aus wie eine Kugel. Für viele die perfekteste Form, die das Universum hervorgebracht hatte. Aber es war mehr als harmonische Geometrie. Viel, viel mehr.

»Mein Name ist Vharynn. Ich bin der heutige Sprecher. Das Nareidum grüßt die Terraner.«

»Auch wir grüßen«, ergriff Kartek das Wort. Noch während der Fahrt hatte er sich mit Dressler geeinigt, als ihr Sprecher zu fungieren. Aber auch ihm verursachte die Vorstellung, mit einem Toten zu sprechen, eine Beklemmung, die er nicht völlig abstreifen konnte. Der Gedanke, sich mit einer Person auszutauschen, die einmal aus Fleisch und Blut bestanden hatte, nun aber schon seit undenkbaren Zeiten eingesperrt in einem Fluß aus Elektronen, Photonen, Tachyonen oder was auch immer dahinvegetierte…

»Was ist der Grund eures Besuchs?«

Die Kugelkonstruktion, in der so etwas Unvorstellbares wie Seelen gleichsam archiviert wurde, durchmaß etwa zehn Meter und schwebte – wie die Bildkugel an Bord der POINT OF – scheinbar schwerelos, als wäre sie an unsichtbaren Fäden aufgehängt, über dem Boden. Die Oberfläche war transparent und erlaubte die kristallklare Sicht ins Innere, wo sich unbekannte Technik ballte. Wie um das enorme Leben, das im Nareidum pulsierte, zu unterstrcichen, glommen immer wieder an unterschiedlichen Stellen Lichter in allen Farben des Spektrums auf – um kurz darauf zu erlöschen und an anderer Stelle erneut zu zünden.

Ein wenig erinnerte das Bild an das Modell eines Gehirns, an dem Denkprozesse mittels optischer Effekte begreifbarer gemacht wurden. Aber es durfte bezweifelt werden, daß diese Absicht auch hier vorlag.

»Ein Hilfeersuchen«, sagte Kartek. »Wir sind gekommen, weil wir... nun, weil wir offenbar in eine Falle getappt sind.«

»Eine Falle? Ihr seid hier.«

Kartek beschloß, seine Formulierungen sorgsamer zu wählen.

»Die Falle ist hinter zwei von unseren Beibooten zugeschnappt.«

»Sind sie zerstört?«

»Das wissen und hoffen wir nicht.«

»Wo war das?«

Kartek nannte die Position des Rag-Systems. Das zwischengeschaltete Übersetzungsmodul vermittelte auch diese Daten für das Nareidum nachvollziehbar.

»Die Owiden!«

»Owiden?«

Vharynn überging den Einwand. »Was wolltet ihr in dem Doppelsternsystem?«

»Wir waren, wie euch bekannt ist, auf Spurensuche.«

»Auf Spurensuche, ja. Ihr wart nicht davon abzubringen, an Dingen zu rühren, die besser in Ruhe gelassen werden sollten.«

Kartek schwieg. Was sollte er auch erwidern? Ihm war die Position der Galoaner bekannt: Sie hatten schon vor langer Zeit aufgegeben, nach dem Verbleib des einst mächtigsten Drakhon-Volkes zu forschen. Ganz offenbar fürchteten sie die Rahim, und es war ungeklärt, ob sie dies aus genereller Furcht vor soviel Macht taten, oder ob es in der Geschichte Drakhons Ereignisse gegeben hatte, die ein schlechtes Licht auf die Rahim warfen. Fakt war – soviel hatte man die Terraner wissen lassen – daß vor langer Zeit, unmittelbar nach dem plötzlichen Verschwinden der Rahim, auch sämtliches fixierte Wissen über dieses geheimnisvolle Volk aus den Annalen der verbliebenen Spezies getilgt worden war.

Gelöscht nicht von den Völkern selbst, sondern sabotiert von unbekannter Seite!

Der Verdacht, die Rahim selbst könnten dies besorgt haben, um sämtliche Spuren zu verwischen, die zu ihnen hätten führen können, lag nahe.

Geblieben war das Wissen, das zum damaligen Zeitpunkt noch in den Köpfen der Drakhon-Bewohner gehaftet hatte – aber nicht alles davon hatte neuen Niederschlag in Chroniken und Dateien gefunden. Vieles war in der Folgezeit einfach verlorengegangen, und was heute als gesichertes Wissen über die Rahim galt, mußte dementsprechend mit großem Vorbehalt betrachtet werden. Schiffe, die in der Anfangszeit in den verwaisten Raumsektor entsandt worden waren, der einst als Hoheitsgebiet der Rahim gegolten hatte, waren entweder ergebnislos oder gar nicht mehr zurückgekehrt. Und glaubte man den Auskünften des Nareidums, hatte es schon seit einer kleinen Ewigkeit niemand mehr freiwillig auf sich genommen, die unsicheren Gebiete aufzusuchen.

Dennoch schien das Rag-System dem Nareidum nicht völlig fremd zu sein. Und das Wissen, Vharynn hatte es angedeutet, schien sogar weit über die bloße Zahlenkolonne, die in den Sternverzeichnissen vermerkt war, hinauszugehen.

Owiden.

Die Galoaner wußten also, wie sich die Rags selbst nannten.

Wie weit waren die »Stoffpuppen« den Bewohnern des Netzwerks bekannt?

Unterhielt man vielleicht sogar Kontakte zu ihnen? Immerhin lag das Rag-System noch in der Außenzone der mutmaßlichen Rahim-Region. Und ob die Galoaner den wißbegierigen »Unruhestiftern« aus der Nachbargalaxis wirklich schon alles gesagt hatten, was sie wußten, durfte mit Fug und Recht bezweifelt werden.

»Präzisiere jetzt bitte die Falle, auf die ihr getroffen seid.«

Kartek holte tief Luft, dann schilderte er nach bestem Wissen und Gewissen, was sich im System D 2959/824 zugetragen hatte.

Dressler gab zwischendurch immer wieder leise Seufzer, fast schon ein Stöhnen, von sich; auch ihn schien die Atmosphäre zunehmend zu belasten.

Endlich nahm Vharynn Stellung zu den Ausführungen. Aber sein Kommentar – offenbar die Quintessenz einer für die Gäste des Nareidums nicht wahrnehmbaren »Konferenz« im Innern der Kugel – war ernüchternd: »Die Owiden sind technisch nicht sehr hoch entwickelt. Vielleicht habt ihr euch geirrt.«

»Geirrt?« platzte es aus Dressler heraus, der ein Ventil für die innere Anspannung brauchte. »Wir haben sämtliche Daten zum Abgleich für euch mitgebracht! Es bedarf nur einer Aufforderung, um sie euch zu überspielen!«

»Ich vergaß«, sagte Vharynn, als spräche er zu einem kleinen Kind, das es an Taktgefühl missen ließ, »ihr seid, was die Wahl eures Sprechers angeht, höchst variabel und… sprunghaft.«

Dressler funkelte Kartek an, als wollte er ihn fragen: *Wollen die uns auf den Arm nehmen?*

Kartek versuchte, ihn mit einer Geste zu besänftigen. Das weite Rund des Saales war noch immer wie ausgestorben. Selbst der mönchsähnlich gekleidete Galoaner, der sie vom Zubringer aus hierher geleitet hatte, war wieder verschwunden.

Klein und verloren kamen sich die beiden POINT OF-Abgesandten in nächster Nähe des Seelencomputers vor, und Dressler, dessen Argwohn sekündlich wuchs, konnte nicht umhin, sich zu fragen, ob dieses Gefühl der Bedeutungslosigkeit, das ihnen hier vermittelt wurde, nicht kaltem Kalkül entsprang.

Dann aber, dachte er, immer noch erbost wegen Vharynns klingender Äußerung, *sollten wir schleunigst aufhören zu glauben, die Galoaner könnten kein Wässerchen trüben!*

»Wir haben uns sicher nicht geirrt«, erklärte Kartek sachlich ruhig. »Unser Schiff konnte im letzten Augenblick davor bewahrt werden, selbst ins Verderben zu fliegen. Über das Schicksal der beiden vermißten Kleinboote ist uns nichts bekannt. Der Planet hat sich jeglicher Beobachtung entzogen. Es handelt sich definitiv um eine Art Schutz- und Tarnschirm.«

Vharynn schwieg für seine Verhältnisse sehr lange. Dann sagte er: »Könnt ihr den Transfer der erwähnten Daten von hier aus veranlassen?«

Kartek nickte. »Wenn ihr in der Lage seid, fremde Schnittstellen anzuwählen?«

Via Funk strahlte Dressler bereits die entsprechenden Befehle an ihren Flash ab. Er ging, wie Kartek, davon aus, daß es keine Störfaktoren innerhalb des Gebäudes gab – zumindest nicht mehr, nachdem das Nareidum offiziell sein Einverständnis zur Dateneinsicht gegeben hatte.

Aus der 016 kam Sekunden später die Bestätigung, daß alle relevanten Dateien übertragen worden seien. Erstaunlicherweise meldete sich Vharynn auch in den folgenden Minuten nicht mehr.

Das Nareidum und sein Sprecher schwiegen.

Kartek und Dressler wurden immer nervöser, erst recht, als Schritte laut wurden und eine ganze Gruppe von Galoanern in glänzenden Roben auf sie zukam, sie gleichsam umzingelte.

Die beiden Terraner hatten beim Verlassen des Flash bewußt auf jegliche Bewaffnung verzichtet.

Und zumindest Dressler schimpfte sich deshalb jetzt einen naiven Narren, der sich Fehler wie ein Greenhorn leistete.

»Was ist?« hörte er Kartek das Wort an die Galoaner richten. »Warum schweigt das Nareidum?«

Einer der zierlichen Galoaner trat vor und sagte in seiner kehligen Sprache, die augenblicklich vom Übersetzungsmodul aufgenommen wurde: »Die Audienz ist beendet.«

»Beendet?« wiederholte Kartek perplex. Er erbleichte genau wie Dressler. »Aber...«

»Folgt uns bitte. Ein Quartier wurde eingerichtet.«

»Quartier?«

Der Galoaner wies mit seiner geschuppten, viergliedrigen Hand stumm in die Richtung, aus der auch die »Mönche« mit soldatischer Präzision gekommen waren.

»Ich verstehe«, murmelte Kartek und wandte sich Dressler zu.

Der fragte: »Was verstehst du? Wenn du so freundlich wärst und mir auch...«

»Still jetzt. Wir reden später.«

»Später? Aber wir haben keine Zeit zu verlieren! Wer weiß, wie es inzwischen auf der POINT OF aussieht. Wir...«

Kartek packte ihn grob am Arm. Dressler verstummte.

»Du hast es offenbar wirklich noch nicht kapiert«, fauchte Kartek. »Wir sind nicht in der Position, hier etwas erzwingen zu können. Um der Wahrheit die Ehre zu geben, ich fürchte sogar, daß wir nicht einmal mehr den Status besitzen, mit dem wir gekommen sind.«

»Du meinst...?«

»Ich ziehe es zumindest in Erwägung, daß wir uns als unter Arrest stehend betrachten müssen... ja.«

*

Shodonn meditierte unter den Flüsternden Fällen von H'Layv, als ihn der Ruf ereilte. Im ersten Moment wollte er sich gegen die Beeinträchtigung wehren, aber dann siegte das Verantwortungsgefühl. Widerwillig zog er seinen Geist aus den Stimulanzfeldern des HyCybers zurück, der ihm Impressionen des 58 Lichtjahre entfernten Erholungsplaneten Dulguur lieferte.

»Was gibt es denn so Dringendes?« wandte sich Shodonn an das Auditorium der Seelen.

Es war Vharynn, der ihn über das Auftauchen terranischer Bittsteller informierte. Ihn und alle anderen, die erst ihren Geist freimachen mußten, weil sie mit anderen Dingen beschäftigt gewesen waren.

»Terraner?« staunte Shodonn wenig später. »Schon wieder?«

Wie alle Angehörigen des Bundes hatte er ein gestörtes Verhältnis zum Faktor Zeit. Aber selbst für ihn war sofort klar, daß die Abreise des Ringschiffes noch nicht lange zurücklag. Sie waren doch eben erst gestartet, ins Gebiet – ins ehemalige Gebiet, korrigierte sich Shodonn selbst – der legendenumwobenen Rahim!

»Es sind nur zwei«, präzisierte Vharynn. »Sie bitten um Hilfe.«

Er legte dar, was er selbst erfahren hatte – und öffnete das Informationsfenster, das allen den Zugang zu den überlassenen Daten ermöglichte.

Sie sahen Bilder einer blauschimmernden Welt, die drei Kontinente besaß, die untereinander nicht durch Landbrücken verbunden waren. In der Weltraumschwärze brannten zwei nahe Sonnen unterschiedlicher Klassifizierung.

Aus dem Blickwinkel der Aufnahmekamera lösten sich zwei Kleinstraumschiffe, die auf den Planeten zuflogen, in seine Atmosphäre eindrangen. Plötzlich legte sich ein Schleier um die Weltenkugel. Dann verschwand sie völlig, wie weggewischt!

Neben den optischen Eindrücken des Phänomens strömten auch ständig Begleitdaten auf das Auditorium der Seelen ein.

Nach Beendigung der kompletten Sequenz war es wiederum Vharynn, der das Wort ergriff: »Die Welt, die zwei Booten der Terraner beim Versuch der Erkundung zum Verhängnis wurde, ist uns nicht völlig unbekannt. Es gibt sehr alte Aufzeichnungen darüber. Eines unserer Schiffe streifte das System zu Zeiten, als wir diesen Quadranten noch nicht zur Tabuzone erklärt hatten. Eine unterentwickelte Spezies lebt dort. Die Bewohner nennen sich selbst ›Owiden‹. Die Terraner bezeichnen sie als ›Rags‹. Unser Schiff vermied damals jeglichen Kontakt zur Bevölkerung, wie es unserer Maxime für Welten dieser Klasse entspricht. Eingriffe in die natürliche Entwicklung sind nicht erlaubt…«

»Das ist uns alles bekannt«, warf Shodonn leicht ungehalten ein; ein wenig trauerte er wohl noch den Fällen von H'Layv nach – auf der anderen Seite hatte ihn ein ihn selbst verblüffendes Interesse gepackt. »Reden wir über das Phänomen.«

»Es deutet auf das Eingreifen einer Macht hin, die unmöglich mit den Owiden identisch sein kann«, sagte Mharson, der Philosoph. »Sie besaßen zum Zeitpunkt der Katalogisierung praktisch keine Technologie. In der vergangenen Zeitspanne können sie unmöglich einen solchen Sprung vollführt haben, wie er nötig wäre, um ein derartiges Tarnfeld zu erzeugen.«

»Was macht dich sicher, daß es ein Tarnfeld ist? Es könnte den Planeten auch zerstört haben.«

»Davon abgesehen, daß die Gravowerte offenbar noch identisch mit den Werten vor dem Verschwinden sind: Worin läge der Sinn einer solchen Vernichtung?« fragte Mharson.

Thecros, die den Einwand vorgebracht hatte, schwieg.

»Ich dachte, wir seien das führende Volk in Sachen Energieschilde«, sagte Shodonn.

Yhona, einer der Ältesten, erwiderte knapp: »Wir sollten nicht vergessen, wo das Phänomen auftrat.«

Er hat recht, dachte Shodonn. *Aber* wenn *die Rahim dahinterstecken, kann es sich nur um ein bislang übersehenes technisches Relikt von ihnen handeln. Vielleicht hatten sie einst eine Basis auf Owid.*

»Gibt es Aufzeichnungen über unseren damaligen Besuch des Systems?« fragte er.

»Ja.«

»Hatten wir versucht zu landen oder zumindest Sonden in die Atmosphäre gesteuert?«

Shodonn öffnete auch dieses Infofenster.

»Nein.«

»Dann könnte der Mechanismus schon damals existiert haben. Ausgelöst wurde er aber erst durch den Versuch einer raumfahrenden Rasse, den Planeten zu besuchen.«

»Die Rahim – alles spricht dafür«, pflichteten nun auch andere Stimmen bei.

Shodonn teilte die Ansicht, und er war es, der fragte: »Wie werden wir entscheiden?«

»Ablehnend – wie sonst? Aber die Terraner haben es verdient, daß wir uns sorgfältig Gedanken über die Argumentation machen, mit der wir ihnen unser Bedauern übermitteln. Wo sind die Abgesandten jetzt?«

»Ich habe ihnen ein Quartier für die Dauer unserer Beschlußfassung zugewiesen«, sagte Vharynn.

*

Die Unterkunft besaß keine Tür.

Dennoch nahm ihr das wenig vom Charakter eines Gefängnisses. Und Kartek und Dressler, die beiden »Insassen«, fühlten sich ganz genau wie Gefangene – mit jeder Stunde, die ereignislos verrann, mehr!

»Ich verstehe das nicht. Wie konnten wir uns so in ihnen täuschen?«

Wie ein eingesperrtes Raubtier ging Dressler vor imaginären Gittern auf und ab. Hinter der offenen Tür lag ein hell erleuchteter Gang, der so verwaist war, daß man ihn beinahe schon als Aufforderung betrachten mußte, einen Fluchtversuch zu unternehmen.

Aber Flucht war – noch – das letzte, woran beide dachten. Es gab immer noch eine Minimalchance, daß das Mißverständnis ausgeräumt werden konnte. Falls es eines war. Und wenn, worin bestand es? Hatte es mit den übermittelten Daten über das Phänomen im Rag-System zu tun?

»Sie wissen um die Zeitknappheit, unter der wir stehen«, brachte Kartek seine Hoffnung zum Ausdruck, das Blatt könnte sich ebenso schnell wieder zum Guten wenden, wie es sich verschlechtert hatte. »Sie werden uns nicht länger im Ungewissen lassen als nötig.«

»Das bezweifle ich.«

»Es wird sich alles aufklären«, beharrte Kartek. Er saß auf einem von mehreren schmucklosen Würfeln, bei denen es sich offenbar um die vorgesehenen Sitzgelegenheiten handelte. Auf einem größeren Würfel, der als Tisch dienen mochte, stand eine eigentümlich geformte Karaffe mit dazu passenden Gläsern. Die Gefäßform erinnerte an die Kopfform der Galoaner, der darin befindliche Inhalt an etwas, dessen Herkunft sich keiner der beiden Terraner auch nur vorstellen wollte. In ihrer Konsistenz erinnerte die Flüssigkeit an grauen Schleim; hinzu kam, daß sie sich bewegte.

Bevor man sie sich selbst überlassen hatte, war ihnen von den Robenträgern erklärt worden, sie könnten sich unbesorgt von dem

Trunk bedienen. Er sei bekömmlich. Aber der bloße Anblick genügte, um Hunger- und Durstgefühle auf Tage hinaus zu ersticken.

»Ja, wenn sie uns zu unserer Hinrichtung führen.«

»Jetzt übertreibst du.«

»Abwarten«, konterte Dressler verdrießlich. »Vielleicht liefern sie uns den Nomaden aus – dürfte ein nettes Tauschgeschäft werden.«

»Für wie skrupellos hältst du sie eigentlich?« Kartek erhob sich kopfschüttelnd und näherte sich einem Wasserspiel, das von Antischwerkraftfeldern betrieben wurde. Es sah wunderschön aus, weshalb sich der Flashpilot veranlaßt sah, darauf zu zeigen und zu sagen: »Wer so etwas kreiert ist nicht schlecht. Gehen wir einstweilen doch davon aus, daß wir einfach etwas mißverstehen: Die normale Art und Weise nämlich, wie Galoaner reagieren, wenn sie mit einem wirklichen Problem konfrontiert werden.«

»Hätte man uns das nicht auch sagen können?«

»Wir haben es mit einer fremden Intelligenz zu tun…«

»… die sich aber der ›Bund der *Weisen* Toten‹ schimpft, wenn ich mich nicht irre«, versetzte Dressler sarkastisch.

»Vielleicht sind wir es ja, die nicht weise genug sind, ihre Handlungsweise zu…«

Er wollte noch mehr sagen, aber in diesem Augenblick toste ein Lärm durch das Gebäude, das auch vor ihrem Zwangsquartier nicht Halt machte.

Erst als er abebbte, waren die beiden Terraner wieder in der Lage, sich miteinander zu verständigen.

»Was zur Hölle, war das?« keuchte Dressler. »Ich glaube, ich bin taub. Meine Trommelfelle sind geplatzt…!«

Kartek antwortete nicht gleich. Er schien so ratlos wie Dressler. Doch dann ging ein Ruck durch ihn hindurch, und er sagte: »Laß uns einfach nachsehen – dann werden wir auch erfahren, ob wir uns noch als freie Terraner oder als Gefangene der Galoaner betrachten dürfen.«

Ohne Dresslers Erwiderung abzuwarten, wandte er sich der offenen Tür und dem dahinterliegenden, offenbar verlassenen Korridor zu.

*

»Sie haben uns entdeckt!«

Zornig hieb Pakk Raff auf die Instrumentenkonsole seines Kommandoplatzes. So heftig, daß Funken aus einem der Mikroelemente hervorstoben und es brenzlig zu riechen begann.

Wen der Rudelführer mit »uns« meinte, war Priff Dozz sofort sonnenklar. Er hielt sich ebenfalls ständig auf dem laufenden, was die Geschehnisse im Wanar-System anging.

»Kein Grund zur Besorgnis«, versuchte er, Pakk Raff zu beruhigen. »Wir haben genügend Sonden ausgestreut. Wenn eine davon entdeckt wurde…«

»Schwachkopf! Wer ist hier eigentlich derjenige mit dem meisten Grips in der Birne? Wenn sie wissen, daß es eine Sonde gab, werden sie nicht eher ruhen, bis sie alle ausfindig gemacht haben!«

Es kam selten vor, daß Priff Dozz vor der Logik seines Dienstherrn kapitulieren mußte.

In diesem Fall war es so.

»Du hast recht. Ich empfehle…«

»Ich empfehle dir dringend, etwas zu empfehlen!« brüllte Pakk Raff. »Denn wenn wir wieder die Spur verlieren, die uns zu dem Ringschiff führt, gnade dir Rakk, der Tröster der Toten!«

Schon Rakks Name auszusprechen, galt als Verwegenheit sondergleichen. Mit ihm gleichsam wie mit einem Fluch belegt zu werden, hätte selbst den ausgebufftetsten Nomaden in die Knie gezwungen.

Priff Dozz schnappte nach Luft. »… empfehle ich«, setzte er erneut an, »einen Raumjet an die Systemgrenzen zu entsenden. Von dort aus kann selbst beim Verlust aller Sonden noch jede Schiffsbewegung erkannt werden…«

»Und warum haben wir das nicht gleich getan?«

Pakk Raff starrte abwechselnd auf die Tafel, auf der die Positionen sämtlicher Spionagesonden vermerkt waren – eine der Leuchtpunkte war gerade erloschen, was bedeutete, daß sie vernichtet worden war – und zu Priff Dozz.

»Ich – es bestand kein Grund, einen Jet in Gefahr zu bringen. Nur ein extrem ungünstiger Zufall kann zur Entdeckung der Sonde geführt haben. Vielleicht ein Frachter, dessen Kurs die Position kreuzte…«

»Sehr viele Fehler«, grollte Pakk Raff, »lasse ich dir nicht mehr durchgehen! Sobald die nächste Sonde hochgeht, bewegst du deinen Prachtkörper in einen Jet! Du wirst starten und erst wieder zurückkehren, wenn du die Information hast, auf die ich warte..!«

Priff Dozz glaubte zu träumen.

Doch Pakk Raffs Grimasse ließ nicht den geringsten Zweifel zu, daß es ihm ernst war.

Und dann erlosch auch schon das nächste Licht…

*

»Bleibt stehen!«

Die Stimme, in feinstem Angloter, schien aus allen Richtungen gleichzeitig zu kommen. Der Korridor war noch immer leer, abgesehen von Kartek und Dressler selbst. Nirgends waren Lautsprecher zu erkennen. Offenbar arbeiteten die Galoaner mit beliebig schaltbaren Schallfeldern.

»Bingo«, sagte Kartek, ohne stehenzubleiben. »Jetzt lassen sie die Maske der höflichen Kerkermeister fallen.«

»Verdammt«, fluchte Dressler. »Wir können es unmöglich zum Flash schaffen. Oder willst du…?«

»Geiseln nehmen?« Kartek schüttelte den Kopf. Vor ihnen lag das Ende eines schnurgerade verlaufenden Ganges. Er mündete in einen Raum – bereits der Sitz des Nareidums? Waren sie so nahe am Zentrum galoanischer Macht »abgestellt« worden?

Seltsamerweise fiel es ihnen beiden schwer, sich noch an den

Weg zu erinnern, den sie in Begleitung der mönchsartigen Galoaner zurückgelegt hatten.

»Wir wollen die Situation nicht völlig aus dem Ruder laufen lassen. Riker würde uns das nie verzeihen – wir selbst würden das nicht!«

Dressler nickte grimmig. Sie hatten ihr Schrittempo beschleunigt.

»Bitte, bleibt stehen! Kehrt in euer Quartier zurück. Der Alarm hat euch aufgeschreckt. Aber wir versichern euch, es besteht kein Grund zur Beunruhigung. Wir haben die Situation unter Kontrolle...«

Das Ende des Ganges.

Der Raum.

Kartek und Dressler starrten in die »Gesichter« eines halben Dutzend Galoaner.

Als sie zurückprallten und sich wieder in den Korridor zurückziehen wollten, mußten sie feststellen, daß auch dort wie aus dem Nichts etwa die gleiche Zahl Fremdwesen aufgetaucht war.

Die in schmucklose Kutten gekleideten Planetenbewohner schienen keine Waffen bei sich zu tragen. Nur ihre Translatoren. Und aus einem von ihnen drang stereotyp die neuerliche Aufforderung: »Bitte kehrt zurück. Euch wird alles erklärt werden. Das Nareidum berät sich. Es darf nicht gestört werden.«

Kartek kribbelte es in den Fäusten. Er neigte normalerweise nicht zu Kurzschlußhandlungen, aber das Verhalten der Galoaner provozierte ihn mehr als es ihm gefiel. »Ihr habt gerade einen Alarm erwähnt. Was ist passiert?« wandte er sich an die schmächtige Gestalt, die das Wort an ihn gerichtet hatte.

»Wir sind nicht befugt, darüber zu sprechen.«

»Und wer befugt euch, uns einzubuchten?« knurrte Kartek.

Dressler trat neben ihn und legte ihm beruhigend die Hand auf die Schulter. Er fürchtete eine Eskalation der Lage. Immerhin waren sie selbst definitiv unbewaffnet, und der Raumhafen mit ihrem Flash lag in unerreichbarer Ferne. Es sei denn, es wäre ihnen gelungen, ein Fahrzeug der Galoaner zu kapern...

»Einzubuchten?« Offenbar schaffte es das Übersetzungsprogramm nicht, den Begriff adäquat ins Galoanische zu übertragen. »Könnt ihr...?« Die Simultanübersetzung stockte, weil der Galoaner innehielt. Er legte in beinahe menschlicher Manier den Kopf schief, und der Wulst, der seinen Schädel umlief, schien sich in Hell-Dunkel-Takten zu verändern. Schließlich klang es aus dem Modul: »Das Nareidum hat entschieden. Das Nareidum erwartet euch. Folgt uns bitte.«

Dressler und Kartek waren nur einen Moment verblüfft. Dann setzten sie sich mit dem Troß der »Mönche« in Bewegung, und Kartek war es, der sich die sarkastische Bemerkung nicht verkneifen konnte: »Ist dir eigentlich schon aufgefallen, wie nett die ›Bitte‹ sagen können?«

Die Spannung hielt Dressler bereits zu sehr gefangen, um darüber auch nur schmunzeln zu können.

Das Nareidum hatte entschieden.

Und sein Bauchgefühl sagte ihm, daß es wohl keine Entscheidung zu ihren Gunsten sein würde...

*

Vharynn war immer noch der Sprecher. Er begrüßte die Terraner, ging aber rasch zur Tagesordnung über. Man konnte das Gefühl haben, er absolviere eine ihm unangenehme Pflicht.

»Das Nareidum bedauert, euch bei euren Schwierigkeiten nicht helfen zu können. Gegenwärtig sehen wir keinen Handlungsspielraum, der es uns gestatten würde, Angehörige unseres Volkes in Gefahr zu bringen. Das System der Sonnen Balk und Bulk befindet sich in dem von uns aus guten Gründen gemiedenen Raumsektor. Hinzu kommt leider, daß sich die interne Situation im Netzwerk verschlechtert hat. Es wäre unverantwortlich, Kräfte abzuziehen, die wir vielleicht bald benötigen, um uns der Angriffe zu erwehren.«

»Angriffe?« fragte Kartek, der sich seine Enttäuschung nicht anmerken ließ. Wie Dressler hatte er innerlich schon fast mit der Hoffnung abgeschlossen, auf Galoa tatkräftige Unterstützung zu finden. »Deshalb dieser schrille Ton vorhin, den wir als Alarm deuteten – was uns von unseren Aufpassern hier auch bestätigt wurde?«

»Aufpasser? Die N'angs sind unsere desexualisierten Betreuer. Sie haben nie eine andere Welt als dieses Gebäude gesehen. Und auch euch sollten sie nichts anderes als dienen, euch den Aufenthalt so angenehm wie möglich gestalten.«

Dressler hätte am liebsten laut aufgelacht. Er beherrschte sich aber.

»Wer sollte euch überfallen?« fragte Kartek.

»Der Ursprung der Sonden wurde noch nicht identifiziert«, sagte Vharynn. »Wir wissen nicht einmal, seit wann sie hier sind.«

»Hier? Auf Galoa?«

»Im System«, sagte Vharynn. »Eines unserer Schiffe fing zufällig einen Richtspruch auf, der von einer Sonde abgegeben wurde. Sie wurde sofort von uns vernichtet. Mittlerweile wurde schon die zweite ausfindig und ebenfalls unschädlich gemacht.«

»Einem Richtspruch kann man folgen…«

»Das haben wir getan. Allerdings führte die Peilung nur zu einer weiteren Sonde in einem Lichtjahr Entfernung. Sie diente offenbar als Relaisstation. Kurz vor unserem Eintreffen zerstörte sie sich selbst.«

»Die Nomaden«, tippte Dressler.

»Auch wir haben sie in Verdacht.«

»Wenn das so ist, könnt ihr nicht ernsthaft glauben, sie würden es wagen, das Wanar-System anzugreifen!« Kartek hatte plötzlich das untrügliche Gefühl, vom Nareidum mit einer Ausflucht abgespeist zu werden. Den wahren Grund für die Absage wollten die Weisen nicht verraten.

»Die Nomaden sind unberechenbar. Wir müssen mit allem rechnen. Zumal sich einer der ihren auf Galoa in Gewahrsam befindet.«

»Sie haben nicht einmal den Versuch gemacht, sich für ihn zu verwenden und auf eine Auslieferung zu drängen.«

»Das entspräche auch nicht ihrer Mentalität.«

Kartek merkte, daß er gegen eine Gummiwand anrannte. »Wir müssen akzeptieren, wenn ihr ablehnt. – Dürfen wir uns dann verabschieden?«

»Erst wenn die Gefahr beseitigt ist. Das Räumkommando durchkämmt gegenwärtig noch das System.«

Kartek ballte die Fäuste.

»Wie lange wird das dauern?« fragte Dressler.

»Wenn alles gutgeht…«

Vharynn verstummte.

Dann, nach einer kurzen Pause, sagte er: »Wir bekommen gerade Nachricht, daß es Komplikationen gibt.«

»Welcher Art?«

»Die verbliebenen Sonden ziehen sich in die Korona unserer Sonne zurück. Wir fürchten, daß dahinter eine weitere Teufelei steckt.«

»Teufelei?«

»Es gibt Gerüchte, wonach die Nomaden mit Waffen experimentieren, die in der Lage sind, Sterne künstlich zu Supernoven aufzuheizen…«

*

»Warum tun wir das? Erkläre es mir. Bitte.«

»Das machst du fast so schön wie die N'angs«, griente Kartek.

Hinter ihnen schrumpfte Galoa zu Erbsengröße…

… und war schließlich nur noch eines von unzähligen Lichtlein im nachtschwarzen Samt des Kosmos.

Anders Wanar!

Die Sonnenkugel schoß der 016 regelrecht entgegen, auch wenn sie nur im Deckenholo leuchtete. Kartek und Dressler saßen Rükken an Rücken, genau wie sie in das System eingeflogen waren.

Wie lange war das her?

Aufgrund der unbefriedigenden Ereignisse kam es ihnen wie eine Ewigkeit vor.

»Was mache ich fast so schön wie diese Mönche?«

»Bitte sagen.«

Kartek lachte.

Sie hatten dem Nareidum ihre Hilfe angeboten, nachdem klargeworden war, wovor sich die Galoaner fürchteten. Und erst recht, nachdem die Weisen gestanden hatten, daß sich galoanische Schiffe nicht einmal im Schutz ihrer mächtigen Schilde über ein bestimmtes Limit hinaus einer Sonne zu nähern wagten.

»Noch einmal«, knurrte Dressler. »Warum setzen wir unser Leben für die aufs Spiel, die selbst jede Gefahr scheuen? Oder glaubst du den Humbug von wegen: Sie befürchten einen Krieg gegen die Nomaden und wollen ihr Netzwerk nicht entblößen?«

»Es ist ziemlich egal, was ich glaube. Halten wir uns an die Fakten: Sie haben abgelehnt. Was für uns kein Grund sein sollte, Hilfe zu verweigern, wo wir helfen können.«

»Können wir überhaupt? Die Supernovagefahr existiert doch wahrscheinlich nur in den Köpfen der Galoaner. Wir haben die Nomaden kennengelernt. Wenn Sie solche Höllenmaschinen besäßen, hätten sie sie schon im Shir-System zum Einsatz gebracht!«

»Keine Ahnung. Aber wenn es simple Spionagesonden sind, um so besser.«

Damit schien für Kartek das Thema – zumindest verbal – abgeschlossen zu sein.

Grell flammte die Sonne vom Sol-Typ aus dem Holo. Automatische Filter verhinderten, daß die Augen Schaden nahmen.

»Ortung?«

Zwei Zylinderschiffe in unmittelbarer Nähe, meldete die Gedankensteuerung. Haben ihre Fahrt gestoppt.

Im Holo erschienen zwei entsprechende Markierungen, eine Million Kilometer vom G-Stern entfernt.

Die 016 raste weiter mit fünf Prozent LG auf Wanar zu. Das Fusionsfeuer füllte jetzt das gesamte Holo aus.

»Intervallstatus?«

Belastung bei sechzig Prozent.

»Sonden?«

Geortet. Insgesamt vier. Entfernung zur Oberfläche zweihunderttausend Kilometer.

»Das schaffen wir nicht mehr«, unkte Dressler. »Sie werden gleich verglühen – noch bevor sie die Oberfläche erreichen. Sie werden so oder so keinen Schaden mehr anrichten.«

»Erstens wissen wir das nicht, und zweitens sollten wir unser Möglichstes tun, die Galoaner zu beruhigen.«

»Warum haben sie sie nicht abgeschossen? Sie könnten es jetzt noch!«

»Offenbar können sie es nicht. Wahrscheinlich legen die Sonnenaktivitäten ihre Instrumente lahm.«

Dressler schwieg wenig überzeugt.

»Achtung!« wies Kartek die Gedankensteuerung an. »Dust- und Nadelstrahl im Wechsel! – Wie weit sind die Sonden auseinander?«

Eine verschwindet gerade hinter dem Horizont. Die drei anderen relativ nahe. Maximaldistanz von einer zur anderen fünftausend Kilometer.

»Dust breit fächern! Nadel auf Punktgenauigkeit. Jeweils im Dreisekundenintervall ein Ziel beschießen! Ab jetzt – Feuer!«

Die Sonden hatten nicht das Geringste entgegenzusetzen. Eine nach der anderen zerstob in schwachen Explosionen.

»Auswertung der Emissionen!«

Schwache Radioaktivität. Keine auffälligen Muster.

»Na also…«

Die Instrumente maßen eine vierte Detonation an. Jenseits des Sonnenhorizonts.

»Nummer vier ist uns durch die Lappen gegangen«, knirschte Dressler. »Und nun?«

»Gar nichts. Die Werte waren eindeutig: Die Sonden waren ein Bluff. Ich frage mich nur, was er sollte. Was haben die Nomaden davon, den Galoanern auf so durchsichtige Weise Angst einzujagen?«

Auch Dressler wußte darauf keine Antwort.

In diesem Augenblick geschah es: Eine Sonnenprotuberanz leckte vorwarnungslos gegen das Intervallum der 016, das ob der Gewalten jäh zusammenstürzte.

Kartek und Dressler blieb keine Zeit, um nachzudenken.

Weg hier!

Die Gedankensteuerung katapultierte sie regelrecht aus dem Gefahrenbereich.

»Das war knapp...« Kartek wischte sich den Schweiß von der Stirn. »Schadensbilanz?«

Dressler antwortete mit flattriger Stimme: »Wir hatten Glück, daß nicht sämtliche Systeme ausgefallen sind – aber den Funk hat's erwischt. Die durchgeschlagene Energie hat die Elektronik regelrecht zerschmolzen...«

Zurück auf Galoa führte ihr erster Weg wieder vor das Nareidum, das ihnen durch seinen Sprecher erklärte: »Wir danken euch.«

»Keine Ursache. Dürften wir jetzt den Rückflug zur POINT OF antreten?«

»Nein«, verblüffte das Narcidum aufs neue – und wiederum keineswegs positiv. »Euer Abflug wird sich aus gegebenem Anlaß noch etwas hinauszögern...«

*

Priff Dozz wußte nicht, was sie mit Korr Grutt gemacht hatten – oder wie ein galoanisches Gefängnis aussah – aber er wußte, was mit ihm geschehen würde, wenn er hier versagte.

Pakk Raff war bei allem, was man ihm vorwerfen konnte, kein Mann der leeren Worte.

Der Raumjet war erst vor ein paar Herzschlägen aus dem Wurmloch herausgekommen. Die Erschütterung des Raum-Zeitgefüges war so gering, daß Anlaß zur Hoffnung bestand, daß niemand es bemerkt hatte.

Auch die Terraner nicht.

Denn ihnen schien sogar möglich, was kein Drakhon-Volk beherrschte: Die Ortung eines erst im Aufbau befindlichen Wurmlochs!

Ein Grund mehr für Pakk Raff, nach Terra-Technik zu gieren.

Und ein Grund mehr für Priff Dozz, in seinem winzigen Jet zu zittern.

Zunächst verschaffte er sich einen Überblick über die Lage. Funkkontakt mit der zwölf Lichtjahre entfernten Flotte war strikt untersagt. Auch die Sonden schwiegen inzwischen – die, die bereits aufgespürt und vernichtet worden waren, ohnehin. Darüber hinaus hatten die noch existierenden Sonden einen letzten Befehl erhalten, der dazu dienen sollte, von Priff Dozz' Auftauchen abzulenken. Um Verwirrung zu stiften, hatten sie alle gleichzeitig Kurs auf die Sonne genommen…

Sämtlicher Verkehr im System spiegelte sich technisch verfremdet im Panoramabildschirm wider, der die gesamte Frontbreite des Cockpits bedeckte. Mittels der den Sofiden gestohlenen Spezialfühler war es Priff Dozz möglich, passiv zu scannen, was bedeutete, daß der Ausgangspunkt der Ortungswellen für externe Objekte nicht zu bestimmen war. Und der Jet selbst gewährleistete durch seine Bauweise und das verwendete Material, daß er ebenfalls so gut wie ortungstot war.

Im Grunde waren die Voraussetzungen also bestens geeignet, sich entspannt im Kontursitz zurückzulehnen.

Allein der Druck, unter den Pakk Raff seinen Berater gesetzt hatte, ließ solches nicht zu.

Im Verlauf der nächsten Minuten war zu erkennen, wie Schiffe der Galoaner Jagd auf jene Sonden machten, die Kurs auf Wanar genommen hatten.

Und wie sie Unterstützung von einem Kleinstraumschiff der Terraner bekamen…

*

Das Auditorium der Seelen tagte erneut.

Es war Shodonn gewesen, der darauf bestanden hatte.

»Ich bestehe darauf«, sagte er, nachdem er den anderen seinen Standpunkt klargemacht hatte.

»Weißt du überhaupt, was du verlangst – und zu riskieren bereit bist?«

»Haben sie gefragt, was sie riskieren?«

Schweigen.

Dann: »Wer teilt es ihnen mit?«

Shodonn wünschte sich in seinen oft vermißten, früheren Körper zurück. Er hätte gerne wieder einmal gelächelt. »Was für eine Frage, der heutige Sprecher natürlich. Vharynn…?«

*

Priff Dozz lag unverändert auf der Lauer.

Unverändert und… unentdeckt.

Seine Instrumente verfolgten die Rückkehr des Terra-Bootes nach Galoa – und Stunden später seinen abermaligen Start von dort.

An der Art und Weise, wie es in den freien Raum hinausstieß und beschleunigte, war unschwer abzulesen, daß es das Wanar-System verlassen würde.

Die Instrumente des Raumjets erlaubten es nicht, der Spur des mysteriösen Antriebs zu folgen, der keinerlei Wurmloch benötigte, um ein x-faches der Lichtgeschwindigkeit zu erreichen – und auch nicht nach der althergebrachten Methode durch das übergeordnete Kontinuum sprang.

Das kleine Schiff verschwand einfach aus der Erfassung.

Für Priff Dozz kein Grund, selbst zum Versteck der Nomadenflotte zurückzukehren.

Und seine Ausdauer wurde belohnt.

Nur kurze Zeit später wurde er auf ein von Galoa startendes Zylinderschiff aufmerksam, das exakt den gleichen Kurs einschlug wie das Terra-Boot.

Priff Dozz wurde schier schwindelig vor Erleichterung.

Damit konnte er Pakk Raff wieder unter die Augen treten.

Alle Vorsicht außer acht lassend, aktivierte er den Wurmlochgenerator, und schon verschlang ihn das künstlich erzeugte Schwarze Loch...

*

Wieder vergingen einige Tage ereignislos. Zumindest für Ren Dhark und die Cyborgs. Sie nutzten die Zeit, um die Kultur der Rags zu studieren und vergeblich zu versuchen, die POINT OF mit dem von Arc Doorn modifizierten Funkgerät zu erreichen. Der Sibirier dagegen war rund um die Uhr beschäftigt und schien den Streß sogar noch zu genießen.

In einer knappen Woche gelang es ihm, ein gutes Dutzend Radargeräte für die Kriegsschiffe herzustellen, kompaktere und genauere Modelle, bei denen er auf eine höhere Leistung verzichten konnte, weil die Krümmung des Planeten bei Operationen in Bodennähe die Reichweite ohnehin begrenzte, und ein besonders leistungsstarkes Exemplar für die Feindaufklärung aus einem hochfliegenden Luftschiff. Die Rags, die er schließlich mit Dharks Hilfe daran ausbildete, erwiesen sich als gelehrige Schüler.

Und dann kam endlich der Tag, den sie alle sehnsüchtig herbeigesehnt hatten.

»Der Monarch ist bereit, Sie zu empfangen«, verkündete Uclief während eines gemeinsamen Abendessens, das fast schon zu einem Ritual geworden war. »Mehr noch, Sie werden morgen abend seine Gäste bei einem Bankett sein, das zum Anlaß seines Geburtstags stattfindet. Und vielleicht wird er Ihnen und Ihren Begleitern im Anschluß sogar eine Privataudienz zu gewähren.«

Er schwieg eine Weile und betrachtete erwartungsvoll die Gesichter der Terraner, deren Mimik ihm vermutlich ebenso rätselhaft war wie die der Rags für die Menschen.

»Vielleicht?« fragte Ren mit kaum verhohlener Enttäuschung. »Ist das alles, was Sie trotz unserer Bemühungen für uns erreichen konnten?«

Uclief wedelte mit den Händen, daß seine Finger flatterten, eine Geste, die die Menschen mittlerweile als Ausdruck von Unbehagen erkannten.

»Ich bin mir sicher, daß Sie schon sehr bald mit ihm sprechen werden«, beteuerte er. »Wenn nicht morgen, dann bestimmt in den nächsten Tagen. Der Monarch ist sehr gespannt darauf, Sie kennenzulernen. Aber er muß Rücksicht auf seine Berater nehmen und ist durch die aktuelle Entwicklung des Krieges sehr beschäftigt.«

Wieder legte er eine kurze Pause ein, offensichtlich verlegen, weil er keine konkretere Auskunft geben konnte.

»Zuvor aber möchte ich Sie mit der Etikette am Hof des Monarchen vertraut machen«, fuhr er fort. »Zwar werden Sie Gewänder mit Schleiern tragen, wie es für Angehörige des niederen Standes am Hof üblich ist, so daß niemand Sie als Fremde erkennen kann, aber wir müssen unter allen Umständen verhindern, daß Sie sich durch eine Ungeschicklichkeit verraten. Also hören Sie mir genau zu. Folgendes müssen Sie unbedingt beachten...«

*

Der Palast lag am Rande der Stadt in einer malerischen Parkanlage mit gestutzten Hecken, Zierbäumen, Blumenbeeten, Skulpturen, Seen und Teichen, Bächen und Springbrunnen. Eine von blühenden Sträuchern gesäumte Allee führte auf einen Vorhof, der an einen japanischen Steingarten im Stil eines Zenklosters erinnerte.

Von dort aus stiegen breite Marmorstufen in die Höhe, bevor sie in breite Portale mündeten.

Die vier Menschen, in dezent, aber kunstvoll bestickte Umhänge mit verschleierten Kapuzen gekleidet, blickten sich staunend um. Der Palast, der spürbar die Geschichte Ruhams atmete, kündete von dem einstigen Wohlstand Korlos. Noch ging es dem Reich einigermaßen gut, aber bedingt durch den endlosen Krieg kam es zu unvermeidlichen wirtschaftlichen Engpässen, und die Seeblockade der Ganten verhinderte den Import von Handelsgütern aus dem südlich von Gawa gelegenen Kontinent Undo.

General Uclief trug zum Anlaß des feierlichen Empfangs eine prächtige Galauniform und einen eleganten Degen – wieder eine Parallele zur irdischen Kultur Anfang des neunzehnten Jahrhunderts.

Zum ersten Mal entdeckten Ren Dhark und seine Begleiter auch zahlreiche weibliche Rags, die sich äußerlich bis auf ihre geringere Größe und zierliche Gestalt kaum von den männlichen Rags unterschieden.

Der Palast war gigantisch. Die geladenen Gäste defilierten munter plaudernd durch endlose Gänge, Hallen und Säle, deren Wände mit Porträts und Stuckarbeiten verziert waren. In den Böden wechselten sich phantasievolle Mosaike ab, von denen keines dem anderen glich. Jede Tür wurden von Dienern in kostbaren, dunkelblauen Livrees flankiert, die reglos wie Statuen auf ihren Posten standen.

Je weiter sich die Prozession dem Bankettsaal näherte, desto gedämpfter wurden die Unterhaltungen. Ren registrierte, daß jede Gruppe der prachtvoll gekleideten Owiden von einigen stummen Rags begleitet wurde, die wie die vier Menschen in verschleierte Umhänge gehüllt waren. Und da Menschen und Rags sich in Größe und Statur ähnelten, bestand keine Gefahr, daß die Menschen entdeckt werden würden, solange sie den Mund hielten.

Endlich erreichten sie den eigentlichen Festsaal, der die Ausmaße einer mittleren Sporthalle hatte. Die hintere Stirnseite bestand aus einem erhöhten, stufenförmigen Podest, das von einem gewaltigen Thronsessel beherrscht wurde, etwas tiefer und in einem Halbkreis um ihn herum angeordnet rund ein Dutzend kleinerer und bescheidener ausgestatteter Sessel für die engsten Mitglieder der Herrscherfamilie.

Lange Tischreihen, die ein dreifaches, zum Podest hin geöffnetes Hufeisen bildeten, nahmen den größten Teil des Raumes ein. Ren schätzte, daß sie Platz für mehr als tausend Personen boten, und die Hälfte der Sitzplätze war bereits besetzt.

Der Kleidung der Gäste nach zu urteilen, erhöhte sich ihre Bedeutung in dem Maß, in dem die Entfernung zum Thron des Monarchen abnahm. Deshalb überraschte es Ren, daß General Uclief ihn und seine Gefährten fast bis zum Ende des aus Tischen gebildeten äußeren Hufeisens führte und sie mit einer Geste aufforderte, sich zu setzen.

Erst jetzt hatte er Gelegenheit, den Monarchen durch seinen Schleier hindurch genauer zu betrachten.

Der Herrscher von Korlo war ein schlanker und noch junger Rag, wie seine hellrosa Gesichtsfarbe verriet. Er trug einen weiten, weißen Umhang, hielt in der einen Hand eine Art Zepter, in der anderen einen goldenen, mit glitzernden Edelsteinen besetzten Pokal, den er hin und wieder an den Mund führte, und machte einen entspannten, aber etwas gelangweilten Eindruck, soweit ein Mensch das beurteilen konnte.

Im Gegensatz zu ihm wirkten die Gäste steif, nahezu verkrampft. Obwohl kaum einer zu sprechen wagte, erfüllte ein gleichmäßiges, gedämpftes Raunen den Saal.

Immer mehr Rags trafen ein und nahmen an den Tafeln Platz, die mit Geschirr, Besteck und Kristallgläsern gedeckt waren. Das Festmahl würde erst nach einer Reihe von Darbietungen beginnen, wie Uclief erklärt hatte, und zwar ohne den Monarchen, denn es galt als unschicklich, sich in seiner Gegenwart so banalen Dingen wie der Nahrungsaufnahme hinzugeben.

Schließlich hatten sich alle geladenen Gäste eingefunden, und von irgendwoher ertönte ein helles Glockensignal. Plötzlich strömten aus bisher verborgenen Seitentüren Rags in bunten, wallenden Gewändern in den Saal, liefen in den freien Raum zwischen den Tischreihen und nahmen Aufstellung. Dann begannen die Musiker, die in luftiger Höhe auf langgestreckten Balkonen saßen, zu spielen.

Es war eine merkwürdige, aber für menschliche Ohren nicht unangenehme Musik, die hauptsächlich mit verschiedenen Blasinstrumenten erzeugt wurde. Die buntgekleideten Rags in der Mitte des Saales gerieten in Bewegung.

Zuerst schwankten sie nur hin und her wie Schilfrohre im Wind, dann folgten die ersten langsamen Schritte, die zunehmend immer schneller und komplizierter wurden, bis die Tänzer in einem verwirrenden Muster umeinanderwirbelten.

Die Vorführung dauerte etwa eine halbe Stunde und wurde von den Zuschauern mit schnalzenden Lauten quittiert, dem ragschen Äquivalent von Applaus. Danach trat ein älterer Korlone vor, offensichtlich ein höherer Würdenträger, und hielt eine längere Rede.

Arc Doorn hatte den Translator modifiziert und mit einem Kopfhörer für Ren Dhark ausgerüstet, so daß dieser genau verstehen konnte, was während des Empfangs gesprochen wurde.

Ihm tat der Monarch leid. Die Rede bestand aus endlosen stereotypen Floskeln und Worthülsen, mit denen die Weisheit und Umsicht des Monarchen über den grünen Klee gepriesen wurde.

Nach der Rede sang ein Chor eine schwülstige Lobeshymne auf den glorreichen Herrscher von Korlo, an die sich wiederum eine Rede anschloß. Die nächste Darbietung schien eine Mischung aus Theaterstück, Kampfsport und Akrobatik zu sein, und als die dritte Rede gehalten wurde, fragte sich Ren Dhark, was ihn noch alles bis zum Beginn des eigentlichen Essens erwarten mochte.

Aber was dann folgte, hätte er sich nie träumen lassen, und er hatte das Gefühl, als würde ihm das Blut in den Adern gefrieren.

In der kurzen Pause, die sich an die dritte Lobpreisung des Herrschers anschloß, erhob sich Bram Sass ohne Vorwarnung von seinem Stuhl und schritt feierlich, bevor Ren es verhindern konnte, um das Ende der äußeren Tischreihe herum. Er trat vor das Podium, ließ sich auf ein Knie nieder, kreuzte die Hände vor der Brust und senkte den Kopf.

Einen erregtes Tuscheln lief durch den Raum. Der Monarch setzte den Pokal ab und beugte sich überrascht vor.

Was ist nur in den Cyborg gefahren? dachte Ren Dhark entsetzt. *Ist ihm sein künstliches Programmgehirn abgestürzt?*

Doch er konnte nichts tun, was die Sache nicht noch schlimmer gemacht hätte. Er bemerkte, daß General Uclief neben ihm zur Salzsäule erstarrt war und die Luft anhielt.

Dann stand Sass langsam auf, breitete die Arme aus und begann zu singen!

*

Bram Sass hatte die Darbietungen aufmerksam verfolgt und sich gleichzeitig auf den Monarchen konzentriert.

Seit sie auf Owid festsaßen, waren er und Oshuta größtenteils zur Untätigkeit verdammt gewesen, wenn sie nicht gerade Arc Doorn bei seiner Arbeit assistierten, und er hatte die erzwungene Freizeit ebenso wie sein Kollege dazu genutzt, seine Beobachtungen der Rags mit Hilfe des Programmgehirns zu analysieren. Zwar war er längst noch nicht mit all ihren Sitten und Gebräuchen vertraut, die noch immer so manche Überraschung für ihn bereithielten, aber er hatte gelernt, ihre Körpersprache zu interpretieren.

Und wenn er sich nicht gänzlich irrte, langweilte sich der Monarch fast zu Tode. Nur die Musik schien ihn ein wenig aufzumuntern, aber offensichtlich hatte er die Stücke, die ihm dargebracht wurden, schon viel zu oft gehört, denn sein anfängliches Interesse erlosch jedes Mal schon nach wenigen Takten wieder.

Sass wußte, daß er gegen das Protokoll verstieß, indem er eigenmächtig handelte und den festgelegten Ablauf der Feier störte, aber er wußte auch, daß er damit kein Sakrileg beging. Die Korlonen waren trotz einiger althergebrachter Rituale, an denen sie festhielten, ein vernünftiges Volk. Schlimmstenfalls würde Uclief ihm im Anschluß an den Empfang die Hölle heiß machen und ihn bis auf weiteres in der Geheimdienstzentrale einsperren, andererseits aber...

Er beschloß, daß Risiko einzugehen. Sie konnten nicht endlos warten, und er hatte nicht die Möglichkeit, seinen Plan mit Dhark zu besprechen. Und so trat er unter Wahrung der höfischen Formen vor den Herrscher, um ihn mit einer alten Ballade aus seiner ladinischen Heimat von seiner Langeweile zu erlösen.

*

Auf der POINT OF war Bram Sass' volle Baritonstimme allgemein bekannt und beliebt, aber noch nie hatte Ren Dhark den Cyborg so wunderbar singen hören. Es war ein wehmütiges Lied über hohe Berge und tiefe Täler, grüne Wälder und sprudelnde Gebirgsbäche – und über die unerfüllte Liebe zu einem Mädchen, das bereits einem anderen Mann versprochen war.

Natürlich verstand der Monarch, wie auch die anderen Rags, kein einziges Wort, aber er schien fasziniert zu sein. Da sich die Aufmerksamkeit aller Anwesenden auf den verhüllten Sänger konzentrierte, wagte es Ren, sich zu Oshuta, der neben ihm saß, hinüberzubeugen und ihm ins Ohr zu flüstern: »Wie deuten Sie die Haltung des Monarchen?«

»Es gefällt ihm«, flüsterte der Japaner zurück. »Wenn ich mich nicht täusche, gefällt es ihm sogar sehr gut.«

Sass beendete die Ballade, vollführte wieder die Demutsgeste und kehrte mit ruhigen Schritten auf seinen Platz zurück.

Eine Weile herrschte Totenstille. Dann gab der Monarch das beifällige Schnalzen von sich, und sofort stimmten alle Gäste in den Applaus ein.

Endlich erwachte auch General Uclief aus seiner Erstarrung.

Allmählich nahm sein grau gewordenes Gesicht wieder das vertraute Dunkelrosa an.

Kurz darauf erhob sich der Monarch und streckte einen Arm aus. Ein Bediensteter eilte zu ihm und reichte ihm einen geflochtenen Korb, aus dem sein Gebieter ein Stück Gebäck fischte, es sich in den Mund schob und demonstrativ kaute. Alle Gäste standen auf, kreuzten die Hände vor der Brust und senkten die Köpfe. Der Monarch fischte ein weiteres Gebäckstück aus dem Korb, hielt es einen Moment lang in die Höhe und ließ es dann zu Boden fallen. Anschließend machte er kehrt und verschwand, begleitet von seinem Gefolge, durch eine Tür in der Wand hinter dem Thron.

»Das war das traditionelle Zeichen, jetzt kann das Bankett beginnen«, erklärte Uclief Ren leise.

Sie hatten sich kaum wieder gesetzt, als zwei Diener erschienen und gestenreich mit Uclief tuschelten. Die Hintergrundgeräusche der Menge, die jetzt aufgeregt schnatterte, übertönten das leise Gespräch, so daß der Translator es nicht übersetzen konnte.

»Ich habe eine gute Nachricht für Sie«, sagte der General schließlich. »Der Monarch war sehr erfreut über das Lied Ihres Mitarbeiters. Er möchte mit Ihnen sprechen. Jetzt.«

*

Sie saßen in einem geräumigen Konferenzzimmer des Palastes, die vier Menschen, General Uclief, hochrangige Vertreter der Stäbe von Heer, Marine und Luftwaffe sowie der Monarch.

Obwohl die Form gewahrt bleiben mußte, gab sich der Herrscher freundlich und zuvorkommend. Hätte er nicht auf einem erhöhten Sessel gesessen und seine prächtige Robe getragen, man hätte ihn fast für einen gewöhnlichen Korlonen halten können.

»Ich habe alle Berichte über Sie sorgfältig gelesen«, sagte er. »Sie haben dem Reich jetzt schon unschätzbare Dienste geleistet. Sollte es uns tatsächlich gelingen, mit Ihrer Hilfe die Seeblockade der Ganten zu brechen, stünden wir nicht nur tief in Ihrer Schuld, wir hätten sogar realistische Aussichten, diesem unseligen Krieg die entscheidende Wende zu geben.«

»Wir haben getan, was wir konnten, Majestät«, erwiderte Ren Dhark. »Um Euch weitere technische Neuerungen zur Verfügung zu stellen, ist die Zeit zu knapp. Aber durch das Radar werdet Ihr in der Lage sein, Euren Gegner auch bei Dunkelheit und Nebel auszumachen. Dieser Vorteil gleicht dessen zahlenmäßige Überlegenheit bei weitem aus.«

»Und wir werden in den nächsten Tagen Nebel bekommen«, warf ein greiser Admiral ein. »Der Sommer neigt sich dem Ende entgegen. Die Schlangenvögel ziehen bereits nach Süden. Ein Wetterumschwung steht unmittelbar bevor.«

»Der richtige Zeitpunkt, um in die Offensive zu gehen«, fügte ein General der Luftwaffe hinzu. »Und wir müssen schnell handeln. Die Spionageabteilung Gantes schläft nicht. Unsere hektische Aktivität der letzten Tage könnte ihre Aufmerksamkeit erregt haben.«

Er sprach Ren Dhark, dem die Zeit unter den Nägeln brannte, aus der Seele.

»General Uclief?« fragte der Monarch.

Der Geheimdienstchef von Korlo nahm Haltung an. »Wir haben unsere Anstrengungen verdoppelt, Majestät, und tatsächlich sind uns allein in Ruham drei Verdächtige ins Netz gegangen. Einer ist definitiv ein Spion, die beiden anderen werden noch verhört. Zwar hatten sie keinen Zugang zu unseren Fertigungsanlagen oder dem Luftwaffenstützpunkt, aber die Vorsicht des Generals ist berechtigt.«

»Und wann könnte die Operation beginnen?« wollte der Monarch wissen.

»Schon übermorgen«, antwortete der Admiral. »Die Funkmeßgeräte für die Schiffe sind bereits in einem streng bewachten Waggon verstaut und warten nur darauf, in den Kriegshafen gebracht zu werden. Sie könnten schon morgen an der Küste ankommen und in die Schiffe eingebaut werden. Unsere Gäste haben die besten Soldaten in ihrem Gebrauch unterwiesen, so daß wir keine weitere Zeit mehr durch eine Einweisung der Schiffsbesatzungen verlieren.«

»Eine zweite Seeschlacht in so kurzer Zeit«, murmelte der Monarch leise. »Wir haben beim letzten Mal viele tapfere Männer und Schiffe verloren. Ist es wirklich klug, so übereilt ins nächste Gefecht zu ziehen?«

»Gerade weil die letzte Schlacht erst so kurz zurückliegt, wird Gante nicht mit einer weiteren Offensive rechnen, Majestät«, erklärte Uclief. »Unsere Agenten in Gante berichten, daß sich die Admiralität unseres Gegners in Sicherheit wiegt. Das Kräfteverhältnis hat sich nach der letzten Schlacht noch mehr zu ihren Gunsten verschoben. Wir werden sie mit unserem Angriff überraschen.«

Der Monarch schwieg eine Weile und zupfte nachdenklich an seiner Robe. »Ich hatte gehofft, ein Herrscher des Friedens zu werden«, sagte er schließlich. »Als ich den Thron bestieg, habe ich meinem Vater auf dem Totenbett geschworen, meine ganze Kraft dafür einzusetzen, diesen Krieg zu beenden. Und nun soll ich der Flotte befehlen, nach einer erst kürzlich erlittenen Niederlage schon wieder gegen einen überlegenen Gegner auszurücken.«

»Verzeiht, wenn ich mich einmische, Majestät«, bat Ren Dhark, »aber wenn Ihr diese Schlacht gewinnt, könntet Ihr tatsächlich zu einem Herrscher des Friedens werden. Sobald wir wieder Kontakt mit unserem Schiff aufgenommen haben, werden wir Euch weitere Hilfe zukommen lassen, die Euch in die Lage versetzt, gewaltige technische Fortschritte zu machen.«

»Sie verfügen doch gewiß über uns weit überlegene Waffen«, meldete sich ein General des Heers zu Wort. »Geben Sie uns ein paar von diesen Waffen, und wir können unsere Feinde in wenigen Tagen hinwegfegen.«

Ren zögerte kurz. Er hatte diese Forderung erwartet und darüber ausgiebig mit Arc Doorn und den beiden Cyborgs diskutiert. Auch wenn die Korlonen ihre Verbündeten waren und die Menschen in der Hand hatten, gab es Grenzen dessen, was er zu tun bereit war. Doch zu seiner Überraschung kam ihm der Monarch zuvor.

»Nein, General«, sagte der Herrscher Korlos ruhig aber bestimmt. »Wir haben genug Waffen, und wir setzen sie nun schon seit rund einem Jahrhundert gegeneinander ein. Seither sind Millionen von Owiden auf beiden Seiten gestorben. Es wird Zeit, dem ein Ende zu machen. Unsere Freunde haben uns technische Kenntnisse geschenkt, die wir auch in Friedenszeiten nutzen können, um unsere Welt in eine bessere Zukunft zu führen, Korlonen *und* Ganten. Wir sind noch nicht reif für Waffen, die mächtiger sind, als wir es uns vorstellen können. Was, wenn sie unseren Feinden in die Hände fielen?«

Die Offiziere senkten ergeben die Köpfe. Ren wußte, daß sie gern widersprochen hätte. Kein Berufssoldat würde die Möglichkeit ausschlagen, in den Besitz überlegener Waffen zu gelangen, aber der Monarch hatte die uneingeschränkte Autorität im Reich. Trotz seines jugendlichen Alters schien er ein kluger und weitsichtiger Regent zu sein. Offenbar waren die Lobeshymnen während des Banketts keine bloßen Plattitüden gewesen.

»Alle weiteren Punkte überlasse ich Ihnen«, fuhr er fort. »Brechen Sie die Blockade und versuchen Sie, möglichst viele feindliche Schiffe aufzubringen und Gefangene zu machen. Wir brauchen ein Faustpfand für Verhandlungen mit Gante, kein Gemetzel.«

Dann wandte er sich an die vier Menschen. »Ich bitte Sie, heute abend meine Gäste zu sein. Was immer Sie wünschen, soll Ihnen gewährt werden. Wenn die Schlacht vorüber ist, werden wir Ihnen helfen, nach Undo zu gelangen, damit Sie Ihre Suche fortsetzen können. Doch jetzt wollen wir den Krieg vergessen.« Er deutete auf Bram Sass. »Ich würde gern noch einige Lieder von diesem Mann hören.«

*

»Mir ist nicht wohl dabei, Sie allein in die Luft gehen zu lassen«, sagte Ren Dhark. Er stand mit Arc Doorn und den beiden Cyborgs unter dem abflugbereiten Luftschiff, in dem das leistungsfähigste Radargerät installiert worden war.

»Ihre Sorge ehrt Sie, Commander«, erwiderte Doorn, »aber sie ist unangebracht. Sie sind auf dem Flaggschiff wahrscheinlich eher in Gefahr als ich. Sollte diese fliegende Zigarre wider Erwarten einen Treffer abbekommen, kann ich immer noch mit dem Fallschirm aussteigen. Und im Gegensatz zu Ihnen kann ich mich problemlos mit unseren Freunden verständigen.« Er pochte auf den galoanischen Translator, der an seinem Gürtel hing. Trotz aller Anstrengungen war es ihm nicht gelungen, die anderen drei zerstörten Geräte zu reparieren. Auch ein technisches Genie konnte nicht zaubern.

»Bram und ich beherrschen die Sprache der Rags mittlerweile gut genug, um für den Commander zu dolmetschen«, versicherte Oshuta. »Machen Sie sich keine Gedanken um uns und konzentrieren Sie sich auf Ihre Aufgabe. Wir kommen schon klar. Notfalls schwimmen wir an Land und nehmen den Commander in Schlepptau.«

Doorn öffnete den Mund, doch dann schloß er ihn wieder. Es gab nichts mehr zu sagen. Sie befanden sich auf einer fremden Welt und zogen in den Krieg gegen einen Feind, der ihnen nichts getan hatte. Es war eine unwirkliche Situation. Während sie sich auf diesem rückständigen Planeten mit einer museumsreifen Technik herumschlugen, lauerte in den Tiefen des Alls eine Gefahr von kosmischen Ausmaßen, die das Leben einer ganzen Galaxis auszulöschen drohte – genau genommen sogar von zweien. Das mußten sie sich immer wieder ins Gedächtnis rufen, um rechtfertigen zu können, was sie hier taten.

Vor drei Stunden war die rote Riesensonne, die von den Korlonen Balk genannt wurde, untergegangen. Der weiße Zwerg trug den Namen Bulk und stand momentan, von Owid aus betrachtet, hinter Balk. Man hatte das Luftschiff aus Sicherheitsgründen erst nach Einbruch der Dunkelheit aus dem Hangar geholt. Zwar waren der gesamte Kriegshafen und die nähere Umgebung militärisches Sperrgebiet, aber die Admiralität wollte jedes überflüssige Risiko vermeiden. Niemand konnte ausschließen, daß es hier Spione gab. Schließlich hatte auch Korlo seine Agenten in gantische Militärbasen eingeschleust.

Die Tür der Luftschiffsgondel schloß sich hinter Arc Doorn. Kurz darauf hob das riesige Gefährt lautlos ab und verschmolz mit der Nacht.

Ren Dhark begab sich mit seinen Gefährten auf das Flaggschiff Admiral Brojars, ihres alten Bekannten, der sie nach der Notwasserung ihrer Flash aus dem Meer hatte fischen lassen. Nach einer knappen aber herzlichen Begrüßung führte der Rag sie auf die Kommandobrücke des Schiffes, wo sie die nächsten Stunden in gespannter Untätigkeit verbrachten.

Die Flotte verließ den Hafen in Schleichfahrt und formierte sich in tieferem Gewässer, noch in Sichtweite der Küste. Niemand wußte, wo genau der Feind lauerte.

Es war kurz vor Mitternacht, als der Funker die entscheidende Meldung des Luftschiffs auffing und den ragschen Signalkode übersetzte. Der setzte sich aus langen und kurzen Impulsen zusammen – wie dereinst das Morseverfahren auf der Erde. Die Menschen erfuhren die Nachricht gleichzeitig, denn Doorn hatte eines der Funkgeräte so modifiziert, daß es nicht nur Morsezeichen, sondern auch Sprache übermitteln konnte.

»Haben die Flotte der Ganten geortet«, kam es knisternd und rauschend, aber halbwegs verständlich aus dem Lautsprecher, gefolgt von den exakten Koordinaten. »Mindestens 30 schwere Schlachtschiffe, dazu jede Menge kleinerer Einheiten, insgesamt über 150 Schiffe.«

Ren Dhark schluckte. Die Flotte der Korlonen brachte es gerade einmal auf 90 Schiffe. Er zweifelte nicht daran, daß sie durch das Radar letztendlich den Sieg davontragen würde – aber um welchen Preis? Vermutlich hatte Arc Doorn recht gehabt. Er war hoch oben am Himmel sicherer als seine Gefährten in ihrer schwimmenden Zielscheibe.

Der Navigator des Flaggschiffs gab die Koordinaten an die anderen Schiffe weiter, und die Flotte setzte sich mit voller Fahrt in Bewegung.

*

Sitteck, ein junger Korlone in einer Wartungseinheit der Marineflieger, stand seit vier Jahren im Sold Gantes. Die letzten zwei Jahre tat er Dienst im größten Kriegshafen Korlos, und seither hielt er Augen und Ohren offen. Normalerweise erstattete er einmal im Monat seinem Verbindungsmann außerhalb des Stützpunktes routinemäßig Bericht, doch heute würde er außerplanmäßig Kontakt mit ihm aufnehmen müssen.

Schon seit einigen Tagen kursierten Gerüchte über eine bevorstehende Offensive. Das war nicht ungewöhnlich, in Kriegszeiten gab es ständig die wildesten Gerüchte, aber einige der Aktivitäten, die Sitteck beobachtet hatte, deuteten darauf hin, daß diesmal mehr dahintersteckte. Und dann hatte er die Fremden gesehen…

Zwar nur flüchtig und undeutlich, aber es war kein Irrtum möglich. Häßliche Gestalten, die mit einer Eskorte und streng bewachten Militärtransportern angekommen waren, aus denen Kisten ausgeladen und eilig auf mehrere Schiffe verteilt wurden.

Und eine wurde zu dem hastig aus dem Hangar gezogenen Luftschiff gebracht.

Der junge Agent war nur zufällig Zeuge der Aktivitäten geworden, weil ihn sein Offizier in eine an den Luftschiffshangar angrenzende Lagerhalle geschickt hatte, um eine Kabeltrommel zu holen, bevor das Gelände um die Kaianlagen herum gesperrt worden war.

Jetzt wartete er ungeduldig auf das Ende seiner Dienstschicht. Obwohl kein Alarmzustand gegeben worden war, konnte er spüren, daß Spannung in der Luft lag. Sollte die Flotte auslaufen, würde der gesamte Hafen gesperrt werden. Dann wäre er von seinem Kontaktmann abgeschnitten.

Doch er hatte Glück. Nach dem Ende seiner Schicht verließ er den Sperrbezirk so schnell, wie er es wagte, und passierte tatsächlich unbehelligt die Kontrollstation, die zum zivilen Teil des ehemaligen Fischerdorfs führte, wo sich die unvermeidlichen Tavernen und Bordelle angesiedelt hatten, die es in der Nähe jeder Marinebasis gab.

Er traf seinen Kontaktmann in einem Hinterzimmer und berichtete, was er gesehen hatte. Ganz besonders von dem Luftschiff, das offensichtlich für einen Nachtflug vorbereitet wurde.

Sitteck hatte seinen Bericht kaum beendet, als die Signalhörner alle Matrosen und Soldaten auf Freigang in den Stützpunkt zurückriefen. Er folgte dem Ruf und meldete sich vorschriftsmäßig beim diensthabenden Unteroffizier, der ihm mitteilte, daß bis auf weiteres niemand die Marinebasis ohne Sondergenehmigung würde verlassen dürfen.

Also hatte er sich nicht getäuscht. Irgend etwas Ungewöhnliches war im Gang. Er konnte nur hoffen, daß seine Informationen wichtig gewesen waren und sich für ihn auszahlen würden. Denn Gante belohnte seine Spione großzügig, wenn sie gute Arbeit leisteten.

*

»Die Flotte der Ganten bildet einen großen Halbkreis mit vorgeschobenen schnellen Aufklärern, Torpedobooten und leichten Zerstörern«, erklärte der Admiral und ließ die plumpen Finger über den Kartentisch wandern. Stabsoffiziere aktualisierten die Positionen der verschiedenen Einheiten nach den Angaben, die sie von dem Luftschiff erhielten. »Das feindliche Flaggschiff hält sich so weit hinter den Gefechtslinien, daß wir es selbst mit unseren stärksten Geschützen nicht erreichen können, bevor wir Feindberührung haben. Deshalb werden wir vorerst die Flanken vernachlässigen und massiv durch die Mitte vorstoßen. Das wird die Ganten irritieren, denn durch ein solches Manöver können sie uns von allen Seiten einkreisen. Normalerweise säßen wir damit in der Falle.«

Die beiden Cyborgs hörten ihm aufmerksam zu und übersetzten seine Worte nach gelegentlichen Nachfragen für Ren Dhark. Obwohl der Commander seine Ausbildung in der zivilen Raumflotte erhalten hatte, war er nicht gänzlich unwissend, was taktische Kriegführung betraf. Der Vorschlag des Admirals lief tatsächlich darauf hinaus, die Hälfte seiner Flotte von den Ganten einkesseln zu lassen. Aber dank des Radars würden die Schiffe der Korlonen die feindlichen Einheiten beschießen können, bevor diese in Sichtweite kamen.

»Sie wollen also zuerst einen kompakten Pulk bilden, die Ganten in Reichweite der Geschütze kommen lassen und dann aus allen Rohren feuern«, stellte Ren fest. Er sprach langsam und mit Pausen, damit die Cyborgs Zeit hatten, für ihn zu dolmetschen. Eine etwas umständliche Angelegenheit, aber sie konnten sich recht gut verständigen. »So werden Sie wahrscheinlich gleich mit den ersten Salven eine Menge feindlicher Schiffe ausschalten können, aber andererseits brauchen die Ganten dann nur blind in die Mitte des Rings zu halten, um ein paar Zufallstreffer zu erzielen.«

»Richtig«, stimmte ihm der Admiral zu. »Das ist die Kehrseite des Plans. Die Alternative wäre eine längere konventionelle Seeschlacht. Und das würde bedeuten, dem Feind Zeit zu geben, sich auf die neue Situation einzustellen. Auch ohne zu wissen, wieso wir ihn aus großer Entfernung oder bei Dunkelheit und Nebel zielgenau orten können, würde der Stab die Taktik ändern und seine Einheiten auseinanderziehen. So aber wird er vermutlich alles daran setzen, uns mit einem massierten Angriff aufzureiben oder uns zumindest schwere Verluste zuzufügen.«

Seine Argumentation war logisch, und Ren mußte die Kaltschnäuzigkeit bewundern, mit der der Admiral das Überraschungsmoment ausnutzte. Lieber einige Verluste in der Anfangsphase der Schlacht riskieren, als sich auf ein zermürbendes Gefecht einzulassen, bei dem es unter dem Strich wahrscheinlich mehr Tote und versenkte Schiffe geben würde.

»Die ersten Einheiten der Vorhut werden kurz nach Morgengrauen in Sicht kommen«, meldete ein Offizier.

»Dann ziehen wir unsere Einheiten eine Stunde vorher weiter auseinander«, befahl der Admiral. »Die Schlachtschiffe mit den schweren Geschützen an die vorderste Front. Wir feuern auf die zweite Reihe, noch bevor wir Sichtkontakt zur Vorhut haben. Danach nehmen wir uns die erste Reihe vor, und erst dann greifen die leichten Einheiten frontal an, um eine Bresche in den Riegel des Gegners zu schlagen.«

Seine Befehle wurden weitergeleitet. Ren und die Cyborgs verfolgten gespannt den schematisch mit Modellen auf einem großen Tisch dargestellten Aufmarsch der Flotte. Noch waren die Ganten ahnungslos, aber es würde nicht mehr lange dauern, bis die Schlacht begann.

*

Auch die zivilen Siedlungen und Dörfer um den Kriegshafen waren abgeriegelt. Grannoch, Sittecks Kontaktmann, der eine Reihe von Tavernen und Bordellen betrieb, wußte, daß er den Sperrbezirk nicht mitten in der Nacht verlassen konnte, ohne sich verdächtig zu machen. Aber seine Auftraggeber hatten auch für diesen Fall vorgesorgt.

Er verließ sein Büro und ging gemächlich durch die beleuchteten Straßen, in denen jetzt, nachdem alle Matrosen und Soldaten in den Stützpunkt zurückgerufen worden waren, kaum noch Betrieb herrschte. Ein Trupp uniformierter Marinepolizisten, die routinemäßig durch das Amüsierviertel patrouillierten, erkannten den Tavernenbesitzer, erwiderten seinen Gruß und schenkten ihm keine weitere Beachtung.

Grannoch schlenderte weiter Richtung Meer, tauchte in einer

unbeleuchteten Gasse unter, eilte bis an ihr Ende und drückte sich in den Schatten eines verfallenen Lagerschuppens.

Er wartete ein paar Minuten, bis sich seine Augen auf die Dunkelheit eingestellt hatten. Dreihundert Meter von ihm entfernt brach sich die schwache Brandung leise rauschend an schwarzen Klippen.

Nachdem er sich überzeugt hatte, daß ihm niemand gefolgt war, huschte er zum Strand und lief gebückt nach Osten, wo ein träge fließender Bach in das Meer mündete. Dort lag ein kleines Ruderboot vertäut, weit genug vom Kriegshafen entfernt, so daß die tastenden Strahlen der rotierenden Scheinwerfer es nicht mehr erreichten. Grannoch machte es los, schob es ins Wasser, zog sich an Bord und ruderte in die Nacht hinaus.

Sein Ziel war eine winzige, zerklüftete Felseninsel, umgeben von gefährlichen Untiefen, die auf der Seeseite mit einer Leuchtboje markiert war. Da er sich ihr vom Land her näherte, blieb er stets im Schatten.

Noch bevor er die Insel sah, hörte er das Klatschen der Wellen gegen die Felsen. Er ruderte vorsichtig weiter, bis der Bug des kleinen Bootes gegen eine Klippe stieß. Dann zog er eine Taschenlampe hervor, die nur schwach glomm, und gab das verabredete Zeichen.

Die dunkle Gestalt wuchs so unvermittelt vor ihm auf, daß er zusammenzuckte. »Die Geschäfte laufen schlecht«, stieß er die aktuelle Parole hervor.

»Dann sollten Sie das Angebot für die Kunden verbessern«, erwiderte der fast unsichtbare Rag leise.

Grannoch entspannte sich. Er hatte keine Ahnung, wo der gantische Agent herkam – die kleine Insel war nicht viel mehr als ein aus dem Wasser ragender Felsblock ohne Versteckmöglichkeiten – und er wollte es auch gar nicht wissen. Eilig erstattete er dem Unbekannten, dessen Gesicht er in der Dunkelheit nicht erkennen konnte, Bericht, nahm einen prall gefüllten Umschlag entgegen und machte sich unverzüglich auf den Rückweg.

Das Geld würde er zählen, sobald er wieder in seinem Büro saß. In diesem Punkt war Verlaß auf die Ganten. Sie geizten nicht, wenn es darum ging, ihre Spione großzügig zu entlohnen. Soweit es Grannoch betraf, konnte dieser Krieg endlos weitergehen.

*

Arc Doorn sah auf seinem Monitor, wie sich die Einheiten der Korlonen auffächerten und den ahnungslosen Ganten näherten.

Das Luftschiff schwebte in gut fünf Kilometern Höhe über einer geschlossenen Wolkendecke. Es war kalt, nur wenige Grad über dem Nullpunkt, und die Besatzung hatte sich in dicke Mäntel gehüllt. Obwohl es äußerst unwahrscheinlich war, einem feindlichen Luftschiff oder einem Aufklärungsflugzeug zu begegnen, herrschte nur eine düstere Notbeleuchtung in der Gondel, und die Hülle des Auftriebskörpers war mit einer stumpfen Farbe bemalt, so daß sie das helle Sternenlicht nicht reflektierte.

Hier oben sind wir so sicher wie in Abrahams Schoß, dachte der Sibirier, während er laufend die Koordinaten der feindlichen Flotte durchgab. Er fragte sich, ob er das Mündungsfeuer der Geschütze und die Explosionsblitze getroffener Schiffe durch die Nebel- und Wolkendecke sehen würde. Wahrscheinlich nicht, denn im Osten glühte der Horizont bereits rot. Bald würde Balk aufgehen. Die ersten Einheiten der Ganten kamen allmählich in Reichweite der korlonischen Geschütze. In spätestens zwei Stunden würde das Gefecht beginnen, und Doorn konnte nur hoffen, daß sich sein Radar auch im praktischen Einsatz bewährte.

16.

Die Lage war auch am siebten Tag nach der Ankunft der POINT OF im Rag-System unverändert. Man hatte versucht, unbemannte Aufklärungssonden an fallschirmähnlichen Vorrichtungen zur Oberfläche des Rag-Planeten hinabzulassen. Doch sobald sie in die »Unsichtbarkeitssphäre« eindrangen, brach auch jegliche Verbindung abrupt ab. Offenbar gab es keine herkömmliche Funkfrequenz, die imstande war, die Barriere zu überwinden. Nein, Rag ließ sich auch weiterhin nicht in die Karten schauen, und verweigerte auch Minimalinformationen wie die, ob die Besatzungen der beiden Flash noch am Leben waren oder nicht. Bis andere Erkenntnisse vorlagen, klammerte man sich also weiterhin an die Hoffnung, daß die Notenergievorräte der »Blitze« ausgereicht hatten, die Insassen sicher zur Oberfläche zu bringen.

Aber hätte diese Notenergie dann nicht auch gereicht, einen komprimierten Hyperspruch abzusenden, um die Menschen auf der POINT OF zu beruhigen? Oder unterdrückte der Schirm um Rag auch alle Hyperimpulse?

Von Kartek und Dressler gab es noch keine Lebenszeichen, und der Erkenntnisstand über das monovektorische Unsichtbarkeitsfeld war auch noch nicht weiter gediehen.

Dan Riker war nicht der einzige, der sich Arc Doorn an Bord wünschte; Doorn, der sich beinahe intuitiv in jede noch so exotisch anmutende extraterrestrische Technologie hineindenken konnte. Aber der Sibirier befand sich unter den Verschollenen, die mit den beiden Flash zur Planetenoberfläche unterwegs gewesen waren. Möglicherweise kamen seine Talente dem Quartett zustatten. Riker hoffte es. Je länger die unfreiwillige Trennung und die Unterbrechung jeglichen Kontaktes dauerte, desto mehr schmolz der krampfhaft aufrechterhaltene Optimismus, die Freunde jemals wieder in die Arme schließen zu können.

Denn selbst wenn den Flashinsassen die Notlandung gelungen war, wer mochte sagen, was ihnen in den vergangenen Tagen auf Rag widerfahren war? Vielleicht waren die 002 und die 005 bei ihren Notmanövern getrennt worden; vielleicht waren sie auf hoher See abgestürzt...

Dhark hatte die 002 mit Lati Oshuta geflogen, Arc Doorn die 005 mit dem wiedergenesenen Bram Sass.

Sass und Oshuta waren Cyborgs. Und diese beiden Elitekämpfer, aus denen das Phantvirus im Zusammenspiel mit High-Tech-Implantaten regelrechte Übermenschen formte, konnten in extremer Situation durchaus das Zünglein an der Waage sein.

Seufzend lehnte sich Riker in seinem Kommandositz zurück. Über Bordsprech nahm er Verbindung mit Manu Tschobe auf.

»Schon wieder?« fragte der Arzt und Hyperfunkspezialist gereizt. Eine Grußfloskel sparte er sich.

»Beeilen sie sich. Schlafen kann ich noch genug, wenn ich tot bin.«

»Sie werden uns noch alle umbringen, wenn Sie nicht bald Vernunft annehmen!«

»Scheren Sie sich zum Teufel!«

»Mich will er nicht.« Tschobe lachte kehlig auf. »Ich bin ihm zu ähnlich.«

»Besser hätte ich es auch nicht ausdrücken können.«

Wer die beiden hörte, hätte nicht unbedingt geglaubt, daß sie die besten Freunde waren.

Riker unterbrach die Verbindung. Als das Zentraleschott fauchend aufging, drehte er nicht einmal den Kopf, sondern wartete geduldig, bis der dunkelhäutige Tschobe sich, die Fäuste in die Hüften gestemmt, vor ihm aufbaute.

Riker griente ihn herausfordernd an. »Wo haben Sie es?«

Tschobe löste eine Faust, streckte sie Riker entgegen und öffnete sie. In der Mulde lag eine winzige Pille, kaum größer oder augenfälliger als eine Mentcap. Riker klaubte das Medikament aus der Hand des Arztes und steckte es ohne Zögern in den Mund. Mit etwas Speichel schluckte er die Tablette hinunter.

»Wie lange wird sie wirken?« fragte er.

»Normalerweise acht bis zehn Stunden – nach dem Raubbau, den Sie bereits mit Ihren Kräften betrieben haben, dürften es jedoch kaum mehr als zwei, drei werden. Dann klappen Sie endgültig zusammen, und wem damit gedient sein soll…«

Tschobe kam nicht dazu, den Satz zu Ende zu sprechen.

Tino Grappas Brüllstimme fuhr dazwischen.

»Schwerkraftverwerfung auf Blau neun!«

Riker fuhr wie elektrisiert aus seinem Sitz. Manu Tschobe wirbelte herum und starrte in die Holokugel.

Seit sie in Drakhon unterwegs waren, spätestens seit sie mit den Kreuzschiffen der Nomaden konfrontiert worden waren, wußte jeder an Bord, was sich unter dem Begriff »Schwerkraftverwerfung« ankündigte.

»Nomaden?«

»Noch keine Erkenntnisse«, antwortete Leon Bebir.

»Status des Intervallums?«

»Auf Maximum!«

»Waffenbereitschaft?«

»Alles klar!« meldeten Jean Rochard und Bud Clifton unisono aus WS-West und WS-Ost.

»Sollen wir uns in den Ortungsschatten des Roten Riesen zurückziehen?« fragte Hen Falluta. »Für alle Fälle?«

»Wie lange noch bis zum Austritt?« stellte Riker die Gegenfrage.

»Wenige Minuten.« Bebir war nicht die leiseste Nervosität anzumerken.

»Ich erfasse gerade ein Objekt, das sich mit Überlichtfahrt ebenfalls unserer Position nähert«, meldete Tino Grappa in diesem Augenblick.

Riker wandte sich an die Funk-Z: »Irgend etwas im Äther?«

Es dauerte ein paar Sekunden, bis Glenn Morris verneinte.

Dafür rief Grappa: »Das zweite Objekt ist die 016! Zweifelsfrei! Kartek und Dressler...«

»Morris? Funken Sie den Flash an! Ich erwarte eine sofortige Erklärung, warum der ID-Code nicht abgestrahlt wurde. Clifton: Falls die 016 in dreißig Sekunden nicht geantwortet hat, nehmen Sie sie unter Lähmfeuer!«

»Unsere eigenen Leute, Sir?«

»Woher sollen wir wissen, daß es noch unsere eigenen Leute sind?« konterte Riker. »Morris?«

»Noch keine Antwort...«

In diesem Augenblick platzte der Weltraum in einigen Millionen Kilometer Entfernung wie eine grausig schöne Blütenknospe auf.

Am Ende der künstlich erzeugten Einstein-Rosen-Brücke wurde ein Objekt von gewaltigen Ausmaßen sichtbar.

Es war von einer graufarbenen Aureole unglaublich starker Energie umgeben und ähnelte einer fliegenden Festung.

»Keine Nomaden – Galoaner!« seufzte Riker. »Zumindest hat es den Anschein, auch wenn ich so ein Schiff bei ihnen noch nie gesehen habe. Hoffen wir, daß wir uns nicht irren sollen und die Nomaden sich nicht in terranischer Frühgeschichte kundiggemacht haben. Ich ließe uns ungern ein Trojanisches Pferdchen unterjubeln... Waffenaktivität?«

»Null«, meldete Grappa. »Defensivschild des Zylinderraumers aber auf vermutlichem Höchst...«

»Uns erreicht gerade ein Anruf«, fiel Glenn Morris dem Ortungsspezialisten in die Rede.

»In die Zentrale legen! Bildübertragung?«

»Yessir!«

In der holographischen Bildkugel öffnete sich ein Segment, in dem sich das Konterfei eines Galoaners aufbaute. Er wiegte den Schädel zum Gruß, absonderlicherweise blieb jedoch seine Mundöffnung geschlossen, als er erklärte: »Schießen Sie nicht auf Ihr eigenes Schiff. Seine Funkanlage ist beschädigt. Es kann nicht aus eigener Kraft antworten. Trotz dieser Beeinträchtigung haben die beiden Menschen darauf bestanden, vorauszufliegen und euch auf unsere Ankunft vorzubereiten. Offenbar haben sie nicht damit gerechnet, daß wir sie… nun, überholen könnten.«

»Ich grüße die Galoaner und danke, daß sie unserem Hilfeersuchen gefolgt sind«, sagte Riker, ebenso irritiert von dem nach wie vor geschlossenen Mund seines Gesprächspartners wie auch von dem völlig untypischen Humor, der aus dessen Rede klang. »Mit wem spreche ich?«

»Mit dem Chefwissenschaftler der Expedition«, drang es aus der Funkübertragung, wobei die im Holofenster abgebildete Gestalt mehr denn je einer Marionette glich. »Mein Name ist Shodonn.«

*

Unmittelbar nach der Rückkehr des Flash ins Depot der POINT OF berichteten Kartek und Dressler von ihren Erlebnissen im Wanar-System – und wie es im Zuge ihrer Beteiligung an der Vernichtung fremder Spionagesonden zu dem Funkausfall gekommen war, um den sich bereits Bordtechniker kümmerten.

»Spionagesonden«, wiederholte Dan Riker. »Konnte ihre Herkunft bestimmt werden?«

»Nein«, sagte Dressler. »Aber auch die Galoaner vermuten aufgrund der jüngsten Ereignisse, daß nur die Nomaden dahinterstekken können.«

»Hatten sie sich auch früher schon für das Wanar-System interessiert?« Dan Riker verneinte die eigene Frage mit einem Kopfschütteln. »Sie halten sich lieber an Gegner, von deren Wehrlosigkeit sie überzeugt sind. Nein, ich denke, ihr Interesse hängt immer noch mit uns zusammen. Sie haben schon einmal versucht, die POINT OF in ihre Gewalt zu bekommen. Auch dabei nahmen sie ein Hintertürchen, den Agenten, den Lati ausgeschaltet hat und der sich noch immer im Gewahrsam der Galoaner befindet…«

»Womöglich wollen sie erfahren, wohin wir uns vom Wanar-System aus gewandt haben«, warf Hen Falluta ein, der an der Kurzbesprechung teilnahm. »Sie sind ja offenkundig nicht in der Lage, einen Sternensog-Flug ortungstechnisch zu verfolgen.«

Dan Riker nickte. »So wenig wie wir den Kurs eines Drakhon-Schiffes nach Eintritt ins Wurmloch bestimmen können. Dafür ist es uns möglich, die Vorboten eines Wurmlochaufbaus und die Ankunft von Schiffen in unserer Nähe vorauszusagen… Immerhin etwas.«

»Ein klarer taktischer Vorteil«, bekräftigte auch Falluta.

Dressler und Kartek schwiegen. Sie wirkten erschöpft. Riker entließ sie dennoch nicht, bevor er sie über Shodonn befragt hatte. »Im Anschluß an dieses Gespräch folge ich der Einladung des Galoaners, an Bord seines Schiffes zu kommen. Vorher wüßte ich gern, was ich von ihm zu halten habe. Offengestanden habe ich ein zwiespältiges Gefühl, was ihn betrifft. Können Sie mir etwas mehr über ihn verraten? Er… wirkte seltsam.«

»Inwiefern?« fragte Kartek, der bedauernd die Schultern hob. »Leider wurde uns nichts über die Teilnehmer der Expedition verraten. Wir waren schon froh, daß man uns Hilfe zusagte, nachdem unser erster Eindruck eher der war, daß man unser Ersuchen abschlagen würde.«

»Der Zylinderraumer wirkt alles in allem mehr wie ein Kriegsschiff auf mich«, fühlte sich Riker veranlaßt, seine Vorbehalte näher zu erklären. »Ein reines Forschungsschiff bräuchte meines Erachtens nicht diese Bewaffnung – wobei ich nicht von den Defensiveigenschaften rede, sondern ausschließlich von den offensiven Möglichkeiten. Es widerspricht ein wenig dem Bild, das ich von den Galoanern hatte, auch wenn mir bekannt war, daß sie neben ihren Handelsschiffen durchaus über eine Flotte verfügen, mit der sie potentielle Gegner beeindrucken können.«

Es war Kartek und Dressler anzusehen, daß sie darauf auch keine Antwort hatten.

Als Dan Riker die beiden Flashpiloten entließ, erreichte ihn die

Meldung aus der Zentrale, daß das Rendezvousmanöver mit dem Galoanerschiff abgeschlossen sei. Zwischen POINT OF und Zylinder existierte jetzt ein künstlicher Tunnel, durch den der Wechsel von einer Schleuse zur anderen sogar ohne Raumanzug möglich gewesen wäre.

Riker bestätigte, daß er sich unverzüglich mit einer Abordnung auf den Weg machen wolle, um der Einladung ihrer Nothelfer zu folgen.

Dem Treffen mit Shodonn sah er mit mehr als gemischten Gefühlen entgegen.

*

Der Galoaner, der sich nach dem Austritt aus dem Wurmloch via Hyperfunk gemeldet hatte, stand auch in vorderster Front, als Dan Riker in Begleitung von Miles Congollon und einer ausgesuchten Mannschaft aus Spezialisten in der Schleusenkammer des Zylinderraumers eintraf.

Sofort trat er Riker entgegen und bekundete ihm durch eine Verneigung – eigentlich eine menschliche Geste – seinen Respekt.

Riker wiederum antwortete, indem er die Hand zum Gruß hob und sagte: »Shodonn! Sagen Sie uns, wie wir Sie unterstützen können. Wir wollen nichts unversucht lassen, mit Ihnen gemeinsam einen Weg durch das Tarnfeld um Rag zu finden.«

»Ich verstehe deine Eile. Aber…« der Galoaner besaß kein Mienenspiel, das sich hätte deuten lassen, und dennoch hatte Riker das Gefühl, sanft belächelt zu werden, was die anschließenden Worte nur noch untermauerten, »… aber ich bin nicht Shodonn«, drang es aus dem kleinen Übersetzungsmodul, das der Galoaner wie ein Schmuckstück an einer Kette vor der Brustwölbung trug und das anders aussah als die Geräte, die die Terraner zum Geschenk erhalten hatten.

Riker machte aus seiner Überraschung keinen Hehl. »Zugegebenermaßen fällt es mir schwer, einzelne Angehörige Ihres Volkes voneinander zu unterscheiden. Aber bei Ihnen war ich mir sicher…«

»Es ist nicht ganz falsch«, sagte sein Gegenüber. »Mein Name ist Rhaklan. Ich bin Shodonns Wirt. Er hat mir erlaubt, euch zuerst zu begrüßen, weil er glaubt, dadurch mehr Verständnis für die Art und Weise, wie er mit euch kommunizieren wird, zu wecken. Ich werde mich jetzt zurückziehen.«

Noch bevor Dan Riker etwas erwidern konnte, schallte eine verändert klingende Stimme aus der Übersetzungseinheit.

»Verlieren wir keine Zeit mehr. Ich bin Shodonn, Angehöriger des Nareidums. Ich bin gespannt auf das Geheimnis, das Owid zu bieten hat. Folgt mir in mein Labor…«

*

Auf Galoa hatte Dan Riker seinen Freund Ren Dhark zum Sitz des Nareidums begleitet und den unglaublichen Seelencomputer aus nächster Nähe bestaunen können.

Schon dort hatte seine Vorstellungskraft Mühe gehabt, der Erklärung zu folgen, daß die verdientesten Galoaner nach ihrem Tod Aufnahme in den kybernetischen Komplex fanden und ihre »gespeicherten« Seelen fortan den Bund der Weisen Toten bildeten – die Regierung der Galoaner.

Nun aber sah er sich noch mit etwas viel Unglaublicherem konfrontiert: Shodonn – besser gesagt die Stimme, die sich als Shodonn auswies – hatte gerade behauptet, Angehöriger des Nareidums zu sein!

»Ich fürchte, ich verstehe nicht.«

In Wahrheit verstand er durchaus, weigerte sich jedoch, die Erklärung ohne weiteres hinzunehmen.

Rhaklan stand bewegungslos da, hatte innegehalten, nachdem er bereits Anstalten machte, die Schleusenkammer zu verlassen.

Als Wirt hatte er sich bezeichnet, als Shodonns Wirt.

»Was verstehst du nicht?«

»Du – steckst in dem Gerät?«

»Ich wurde ausgelagert, ja.«

»Du bist einer der Weisen?«

»Wer vermag schon von sich selbst zu behaupten, er sei weise?« Die Stimme klang amüsiert. Wie der Apparat dies fertigbrachte, war Riker ebenso schleierhaft wie die Tatsache als solche, daß sich ein Angehöriger des Nareidums der Gefahr einer Reise ins ehemalige Einflußgebiet der Rahim ausgesetzt haben könnte.

»Mir war nichts von der Möglichkeit bekannt, daß das Nareidum einzelne Mitglieder auch – wie nanntest du es? – zeitweise auslagern kann.«

»Es gibt sicherlich vieles, was du noch nicht über uns weißt, oder?«

»Natürlich…«

»Es kam in den letzten Jahrhunderten nicht oft vor, daß sich eine Seele aus dem Verbund löste. Aber die Gelegenheit schien günstig.«

»Nicht oft?« fragte Riker.

»Eigentlich nie«, erwiderte Shodonn. »Geh jetzt, Rhaklan. Wir wollen uns der Herausforderung stellen, die Owid uns zu bieten hat.«

Noch immer leicht benommen, schloß Riker sich dem Galoaner (eigentlich waren es ja sogar zwei) an und gab seinen Begleitern zu verstehen, daß sie es ihm gleichtun sollten.

»Ihr nennt Rag Owid?« fragte er beim Verlassen der Kammer.

Vor ihnen öffnete sich ein in warmes Licht gehüllter Korridor, auf dem sie schon nach dem ersten Schritt von A-Gravkräften erfaßt wurden, die hier allerdings horizontal wirkten.

Mit wachsender Geschwindigkeit und ohne dies als unangenehm zu empfinden, wurden die Besucher förmlich ins Innere des Schiffes gesogen.

»Richtig.«

»Dann kennt ihr die Rags.«

»Die Owiden – flüchtig, ja.«

»Besitzen sie die Möglichkeit, einen Schild wie den, den wir erleben, zu errichten?«

»Nein«, sagte Shodonn. »Wenn es so wäre, hätte ich den sicheren Hort nicht verlassen.«

»Welchem Umstand, von eurer Hilfsbereitschaft abgesehen, verdanken wir es, daß sich ein Unsterblicher für uns in Gefahr begibt?«

»Es ist die Neugier«, erwiderte Shodonn bereitwillig. »Und die Langeweile.«

»Langeweile?«

»Kannst du dir eine Existenz wie die meine vorstellen?«

»Nein.« Er hätte lügen müssen.

»Dann hast du auch keine Idee davon, was es heißt, ein scheinbar zeitloses Dasein zu führen. Ich aber kenne beides, ich besaß ja auch einmal einen Körper, ähnlich dem deinen.«

»Wie lange ist das her?«

»Lange.« Shodonn schien nicht gewillt, dies näher auszuführen. »Was ich nur sagen will, ist: Das Leben in einem Körper, der dem allmählichen Verfall ausgesetzt ist, hat eigentlich nur Vorteile – von dem einzigen Nachteil abgesehen, daß es endlich ist. Der Transfer eines Bewußtseins in eine Maschine, wie es den Auserwählten meines Volkes ermöglicht wird, birgt hingegen mehr Nach- als Vorteile.«

»Welche?« Riker mußte sein Interesse nicht vortäuschen. Vielleicht würde er nie wieder mit einem Unsterblichen in dieser Form konfrontiert werden – oder Gelegenheit erhalten, etwas über diese Art von Leben zu erfahren.

»Man verliert… nun, man verliert mit zunehmender Dauer des alterungsfreien Zustandes das Gefühl für das eigentliche Leben, das außerhalb des Nareidums pulsiert – und über das Wesen wie ich letztlich gebieten.«

Riker war verblüfft über soviel Offenheit.

»Gibt es Möglichkeiten, dem Problem zu begegnen?«

»Nicht viele. Denn auf der anderen Seite hängen wir natürlich an unserem Dasein. Und an dem Einfluß, den wir ausüben. Ausgleichend wirkt nur der permanente Zufluß an neuen Seeleninhalten. Wir treten ja nicht auf der Stelle. Es sterben immer wieder Galoaner, die es verdienen, nicht verloren zu gehen…«

»Du bist sehr offen.«

»Ich habe keinen Grund, es nicht zu sein.«

»Wissen auch die, über die ihr regiert, mit welchen Schwierigkeiten ihr zu kämpfen habt?«

»Natürlich.«

Riker glaubte es ihm. Die Vorbehalte, die er zunächst gegen Shodonn empfunden hatte, waren verschwunden.

Verschwunden.

Er erinnerte sich, was letztlich dazu geführt hatte, daß sich ein Nareidums-Mitglied in dieses Doppelsternsystem begeben hatte. Plötzlich machte auch die Beschaffenheit des Schiffes, in dem Shodonn gekommen war, Sinn. Ein Geschöpf wie er, und das hatte er ja auch zugegeben, hing wahrscheinlich noch viel mehr an seiner Existenz als ein normalsterbliches Wesen, für das der Tod ein unumgängliches Schicksal darstellte. Dementsprechend war es nur logisch, daß das Nareidum eine fliegende Festung aufgeboten hatte, um Shodonns Sicherheit zu gewährleisten.

*

Daß das Galoanerschiff nicht nur in Sachen Wehrhaftigkeit alles in den Schatten stellte, was Terranern bislang in der Galaxis Drakhon unter die Augen gekommen war, zeigte sich, als Shodonn ihnen geradezu genüßlich die Forschungseinrichtungen des Zylinders präsentierte.

Die terranischen Wissenschaftler und Techniker machten aus ihrer Begeisterung keinen Hehl. Shodonn kommandierte für jeden einzelnen einen galoanischen Partner ab, der nichts anderes tat, als zu erklären und auch praktisch in die Handhabung einzelner Geräte einzuweisen.

Dan Riker, der an Shodonns/Rhaklans Seite blieb, war beinahe beschämt von diesem Vertrauensbeweis. Er wußte sehr wohl, daß sein Volk beträchtlich länger gezögert hätte, seine Kenntnisse und Errungenschaften mit einer Spezies zu teilen, die man im Grunde nicht wirklich gut kannte.

Er wollte gerade ansetzen, etwas Diesbezügliches zu sagen, als Shodonn ihn aufforderte, ihm in eine Kuppel zu folgen, die über dem Laborkomplex schwebte, der in einem riesigen Hohlraum im Zentrumsbereich des Zylinders untergebracht war. Der Raum maß in seiner Länge geschätzte achtzig, in der Breite vierzig und in der Höhe etwa fünfundzwanzig Meter. Die Schwebekanzel war wesentlich kleiner, auch zylinderförmig, bot aber nur Platz für zwei bis drei Personen. Ein mobiles A-Gravfeld, das Shodonn mittels eines Impulsgebers von Rhaklan steuern ließ, trug sie ins Innere der gleichfalls beweglichen Kuppel.

Nachdem Riker und der Galoaner auf unsichtbaren Polstern Platz genommen hatten, aktivierte Shodonn ein Hologramm, das die komplette Kanzel ausfüllte und den Insassen den Eindruck vermittelte, Bestandteil davon zu sein.

Es war, als schwebten sie plötzlich ohne Schutz im freien Weltraum.

Und dennoch gefahrlos.

Der Orbit, in dem sich Ringraumer und Zylinderschiff befanden, war kenntlich gemacht. Ein Platzhalter drehte sich an Stelle des unsichtbar gewordenen Planeten Owid. Der Platzhalter bewies endgültig, daß die Galoaner dieses System schon einmal besucht und exakt karthographiert hatten, denn auf der stilisierten Kugel zeichneten sich grob gerastert drei Kontinente ab, die dem entsprachen, was auch die POINT OF-Besatzung vermessen hatte. Als Owid noch »vorhanden« war.

»Wann wart ihr hier?« fragte Riker. Er wandte den Blick zu Shodonns Wirt. »Und was könnt ihr uns über die Owiden sagen?«

»Nur soviel«, erwiderte die Stimme aus dem Seelenchip, den Rhaklan umhängen hatte, »daß die Owiden keine nennenswerte

Technik besitzen dürften – auch nicht nach sechshundert Jahren.«

»So lange ist es her, daß ihr sie besucht habt?«

»Es war unmittelbar nach dem Verschwinden der Rahim. Als wir noch wissen wollten, was sie zum völligen Rückzug von der galaktischen Bühne bewogen hat.«

»Als ihr noch neugierig, als ihr noch mutig wart«, sagte Riker vorsichtig.

»Du hältst die Galoaner von heute für feige?«

»Ich wollte dich nicht...«

»Jetzt bist du feige. Bleibe bei der Wahrheit, ich kann sie ertragen. Zumal ich deine Einschätzung durchaus teile.«

Rikers Staunen nahm kein Ende. »Du hältst das galoanische Volk kollektiv für feige...?«

»Sagen wir, ich beobachte eine ungesunde Tendenz.«

»Bist du nicht in der Position, dagegenzusteuern? Du und die anderen Weisen?«

»Ein Problem zu erkennen, heißt nicht zwangsläufig, eine Lösung dafür zu haben.«

»Womit wir wieder zu unserem Problem kommen könnten«, schlug Riker den Bogen. Er zeigte auf den Planeten, der in der Realität nicht mehr dazusein schien. »Habt ihr schon mit der eigenen Analyse des Schildes begonnen?«

»Das haben wir. Unsere Sensoren arbeiten ununterbrochen. Die Diagnostik läuft vollautomatisch.«

»Und was hältst du von dem Mechanismus, der aktiv geworden ist? Könnten die Rahim dahinterstecken?«

Bevor Shodonn antworten konnte, schlug Rikers Armbandvipho an. Er war sicher, daß es ein weiteres Entgegenkommen der Galoaner war, den Spruch an Bord ihres Schiffes ungestört empfangen zu können.

»Rotalarm!« erklang Fallutas Stimme.

Riker wahrte die Fassung. »Was ist passiert?«

»Ein gigantisches Wurmloch beginnt sich in unmittelbarer Nähe aufzubauen! Wenn die Galoaner nicht weitere Verstärkung erwarten, könnten die Nomaden dahinterstecken. Möglicherweise sind sie unseren Helfern gefolgt!«

»Wir dachten, alle Sonden unschädlich gemacht zu haben«, sagte Shodonn, als wollte er um Entschuldigung bitten. »Nein, ich fürchte, das Nareidum entsendet keine weiteren Kapazitäten. – Können wir nach den zu erwartenden Gefechtshandlungen über eine Übernahme der Technologie verhandeln, die es ermöglicht, Wurmlöcher vor ihrer Öffnung zu lokalisieren?«

»Darüber kann ich nicht entscheiden. Das sollte der wahre Commander dieses Schiffes tun«, erklärte Riker. »Und der befindet sich bedauerlicherweise gegenwärtig nicht an Bord – weder hier noch drüben auf unserem Kahn…«

*

Der Kommandant des gantischen U-Boots vor dem korlonischen Kriegshafen wußte, daß die Zeit zum Handeln gekommen war.

Seit sechs Wochen schon lag er mit seiner gemischten Besatzung aus Marinesoldaten und Geheimdienstleuten in Sichtweite des Hauptflottenstützpunkts von Korlo. Sechs Wochen erzwungener Untätigkeit, tagsüber in Sehrohrtiefe auf Grund, nachts mit dem Turm knapp über der Wasseroberfläche. Sechs Wochen in einer engen, feuchten Metallröhre, sechs Wochen fade Bordverpflegung, sechs Wochen permanente Anspannung ohne die Möglichkeit, seine Männer auf Landgang zu schicken.

Aber noch ging es nicht zurück in die Heimat.

Die letzte Nachricht bestätigte die Berichte anderer Agenten der vergangenen Tage. Trotz der schweren Niederlage, die Korlos Marine erlitten hatte, plante sie offensichtlich eine neue Offensive.

Aus militärischer Sicht völlig unverständlich, denn Gantes Überlegenheit zur See war erdrückend… wären da nicht diese rätselhaften Fremden gewesen, die angeblich aus dem Weltraum kamen. Und wenn tatsächlich Wesen aus dem All auf Owid gelandet waren, mußten sie über geradezu unglaubliche technische Möglichkeiten verfügen.

Was, wenn sie ihr Wissen Korlo zur Verfügung stellten? Was, wenn sie mächtige Waffen mitgebracht hatten?

Der U-Bootkommandant war ein nüchtern denkender Offizier und hielt nicht viel von Spekulationen über Wesen von fremden Sternen, aber offensichtlich nahm man die Berichte im Kommandostab ernst, und so fügte er sich den Befehlen seiner Vorgesetzten, nach denen er sich passiv verhalten und nach Beweisen für die Existenz der fremden Wesen suchen sollte.

Trotzdem fühlte er sich innerlich zerrissen. Wenn die korlonische Flotte tatsächlich auslief, mußte er das Oberkommando warnen. Andererseits durfte er die Fremden nicht aus den Augen lassen, und das hieß, daß er gezwungen war, der feindlichen Flotte zu folgen.

Schweren Herzens aktualisierte er seine Berichte, steckte sie in die Transportkapseln, befestigte sie an den Beinen der letzten beiden Botenvögel, die er an Bord hatte, und ließ die Tiere frei. Sie würden vorerst nur an Land fliegen und dort bis zum Morgengrauen warten, bevor sie die Weiterreise zu den heimischen Verschlägen antraten. Der Kommandant konnte nur hoffen, daß wenigstens einer der Vögel rechtzeitig zu Hause eintraf.

Dann gab er seiner Besatzung den Befehl, die Küste zu verlassen und der Flotte in sicherer Entfernung zu folgen.

Sein Boot war der ganze Stolz gantischer Ingenieurskunst, schnell, wendig und in der Lage, bis zu 180 Meter tief zu tauchen. Viel tiefer als alle anderen U-Boote sowohl der Korlonen als auch seines eigenen Volkes.

Noch entscheidender aber war die Tatsache, daß das Boot sich im Vergleich zu allen anderen nahezu lautlos bewegen konnte. Das machte es wie geschaffen für Spionagezwecke und für Verfolgungen. Während es die Schraubengeräusche anderer Schiffe noch aus großer Entfernung orten konnte, war es für die Verfolgten praktisch nicht aufzuspüren.

Zumindest, solange es auf Distanz zu ihnen blieb. Und genau so lautete sein Auftrag: Alle Feindberührungen vermeiden, Distanz halten und beobachten.

Eine undankbare Aufgabe für einen alten Kämpfer. Aber gut für die Überlebenschancen seiner Besatzung.

*

Der Nebel lag wie ein graues Leichentuch über dem bleiernen Meer, das die verräterischen Motorengeräusche der korlonischen Flotte verschluckte. Auf dem Radarschirm in der Kommandobrücke des Flaggschiffs waren die ersten Einheiten der Ganten aufgetaucht. Den Kanonieren an den Geschützen juckte es in den Fingern, aber noch mußten sie sich gedulden. Erst wenn auch die zweite Schlachtreihe in der Zielortung lag, würden sie den Feuerbefehl erhalten.

Die Zeit schleppte sich zäh dahin. Ren Dhark hockte vor dem Radarschirm, um dem Rag, dem Arc Doorn einen Schnellkurs verpaßt hatte, bei der Auswertung der Ortungssignale zu helfen. Bram Sass und Lati Oshuta beobachteten das Geschehen wie organische Aufzeichnungsgeräte und analysierten alle Schritte mit ihren Programmgehirnen. Keiner der Menschen wollte direkt ins Kampfgeschehen eingreifen. Dieser Krieg, auch wenn sie in ihn verwickelt waren, war nicht der ihre.

Und dann brach das Inferno los. Gegen zehn Uhr nach irdischer Zeitrechnung zerriß das Donnern der Geschütze die unnatürliche Stille. Ein Zittern lief durch den Rumpf des Flaggschiffs, als die mächtigen Kanonen feuerten. Pulverqualm lag beißend in der Luft und vermengte sich mit dem Nebel zu einer undurchdringlichen grauen Suppe. Back- und steuerbords blitzte es undeutlich im Dunst auf.

Ren sah, wie die Ortungspunkte auf dem Monitor langsam in Bewegung gerieten. Oshuta stand neben ihm, bereit, seine Anweisungen sofort in die Sprache der Rags zu übersetzen. Sass hatte als lebendige Relaisstation am Platz des Steuermanns Position bezogen.

»Mehrere Wirkungstreffer«, quäkte Arc Doorns Stimme aus dem Lautsprecher. Der Funker an seiner Konsole stenografierte die parallel hereinkommenden Morsebotschaften mit fliegenden Fingern. Befehle schwirrten über die Brücke, Rags eilten hin und her, aber trotzdem kam nie der Eindruck von Hektik auf. Die Korlonen waren offensichtlich disziplinierte Soldaten und hatten sich auf die für sie gänzlich neuartige Kriegführung eingestellt.

Einige der Ortungspunkte wurden schwächer und erloschen. Sinkende Schiffe. Andere hielten ihre Position, vermutlich manövrierunfähige Einheiten. Die meisten aber wanderten weiter und strebten in einer zangenförmigen Bewegung auf die Flotte der Korlonen zu.

In den Panzertürmen luden die Kanoniere ihre Geschütze nach und feuerten mit der Präzision von Automaten in den wallenden Dunst. Die nächsten Salven fanden längst nicht mehr so viele Ziele, da die feindlichen Schiffe ständig ihren Kurs änderten.

Irgendwo in der Nähe erfolgte ein dumpfer, klatschender Schlag, und Wasser regnete auf das Mitteldeck des Flaggschiffs herab. Ein schepperndes Geräusch ließ Rens Zähne vibrieren. Schräg voraus flackerte es rötlich im Nebel. Ein Schlachtkreuzer der Korlonen war getroffen worden und in Brand geraten.

Die Zange der Ganten schloß sich enger um die Flotte der Angreifer, doch je näher die feindlichen Einheiten kamen, desto leichtere Ziele boten sie. Ein Schiff nach dem anderen wurde getroffen, einige sanken, andere setzten sich ab, die meisten aber hielten den Kurs und feuerten weiter blindlings auf den unsichtbaren Gegner.

Erste Meldungen über eigene Verluste kamen herein. Besonders die zu schwach gepanzerten Schlachtkreuzer neigten bei Volltreffern zur Explosion, und wie als Bestätigung schwirrte ein großes, scharfkantiges Metallstück direkt vor der Brücke durch die Luft und verschwand aufspritzend im Meer.

»Achtung, ein Pulk von Zerstörern hält von Süden her direkt auf

euch zu«, warnte Doorn aus dem Luftschiff, und Oshuta übersetzte die Meldung synchron für die Rags.

»Schon gesehen«, erwiderte Ren gepreßt, beugte sich vor und nahm eine Feineinstellung am Radar vor, die der Ortungsoffizier kommentarlos geschehen ließ.

Für einen Moment riß der dichte Nebel vor dem Bug des Flaggschiffs auf, und Ren erhaschte einen flüchtigen Blick auf ein schnelles Torpedoboot. Als er sich wieder dem Monitor zuwandte, stockte ihm der Atem.

»Hart steuerbord und volle Fahrt voraus!« brüllte er, ohne nachzudenken. Aus dem von Doorn gemeldeten Zerstörerpulk hatten sich mehrere kaum wahrnehmbare Ortungspunkte gelöst, die direkt auf das Flaggschiff zustrebten. Ein gegnerischer Schlachtkreuzer lief hinter den Zerstörern parallel zum korlonischen Flaggschiff und hatte eine Breitseite abgefeuert. Die heranjagenden Granaten waren auf dem Radarschirm deutlich sichtbar.

Sass wiederholte Rens Worte in der Sprache der Rags, und ohne zu zögern gab der Admiral den Befehl an den Steuermann weiter.

Von der Beschleunigung und Kursänderung war nichts zu spüren, aber man konnte das gequälte Jaulen der Dampfturbinen hören, die auf Vollast liefen, und die Kompaßnadel wanderte quälend langsam zur Seite. Wände und Boden der Brücke begannen, wie unter mächtigen Hammerschlägen zu zittern.

Die winzigen Ortungspunkte wurden deutlicher und kamen unerbittlich näher. Viel zu schnell.

Ren hörte das Heulen der Granaten, bevor er sie durch das Backbordfenster aus dem lichter werdenden Nebel auftauchen sah. Zwei schlugen keine zwanzig Meter mittschiffs vor dem Rumpf ins Wasser ein, drei weitere in der Nähe des Hecks, der Rest war nicht zu sehen, nur das Dröhnen der Explosionen verriet, daß auch sie ihr Ziel nur knapp verfehlt hatten.

Das Flaggschiff schüttelte sich wie ein träger Wal.

Ein Dutzend Torpedoboote und leichte Zerstörer stürzten sich wie wütende Hornissen auf die Angreifer und verwickelten sie in

Nahgefechte. Binnen weniger Minuten war die Hälfte der Schiffe auf beiden Seiten kampfunfähig geschossen oder im Sinken begriffen.

Allmählich lösten die Strahlen der roten Riesensonne den Nebel auf. Brennende Schiffe trieben ohne Fahrt mit Schlagseite auf dem Meer, dazwischen dümpelten Wrackteile, Leichen und überfüllte Rettungsboote. Ren Dhark beobachtete, wie die Korlonen sowohl havarierte Kameraden als auch Ganten aus dem Wasser fischten. Obwohl die Schlacht ohne Pause weitertobte, schienen die verfeindeten Reiche den Gesetzen soldatischer Tugend zu folgen und auch gegnerische Schiffbrüchige zu retten.

»Sieht ganz so aus, als hätten wir unseren Vorteil verloren«, stellte Oshuta nüchtern fest und spähte aus zusammengekniffenen Augen auf die glitzernde See.

Ren nickte wortlos und erhob sich von seinem Platz. Jetzt, nachdem sich der Nebel größtenteils verflüchtigt hatte, waren die Ganten den Korlonen ebenbürtig. Und in dem Seegefecht, das nun folgen würde, konnte er seinen Verbündeten nicht mehr helfen. Er hatte ohnehin nicht vorgehabt, aktiv einzugreifen. Auch wenn das Flaggschiff ohne sein schnelles Handeln vielleicht getroffen worden wäre, blieb ein bitterer Nachgeschmack. Schon jetzt mußten Hunderte, wenn nicht gar Tausende Rags gestorben sein. Das Wissen, daß sie auch ohne seine Einmischung gestorben wären, machte die Dinge für ihn nicht besser.

Es wurde Zeit, sich aus den inneren Konflikten dieser Welt herauszuhalten und das zu tun, weshalb sie Owid aufgesucht hatten: Spuren der geheimnisvollen Rahim zu finden.

*

Der Kommandant des gantischen U-Boots starrte mit versteinerter Miene durch das Sehrohr. Er verstand nicht, wie es den Korlonen gelungen war, den Ganten derart schwere Verluste zuzufügen. Doch in den letzten Stunden hatte sich das Blatt gewendet. Jetzt waren die Gegner einander in etwa ebenbürtig.

Da er wie befohlen auf Distanz blieb, konnte er die Verluste nur schätzen, aber nach allem, was er sah, schien es, als läge das Verhältnis bei etwa vier zu eins.

Zu Gunsten der Korlonen.

Und wie zu befürchten war, würde sich das Blatt nach Einbruch der Dunkelheit erneut wenden, denn offenbar konnten die Korlonen ihre Ziele auch ohne direkten Sichtkontakt ausmachen.

War doch mehr an den Gerüchten über die Fremden aus dem All dran, als er zunächst geglaubt hatte? Halfen sie den Korlonen mit ihrer überlegenen Technik? Ein ketzerischer Gedanke schoß ihm durch den Kopf. Konnte es sein, daß die *Götter von den Sternen* zurückgekehrt waren?

Nein, beantwortete er sich die Frage selbst. *Wenn es so wäre, würden sie auf unserer Seite stehen, denn Gante ist die Hüterin des wahren Glaubens, Korlo dagegen der Hort der Ungläubigen.*

Nachdem die Sonne hinter den Horizont gesunken war und sich Dunkelheit über das Meer gelegt hatte, nur von den Blitzen fernen Mündungsfeuers und explodierender Granaten durchbrochen, ließ der Kommandant den Funkballon aufsteigen. Und tatsächlich gelang es ihm, über eine Relaiskette weitverstreuter Patrouillenschiffe das Oberkommando der gantischen Marine zu erreichen.

Sein Bericht über die Vorkommnisse wurde bestätigt. Offenbar wußte man in der Heimat nicht nur über den Verlauf der Seeschlacht Bescheid, sondern war auch von der Existenz der geheimnisvollen Fremden überzeugt. Und der Befehl, den man ihm übermittelte, war schlicht und einfach:

DEN FREMDEN AUF DEN FERSEN BLEIBEN, ABER UNTER ALLEN UMSTÄNDEN EINE ENTDECKUNG VERMEIDEN.

*

Arc Doorn hatte nur eine halbe Stunde am Nachmittag geschlafen und das Radar einem der Rags überlassen. Jetzt, nachdem die

Korlonen wieder auf die Fernaufklärung angewiesen waren, hockte er mit geröteten Augen vor dem grün leuchtenden Monitor und schlürfte einen Becher mit heißer Brühe.

Bis zum Anbruch des Abends war die Flotte der Korlonen auf 62 funktionstüchtige Einheiten zusammengeschrumpft, die der Ganten sogar auf 59. Damit stand der Ausgang der Schlacht fest. Wenn die Ganten nicht flohen, würden sie dank des Radars aufgerieben werden.

Fast hoffte er, daß sie sich absetzten, aber sie taten es nicht. Jedenfalls nicht schnell genug. Ihr Kommandant führte den aussichtslosen Kampf fort, bis er nur noch über knapp dreißig Schiffe verfügte, und als er endlich den Rückzugsbefehl gab, war es längst zu spät. Die Korlonen hatten den kümmerlichen Rest seiner Flotte eingekreist wie ein hungriges Rudel Wölfe seine Beute.

Im Morgengrauen schließlich kapitulierte der gantische Admiral. Schon bevor Doorn Ren Dharks Stimme aus dem Lautsprecher hörte, der ihm die Nachricht mitteilte, wußte er Bescheid, denn nach dem letzten Morsefunkspruch war die Besatzung des Luftschiffs in lauten Jubel ausgebrochen, der keiner Übersetzung bedurfte.

Aus luftiger Höhe sah der Sibirier durch ein Fernglas, wie die Korlonen die verbliebenen Schiffe der Ganten zusammentrieben und enterten. Es gab keine Gegenwehr, die Übergabe erfolgte diszipliniert. Und noch immer wurden Schiffbrüchige beider Seiten aus dem Wasser gezogen.

Mittlerweile war ein frischer Wind aufgekommen, der zunahm, je tiefer das Luftschiff sank. Als es noch knapp 700 Meter über dem Meer schwebte, wurde Doorn klar, daß es gefährlich werden würde, sich wie geplant an einer Strickleiter auf das Deck des Flaggschiffs herabzuhangeln.

»Was soll's«, brummte er, schnallte sich einen der Fallschirme um und zwinkerte dem Kommandanten des Zeppelins zu. »Ihr lebt zwar noch hinterm Mond, aber bisher hat euer vorsintflutlicher Kram immer gut funktioniert. Außerdem macht Frischluft müde

Männer bekanntlich wieder munter.« Er gab dem verblüfften Rag Anweisungen, das Flugschiff um etwa 500 Meter in Windrichtung vor das Flaggschiff zu steuern, verpackte den galoanischen Translator wasserdicht und verstaute ihn unter seiner Kombi.

»Macht's gut, Jungs, und laßt euch ein paar Ohren wachsen, damit ihr sie steifhalten könnt«, sagte er zum Abschied, öffnete die Einstiegsluke der Gondel, hakte die Reißleine in die Führungsschiene und sprang in die Tiefe.

*

»Er macht… was?« fragte Ren Dhark entgeistert.

»Sehen Sie selbst«, erwiderte Oshuta, der die Nachricht soeben vom Funker des Flaggschiffs erhalten hatte, und deutete in die Höhe.

Ren legte den Kopf in den Nacken. Das Flugschiff stand wie eine riesige Hummel rund 500 Metern vor dem Flaggschiff in der Luft. Er konnte den dunklen Punkt, der sich von der Gondel löste, aus dieser Entfernung kaum erkennen, bis sich der Fallschirm entfaltete und Arc Doorns Sturz abrupt abbremste. Falls der Sibirier auf dem Deck hatte landen wollen, hatte er sich verrechnet. Der Wind trieb ihn zwar auf das Flaggschiff zu, aber auch seitlich ab, und so mußte eine Barkasse zu Wasser gelassen werden, um ihn aus dem Meer zu fischen.

»Geschieht ihm recht«, murmelte Ren, ohne sich ein schadenfrohes Grinsen verkneifen zu können. »Außerdem war es ohnehin höchste Zeit für ihn, ein Bad zu nehmen. Er hatte schon wieder begonnen, etwas streng zu riechen.«

*

Der Sieg über die feindliche Flotte wurde mit einem kleinen Umtrunk in der Offiziersmesse des Flaggschiffs gefeiert, bei dem auch der Admiral der Ganten und eine Handvoll seiner Offiziere anwesend waren. Die Besiegten wirkten zwar etwas steif und verständlicherweise niedergeschlagen, aber keineswegs eingeschüchtert. Offenbar gab es Konventionen, an die sich beide Seiten hielten. Ren Dhark hatte sich überzeugen können, daß die Korlonen ihre Gefangenen gut behandelten. Die Mannschaften wurden in Sammelunterkünften untergebracht und verpflegt, die Verwundeten von Sanitätern betreut.

Während der Feier traf ein Glückwunschtelegramm aus Ruham ein. Der Monarch höchstpersönlich bedankte sich bei den Menschen für ihre unschätzbare Hilfe und ernannte sie zu Helden Korlos. Nach ihrer Rückkehr wollte er ein großes Bankett zu ihren Ehren veranstalten und sie dabei mit den höchsten Orden ehren, die das Reich zu vergeben hatte.

Wie versprochen hatte er ihnen eins der modernsten U-Boote Korlos geschickt, das ihnen samt Besatzung uneingeschränkt so lange zur Verfügung stand, wie sie es benötigten.

Ren und seine Gefährten lehnten das Angebot des Admirals ab, sich noch einen Tag an Bord des Flaggschiffs von den Strapazen der Schlacht zu erholen. Sie hatten schon zu viel Zeit verloren, und ob sie in einer Koje über oder unter Wasser schliefen, spielte keine Rolle.

Als sie in die Turmluke des U-Bootes stiegen, hatte die Besatzung des Flaggschiffs längs der Reling Aufstellung genommen, um ihre Verbündeten mit militärischen Ehren zu verabschieden.

»Wie es scheint, haben wir echte Freunde gewonnen«, sagte Ren Dhark und winkte den Korlonen ein letztes Mal zu. »Hoffen wir, daß ihre Kolonisten auf Undo uns ebenso freundlich empfangen.«

»Ob freundlich oder nicht, solange sie uns keine Steine in den Weg legen, ist mir alles andere egal«, knurrte Arc Doorn, aber trotz der vorgetäuschten Grobheit konnte Ren Rührung aus der Stimme des Sibiriers heraushören.

*

Das kleine U-Boot der Ganten lauerte kaum zwei Kilometer entfernt inmitten eines dichten Feldes treibender Wrackteile. Seit Stunden hingen der Kommandant und sein Erster Offizier vor dem Sehrohr, und beide waren erleichtert, als die Fremden endlich das Flaggschiff verließen und in dem korlonischen U-Boot verschwanden.

»Langsam ohne Fahrt abtauchen und auf 30 Meter Tiefe gehen!« befahl der Rag. »Schraubengeräusche anpeilen und Kurs bestimmen!«

Er ahnte, wohin die Fremden unterwegs waren. Hätten sie nach Korlo zurückkehren wollen, bräuchten sie kein U-Boot. Und bestimmt war ihr Ziel nicht Gante.

Seine Vermutung bestätigte sich. Die Fremden hatten Kurs nach Süden gesetzt.

»Maximale Tauchtiefe!« ordnete er an, als die Schraubengeräusche leiser wurden. »Schleichfahrt, bis wir außer Reichweite der korlonischen Flotte sind. Dann aufsteigen und dem Boot in sicherem Abstand folgen.«

Er schwieg einen Moment lang und schloß die Augen. Ein guter Offizier durfte sich nicht von seinen Gefühlen überwältigen lassen, aber es fiel ihm schwer, seinen Haß auf die geheimnisvollen Fremden zu unterdrücken. Ohne sie hätten die Korlonen nie die glorreiche Flotte Gantes so vernichtend schlagen können. Ohne sie hätten nicht so viele tapfere Kameraden sterben müssen. Und dafür würden sie teuer bezahlen.

Entweder mit ihrem Wissen als Gefangene Gantes – oder mit ihrem Leben.

»Erster, Sie haben bis auf weiteres die Brücke«, fügte er hinzu und machte kehrt, um seine Kabine aufzusuchen und die Totenrituale für seine gefallenen Kameraden abzuhalten.

17.

Wie ein Feldherr der Antike stand Pakk Raff auf vorderster Position auf der Brücke seines Flaggschiffs, was ihm aber nichts von seiner Bedrohlichkeit nahm. Im Gegenteil. Durch das Innere der Kommandozentrale geisterte das gespenstische Licht des »Schlauchs«, durch den die Flotte ihrem nahen Ziel entgegenstrebte.

»Das hast du gutgemacht.«

Priff Dozz empfand das Lob wie eine Züchtigung mit der Peitsche. Es streute Salz in die immer noch offene Wunde der Demütigung, mit der Pakk Raff ihn zuletzt gequält hatte.

»Danke, Herr.«

Der Rudelführer lachte bellend und verschränkte die Arme vor der Brust. »So gefällst du mir. Wenn du das durchhältst, wirst du vielleicht doch noch ein eigenes Rudel gründen können.« Das erneute Gelächter bewies, wie »ernst« er es meinte.

Priff Dozz überging den Spott. »Das Ziel der Galoaner liegt zweifelsfrei im System der Owiden«, sagte er. »Ich teile die Hoffnung mit dir, dort auch wieder auf das Ringschiff zu treffen.«

»Ich bin mir ganz sicher.« Pakk Raff bleckte die Zähne. »Zumindest hoffe ich es für dich. – Die Owiden. Sie sind völlig uninteressant. Wir kennen sie. Bei denen gibt es rein gar nichts zu holen. Die entsprechenden Log-Einträge meiner Vorgänger sind eindeutig. Was mögen die Terraner, und nun auch ihre galoanischen Freunde, dort wollen?«

»Das System liegt im ehemaligen Hoheitsgebiet der…« Priff Dozz wagte es nicht, den Namen in Pakk Raffs Gegenwart auszusprechen. Der Rudelführer wußte auch so, worauf sein Berater hinauswollte.

»Jaaa«, seufzte Pakk Raff tief. »Und genau das weckt meine Hoffnungen. Wenn du wüßtest, wie sehr...«

Er hatte bislang noch nicht zu erkennen gegeben, warum er das Ringschiff unbedingt in seine Gewalt bringen wollte – aber in diesem Moment glaubte Priff Dozz es in seinen Augen lesen zu können.

Die Rahim!

Pakk Raff suchte ein Werkzeug, das es ihm ermöglichte, einen Rachefeldzug gegen die Rahim zu führen!

Konnte er wirklich so verblendet sein?

Ja, beantwortete sich Priff Dozz die Frage selbst.

Womit auch seine heimliche Hoffnung wuchs.

Vielleicht war die Stunde, in der die Verschwörer – er! – aktiv werden konnten, näher als vermutet.

»Wie lange noch bis zum Austritt?«

Priff Dozz spielte den Countdown auf dem Hauptschirm ein.

»Gleich...«

»Kampfrechner einsatzklar?«

»Voll einsatzfähig!« versicherte Priff Dozz nach Rücksprache mit dem zuständigen Spezialisten.

Das Gerät war eigens auf der Brücke installiert worden und korrespondierte nun mit dem »normalen« Bordsystem. Der Kampfrechner stammte, wie so vieles in den Arsenalen der Nomaden, aus den High-Tech-Schmieden der Sofiden. Korrupte Wissenschaftler sicherten sich gern einen Extraobulus zu ihrem offiziellen Einkommen, indem sie sich als »Gelegenheitswaffenhändler« verdingten.

Priff Dozz wußte nicht, wieviel Pakk Raff in diesem Fall hatte springen lassen. Das technische Wunderwerk lagerte schon länger an Bord. Im Zuge der Ereignisse hatte der Rudelführer sich seiner erinnert und darauf gedrungen, es umgehend zu installieren.

Bald würde es sich in seiner Feuertaufe bewähren können.

Müssen, dachte Priff Dozz, der die Möglichkeit, Pakk Raff an der Schwelle zu einer erneuten Schlappe zu entmachten, immer mehr ins Auge faßte.

»Zielkoordinaten erreicht«, meldete der Chefnavigator.

Das »Tunnelende« brach auf.

Die Instrumentenauswertung ergab binnen weniger Augenblikke, daß das System der Owiden planmäßig erreicht war.

Und auch der Feind.

In unmittelbarer Nähe befand sich ein Zylinderschiff der Galoaner, bereits in seinen fulminanten Defensivschutz gehüllt.

»Konzentriert euch auf die Galoaner!« befahl Pakk Raff mit der ihm eigenen Kaltschnäuzigkeit.

Priff Dozz aktivierte die vorbereitete Sequenz des Rechnerprogramms.

Aus allen dreiundfünfzig Nomadenschiffen lösten sich Impulsstrahlen, die sich draußen im All wie von Zauberhand fast auf einem gemeinsamen Punkt trafen – und dieser Punkt lag auf dem Grauschirm der Galoaner, der unter der Wucht der zerstörerischen Energien zu flackern begann. Einige der Impulsgeschütze aber waren noch nicht perfekt justiert und verfehlten ihr Ziel.

*

Das Universum schien zu kollabieren.

»Heilige Galaxis!« stöhnte Leon Bebir.

Und Tino Grappa unterstrich die Faszination des Schreckens, der die Samtschwärze des Alls mit Farben tränkte, mit der Meldung: »Kreuzschiffe… eine ganze Flotte… mindestens…«

»… fünfzig!« bewies Bebir, daß er selbst des Zählens mächtig war.

Die Bildkugel hatte sich in ein taktisches Hologramm verwandelt, das den äußeren Weltraum und damit die Umgebung der POINT OF nurmehr abstrakt wiedergab.

Gleichzeitig aber auch um so verläßlicher.

»Commander?«

Es kam Falluta nicht seltsam vor, dieselbe Anrede für Dan Riker zu gebrauchen, die er normalerweise für Ren Dhark benutzte.

»Sir, sollen wir...?«

»Verbund lösen! Sofort! Schleusenbereich sichern! Wir haben keine Zeit zur Rückkehr – die Delegation und ich bleiben hier bei den Galoanern. Sie handeln aus eigener Verantwortung, Hen, falls die Verbindung gekappt wird! Sofort das Doppelintervallum aufbauen!«

Falluta versuchte erst gar nicht, Riker und die anderen doch noch zur Rückkehr zu überreden.

Die Verbindung zwischen Zylinder und Ring riß wie eine überdehnte Nabelschnur. Und das künstliche Mikrokontinuum – ineinandergreifende Kugelsphären – stand kaum, als der graue Schutzschirm des Galoaner-Raumers auch schon zur Zielscheibe der angreifenden Armada wurde. Falluta, der keinerlei verläßliche Werte über die Kapazität des Schildes besaß, konnte nur hoffen, daß er dem konzentrierten Beschuß standhalten würde. Der zweihundert Meter lange Zylinder hatte sofort nach der Trennung vom Ringraumer einen Ausweichkurs eingeleitet. Doch er war zu träge. Auch der Wurmlochgenerator konnte nicht von jetzt auf gleich ein Fluchttor öffnen...

Falluta fiel auf, daß die Nomadenflotte die POINT OF bewußt ignorierte, ihre geballte Feuerkraft gegen das Galoanerschiff entlud.

Was nicht hieß, daß die Nomaden sich nicht für den Ringraumer interessierten.

Das Gegenteil war wahrscheinlich der Fall.

Sie beseitigen erst jegliche Störung. Dann sind wir an der Reihe...

»Ihr müßt uns helfen...«

Das war Dan Riker, der über die Standardfrequenz hereinkam.

»Wie?« fragte Falluta knapp. »Rochard und Clifton brennen schon darauf, die Nomaden unter...«

Riker unterbrach die Rede des Ersten. Knapp und schnell gab er seine Instruktionen.

Falluta griff via Gedankensteuerung in die Schiffslogistik ein.

Die Flächenprojektoren erzeugten Schub außerhalb des Doppelintervallums.

Die POINT OF schien sich einen Moment lang aufzubäumen, ihre Masse den Gesetzen der Trägheit Tribut zollen zu wollen.

Die Unitallhülle schwang wie eine gewaltige Glocke.

Dann wurde das Schiff von den freiwerdenden Gewalten in den Fokus des Geschehens gedroschen.

*

Zur gleichen Zeit bahnte sich an Bord des galoanischen Schiffes eine Tragödie an, in deren Mittelpunkt Shodonn, der Weise, stand.

Schon beim Auftauchen der Flotte aus dem Wurmloch hatte er seine Fassung nur noch mit Mühe gewahrt.

Jetzt, da die Schilde durch den punktgenauen Synchronbeschuß aus achtundzwanzig Nomadenschiffen gleichzeitig bis auf vierundneunzig Prozent belastet wurden, schien das Nareidums-Mitglied vor Angst wie gelähmt.

»Antworte!« drängte Dan Riker, der Shodonn gerade gefragt hatte, über welche Offensivwaffen die fliegende Forschungsstätte verfügte. »Erwidere das Feuer oder verstärke die Schilde!«

Shodonn reagierte nicht.

»Rhaklan!«

Stumpf wirkte der Augenwulst des Galoaners – als würde sich die Stimmung der in einen Chip eingesperrten Seele auf den »Wirt« übertragen.

Riker befand sich immer noch in der Schwebekuppel. Das Hologramm, das die Illusion des Aufenthalts im freien All erschuf, zeigte den Aufmarsch feindlicher Schiffe in gnadenloser Klarheit.

»Wer steuert das Schiff?« keuchte Riker.

Endlich, schon nicht mehr erwartet, antwortete Shodonn: »Ich. Seine Tronik ist mit mir gekoppelt.«

Riker hinterfragte es nicht. »Dann tu etwas! Gegenschlag! Ausweichkurs! Siehst du nicht, was geschieht?«

»Ich verstehe das nicht. Die Nomaden waren früher schon nur mit äußerster Mühe fähig, unsere normalen Schiffe in Gefahr zu bringen, und jetzt...«

»Sie lernen eben dazu. Punktbeschuß der halben Flotte! Ich bin genauso überrascht wie du. Mich schockt die Perfektion, mit der sie ihre Geschütze synchronisieren, ebenfalls. Aber wir müssen handeln. Aktiviere den Antrieb. Versuche, dich abzusetzen!«

»Schildbelastung über Maximum«, erwiderte Shodonn in diesem Moment. »Zu spät! Alles zu spät...«

Trotz der Todesgefahr, in der er selbst schwebte, versuchte Dan Riker sich vorzustellen, was in einem Vielhundertjährigen wie dem Weisen angesichts des unausweichlich scheinenden Endes vorging.

Es gelang ihm nicht.

Plötzlich jedoch ließen die Beben, die sich durch den Zylinder pflanzten und auch an der Kuppel rüttelten, nach.

Eine Barriere hatte sich zwischen das Galoanerschiff und die Flotte von Kreuzraumern geschoben.

Die POINT OF.

Deren Intervallschild unter den Schwersttreffern waberte, die nun daran zerplatzten statt an dem Grauschirm der Galoaner!

Eine Atempause, mehr nicht.

»Hen?«

Falluta antwortete sofort. »Commander, Sir?«

»Sie haben freie Hand. Zahlen Sie es den Nomaden mit gleicher Münze heim! Wenn wir sie nicht dezimieren können, nützt uns der ganze Aufschub nichts!«

»Wir sind schon dabei. Aber unsere Gegner schlafen auch nicht. Sie haben weiter synchronisiert. Gegenwärtig sind wir Zielscheibe von achtunddreißig Kampfschiffen!«

»Verdammt! Flash ausschleusen! *Alles* riskieren!«

Falluta bestätigte auch dies.

Der Weltraum um den Planeten Owid färbte sich wie unter einem urweltlichen Gewitter.

*

Schneller als erwartet wendete sich das Blatt.

Wieder einmal sah es so aus, als hätten sie die »Beute« unterschätzt.

Pakk Raff traute seinen Augen nicht – und diesmal konnte nicht einmal er Priff Dozz ruhigen Gewissens zum Sündenbock stempeln.

Der schmächtige Berater hatte alles richtig gemacht. Er hatte ihnen die richtige Fährte zum richtigen Wild gewiesen.

Doch das Wild wehrte sich.

Wie schon auf Tarrol-3.

Der Gejagte übernahm die Rolle des Jägers!

Zunächst hatte das Ringschiff sich nur schützend vor das waidwunde Galoanerschiff gestellt. Doch damit begnügte es sich nicht lange. Es schlug zurück. Ein regelrechtes Gitter von Strahlen löste sich aus unsichtbaren Antennen. Obwohl teilweise überlichtschnell, schienen sie gleichsam durch den eisigen Raum zu tasten.

Sie fanden ihre Ziele.

Und damit nicht genug, tauchte aus dem ungewöhnlichen Schutzschirm des Ringes ein Schwarm von kleinen Jägern auf, der sich ebenfalls sofort auf seine Ziele in der Nomadenflotte konzentrierte.

Blitze nannten die Terraner ihre Beiboote.

Und Blitzen gleich zuckten sie auf die um ein Vielfaches größeren Einheiten zu, übergossen sie mit dem gleichen Cocktail aus Kampfstrahlen wie das Mutterschiff!

Pakk Raff stand wie angewurzelt in seiner Leitstelle, von der aus er die gesamte Armada befehligte.

Der Rechner der Sofiden arbeitete tadellos – was das Desaster nur noch schlimmer machte.

Alles lief optimal...

... und dennoch so unaufhaltsam auf eine Niederlage zu, daß Pakk Raff die Worte fehlten, selbst die Gedanken, es für sich selbst zu verarbeiten!

Welche Hölle hatte die Terraner nach Drakhon entsandt?

Woher hatten sie dieses Schiff?

Sahen alle ihre Schiffe so aus? Oder war es speziell für den Ausflug in die Nachbargalaxis so hochgerüstet worden?

Ganz gleich wie, Pakk Raffs Traum, dieses Fabelschiff übernehmen zu können, drohte wie eine Seifenblase zu zerplatzen.

»Priff, du...«

Sein Berater stand plötzlich vor ihm, beide Arme verzweifelt in die Höhe gerissen. »Befiel den Rückzug!« fauchte er. »Sofort! Oder...«

Pakk Raff wischte den Schwächling beiseite wie ein lästiges Insekt. Priff Dozz wurde gegen die Konsole des Kampfrechners geschleudert, prallte dabei unglücklich gegen die Befehlssensorik, und im nächsten Moment faserten die synchronisierten Waffenstrahlen der Flotteneinheiten auseinander, peitschten wie die Tentakel eines tollwütig gewordenen Ungeheuers durch die Sternenräume!

In diesem Augenblick wurde das Flaggschiff der Nomaden von einem Treffer erschüttert, der es schlagartig seines Schildes entblößte.

Und als wäre dies nur der Vorbereitungsschlag gewesen, war auch schon der nächste blaßrosa Strahl heran und fraß sich regelrecht durch die Außenschale.

Pakk Raff wurde, wie jeder andere an Bord, der in diesem Moment stand, von den Füßen gerissen.

Der Raum schien zu kippen.

Von überallher, auch aus den Übertragungslautsprechern, drangen gellende Schreie.

»Hüllenbruch!«

Wer immer es rief, er malte ein Menetekel an die Wand, das für endgültiges Chaos sorgte.

Pakk Raff brüllte vergeblich gegen die um sich greifende Panik an. Plötzlich ging das Licht aus. Viele Herzschläge lang senkte sich erstickende Stille über das Szenario. Nur die eine oder andere Kontrolleuchte brannte weiterhin wie das Auge eines sprungbereiten Raubtiers in der Dunkelheit.

Der Notstrom setzte ein.

Zu seiner Verwunderung sah Pakk Raff, daß sich die Brücke fast geleert hatte. Das Schott stand offen. Jemand hatte es im Dunkel manuell geöffnet.

Der Hauptschirm war tot und baute sich erst träge wieder auf.

Zeitlupenhaft langsam.

»Status!« brüllte Pakk Raff.

In der Nähe entstand Bewegung. Es war Priff Dozz, der sich mühsam aufrappelte, das entgleiste Gesicht blutüberströmt. Haßerfüllt stierte er Pakk Raff an, der gar nicht merkte, wie außergewöhnlich in Rage sein Berater und Fußabtreter war.

»Du bist schuld!« fauchte Priff Dozz. »Du hast uns blind ins Verderben gestürzt...!«

Pakk Raff hörte gar nicht hin. »Status!«

Priff Dozz wankte heran. Der Hauptschirm zeigte, was von der Flotte noch existierte – es war jämmerlich – aber er zeigte nicht, was vom Flaggschiff noch existierte!

»Status?« schrillte Priff Dozz' Stimme auf. »Den sollst du haben!« Wie von Sinnen tippte er Befehle in die Eingabesensorik neben dem Kommandositz.

Das Bild auf dem Hauptschirm wechselte. Schiffsinterne Sektoren blitzten auf.

Überall dasselbe Bild der Verwüstung: Leichen, durcheinanderhastende Gestalten, Offiziere, niedere Dienstgrade, Zivilisten, Frauen und Kinder...

Pakk Raff faßte sich. Was nicht einmal Priff Dozz ihm zugetraut hätte, geschah: Er wuchtete seinen Körper in den Kommandantensitz und rief: »Gefechtsautomatik auf mein Paneel! – Hörst du nicht, elender Kriecher?!«

Priff Dozz gehorchte wie betäubt. Schlagartig hatte ihn aller Mut verlassen, war sogar der Zorn verflogen. Geblieben war nur ein frostiges Gefühl von Ohnmacht.

Pakk Raff stellte die Verbindung zu den verbliebenen Flottenschiffen eigenhändig her.

»Ich verlange bedingungslose Gegenwehr!« dröhnte sein Organ zeitgleich in den Zentralen auf. »Und einen Bericht zur Lage! Punktbeschuß fortsetzen. Bordrechner altherkömmlich synchronisieren! Ich wiederhole...«

In der Zwischenzeit hatte Priff Dozz die Gefechtslogistik auf den Platz des obersten Rudelführers umgeleitet. Mehrere Autorisierungskennungen hatten dafür eingegeben werden müssen. Dann hielt Pakk Raff die Feuerkraft seines Schiffes in eigener Hand.

Versiert richtete er die Zieloptik auf das Ringschiff. Es »stand« immer noch vor dem galoanischen Zylinder, der sich feige, wie es die Art der Netzwerkbewohner war, hinter dem Superraumer versteckte.

Pakk Raff hatte aufgehört, von der Inbesitznahme des Terranerschiffes zu träumen. Er beugte sich den Realitäten.

Und Priff Dozz?

Der ebenfalls. Seine Putschabsichten waren auf Eis gelegt. Schneller als je für möglich gehalten, hatte Pakk Raff nicht nur einzelne Schiffe der Armada gefährdet, sondern *die komplette Flotte* aufs Spiel gesetzt!

Priff Dozz zitterte am ganzen Leib. Wo seine potentiellen Mitverschwörer steckten, konnte er sich ausrechnen. Nein, auf deren Rückhalt konnte er in dieser Lage weniger als in jeder anderen bauen.

Und deshalb beugte sich auch Priff Dozz dem Diktat der Vernunft.

»Was hast du vor?« keuchte er unterwürfig, als hätte er sich nie zu offenen Schuldzuweisungen hinreißen lassen.

Wortlos schickte Pakk Raff eine Salve gegen das Ringschiff. Sie verpuffte wirkungslos an der Sphäre, mit der die Terraner sich schützten.

Verbittert sandte er eine Serie von Torpedos hinterher.

Auch sie verpufften, ohne erkennbaren Schaden anzurichten.

Pakk Raff löste die Hände von der manuellen Zielerfassung, die er aus der Sitzlehne gehebelt hatte.

»Status?«

»Hüllenbruch an mehreren Stellen. Zahl der Opfer unbekannt. Nur der zentrale Panzerkubus, in dem wir uns befinden, ist nach wie vor stabil. Die überlebende Mannschaft strömt aus allen Teilen darauf zu. Wir...«

»In Ordnung. Wir evakuieren!« entschied Pakk Raff.

»Evakuieren?«

Aufgeben? lag Priff Dozz der eigentliche Gedanke auf der Zunge.

»Du kannst die Anzeigen noch viel besser deuten als ich. Wie lange können wir das Schiff noch halten? Oder interpretiere ich die Warnanzeige der Hauptmeiler etwa falsch...?«

»N-Nein«, stammelte Priff Dozz.

Die magnetischen Eindämmungsfelder der Fusionskonverter zeigten verhängnisvolle Fluktuationen. Ohne die nötige Ruhe und ein vollkonzentriert zu Werke gehendes Technikerteam mußte sich die Situation im Kern binnen kürzester Frist zur Katastrophe hochschaukeln.

»Na also.«

Pakk Raff schaltete die manuelle Bedienung des Gefechtsstands auf »Auto« zurück. Das Flaggschiff feuerte von nun an wieder in rechnergesteuertem Takt auf das Ringschiff und die ausgeschwärmten Kleinstboote des Gegners.

»Sofort die Absperrungen zum Kubus aktivieren!« befahl der Rudelführer heiser.

»Absperrungen?«

»Du hast richtig verstanden. Ich wähle persönlich aus, wer den Kubus betreten darf und wer nicht. Du weißt, was gleich geschehen wird. Und du weißt auch, wie man selektiert. Modifiziere die Energieabsperrungen! Sämtliche Zellschwingungsmuster der Besatzung sind gespeichert. Genehmigte Muster dürfen passieren – abgelehnte werden gegen eine Mauer laufen.«

»Aber…«

»Willst du leben?«

Priff Dozz wurde kalt. Pakk Raff brauchte nicht mehr zu sagen.

Der Rudelführer nahm Kontakt zu seinen Frauen auf. »Wo seid ihr?«

»In unserem Quartier…«

»Kommt in die Zentrale. Sofort!«

Schlechter gepanzerte Teile des Kreuzschiffes waren bereits weggebrochen, als Pakk Raff seine Auswahl abgeschlossen hatte.

Der innere Kubus am Kreuzungspunkt der Achsen war traditionell der stabilste Ort eines jeden Nomadenschiffes. Das Flaggschiff war in diesem Bereich, der auch die Brücke beherbergte, noch einmal besonders geschützt.

Und noch eine Besonderheit gab es.

Der Kubus ließ sich als autarke Einheit manövrieren.

Zu diesem Zweck mußte er nur freigesprengt werden.

Und das tat Priff Dozz schließlich für seinen Führer.

Und für sich selbst.

Etwa fünfzig Nomaden, darunter Pakk Raffs Frauen, bevölkerten das Rettungsmodul, als es auf den unsichtbaren Planeten zufiel, dessen Schwerkraftfeld den Kubus eingefangen hatte. War es eine Art von Fürsorge oder ein Akt persönlicher Gemeinheit, daß Pakk Raff auch Bidd Nobb, Priff Dozz' »Ehegespenst«, zu den Auserwählten im Kubus bestimmt hatte?

Das Ringschiff beachtete den stählernen Rettungswürfel nicht; wahrscheinlich wurde die Einheit für ein reines Trümmerstück gehalten.

Erst sehr spät wurde doch noch einer der kleinen terranischen Jäger darauf aufmerksam. Er nahm die Verfolgung auf – drehte dann aber unverrichteter Dinge wieder ab.

Denn der Kubus verschwand, wie schon lange vorher ganz Owid verschwunden war.

Hinter einem unsichtbaren Vorhang...

*

Pjetr Wonzeff meldete sein Scheitern unverzüglich zur POINT OF und zum Galoanerschiff.

»Irrtum ausgeschlossen?« meldete sich Dan Riker, der Hen Falluta großen Entscheidungsspielraum ließ, aber immer wieder selbst in das Geschehen eingriff.

»Mir kam verdächtig vor, daß der Flaggschiff-Kubus stabile Energiemuster abgab. Bei genauerer Überprüfung fand ich bestätigt, daß auch der Atmosphärendruck im Innern auf Normalniveau war. Außerdem gab es Lebenszeichen. Aber dann ging alles zu schnell. Ich habe zu spät begriffen...«

»Dann könnte der Anführer der Nomaden überlebt haben«, sinnierte Riker. »Lassen Sie die Selbstvorwürfe, Pjetr. Es wartet noch genug Arbeit auf uns. Lenken Sie sich ab, machen Sie weiter! Und verhindern sie zusammen mit den anderen auf alle Fälle, daß sich noch mehr Nomaden auf den unsichtbaren Planeten absetzen. Wir wissen zwar nicht, ob sie es überleben, aber ich möchte nicht, daß sich unsere Leute da unten neben den Gefahren, denen sie ohnehin schon ausgesetzt sind, nun auch noch mit Nomaden herumärgern müssen!«

»Verstanden!«

*

»Energieabfall!«

Noch in den Schrei von Priff Dozz hinein erlebten die Nomaden, die sich auf der Brücke des Rettungskubus drängten, eine Überraschung.

Zwar erlosch der Hauptschirm kurz durch den Energieabfall,

doch dann flossen die Notreserven, und alle sahen, wie sie der Oberfläche eines Planeten entgegenstürzten!

Bis dahin hatte nicht einmal Pakk Raff erkannt, daß sie in den Schwerkraftsog einer unsichtbaren Welt geraten waren.

Und nun…

»Das ist Owid!«

Plötzlich waren Pakk Raffs Gedanken wieder bei den verhaßten Rahim. Hatten sie Owid auf diese Weise abgeschirmt?

Wie auch immer, offensichtlich stahl das Deflektorfeld wertvolle Konverterenergie!

Pakk Raff bemühte sich verzweifelt, den Kubus manövrierbar zu halten. Er verfügte über einen schwachen Eigenantrieb, mit dem normalerweise eine sichere Landung auf Normwelten, die nicht mehr als zwei Gravo erzeugten, möglich war.

Normalerweise.

Norm.

Begriffe, die hier nicht zutrafen!

Mit letzter Kraft aus den Speicherbänken steuerte Pakk Raff den sichtbar gewordenen Äquatorkontinent an.

Die nun versuchte Notlandung glich jedoch eher dem Einschlag eines Meteoriten.

Der Kubus riß eine Schneise der Verwüstung in den Dschungel Owids. Und löste ein Inferno aus.

Doch davon merkten die Nomaden im Innern schon nichts mehr. Dem ohrenbetäubenden Knall des Aufpralls folgte absolute Stille.

Und Finsternis.

*

Zwei Stunden nach Beginn der Schlacht hatte die POINT OF ohne nennenswerte Unterstützung der Galoaner und nur mit Hilfe ihrer ausgeschleusten Flash die Restflotte der Nomaden zum sechsten Planeten des Systems abgedrängt und dort zur Landung gezwungen.

Ab diesem Moment griff auch Shodonn wieder aktiv ins Geschehen ein.

In Absprache mit den Terranern schleuste Shodonn sechs Satelliten aus, die in einen festen Orbit um den sechsten Planeten gingen und dort sofort ein Störfeld erzeugten, das jeglichen Hyperfunkverkehr von der Oberfläche aus unterband.

Auf diese Weise sollte verhindert werden, daß die besiegte Flotte Verstärkung aus anderen Teilen Drakhons anforderte.

»Und wie verfahren wir mit den Nomaden auf Nummer sechs weiter?« fragte Hen Falluta an. »Offiziell kapituliert haben sie immer noch nicht.«

»Als erstes wird ihnen ein Flash die Nachricht überbringen, daß ihre komplette Führungsspitze in der Schlacht umgekommen ist«, antwortete Dan Riker.

»Was noch gar nicht sicher ist.«

»Spielt das eine Rolle? Wichtig ist, daß wir Zeit erhalten, damit Shodonn und die Galoaner uns einen Weg hinter den Vorhang öffnen – dorthin, wo Freunde unsere Hilfe brauchen, mehr als dringend. Und wo vielleicht die Rahim mehr als ein Vermächtnis mit Tücken hinterlassen haben…«

*

Das Erwachen war ein Martyrium aus Schmerzen.

Aber zu ertragen.

Schmerz hatte Pakk Raff noch nie angefochten.

Er öffnete die Augen. Zunächst glaubte er sich in Rakks Reich, in den Schründen der Finsternis, aber dann drang der Brandgeruch in seine Nase, und er begriff, daß er nicht von wogenden Schatten, sondern von Rauchschwaden umgeben war.

Mühsam richtete er sich auf.

Der Kubus war geborsten.

In diesem Stadium ihr Glück, denn hätte der Qualm keine Möglichkeit zum Entweichen gehabt, wären die Nomaden in seinem

Inneren jämmerlich erstickt!

Von draußen schimmerte Tageslicht herein; die internen Lichtquellen waren ausnahmslos erloschen.

»Hört mich jemand?« knurrte der Rudelführer, während er die Gurte löste, die ihn in seinem Sitz gehalten hatten – eine der letzten Maßnahmen, die er bewußt durchgeführt hatte.

Von irgendwoher kam ein Stöhnen. Es blieb zunächst die einzige Antwort.

Pakk Raff blickte sich um. Hie und da hatten sich Schwelbrände ausgebreitet. Offene Flammen gab es nicht.

Erst jetzt begriff er, daß er die Luft des Planeten atmete, nicht mehr die des Kubus.

Sie schien seinen Ansprüchen zu genügen.

Plötzlich registrierte Pakk Raff durch den Rauch hindurch etwas, was ihn in Alarmzustand versetzte.

Irgendwo zischte es. Typisch für...ja, für was? Was konnte... *die Speicherbänke!*

Raus hier! entwickelte er verspätete Hast. Und brüllte aus voller Lunge: »Aufwachen! Wer mich hören kann: Raus hier, sofort! Die Kiste geht gleich hoch...!«

Neben ihm regte sich Priff Dozz, der sich ebenfalls in einen Sitz gerettet hatte. Benommen kam er zu sich. Die letzten Worte seines Rudelführers hatte er bereits bewußt vernommen.

»Was... ist...?«

»Irgendwo strömt Wasserstoff aus den Speicherbänken! Wenn er sich entzündet – und das wird er! – werden wir bei lebendigem Leib geröstet! – Reicht dir das als Motivation, deinen Hintern in Bewegung zu setzen?«

Priff Dozz wankte bereits auf den Riß zu, hinter dem der Dschungel schimmerte.

Was immer man Pakk Raff vorwerfen konnte, Feigheit gehörte nicht dazu. Er brüllte noch einmal in die dämmrige Tiefe des Kubus und weckte so die Lebensgeister einiger anderer Überlebender.

Die wiederum selbst aktiv wurden.

Aber es gab auch viele Tote, die sich nicht mehr regen konnten.

Während Priff Dozz bereits ins Freie kletterte, entdeckte Pakk Raff seine drei Frauen, zu einem Knäuel verstrickt. Und daneben eine vierte, die ein Ausbund an Häßlichkeit war, aber wenigstens wach.

Sie war es, die Pakk Raff half, seine besinnungslosen Gefährtinnen nach draußen zu schleifen. Er zwei, sie eine.

Sie hatten es etwa hundert Meter weit bis hinter eine Bodenverwerfung geschafft, als hinter ihnen der Kubus von einer weit in den Himmel schießenden Stichflamme verschlungen wurde. Die Druckwelle warf sie zu Boden. Der Knall ließ sie minutenlang taub werden.

Als sie sich wieder aufrappelten, existierte vom Rettungssegment des Flaggschiffs nur noch das stählerne Korsett, das wie das Skelett eines riesigen Tieres aus dem dampfenden Dschungel aufragte.

Hie und da brannten Bäume, aber die vorherrschende Feuchtigkeit verhinderte ein Umsichgreifen des Feuers.

Eine erste Zählung, nachdem sich die Überlebenden des Absturzes gesammelt hatten, ergab, daß achtundzwanzig Nomaden die Katastrophe überstanden hatten.

Vorerst.

Ohne Nahrung, ja sogar ohne Waffen – die Handlaserwaffen, die einige Offiziere bei sich trugen, waren funktionsuntüchtig, wie sich herausstellte – war noch nicht abzusehen, wie die Chancen auf ein dauerhaftes Überleben aussahen.

Die Wildnis Owids war ihnen unbekannt.

Hinter jedem Strauch konnte der Tod lauern.

Priff Dozz hatte indes zunächst andere Sorgen. Die Freude, noch am Leben zu sein, hatte genau so lange angedauert, bis er gesehen hatte, wer mit Pakk Raff aus dem Wrack gekrochen war.

Die einzige Frau, die er liebend gern jedem Raubtier zum Fraß vorgeworfen hätte.

Bidd Nobb.

Ein Blick in ihre Augen verriet ihm zudem, daß sie haargenau denselben Gedanken, nur ihn betreffend, hegte...

*

Je weiter sie sich von der Absturzstelle entfernten, desto dichter wurde der Urwald. Die langstämmigen Bäume ragten weit in den Himmel, die Kronen verflochten sich teilweise zu einem fast geschlossenen Dach.

Mit Einbruch der Dämmerung begannen sie nach einem Lagerplatz zu suchen. Es gab Verletzte, die das Vorankommen erschwerten, und insgeheim überlegte Pakk Raff schon, wie er sich ihrer entledigen konnte, ohne daß er Gefahr lief, eine Meuterei auszulösen. Seine Autorität hatte gelitten. Niemand sprach es offen aus, aber er mußte damit rechnen, in Kürze seinen Führungsanspruch gegen einen der Überlebenden verteidigen zu müssen.

Priff Dozz stand dabei ganz unten auf der Liste. Ihn nahm Pakk Raff noch immer nicht ernst.

Die zurückgelegte Strecke war schwer zu schätzen. Und noch weniger ließ sich sagen, wonach sie eigentlich suchten. Im Grunde konnte es ihre einzige Hoffnung sein, ein bewohntes Gebiet zu erreichen, bis Rettung »von oben« kam, oder aber schon vorher von einem Suchkommando der Nomaden aufgelesen zu werden.

Wobei völlig im Ungewissen war, wie sich dic Schlacht im Raum weiterentwickelt hatte. Auf einen Sieg seiner Flotte allerdings hätte der oberste Rudelführer kaum noch gewettet.

Nicht auszuschließen, daß sie bis ans Ende ihrer Tage auf Owid bleiben mußten.

Pakk Raff wischte den Gedanken beiseite. Solange noch Leben in ihm pulste, würde er sich mit so etwas nicht abfinden.

Er wollte der Gruppe gerade signalisieren, daß es für heute genug sei, als der Angriff erfolgte.

Gegen ihn!

Aber nicht etwa, wie erwartet, aus den eigenen Reihen, sondern heimtückisch aus dem Blätterdach des Dschungels heraus!

Etwas Schweres fiel auf ihn.

Etwas mit Krallen und Zähnen Bewehrtes, das sofort beides einsetzte, dabei aber übersah, daß sich in Pakk Raff eine ungeheure Menge an Frust aufgestaut hatte, die sich nun in einer wahren Explosion entlud.

Das geschmeidige, von ölig schwarzer Haut umgebene Raubtier hatte keine Chance. Ein Prankenhieb von Pakk Raff, und es wurde gegen den Stamm eben jenes Baumes geschleudert, von dem es herabgesprungen war.

Der Rudelführer setzte ohne Zögern sofort nach. Die Größe des Tieres schreckte ihn nicht, obwohl es gut doppelt so groß war wie er selbst.

Bevor sich die Kreatur wieder aufrappeln und erneut zum Angriff sammeln konnte, war er schon mit einem Satz bei ihr. Weit klafften seine Kiefer auseinander...

... und gruben sich dann wie die Zähne einer stählernen Falle in die Kehle des Owidbewohners!

Dickes, stinkendes Blut spritzte.

Verzweifelte Zuckungen schüttelten den Leib.

Dann war es vorbei.

Pakk Raff erhob sich und stellte zu seiner Überraschung fest, daß das Tier ihm geholfen hatte.

Aus fast allen Augenpaaren seiner Begleiter leuchtete ihm Bewunderung entgegen. Zumindest Hochachtung.

Er wollte sich das übelriechende, klebrige Blut abwischen, aber seine Frauen stürmten schon herbei, um es ihm abzulecken.

»Wir schlagen unser Nachtlager auf. Sucht eine geeignete Stelle. Am besten eine Lichtung«, befahl er.

Auch die Aussicht auf eine Ruhepause sicherte ihm Sympathien.

Doch der nächste Schock ließ nicht lange auf sich warten.

Er kam aus einer nicht erwarteten Richtung.

Die erhoffte Lichtung wurde gefunden. Aber sie war nicht leer.

Ein Riese an Gestalt stand dort, als hätte er nur auf sie gewartet.

Das Entsetzen lähmte nicht nur Pakk Raffs Untergebene, auch ihn selbst.

Denn der Gigant überragte sie um mindestens das Zwanzigfache, und es handelte sich nicht einfach nur um eine metallene Skulptur, sondern um ein lebendiges, goldfarbenes Wesen, das aussah wie ein ins Unbegreifliche vergrößerter Nomade…

… der in diesem Augenblick brüllend und mit gefletschten Zähnen zum Angriff überging!

REN DHARK
Drakhon-Zyklus Band 6
Sonne ohne Namen
erscheint Ende Juni 2001

Ren Dhark - Programm

Kurt Brand schuf von 1966 bis 1969 die Heftserie **Ren Dhark.** Für die HJB-Buchausgabe wird der SF-Klassiker bearbeitet und im Drakhon-Zyklus und in Sonderbänden fortgeschrieben, denn in den Tiefen des Alls ist das Rätsel der Mysterious noch immer zu lösen...

Bereits erschienen und noch lieferbar:

1. Zyklus (die alte Heftserie)*, Buchausgabe (352 Seiten), DM 29,80*

- Handlungsabschnitt „G'Loorn" (Bücher 6-8)

Bd. 7 „Im Zentrum der Galaxis"
Bd. 8 „Die Meister des Chaos"

- Handlungsabschnitt „Suche nach den Mysterious" (Bücher 9-16)

Bd. 9 „Das Nor-ex greift an"
Bd. 10 „Gehetzte Cyborgs"
Bd. 11 „Wunder d. bl. Planeten"
Bd. 12 „Die Sternenbrücke"
Bd. 13 „Durchbruch n. Erron-3"
Bd. 14 „Sterbende Sterne"
Bd. 15 „Das Echo des Alls"
Bd. 16 „Straße zu den Sternen"

Sonderausgaben des 1. Zyklus
(inhaltsgleich mit 1. Zyklus, lediglich anderes Cover)
Buchausgabe (352 Seiten), DM 19,80
Bd. 4 „Todeszone T-XXX"
Bd. 5 „Die Hüter des Alls"
Bd. 6 „Botschaft aus dem Gestern"

Sonderbände
Buchausgabe (192 Seiten), DM 19,80
(1) „Die Legende der Nogk"
(2) „Gestrandet auf Bittan"
(3) „Wächter der Mysterious"
(4) „Hexenkessel Erde"
(5) „Der Todesbefehl"
(6) „Countdown z. Apokalypse"
(7) „Der Verräter"
(8) „Der schwarze Götze"
(9) „Erron 2 - Welt im Nichts"
(10) „Ex"
(11) „Türme des Todes"

Rezenzion des RD-Taschenbuchs "Sternen-Saga"

In dem Roman "Sternen-Saga" von Kurt Brand geht es um die Entdeckung und Erfoschung 20.000 Jahre alter archäologischer Artefakte auf den beiden Planeten Widor und Sass de Dama. Im Verlauf der Handlung versucht Ren Dhark, einen nur noch in Form von Sagen bekannten Teil der Geschichte des Talminischen Imperiums aufzuklären.

Die Geschichte spielt einige Jahre nach dem Ende der Handlung der Heftserie und verwendet nur sehr wenige Elemente des Ren Dhark Kosmos. Statt dessen tauchen Cyborgs auf, die Psi-Fähigkeiten besitzen, sowie ein talminisches Imperium, das sich vor langer Zeit vom talderischen Imperium abgespaltet hat. Es ist bekannt, daß Kurt Brand den Roman eigentlich als Taschenbuch für die Perry Rhodan Planetenromane schrieb und erst später für die Ren Dhark Taschenbücher umgeschrieben hat. Es wäre wünschenswert gewesen, wenn Brand mehr Zeit darauf verwendet hätte, den Roman an den Ren Dhark Kosmos anzupassen.

In der routiniert erzählten Geschichte legt Brand den Schwerpunkt weniger auf eine aktionreiche Handlung, sondern mehr auf die Schilderung der wissenschaftlichen Nachforschungen auf den beiden Planeten, wobei Ren Dhark selbst häufiger im Hintergrund bleibt. Stattdessen werden im ersten Teil des Romans die großen Entdeckungen von verschiedenen Wissenschaftlern gemacht und in ihren Zusammenhang gestellt. Dadurch wirkt dieser Teil deutlich real-istischer als einige Teile der alten Heftserie.

Dennoch zeigt sich wieder Brands aus der Ren Dhark Serie bekannter Hang zum Gigantismus, wenn er Anlagen beschreibt, die große Teile eines Planeten bedecken und zwei Sonnensysteme miteinander verbinden. Dadurch entsteht ein gewisses Ren Dhark Feeling.

Für die Liebhaber eher ruhiger SF der 70er Jahre ist dies ein unterhaltsam zu lesender Roman, dem man jedoch anmerkt, daß er nicht speziell für die Ren Dhark Serie geschrieben worden ist.

Utz Benscheid

Ende Mai in Band 1 von Ren Dhark spezial enthalten

Rezenzion des RD-Taschenbuchs "Dursttod über Terra"

In dem Roman „Dursttod über Terra“ von Kurt Brand ist das Klima der Erde völlig aus dem Gleichgewicht geraten.
Während es über den amerikanischen Kontinenten ununterbrochen regnet, fällt über Europa sowie großen Teilen Afrikas und Asiens monatelang kein Regen. Zu Beginn des Romans führt ein starker Abfall des Grundwassers sowie ein genereller Rückgang der Wasserreserven zu einer Durstkatastrophe.
Während sich die Situation in den Katastrophengebieten immer weiter zuspitzt und es zu Kämpfen um sauberes Wasser kommt, bietet der seit vier Jahren verschollene Wissenschaftler Ax Torrner an, eine für eine zweimonatige Versorgung ausreichende Menge Wasser nach Europa zu schaffen.
Auch bei diesem Roman verwendet Kurt Brand nur sehr wenig Elemente aus dem Ren Dhark Kosmos, so daß man dieses Buch gut lesen kann, ohne die Hintergründe der Heftserie zu kennen.
Im Gegensatz zu dem ersten Band der Taschenbuchreihe stehen wieder mehr die dramatischen Elemente im Vordergrund, wobei Ren Dhark all das richten muß, was seine Untergebenen in der Sternenverwaltung falsch gemacht haben.
Und es zeigt sich erneut, daß Kurt Brand über eine Menge Phantasie verfügte, wenn es um die Beschreibung der physikalischen Besonderheiten fremder Sonnensysteme ging. Diese Phantasie findet sich auch bei den meteorologischen Problemen der Erde, wobei beide Handlungsstränge in diesem Roman letztlich nur angerissen wurden.
Die beiden Handlungsstränge hätten zusammen mit den aus den meteorlogischen Problemen für die Erde entstehenden ökologischen und sozialen Folgen das Potential für einen weit umfangreicheren Roman.
Es wäre deswegen wünschenswert gewesen, wenn Kurt Brand sich nicht nur mit einer Taschenbuchlänge hätte begnügen müssen.
Utz Benscheid

Ende Mai in Band 1 von Ren Dhark spezial enthalten